中公文庫

新旭日の艦隊1

夢見る超戦艦・第三次大戦前夜・海中戦艦新日本武尊出撃

荒巻義雄

中央公論新社

目次

第一部　夢見る超戦艦　9

序　話　千島秘密基地宇志知島　10
第一話　環オホーツクの地政学　33
第二話　トロツキストらの楽園　53
第三話　反神学人種改良研究所　76
第四話　室蘭秘密造船所φ計画　100
第五話　米大統領選今たけなわ　129
第六話　南大西洋捕鯨作戦下令　154

第二部　第三次大戦前夜　165
第一話　裁判前夜丸の内ホテル　166
第二話　三極世界の三人ゲーム　192
第三話　無意識の法廷大高裁判　215
第四話　判決無罪日本大統領選　238
第五話　大高訪米紫鳳機中にて　262
第六話　臨戦体制暗雲北米大陸　282
第七話　大高密談A・ケネディ　305
第三部　海中戦艦新日本武尊出撃　329
第一話　民主主義システム神話　330

第二話　室蘭秘密ドック視察行　357
第三話　超戦艦Φ計画最終段階　383
第四話　内線陣ヨーロッパ要塞　406
第五話　海中戦艦日本武尊出撃　428
第六話　洋上作戦会議宣戦布告　451
第七話　紅海潜航ス赫一号作戦　474

地政学講義／悪夢の構図201X年a　500
〈艦隊シリーズ〉全63冊各巻関連表　508

【お断り】

本文庫版は、『新紺碧の艦隊』とも関係し、3巻分の合本となっています。

各巻の時系列に関しては巻末の〝〈艦隊シリーズ〉全63冊各巻関連表〟を参照下さい。

新旭日の艦隊1

第一部　夢見る超戦艦

序話　千島秘密基地宇志知島

1

北海道とカムチャツカ半島を結ぶ大小三十ばかりの島々からなる千島列島は、全長約一二〇〇キロメートルにおよぶ弧状列島である。総面積一万平方キロメートル。十六の火山があり、北端の阿頼度《アライト》島のアライト火山（二三三九メートル）が最高峰である。

各島は全体が山地で平野に乏しく、海岸の多くは急崖を成す。従って、港に適した湾は少なく、択捉《エトロフ》島の紗万部《シャマンベ》湾と単冠《ヒトカップ》湾、新知《シムシル》島のミナリ、幌筵《パラムシル》島のワシリエフなどわずか――と資料にはある。

この内、単冠湾は名高く、わが布哇《ハワイ》奇襲艦隊の集結地であった。もとより、本後世《ごぜ》世界においても、この湾は重要であって、幾つかの秘匿《ひとく》された軍事施設がある。

というのも、千島の島々には珍しく、単冠湾は択捉島の太平洋側に面し、湾幅約三キロメートル、奥行きは約五キロメートルで水深もある。また、この湾の東側には年萌《トシモエ》、西側には単冠（老門）の集落がある。

列島は三つに区分され、国後《クナシリ》・択捉島を主島とするのが南千島、新知島を主島とするのが中千島、幌筵島を主島とするのが北千島である。

　気候は、南部では夏季、黒潮がのぼってくるので比較的暖かく、植生も北海道北東部のそれに似ている。だが、北部は、南とは緯度が八度もちがい、黒潮の影響も届かぬため、平地に高山植物が生える亜寒帯性の植生となる。

　――さて、後世暦一九五二年、すなわち照和二十七年春より、本シリーズ第二期の物語が始まるわけだが、厳しく長かった千島の冬がようやく終わり、ここ日本北辺の地、択捉島にも遅い春が訪れていた。

　この季節、そろそろ、冬季の間は内地に戻っていた漁場の出稼ぎたちも現れるころだ。あたかも大自然の営みにも似て、千島の島々は待望の春を迎えるとざわめき出す。

　時は五月。毎年、わが日本列島を南から北上する桜前線がようやく国後あたりに達し、千島桜を咲かせるころだ。

　今年の冬は厳しかった。太平洋側の単冠湾まで押し寄せた流氷が漁船を何隻か押しつぶしたりしたが、こんなことはめったにない。

　ともあれ、風向き次第でいささか気まぐれの感ありの流氷群もオホーツクに去り、いよいよ海明けを迎えた島は、約半年間の賑やかな漁期を迎える。

　南千島に限って言えば、常住世帯数は三〇〇〇戸を数え、人口も一万六五〇〇人に達するが、わが国固有の領土である南千島は、和人の移住も早く、十七世紀からである。

　もとより、和人到来以前からの先住民もおり、その系譜には不明の点も多いらしいが、六、七世紀頃から十二、三世紀にかけてはオホーツク人が住んだとされる。その後は南には北海道アイヌ、北にはカムチャダール（イテリメン）が訪れ、さらに近世までに列島全体にアイヌ人が定住したようである。

なお、千島列島全体が日本領になったのは、次の事情による。

すなわち、一八五五年二月七日（安政元年十二月二十一日）に締結された日露和親条約で、両国国境が択捉・得撫《ウルップ》両島間の水道に定められた。

さらに、一八七五年の樺太・千島交換条約により、樺太に有する領土権を放棄する代わりに、千島の領有権を、わが国が譲り受けたのであるが、この条約の対象は占守島《シムシュ》から得撫島までの十八島であることが、一つ一つ島名を挙げて明記されているのである。

これは何を意味するか。明らかに、北方四島返還を求める根拠として、極めて重要。むろん前世日本の話ではあるが……。

つまり、右十八島以外の択捉・国後・歯舞《ハボマイ》・色丹《シコタン》、つまり北方四島はロシア側も条約で認めた日本国の歴史的領土だったのである。

しかるに、前世にあっては、ソ連はヤルタ会談を楯にこれを一方的に拡大解釈したのである。ソ連は、日本敗戦直後のどさくさに乗じて、南千島の四島を占領したばかりか、いっこうに返還しようとはしない。まったく理不尽な話である。

あまつさえ、スターリンは、北海道の半分をも占領すべく軍の動員を計画したのである。

さすがにアメリカはこれを黙認せず、北海道は救われたが、一歩まちがえば東欧の悲劇を見ていたであろう。

第一、わが国はポツダム宣言を受諾して降伏したのであるが、左様な条項はどこにもないのだ。

2

「こんな男と取引した前世のルーズベルトもひどい男だ」

とは、この件に触れてのわが大高弥三郎《おおたかやさぶろう》非公式の談話であるが、なぜか。

そもそも、黒海の保養地、クリミアで行われたヤルタ会談は、米ルーズベルト、ソ連スターリン、英チャーチルの三者が取り決めた、戦後世界の分割協議であった。（参照『ヤルタ会談＝世界分割』Ａ・コント著、山口俊章訳／サイマル出版）

要するに、前世ヤルタ会談は、大国のみで交わした談合であった。

「だが、世界はだれのものか」

と、大高は言うのである。「世界は、数多《あまた》の国、数多の民族のものであろう。これを、大国間の談合のみで勝手に国境を変えられてはたまったものではない」

東欧諸国などは、まさに、この大国間の秘密談合の犠牲にされたわけである。

まさに、大国の驕《おご》りである。ちがうだろうか。

「思うに……」

と、大高はつづけるのである。「ヤルタ会談こそが、ルーズベルトの本音だよ」と。

なぜ、日米戦争が起きたのか。ここにこそルーズベルトの本音が見える。

戦争参加に反対する国内世論を押し切っても、彼が第二次大戦に加わりたかった真の理由は、ヤルタ会談に帰着する——との見方は、十分、可能である。なぜか。もしアメリカがモンロー主義をとって、この世界戦争から孤立すれば、世界の分割という美味しい分け前には与《あずか》れなくなる……。もし、こういうことを考えていたとすれば、たしかに、ルーズベルトは、したたかな政治家であった。

まさに、戦争の世紀ともいうべき今世紀最大の政治家と言うべきであろうし、この人物の世界戦略眼の凄さは敬服に値する。むろん、皮肉ではあるが……。

ところが、交渉相手のスターリンのほうが、彼以上にしたたかであった。こちらは二〇〇〇万人とも言われる同胞を強制収容所に送り込んだ悪の権化《ごんげ》である。その凄さはヒトラー以上である。巧言《こうげん》令色《れいしょく》鮮《すくな》し仁《じん》——スターリンは、ルーズベルトと巧みに取引をし、満州の権益、南サハリン（樺太）、千島の引き渡しを条件として、対日参戦を密約したのである。

「ところが、ちょっと腑《ふ》に落ちぬ点がある」

大高は、この前世ヤルタ会談について語るのである……。

この時、わが大高は、苦く笑いながら、

「私は、前世戦後の冷戦構造は、この会談で決まったと思う。確かに、日独の敗戦で世界は平和になった。戦いには敗れたが、日本も独逸《ドイツ》も平和の享受者になった。だが、新たな悲劇が次々と生まれたではないか。米ソ二大陣営の代理戦争が、朝鮮戦争を始め、相次ぎ、両陣営の境界で起きたではないか。われわれのクーデターは、かかる悲劇を阻止する目的で行われたのであって、これこそがわれわれの歴史改変計画の真の狙いなのである」

単に、「平和を守りましょう」では平和は保たれないのが、われわれの世界の過酷さなのである。かつてルーズベルトが側近に漏らしたように、戦争というものは作られるのだ……。

——このヤルタ会談は、一九四五年二月四日から十一日まで、クリミア半島の保養地ヤルタで開かれたものだが、ルーズベルトは帰国後まもなくの四月十二日、脳溢血で急逝するのだ。正史はその日付と死因を明記こそすれ、あるいは……？

ルーズベルトの急死が、アメリカに利したものか、スターリンに利したものか――はわからない。だが、ヤルタ会談では、チャーチルさえ列席を拒んだ米ソ首脳の秘密会談も行われたわけであるから、この時、何が話されたものか？

ルーズベルト以外の米側出席者は、一人の通訳と側近のポプキンズだけであった……。

死者、黙して語らずである。

千島列島の引き渡しは、「ソ連の対日参戦に関する協定」（ヤルタ秘密協定）に明記されている条項である。

3　千島列島はソヴィエト連邦に引き渡される。

と、短く。

なお、秘密協定の署名は英米ソである。

他に、

1　モンゴル人民共和国の現状維持。
2　Aサハリン南部とこれに隣接する島のソ連への返還。
Bソ連による大連港の優先的利益保護、およびソ連海軍基地としての旅順港の租借権は回復される。

C東支鉄道および大連への出口を供与する南満州鉄道は、ソ連の優先的利益の元に中ソ合弁会社により運営される。

この時点で、国民党政府は米ソに裏切られていたことになる。

なぜなら、ヤルタ会談に先立つ米英中によるカイロ会談（註、一九四三年一一月に行われた対日戦争と戦後処理についての会議）の際、ルーズベルトは蔣介石《しょうかいせき》に対し、満州の完全返還を約束しているからである。

あまつさえ、スターリンは、「中国共産主義者はまがいものの共産主義者にすぎません」と言い放って毛沢東《もうたくとう》をも裏切り、蔣介石を中国代表とすることを明言するのだ。現に、協定書にも明記されている……。

「私としては、ルーズベルトともあろう者が、なぜスターリンを高く評価し、やらずもがなの譲歩をしたのか、今もってわからない。まるで、マインド・コントロールされたかのようだ——と、すら思うほどだ」

と、大高は語る。

恐怖王のカリスマ性。この世のあらゆる悪魔が一身に乗り移っているかのような人格……。たしかにスターリンには魔力があった、と思う。

「あまりにも有名な、あの社会主義的なニューディール政策を取った人物であるから、ルーズベルトは、無意識に、この社会主義の大先輩であったスターリンに一目置いていたのだろうか」

とは、大高の弁だ……。

たしかに、その死後、ルーズベルトの評価は、すこぶる高まるが、何を考えていたのかわからぬところもないではない。

やはり、日本を誘いだしての第二次大戦参戦は、初めから戦後の世界分割を狙ってのことだったのだろか。むろん憶測……。

だが、そう仮定するならば、あのハル・ノートの真の意図も明確になる。

むしろ、日本との戦争を渇望していたのはルーズベルトのほうであって、となるとハル・ノートは要するに外交的謀略だったことになる。

もとより、罠とは気付かず、敵の仕掛けた挑発に乗った日本の指導者も悪い。当時、日本もそうとうな悪であったが、ルーズベルトのほうが二枚も三枚も上手だったことになる。さらに、その上を行ったのがスターリンであって、問題のハル・ノートそのものがソ連の工作だったという説すらあるのだ。

いずれにしても、世界は後世、日本は敗戦したわけではないので、千島全島はわが国の領土である。このちがいは大きい。

後世日本は、いち早く大陸からの撤兵を断行し、満州国を名実とも独立させた。決して傀儡《かいらい》政権ではない。朝鮮も同じだ。台湾も同じだ。つまり、ハル・ノートの要求を、自主判断で実行したのが後世……。しかも、大国アメリカ合衆国に対しては正々堂々と宣戦布告し、しかも紺碧艦隊が大活躍して、ルーズベルトを窮地に陥《おとしい》れたのであった。

さらに、日本北方世界では、悪を以て悪を制するしたたかな戦略功を奏し、スターリン帝国があえなく崩壊した。さらに、レナ川以東には東シベリア共和国が誕生した……。

南樺太には、大高弥三郎の英断で発足した東方エルサレム共和国、これが驚くべき経済発展を見せているのだ。

つまり、前世と後世では、環オホーツク世界の情況は大きくちがっているのである。

このことだけをとっても、前世とは一八〇度ちがう大高戦略の思想がわかるであろう。

侵略ではなく割譲の戦略。

あるいは、真の共存共栄は、労働と資源の搾取（これこそ帝国主義）ではなく、活発な経済交流であり、しかも圏内共通ルールに基づく貿易の確立により達成されるのだ——と。

わが大高弥三郎いわく、

「資源を求めての領土拡大策、すなわち他国・他民族よりの収奪・搾取の構造を持つ帝国主義の悪を、断固、批判し、われわれは、新しき理念に基づく新経済圏主義政策を実践しなければならない」

はなはだ明快ではないか。

繰り返すが、前世日本が唱えた大東亜共栄圏思想はまさに羊頭狗肉《ようとうくにく》。だが、大高理論に基づく新大東亜共栄圏思想は、対等な域内経済自由貿易構想なのである。

従って、わが国は、すでにこの構想の一環として環オホーツク経済圏の実現に一歩を踏み出していたのである。この環オホーツク経済圏は、さらに環日本海経済圏に連動し、黄海経済圏につながり、東シナ海経済圏・南シナ海経済圏へ。さらには、西は印度洋に、東は太平洋にも連動するのである。

ということで、後世日本、はなはだ気宇壮大。

はなはだ元気よし……。

3

話を戻す。

択捉島は、千島列島最大の島で、面積三一三九平方キロメートル。幅は六〜三〇キロメートル、長径約二〇三キロメートルである。村落は比較的平坦地の多い西海岸に集まり、最大は留別《ルベツ》である。

一八九二年、汽船航路が開かれてからは移住者も増え、産業はもっぱら漁業であるが、金・硫化鉄・硫黄などの鉱業も盛んである。

——少年高田嘉平《たかだかへい》は、夜行列車の疲れをものともせず、根室《ねむろ》港発の汽船に乗り込む。定期航路は南千島の「場所」へ向かう出稼ぎ人で満員であった。

ようやく三等船室の片隅を確保して、根室駅で買い求めた駅弁の折を広げた。

なお、彼なりの根室の印象であるが、港には通称エルサレム船や通称シベリア船も入港し、活況を呈していた。

南千島航路の汽船は、出航合図の銅鑼《どら》を打ち鳴らし、蛍の光に送られながら岸壁を離れた。

本当は、出航のシーンを、甲板に出て見たかったのであるが、それではせっかく確保した席を他人に取られるおそれがある。

やがて、汽船は、港外に出たものか、甲板に出ていた乗客が船室に戻ってきた。その中に、墨染めの衣を纏《まと》った僧侶が一人いて、席を探しているのに、彼は気付く。だが、乗客は、畳を敷いた三等席から通路にまで溢れる混みようである。

嘉平は気を利かして僧侶に声をかける。

「あのう、お坊さん、狭いけど座りませんか」

嘉平はそう言いながら、荷物のリュックサックを尻の下に敷き、人一人が座れるだけの隙間を作った。

「すまんのう」

と言いながら、僧侶は彼のそばまでたどり着き、腰を降ろした。

座ると、僧侶も、首に掛けた信玄袋から焼き餅を取り出して食べ始める。

嘉平は、これも駅で詰め替えた水筒の栓をあけ、僧侶に差し出す。

「ただの水ですけど」

「いや、ありがとう。たすかるよ」

僧侶は笑い、受け取った水筒の水をうまそうに飲む。

「君、どこから来たね」

「東京からです」

「見たところ一人のようだが」

「はい。これから、択捉にいる祖父のところへ行きます」

「はるばる来たのか、偉いものだ。歳は？」

「十二歳です」

「名前は？」

「高田嘉平と言います」

そう答えると、僧侶は、ちょっと首を傾げ、

「択捉には高田屋嘉兵衛って人の石碑があるが、君と関係があるのかね」

と、訊いた。

「はい」

嘉平は答えた。

「ほう」

「その人は択捉に初めて場所《ばしょ》を開いた人で、ぼくの先祖だって、死んだ母から聞いたことがあります」

「君は高田屋嘉兵衛ゆかりの少年か。ははッ、どうりで利《き》かなそうな顔をしておる」

それから、船旅の退屈しのぎでもあるのか、嘉平はいろいろ、このちょっと謎めいた感じのしないでもない僧侶から訊ねられ、ハキハキと彼も答えた。

嘉平は幼くして父を失い、母と暮らしていたが、その母も、この春、病死して身寄りがなくなった。東京には親戚もいないではないが、思い切って祖父の暮らす択捉島へ行くことに決めたのである。

「お坊さんはどこまで行くのですか」

と、訊ねると、

「わしはもっと先だ」

「と言うと得撫ですか」

「いや、もっと先だ」

と、答えて、口を濁した。

汽船は国後島の留夜別《ルヨベツ》に寄港し、さらに国後海峡に入り、択捉島の内保に着く。寄港する度に乗客を降ろすので、三等船室は次第にすき、自由に寝転がる余裕ができた。

気がつくと、僧侶は、胸の上で腕を組み、ながながと横になり、鼾《いびき》をかいて眠っていた。

汽船はオホーツク海側に出てから、かなり揺れていた。嘉平も横たわっていたが、時化《しけ》が次第に激しくなり、船が横揺れする度にごろごろと床を転がる。

ドーンという横波が舷側にぶつかる音と共に、体の小さい彼は、隣の僧侶に衝突した。

「すいません」

彼は謝る。が、僧侶は白河夜船《しらかわよふね》である。その時、彼は、僧侶の信玄袋から顔を覗かせているものに気付いた。

驚いたことに小型拳銃である。

とたんに、ドキドキするのがはっきりわかるほど、彼の心臓が鼓動を早めた。

とっさに、

(この坊さん、スパイかもしれないぞ)

と、彼は思った。

だが、とても悪者には見えない。彼は、誰か船員に教えようと思ったが、確かめるまではやめようと考えた。

汽船はやがて、留別の港に着く。

4

港はごったがえしていた。荷物を山のように担いだ大人たちにまじってタラップを降りると、祖父が出迎えていた。

「嘉平、遠くからよく一人できたのう」

「厄介になりますので、よろしくお願いします」

肉親に会えた喜びは、やはり嬉しい。

「どうだ、日本の北の端まで来た感想は？　何もない地の果てと思っていたのならまちがいだぞ。はははッ、手紙にも書いておいたが、お前の才覚次第で成功者にもなれるぞ」

と、八十歳になる嘉平の祖父は、屈託のない顔をして言った。

「はい」

元気よく、嘉平は、うなずく。「おれ、東京に残って職業学校に行くことも考えましたが、おじいさんの手紙で決心が決まりました。この島で働き、おれ、金持ちになり、先祖の高田屋嘉兵衛のような海産商、いや亜細亜《アジア》を股にかけるような貿易商になります」

「ははッ。いいぞ、嘉平。男はそうじゃなくちゃいけない。人間到るところ青山ありだ。わしもな、そう長い人生ではないが、お前のような孫がいると元気が出てくる。さあ、乗った乗った」

「はーい」

嘉平は、祖父と一緒に、荷馬車の御者台にとび乗る。外国人も、大勢、目につく。

嘉平は、目線が高くなったので、例の僧侶のことを思いだして探したが、港には見あたらなかった。

馬車は、留別の町を出て山道にさしかかる。まだ、あちこちに残雪が残っていた。名前はわからないが、灌木《かんぼく》が芽吹いていた。

嘉平は初めて見る景色である。

山道の途中で、一度、見失った例の僧侶にまた出会った。嘉平の心臓はふたたび早鐘を打つ。

方角は軍港のある単冠湾である。

僧侶は、立ち止まって馬車を止めた。

「すまんが、港まで乗せてもらえんだろうか」

「どうぞ、どうぞ」

祖父が言った。

「また会ったな、高田嘉平君」

と、僧侶は白い歯を見せた。

「わしらは単冠の町までだがいいかね」

「ああ、たすかります」

「それにしても、坊様が、単冠までなんの用ですか」

「爺様は松尾芭蕉《まつおばしょう》をご存じかな」

「ああ、しっとるよ」

「ははッ」

僧侶は屈託のない顔で、

「月日は百代《はくたい》の過客《かかく》にして——でしてな、全国津々浦々の行脚《あんぎゃ》の旅に出ましたのじゃ」

「それはまたご奇特なことで」

祖父は何も知らぬので、僧から問われるままに島の様子を話す。

が、嘉平は、信玄袋の中身が気になって仕方がない。

すると、嘉平は、謎の僧侶も、嘉平の視線に気付いたものか、

「嘉平君、これが見たいのなら見せてやるぞ」

と、言って、例の拳銃を取り出す。

たづなを握っていた祖父も気付き、

「ほう、坊様らしくもない」

「弾は抜いてあるから心配ない」

と、僧侶は教え、「故あって護身用に持っておるのだ」

嘉平は、渡された拳銃をおそるおそる握り、

「お坊さんはスパイじゃないの」

「ははッ。さっき、君が船の中でこの拳銃に気付いたことは、ちゃんと知っておったよ」

「へえ」

祖父が、

「千島ももっと北へ行くと、結構、危険だからのう」

と言う……。

やがて、道は峠を越える。眼下には日本海軍の艦艇が何隻も入港している。道を下る途中に衛兵のいる門があった。単冠湾は軍港地帯なのだ。

祖父は衛兵とは顔見知りらしく、嘉平を指し、

「わしの孫じゃ」

と、伝えた。

「この前、遊びに行った時、話していたお孫さんが、ようやっと着きましたか」

「これから一緒に暮らすで、顔、覚えておいてください」

「わかりました」

衛兵はうなずくと、今度は僧侶に向かって、

「お坊様、ここから先は、通行許可書のない者は入れないんだが、名前は？」

すると僧侶は、信玄袋から、一枚の書類を差し出して示す。

とたんに、衛兵は直立不動になり、

「失礼しました。お通りください」

「ご苦労」

と、僧侶はうなずく。

いったい、何者なのか。

嘉平は好奇心の固まりになる……。

5

それから、あっという間に二週間が過ぎた。

高田嘉平は、新しい生活にも慣れ、祖父の仕事を手伝う毎日である。

彼の祖父は、単冠村ただ一つの郵便局の局長をしており、村長や小学校の校長に並ぶ、村の有力者でもあった。

むろん、小さな村なので、祖父の部下は男女一人ずつ。郵便物だけではなく、郵便貯金や郵便為替の業務も行われている。

嘉平の仕事は、いずれは簿記の手ほどきを祖父から習うとして、さしあたっては郵便配達夫であった。そんな関係で、海軍の施設にも毎日のように出入りしているが、根が明るい性格なので、彼は人気者であった。

酒保などで、いろいろと噂話を耳にすることもあって、その中には例の僧侶の話もあった。兵たちによると、あの僧は司令部に行き、基地司令官に会ったらしく、扱いも丁重であったというのだ。

ところが、忽然と姿を消した。行き先は誰にもわからない。

なんでも、軍令部総長高野《たかの》五十六《いそろく》直筆の身分証を持っていたということであるし、やはり、あの僧侶はただ者ではなさそうだ。

嘉平が、そのことを祖父に伝えると、

「わしもな、多分、そうじゃないかと思っておったよ。あの身のこなし、目の強さといい、わけありげな坊さんだったからな。しかし、嘉平、となると、きっと、あの人は、お国の大事な仕事をされているにちがいない。めったなことを口にしてはならんぞ」

と、注意した。

「はい。わかりました」

「それから、嘉平、お前に教えておくが、択捉の次が得撫島だ。その先、北得撫水道から牟知海峡までの間は、民間人立ち入り禁止地区になっているのだ」

「何故ですか」

「わが帝国海軍のな、訓練海域に指定されているのだ。ま、わしの想像だと、あの坊様は、そこへ視察か何かで行きなさったのではなかろうか」

後で、嘉平が地図で調べると、一番、大きな島が新知島で、他には計吐夷《ケトイ》島・羅処和《ラショワ》島・松輪《マツワ》島などがあるがいずれも小さく、他は名もなき無人島らしい。

もとより、この海域に、わが太極計画の秘密、宇志知《ウシシル》島が存在するとは、少年高田嘉平が知る由もない……。

6

実は諸島である。古い地図には、たしかに宇志知諸島とある。だが、この名を知る者は、ほとんどいないであろう。

島と思われるものは、北島と南島だけである。南島には温泉のマークがある。この二島の北に摺手岩と表記された岩礁群がある。

わが読者に限って特別にお教えするが、宇志知島とは宇志知諸島の南島のことである。

まず、地名事典にも大百科事典にもない。まさに現地の漁師のみが知る火山島である。だが、実在する……。

さて、物語の時間を少しばかり巻き戻すことにするが、真夜中、単冠湾を密かに出航したロ型潜は、潜水と浮上を繰り返して北上した。

単冠湾より約五〇〇キロメートルの航海を終え、翌深夜、ロ型潜は、島に近づく。あたりは潮が早い。もまれながらさらに接近すると、だれの目にも岩としか思えない秘密の水門が開く。潜水艦は微速前進で水門を抜けると、ふたたび門が閉まる。中は静まり返った湾である。かつての噴火口が海没してできたものだ。

栈橋に近づくと、ハッチが開き、あの謎の僧侶が姿を見せる。ひらりと栈橋に降り立ち、基地要員らの出迎えを受ける。

一歩前に進み出て、敬礼、

「長官、われわれは首を鶴にしてお待ちしておりました」

と、宇志知島基地司令官。

他でもない、あの浜田英作《はまだえいさく》大佐だ。

「うん。君には、ト島にひきつづきの孤島勤務であるが、ご苦労と言う他ないな」

と、敬礼を返しながら言った、この僧侶は、何者？

あの旭日艦隊総司令長官大石蔵良《おおいしくらよし》元帥その人であった。

「いいえ。祖国の命運に係わる太極計画に自分も加わりましたことを、むしろ光栄に思っております」

と、浜田大佐は、髭《ひげ》ぼうぼうの青白い顔を引き締めながら答える。

「ようやく、君の任務も終わる。喜べ、高野総長に頼み、直接、おれから辞令を手渡そうと思ってな、島に来たのだ」

「はッ、ありがとうございます」

「では、早速だが、眠れる美女に会いたい」

「わかりました。ご案内いたします」

桟橋から温泉の湧出する浜辺を伝い、すっぽりと迷彩ネットに覆われている日本武尊《やまとたける》に向かう。

タラップを登り、艦橋へ。

「いや、驚いたぞ。浜田大佐、この一年あまり、よくぞ面倒を見てくれた。感謝するぞ」

と、大石は浜田を誉める。

「はッ、お褒《ほ》めに与りありがとうございます。われわれ保守班は懸命に艦を守ってきましたが、率直に言って、そろそろ限界であります。岸からも噴出する火山ガスが、最近、量を増し、これが手に負えません」

「うん」

大石はうなずく。

「その報告は高野総長から訊いたぞ。隊員の健康状態も限界らしいな」

「はい」

「もう少しの辛抱だ。おれは先遣隊としてきたが、回航要員もまもなく着く」

「いよいよですか。皆も喜ぶと思います」

浜田の顔に明るさが浮かぶ。

「ああ、それから、君に渡すものがある」

「なんでしょうか」

「愛しい女《ひと》からのラブレターだ」

「恋文でありますか」

「これだ」

と、大石から手渡されたそれは、あのメアリー・ウインスロップその人のものであった。

読者はご記憶であろうか。あの南大西洋の孤島、トリスタン・ダ・クーナ島撤収作戦のエピソードを。この時、浜田大佐が身を挺して救ったブロンドの女性がメアリーである。(『旭日の艦隊』文庫版8巻〝鉄十字の鎌〟第五話5節参照)

「彼女は日本に来ておる。軍令部にもな、君の安否を問い合わせてきたが、超秘任務についている君の居所を教えるわけにはいかなかった、すまん。しかし、現在、内地で暮らしている彼女と直接会い、おれの耳で確かめてきたぞ。ははッ、喜べ、君への愛は変わらぬそうだ。何せ、君は、彼女にとっては命の恩人だ。一日も早く会いたいと言っていた。一日も早く君と添い遂げたいそうだ」

7

一〇日後、潜輸(輸送潜水艦)が相次ぎ到着。人員と資材を降ろす。宇志知島は、俄然、活気を帯びる。

早速始められたのが仮装工事である。甲板の至るところで溶接の火花が散る。

大石蔵良自ら陣頭指揮をとる。

工事は昼夜兼行で行われ、二週間後には終わる。が、事情を知らぬ者には、いささか理解に苦しむ改装であった。

一方、浜田大佐は、宇志知島秘密基地の撤収作業に忙殺される。山腹に掘られた施設は封鎖される。来るべき開戦に備えて。

一〇〇頭あまりの狐どもが島に運ばれ、放し飼いにされる。撤収後は、海軍飼育実験場という看板が建てられ、一〇名ほどが配備されることになっているのだ。

「いよいよこの島ともお別れだな」

と、浜田が部下たちに言えば、

「われわれは、今日という日を、一日千秋の思いで待ち焦がれておりました。が、いざとなるとなぜか名残り惜しく思われます」

ふた冬を、彼らは、この島で過ごしたのだ。

「とにかく土竜《もぐら》の生活は終わりだ」

「われわれは、内地に帰るのでありますか」

「いや。内地よりももっといいところだ」

「というと、天国でありますか」

「ははッ、そのとおりだ」

「えッ、ほんとうですか」

「おれもまだ行ったことはないが、今度の配属先は天国の島だそうだ」

「どこにあるんでありますか」

「それはまだ言えんな。ま、南の島だとだけ教えておこう」

彼らの配属先は、おそらく紺碧島であろう。これも、超戦艦日本武尊の秘密を守るためである。

「いいな。みんなよく聞け。日本武尊は沈んだことになっているのだ。もし、この艦のことが漏れると国際問題になる」

「わかりました」

「いずれ、この偽《いつわ》りの平和の後にくる第三次大戦を、われわれは秘匿戦力で戦うのだ。それがどんな戦争になるかは、おれにはわからん。だが、世界そのものの存亡を賭けた戦いになることはまちがいない」

浜田はきっぱりと言った。

湾奥の浜にはいたるところ湧泉があり、皆は思い思いに浜辺を掘り露天風呂に浸かる……。

今日も宇志知島は、濃いスープのような霧に覆われていた……。

第一話　環オホーツクの地政学

1

　前世ヤルタ会談二ヶ月後（一九四五年四月十二日）、フランクリン・D・ルーズベルトは急逝した。記録によれば、風邪をこじらせ体調を崩したまま、この車椅子の大統領は、世紀の会談に臨んだらしい。

　当然、気力も衰えていたであろう。老獪《ろうかい》にして強靱《きょうじん》なグルジアの靴職人の息子、スターリンに立ち向かうには健康状態が悪すぎたようだ。

　とにかく、ルーズベルトには、死期が迫っていたのである。おそらく、その死は、彼の意識下では気付かれていたにちがいない。

　とすれば、彼が、一日も早く戦争を終わらせようと望んだらしい幾つかの痕跡も理解できる。

　だが、これが、戦後の世界に多くの悲劇をもたらすのだ。

　余りにもルーズベルトは、スターリンに土産を与えすぎた、と思う。そんな必要は何もなかったのだから。

　彼が思い描いた世界平和の枠組みは、事実上、米ソの両大国で世界を丸く収めようというシステムであった。たしかに、彼の構想は、戦後、国際連合として結実はした。が、戦勝連合軍側の大国に対し拒否権を与えるという制度のために、その機能は半ば麻痺するのだ。

戦後世界のシステムは、全てこの一九四五年のヤルタ会談に始まる——と言っても、決して過言ではない。しかし、これほど重要な決定が、わずか三ケ国の代表によって、秘密裡に成されたこと自体が、むしろ、異常であろう。

米副大統領のトルーマンですら、ヤルタ開催のニュースを初めて知ったのは、一般市民と同じく新聞を見てであったらしい。

ルーズベルトは明らかに、スターリンの人格を見誤るという致命的ミスをおかしたわけだが、その点に関しては、ポツダムで会したトルーマンの方が一枚も二枚も上であった。

ルーズベルトの死後、スターリンの槍は、多くの小国にとどまらず、アメリカ自身の喉笛にも突き刺さる危機をもたらす。たとえば後継フルシチョフが、ケネディに脅しをかけたキューバ危機である。

ルーズベルトの過大な譲歩が、千島列島をソ連に渡した。やがて、大陸間弾道ミサイルを搭載するソ連原潜群が、この千島・シベリア・カムチャツカに囲まれた聖域に潜み、アメリカに脅威を与えることになる。

到底、ルーズベルトには、亜細亜地域についての正確な知識があったとは思えず、スターリンと手をにぎりさえすれば、戦後世界はうまくいくと信じていた節がある。

だが、スターリンはそうではなかった。

腹の中では、第二次大戦の盟友アメリカをも、いずれは打ち倒すつもりだったのではないか。

一九五〇年、朝鮮戦争勃発。米軍は今一歩で、海に追い落とされるところであった。これも、ルーズベルトの判断ミスの付けであろう。おそらく、ルーズベルトは朝鮮半島の重要性を理解しておらず、安易な妥協で南北に境界を分けたものか。

この半島が、亜細亜地政学上いかに重要かを、太平洋の彼方に住んでいたアメリカ人は、深くは認識していなかったのである。

おそらくヴェトナムもだ。このヴェトナムへの介入が、アメリカを衰退させる。

何よりも、案に相違した冷戦構造の出現によって、アメリカは、膨大な軍事費に圧迫され、経済の破綻《はたん》を招く……。

戦後の特に半世紀間、ソ連崩壊までに起きた全ての戦争が（アフガン戦争も湾岸戦争もだが）、そのそもそもの原因は、過剰な土産をスターリンに与えすぎた、ルーズベルト大統領の判断ミスにある——と言っても過言ではない。

2

海上は濃い霧に包まれている。

宇志知島の水門を巧みに抜けた、超戦艦日本武尊は、いったんは北太平洋に出る。だが、たちまち針路を転じ、計吐夷海峡を抜けてオホーツク海を目指す。

もとより、最終目的地は室蘭《むろらん》港であるから、遠回りのコースになる。

むろん、理由あってのことだ。

「大石司令長官、無線であります」

「うん」

艦橋に陣取るは大石蔵良。今は、墨染めの僧衣を脱ぎ捨て、凜々しくも、帝国海軍の制服姿である……。

「こちら忠臣蔵《ちゅうしんぐら》、どうぞ」

「新撰組《しんせんぐみ》です」

無線の相手は、中千島海域で演習中の高杉英作《たかすぎえいさく》海軍大将であった。

「本艦は、目下、レーダー封止にて、計吐夷海峡を航行中」

「諒解。われ貴艦をレーダーに捕捉中。これより護衛の任に就く」

「諒解、新撰組。われ、現在速度一二ノット」

「諒解、第三帝国偵察潜、接近との情報あり。特段に警戒されたし」

遠く南米チリよりの独潜が、最近になって増えているのだ。彼らの母港は、南チリ太平洋側フィヨルドの奥深く建設されたブランズウィックである。

中千島海域が、わが帝国海軍の演習場であるとの情報が、独本国に届いているからだろうか。オホーツク沿岸経済圏の発展、とみに著しいからであろうか。

その時、

「敵推進器音を捕捉」

との報告がソナーより届く。

「独潜であります」

「新型なら記録《ライブラリー》せよ」

「いえ。音紋名簿にあります。敵はシックザール型であります」

すでに、わがほうは、高性能海中情報収集艦、亀天《きてん》号を世界七つの海に放ち、データ収集の任に当たらせているのである。当該敵潜も、最近、亀天号の働きにより、わが音紋名簿に加わったものだ。

「一発、脅してやりますか」

と、原元辰《はらもとときし》が言った。前大戦中、大石の右腕であった男だ。

「おいおい、参謀長、まだ戦争が始まったわけではないぞ」

大石は笑った。

「それはそうですが」

大石は艦橋の窓から空を見あげ、

「霧が晴れて来たな」

と、つぶやき、

「機関部、両舷停止」

と、叫ぶ。

原に向かって、

「ちょうどいい。敵に音楽を聴かせてやろう」

片目をつむる。

「おもしろそうでありますが、選曲は?」

「歓迎の意味でも、日本の歌がいいだろう」

「するとサクラサクラですか」

「ははッ」

大石はにやっと笑った。「あれだ」

「はッ?」

「大高閣下お気に入りのレコードがあるぞ」

「えッ?」

「今、内地で大流行のあれだ」

「ああ、わかりました。敵はきっと目をまわしますぞ」

原は呼びかける。「おい、電子作戦室ッ。急いで笠置志津恵《かさぎしずえ》のレコードを探せッ」

「はあ〜？」

「司令官の要望だ。スピーカーの音量をいっぱいにあげて、海上と海中に流せ！」

敵潜は驚異的航続距離を誇るシックザール型航洋偵察専用潜水巡洋艦であった。こいつは水上偵察機やスパイ潜入用舟艇まで搭載していると言われる代物。

軍事活動は戦争時だけとは限らないのだ。むしろ、平和時のほうが大事。

第三帝国側は、もとより開戦準備が整いさえすれば、ふたたび戦争を始める気であるから、諜報・偵察活動に余念がないのだ。

彼らもまた、ハインリッヒ・フォン・ヒトラー総統陛下の命を拝し、世界中に放たれた忍者であった。

もとよりお互い様だ。米国も英国も、また日本も、各国が、手を変え品を変え、相手を探りあっているのである。

第三帝国側としては、強力な同盟を結ぶ日本・東方エルサレム共和国・東シベリア共和国の三国に囲まれたオホーツク海に対し、強い関心を抱かざるを得ない。独潜艦長ランデ大佐に与えられた任務も、敵聖域オホーツク海に関する情報収集であった。

だが、オホーツク海の警備の厳重さは予想以上だった。

地図を見ればすぐわかるとおり、この海域への潜入は、千島列島の島と島の間をすり抜ける他ない。

ところが、日耶西《にちエシ》側は、あらゆる千島の海峡・水道の海底に、大型の固定式水中聴音機を据え付けている。敵は、日曜も祭日もなく、四六時中、耳を澄ませているので、たちまち、敵機が飛来、爆雷が投下され、追い払われるのだ。

なお、日は日本、耶は東方耶留去夢《とうほうエルサレム》共和国、西は東西伯利亜《ひがしシベリア》共和国を指す。

ともあれ、祖国を世界一の科学国と信じているランデ艦長には信じられない、驚異的な敵側探知能力であった。

だが、彼の愛読書『我が闘争《マイン・カンプ》』などヒトラー総統陛下の著書によれば、日本人もロシア人もユダヤ人もみな劣等民族のはずなのであった。

(なんてこった)

ランデは舌打ちした。

現実はちがっていたのだ。

通信技術・暗号解読・探知技術は、東方エルサレム共和国が優れている。SOSUS《ソーサス》(Sound Surveillance System)とも言われるこの手の海底固定式水中聴音機は、東方エルサレム製である。同じものは対馬海峡などにも設置され、独潜の潜入を防いでいるのだ。

大高弥三郎の英断によって、ユーラシア大陸東方の外れに約束の地を提供されたのが、東方エルサレム共和国であるが、彼らは、いわば頭脳立国とも言うべき国策で、この小さな辺境の国を繁栄させているのである。

従って、この海底固定式水中聴音機にしても、彼らの科学研究の果実である。

まさに、大高弥三郎、こうした果実を考えていたのである。

つまり、決して豊かとは言えないこの土地を提供したのが後世日本なら、ここに技術という果樹を植え、果実を実らせたのは彼らであった。

東方エルサレム共和国では、人口一万人あたりの技術者数が、一五〇人を越えると言われるから凄い。日本の二倍だ。

技術力は小国をも金持ちにするのである。

短期間に高度経済成長を遂げた東方エルサレム共和国は、また、建国まもない東シベリア共和国からの労働者を受け入れ、数万の雇用を生み出しているのである……。

3

話を戻す。

やむをえず、ランデ大佐は、千島列島にそってここまで南下してきたわけだが、偶然、日本武尊と遭遇したのである。

そこでランデは、

(船足ののろい敵艦の真下につけば、うまく計吐夷海峡を抜けられるかもしれないぞ)

と、考えたわけだ。

ところが、肝心の敵艦が、突然、停止してしまった。

しかし、海中にいては理由がわからない。

「潜望鏡深度に浮上」

と、彼は、どうせ発見されても撃沈まではされまい、と高をくくって命じた。

ランデは潜望鏡を覗いた。潜望鏡の視野に彼は意外なものを見た。

「あれはなんだッ?」

ピンクをはじめ、赤や黄色、原色ばかりを使って、ど派手に塗りたくられた戦闘艦を見たのである。

とたんに、一度も耳にしたことのない音楽が聞こえてきた。

ナチス体制下では、絶対にあり得ない類の音楽だった。

「黒人ジャズのようであります」

副長が言った。

「極め付きの退廃音楽だ」

ランデは顔をしかめた。

「はい。吐き気を催します」

と副長は言ったが、まんざらでもなさそうである。

彼らが聞かされたのは、笠置志津恵の『東京ブギウギ』。

「日本人は、アメリカの大衆文化にどっぷりと犯されておる」

と、ランデは叫んだ。

「諸君、こんな国は遠からず滅ぶだろう。ハイル・ヒトラーッ」

(それにしても、あの連中は、いったい何を考えているのだ)

ランデには、神聖な戦闘艦を極彩色に塗りたくる神経が理解できなかった。

4

大石の仮装作戦は成功した。

なぜ敵艦長が、沈んだとされる日本武尊を目前にしながらついに気付かなかったものか。理由はど派手な偽装だけでは、むろん、ない。

ご存じのとおり、日本武尊は半潜艦である。わが大石蔵良はこの機能を利用して、艦体を半没させていたのである。

加えて、宇志知島に運び込んだ鉄板を使って甲板上部構造を覆い、これにペンキを塗ったくるという手の込んだ偽装をしたのだ。

すなわち大石は、瞞天過海《まんてんかかい》の計を以て敵の心理の盲点をついたわけである。

日本武尊は半潜航行のままオホーツク海に入ると、東進して宗谷海峡に向かう。

景気よく笠置志津恵の歌声を響かせて進む、異様な艦を目撃した出漁中の漁船の乗組員は、みな目を丸くして日本武尊を見送る。

これが漁民仲間の噂にのぼり、新聞社の飛行機が飛来、航空写真を撮る。

取材の問い合わせは軍令部にも行き、広報部も打ち合わせどおりに答えた。

果たして、その日の夕刊三面に、

——海軍慰問艦、オホーツクを周航

との見出しで報じられた。

日本武尊は、日本海を南下、津軽海峡を抜け、夜陰に乗じて、室蘭港に建設された巨大な秘密地下ドックに入った。

早速、偽装用の鉄板が撤去される。技術者多数が散り、点検作業を始める。

もとより、わが大石蔵良は、超戦艦改装の総指揮に当たる。第三次大戦開戦の時期が早まった今、時間はあまりない。

5

夏季はともかく、冬季間は流氷によって閉ざされるのが、千島の諸海峡である。だが、例外的に不凍海峡もある。

以下、余談となるが、これこそが、四島返還をロシア側が渋るもっとも本音の理由だ。

すなわち、クリル（千島）列島には、一・五キロメートルから五五キロメートルの幅をもつ二六の海峡があるが、このうち得撫・択捉・国後間の二海峡のみが不凍海峡なのだ。

つまり、もしも、ロシアが、気前よく北方四島の返還に応ずるとする。結果はどうなるか。北太平洋を睨むロシアの重要戦略拠点、ペトロパブロフスク・カムチャツキーが、冬季間、孤立することになる。

この長い名前の原潜基地は、カムチャツカ半島南部西岸にあるが、地図を見れば一目でわかるとおり、ここへの陸路を使っての補給は、非常に困難である。

一方、ロシア本領と極東シベリアをつなぐ生命線はシベリア鉄道であるが、その終点がウラジオストックあるいはナホトカである。

この軍事的要衝とペトロパブロフスク・カムチャツキーは海路で結ばれている。とすれば、冬季航路の確保のためには、どうしても北方四島が、彼らには必要なのである。

従って、四島返還が絶望的か――と言えば、必ずしもそうではない。今直ぐとはいかぬにしても、世界そのものの枠組みが変われば、四島の戦略的意味も変わるであろう。つまり、ロシアにとって四島があまり重要ではなくなる時代、それが何時かはわからぬにしても、戦争というものがまったく無意味になるような世界完全平和の枠組みができあがる時代がくれば、四島問題も自然に解決をみるであろう。

領土問題は厄介なものだ。根が深い。領土や領海の資源云々の理由以上に、その多くは地政学上の問題なのである。

おそらく、ソ連の北太平洋進出計画は、ヤルタ会談時からあったと思われる。海洋への出口を求める強い願望、それがロシア南下政策であり、東方政策なのである。

この心理は、おそらく不変であろう。これからも変わらぬということ。ロシア人の立場になって考えれば、それ以外に彼らが生きる道はないのだから。

すなわち、広大な領土を持ち、豊富な地下資源に恵まれているにもかかわらず、国土の北の長大な海岸線は氷海である。従って、事実上、この国は内陸国なのである。

まさにこれこそが、ソ連という国に与えられた宿命の地政学である。そういう運命下にあるのだ——と、まず、彼らを理解してやらなければ、問題解決の糸口すら見付からない。

歴史の見方はさまざまであろう。だが、もっとも困るのがイデオロギーである。なぜか。イデオロギー史観に立つ限り、歴史のシナリオは見えてこない。イデオロギーは真相を隠す。あえて言うが、イデオロギーが歴史を作るのではなく、地政学が歴史を作る。歴史の本質、その構造は、地政学だと断じてもよい——との視点こそが、大高弥三郎流の地政学史観なのである。

前世戦後、世界を二つに分けた冷戦構造も、このソ連地政学と無関係ではないのだ。すなわち、自由陣営側は、ソ連に対し徹底した封じ込め政策を採った。これが何故できたのか——と、発想の転換をすれば、答えはすぐに出る。宿命的に、ソ連が、内陸国家であったからこそ、易々と封じ込めることができたのである。

ソ連の本質は繭《まゆ》である。

たとえば、繭の殻を食い破ろうとしての懸命のあがきが、日露戦争の衝突を起こした。だが、ソ連（ロシア）に味方する歴史家は、これをわが国の侵略戦争とみなす。

バルカンの紛争も同じ。日露に敗れたロシアが、東洋をあきらめ地中海への出口を求めての紛争であった。これが、連鎖反応を起こして第一次大戦になる。

戦後の朝鮮戦争、アフガニスタン侵攻もであろう。みな、この巨大繭が仕掛けた地政学の戦争と理解すべきである。

また、戦後、ヤルタやポツダムに違約しても、スターリンが北海道の半分を占領せんとした理由も、地政学でわかる。

先に述べたとおり、ウラジオストックとペトロパブロフスク・カムチャツキーを結ぶ航路は、宗谷海峡を抜ける。だが、対岸は日本である。これを安全にするには、対岸を占領し、海峡全体を内海化するしかない。つまり、スターリンが画策したのは、宗谷海峡のマーレ・ノストラ化だ。となると、ヤルタの時点でスターリンは、すでに抜け目なく、北太平洋進出を画策していたことになる。そのための取引材料に使われたのが、対日参戦であった。

にもかかわらず、日本の首脳部は、こともあろうにソ連に停戦調停を求め、ロシア地政学の無知をさらけ出した。

ルーズベルトもである。この大統領も地政学を知らなかった。世界の片田舎と考えたものか、鷹揚《おうよう》に譲歩した千島が、あとでアメリカを苦しめることになる。おそらく、ルーズベルトは、マハンを読んでいない。だが、スターリンは、マハン地政学の原理を理解していたにちがいない。

6

東京裁判では、満州事変は対ソ防衛戦争であったとする日本側の主張は、認められなかった。

往時、中国東北の地は辺境であり、軍閥と匪賊《ひぞく》の土地であった。もし、これを放置すれば、外蒙のソ連化に引き続き、満州が、さらにドミノ現象により朝鮮半島すらもソ連の支配に屈していたかもしれない。むろん、あくまで仮定の話であるが、少なくも、これが日本側にとっては切実な危機意識であった、思う。

もとより、歴史は、「覆水盆に返らず」であるし、「死んだ子の歳を数える」ことにもなるが、要するに日本は己を過信しすぎたのだ。これが、日露戦争後の日本であるが、「出る杭は打たれやすい」。欧米列強の包囲にあい、あたかも「窮鼠猫《きゅうそ》を噛む」式で戦争に突入したのだ。

当時の日本は、国際社会の力学というものを利用しつつ、ある時はしたたかに、ある時は柔軟に、懐の深い外交をする術に欠けていたのである。

ともあれ前世は前世、後世は後世だ。後世世界の情況を、前世と比べた時、がらりと変わっていることにご注目を賜《たまわ》りたい。

以下、ざっと説明するなら、後世日本は領土の北に三内海を有する。

まず、沿海三国を有するオホーツク海は世界有数の漁場であるが、三国間で調停された漁業協定に基づく漁業が盛んである。協定の骨子は科学的根拠に基づく海洋資源の保護と資源利用平等の原則。三国共同のパトロール船がオホーツクの海を巡航しつつ厳しい監視の目を光らせ、違反者への罰則は厳しい。

なお、前世とは異なり、後世漁業は三国とも国有事業である。なぜか。農業は栽培であるが、原則として漁業はちがう。漁業に競争の原理を持ち込むことは、資源の枯渇を招く。

当然、後世日本では、積極的な人工孵化《ふか》・養殖など栽培漁業も盛んである。

ところが、往々にして漁民というものは、自分の庭先から物を拾ってくるという感覚なのである。乱獲すれば資源が枯渇することを知りながら、先を争う。これはなぜか。漁民のエートスそのものに理由があるわけであるから、これを変えることは難しい。

『大高語録』によれば、「海洋資源は公のものである——との観念を植え付けることが大事だ」ということになる。つまり、「農業ならば作物は栽培をした者のものになるが、栽培をしない海の資源は一〇〇パーセント取得者のものではない。道に落ちているものは、拾った者のものにはならない——のと同じことである」と。

古代では自然のものは自然を支配する神々のものであった。その意味でもアイヌ民族の観念は優れているのだ。たとえば、彼らは熊を狩るが、この熊は、肉体というお土産を持参して下向した神なのである。故に、彼らは神を祀《まつ》り、神とともに熊肉を食べ、その霊をふたたび天に送り返す。

こうした観念は、自然に対する尊敬と畏怖心を伴う敬虔な心であるから、皆殺しにはしない。見事に、人間と自然が共生しながら生きるシステムなのである。

いつのまにか人間は傲慢になった。大自然を恐れなくなり、自分たちの下に自然をおくようになった。平気で森を切り倒し、平気で川や海を汚すようになった。それでも文明生活と言えるのだろうか。危険な廃棄物を、しかも大量に、平気で他県に運んで捨てるような行為がなぜ行われるのか。

だが、後世の日本はちがう。自然の汚染、自然からの無秩序な収奪は公共への明らかな反逆であるから、その罪は極めて重い。

一見、時代の逆行との批判もあったが、後世日本では古代の神々が、庶民の日常感覚として、至極、自然に復活しているのだ。

西欧ではキリスト教が多くのゲルマン古代神を抹殺したし、わが国では大和朝廷つまり征服者の神々が多くの土着の神々を抑圧したが、こうした民衆の日常生活に密着した神々が、後世では復活しはじめている……。

もとより、これらの神々は人神ではなく、多くは自然神である。こうした土着の神々との交流を通じて、人々は幼き日々より自然と共生しつつ生きる生き方を学ぶのだ。

歴史というものは、その大部分が征服者と被征服者の戦いの歴史である。いささか極端になるが、『古事記』にしても古代の征服戦争史として読めなくもない。その過程で被征服民の神々もまた高天原神族への従属を強いられたわけである。

だが、後世の日本では、環境問題との絡みで、多くの自然神の復権とその評価の民族学的見地からの見直しが行われ、各地での祭事や祭りが人々の関心を集めているのである。

このことと、後世日本で実施されている地方分権制度とは無関係ではない。

なぜか。古代の中央集権国家体制形成の過程で、実は神々の中央集権化も行われたのである。

前世日本では、挙国一致的な戦時体制を敷く必要から、古代征服王朝的な秩序が敷かれた。台湾・朝鮮のような植民地にすら神社が作られ、これへの拝礼が強制された。これは古代より繰返し行われてきた統治の手法であった。

だが、大高弥三郎の『群島国家論』は、神もまたその土地その土地に固有の神々でなければならない、とする。この理念は宗教つまり異民族の神に寛容であったモンゴル帝国やオスマン＝トルコ帝国の寛容さに習ったものでもある。

大高は言う。

「政治的権力が異なる神を支配することは、人々の心を支配することである。だが、およそ国家にはそのような権力はない。あってはならない。なぜなら、国家は単に機械にすぎぬからだ」と。

大高弥三郎が、なぜかようなことを言うのか。彼は前世戦時体制を批判するからである。日本の全体主義は、いわゆる政治学の分類では割り切れぬ特異性を持っていた。一人の現人神《あらひとがみ》を頂点に据える、一種の宗教的全体主義国家であった。

いったい、だれが、このような特異な体制を考え出したものか。これは維新後日本近代史の大きな謎の一つであろう。

戦前・戦中の時代を経験した者ならわかることだが、この時代は明らかに一〇〇〇年の時間を遡った奇妙な時代、すなわち古代日本が近代に復活していた時期であった。

これが維新体制の正体である。大和朝廷の征服原理が、そのまま亜細亜の征服と支配へ拡大して行くのだ。

従って、台湾・朝鮮併合より大東亜戦争にいたる日本近代史は、新たな『古事記』物語として読むことも可能なのである。

7

余談を戻し、内海オホーツク経済圏は順調であって、わが国では北海道が地理的にもその恩恵に浴している。

もし、この地域で問題があるとすれば、新興東シベリア共和国の経済自立である。

目下、東シベリア共和国は、東の第三帝国支配地域からの大量難民を抱え困窮しているのだ。

たしかにこの地には広大な土地こそあるが、多くは極寒の未開拓地である。老トロツキーの率いる東シベリア共和国政府は、懸命にその救済に努めているが、一部では餓死者も出ている。何しろ一〇〇万単位どころか一〇〇〇万単位の人々が、ナチズムの過酷な迫害を逃れて国境を越えてくるのだ。

この救済のため、後世日本も、目下、懸命の援助を行ってきたが、ようやく米国政府からの食料援助も届き始めた。

だが、その過程で、老革命家トロツキーのかたくなな信念も少しずつ変わりはじめている。いうまでもなく、その信念とは永久（永続）革命論である。

老トロツキーと東方エルサレム共和国との関係は悪くはない。トロツキーの出自がウクライナ、ヘルムソンのユダヤ人富農の子であることを知ればわかるとおり、東方エルサレム共和国とは親和性があるのだ。

ただし、トロツキー政権を危険視する勢力も少なくない。東方エルサレム共和国の経済体制は資本主義市場経済であるから、彼の革命理論とは敵対するのだ。

だが、世の中というものは、原理原則のみで動くものではない。理想は理想として、トロツキー氏ほど歳を食えば、自ずと現実原理が働く。トロツキー氏としては、当面、東方エルサレム共和国に経済援助を期待する立場であるから、妥協もする。ただ、少々、会談の席で弁舌を振るいすぎるきらいがあり、これが列席者を当惑させるのだった。

彼の資質は、政治家というよりは、理論家であり著述家であるが、生来のそれに磨きをかけたのは、流刑地での暮らしであった。

ともあれ、論争家の彼には手こずる。文章力はあるし、思考力も鋭い。そこで最後の調停にかり出されるのは、決まってわが大高弥三郎である。大高はなかなかの聞き上手であるから、トロツキー氏に喋らせるだけ喋らせておき、やおら説得にあたるのである。

なにしろ、正史どおりならメキシコで暗殺されるところを、彼は、この世界では大高に救われたのである。

「同志、トロツキーさん。あなたのいうことはわかる。だが、どうか、あなたがこの改変中の世界で、いかなる役割を演じなければならないか、その点も考えてはくださらんかのう。私としては、私なりに、あなたの世界史的レゾン・デートルについては理解しておるつもりです。だが、前世では、あなたの理想は実らず破れた。その理由はなにか。歴史の現実に対する読みに誤りがあったからだと思う。私なりに考えますが、理想に至る道筋を多少変更することも、革命家の判断だと思うし、それがあなたの大理想に反するとは思わんですが」

トロツキー氏はほろっとして、

「わかりました」

と、うなずく。

たいていその先に、

「ただし……」

と、つづくわけであるが……。

環日本海経済圏については、右三国に朝鮮が加わる。

さらに清津《チョンジン》条約によって、隣接三国の貿易港が作られたため、後世満州国も日本海に出口を持った。

のみならず、夏季には黒龍江を利用する水運が開かれたため、満州奥地の物産がオホーツク海に船で運ばれるようになった。これも隣国が対立せず、平和な関係を保ってこそ可能なのである。貿易は経済を繁栄させる。物資だけではなく、人の交流も盛んになるし、情報の交換もなされるのだ。

これもすべて、平和の配当であろう。

朝鮮の躍進も著しいものがある。この国には、優秀な人的資源と民族の活力がある。前世では日本帝国主義の支配下にあり、屈辱を嘗《な》めたが、後世朝鮮はちがう。内乱状態の中国とは異なり、驚異的な経済成長を遂げているのだ。特に、満州の豊富な地下資源を背景に、製鉄・造船業が盛んである。

もう一つの内海、東シナ海では、日本・朝鮮・満州・中国に加え、独立台湾の躍進がめざましい。前世では、大陸で破れた国民党軍が来島し、住民何千人かを殺害するという不幸をみたが、日本の敗れなかった後世の世界は別の歴史をたどる。

さらに、亜細亜には多くの国々が、それぞれ、大戦終結を待たずに独立を果たし、濃密な貿易経済圏を形成しているのだ。

だが、国・共対立する中国の動向が、今のところ、大いに懸念される……。

第二話　トロツキストらの楽園

1

二百数十年に及ぶ海禁政策の意味は何であったか。世界史的にも稀な長期の鎖国の間、もとより、社会は内部的矛盾を累積したものの、日本という武家社会国家は、概ね平和であった。

この太平の夢を呼び覚ましたのが、アメリカ人提督、ペルーの率いる自走艦隊、黒船の到来であった。

当時の人々の驚きは、想像を上回るものであったはずだ。なんの予備知識もなく、突然、異様なものを目撃したのであるから。

強い衝撃が、人口二千数百万人の列島国に走る……。そして、この時以来、太平洋の遥か彼方、対岸の大国、アメリカと日本の宿命的な関係が始まるのである。

ともあれ、黒船が日本社会を変えたのだ——と、われわれは認識すべきである。まさに、黒船こそが、受動的な日本社会を変革に踏み切らせた引き金になったのだ。

この見方が、わが大高弥三郎も支持する海洋史観である。

もし、黒船到来が遅れたとしたら、わが国はどうなっていただろうか。

社会は、必ずしも内部因子に従い必然的に変わるわけではなく、外的な圧力によって劇的に変わる。つまり、幕末・維新を襲った変動の嵐は、まさに黒船カタストロフィーであった。

たしかに、当時の日本社会はシステム疲労を起こし、各藩は財政赤字に苦しんでいた。だが、その矛盾は、あたかも過飽和の雲にも似た状態だとは思うが、それだけでは社会は変わらない。内在する矛盾を一気に顕在化する要因は、ある場合には暴力革命、ある場合には外部からの圧力である。

『大高語録』に従えば、「極東の島国にすぎない日本のような国では、唯物史観的歴史発展法則は必ずしも当てはまらず、むしろ、海外から加えられる異国の圧力が、日本社会に構造的変革を強いる」のである。

これを言い換えるなら、日本は、本質的に受動的社会だということ。いや、むしろ、これは、亜細亜社会全体に言えることかもしれない。

十九世紀、亜細亜世界全体が、地球の反対側の圧力波を受けた。ある国はこの力に抗しきれず、国土を奪われ、植民地化された。

だが、わずかな国だけが、この圧力を切り抜けることができた、自己変革によって――。

たとえば、印度シナ半島の中央に位置するタイである。一八八六年、西方の隣国ビルマ王国(現ミャンマー)が英国に滅ぼされた。翌年、東方に仏領印度シナ連邦が作られる。列強の蚕食は着々と進み、タイの独立は風前の灯……。

この苦境を切り抜け得たのが、ラーマ五世の英断であった。

王は貴族階級を押さえ込み、中央集権国家の建設を始める。官僚組織・軍隊・鉄道・灌漑水路網の整備など、近代国家の体制を整える。

その点では日本も同じであった。維新革命の目的は、西欧列強に侮られぬ国力を速やかにつけることだったのである。

一方、亜細亜の大国の一つである印度は、すでに英国の支配に屈していた。だが何故。英国に勝る人口と国土、富を有する大国が、易々と小さな国に支配された理由は、この国が封建制のまま眠っていたからである。

老国清《しん》もまた同じ情況にあり、阿片《アヘン》戦争の屈辱を嘗めた。

それにしても、よくぞ日本はその独立を守り抜いたものだ、と思う。日本人には外圧を利用し、機敏に己を変える能力があったからだろう。

だが、黒船の渡来が、もし遅れたとすれば……。自律的な自己変革能力に乏しい日本人は、太平の惰眠をむさぼりつづけ、気付いた時には欧米列強諸国の植民地になっていたにちがいない。

2

日本近代史をして、亜細亜諸国への侵略史としか捉え得ないような史観を以てしては、その評価に正しさを欠く。

太平洋戦争の敗者だからと言って、何らわれわれは自虐史観に陥る必要などない。中立国を交えず、勝者のみの論理で行われた東京裁判史観に屈する必要もない。

率直に言わせてもらうが、負けは負けである。戦争の罪は罪である。だが、先人たちが遺した負の遺産を、子孫であるわれわれが、未来永劫、引きずる必要はない。必然性もない。

日本人でありながら日本を否定しつづける史観は、次世代や次々世代の無意識を蝕み、社会そのものを無気力化するであろう。

人の一生がそうであるように、「人生苦あれば楽あり」である。善行もあれば悪行もある。国家も同じだ。その時、その時の情況に応じ、懸命に考え、選択した結果が歴史なのである。

あとから振り返り、それが最悪の選択であったなら、率直に失敗を分析して教訓とし、歴史に学べばいい。

われわれが、悪を犯したのであれば、頭を下げればいい。償えばいい。

だが、絶対に自己否定をしてはならない。

堂々と胸を張っていればいいのだ。

過去は、あくまで過去であって、大事なのは今の自分である。

失敗こそが最大の教師である。

まちがわぬ歴史などあるだろうか。

失敗でない歴史などあるだろうか。

そんなものはない。ありようがない。

後世日本国民は、その生を自己肯定的に生きる。後世には、マイナス思考はない。

後世の教育は、すべてプラス思考である。では、プラス思考は、いかなるシステムから生まれるか。一に重要なのは父性の権威である。父性とは大黒柱である。秩序の基軸である。脊椎動物の背骨である。バックボーンである。

成長の過程で、父性は、絶対必要なのである。

大所高所から全体を見る能力。根幹と枝葉末節の見極め。組み立てる能力。構成力と体系化。

こうした能力は、父性によりもたらされる。生活・人生の目標、理想と価値観の形成もだ。

父性を以て育てられなかった世代の思考は、身辺雑記的となるが、これは、わが日本文学の特徴でもある。たとえば私小説の類。高等遊民文学……。

子は、母性によって強く支配されすぎると、いわゆる幼児期における母子一体感のプライベートな関係の克服に失敗するのだ。社会全体というパブリックな全体秩序の獲得を果たせなくなる。「わが子を……」とか「教え子を戦場に送るな」とか言うスローガンの類にしても、精神分析学的には母子密着的な意識に他ならない。この時、彼らは、無意識裡に子を所有化しているのだ。

自立性を尊重すると称される教育にしても、実は親・教育者の錯覚なのである。

なぜか。そもそも自主性は、予め子の前に権威というもが存在し、これと子が葛藤する抵抗の過程で育つ。家庭では父である。父が権威という役割を演ずる。フロイトの用語を使えば、エディプス・コンプレックスである。子の前に立ちはだかる壁としての役割を父というものは演ずる。だが、母性の無意識は、子の主体性を否定する母子相姦関係であるから、いくら口先で自主性を唱えたとしても、そうした教育の挙げ句にできあがるのは、マニュアル人間と付和雷同型流行追尾人間だけである。（参照『父性の復権』林道義著／中公新書）

3

戦前・戦中の日本人のものの考え方には、見るべきものも多々ある。

たとえば厳父のイメージ。ただ惜しむらくは、当時の日本の父たちの理想が、いささか独《ひと》りよがりの感があり、一歩国の外に出た外地では通用しなかったことである。

敗戦体験の重要性は、戦争に負けたそのこと自体ではなく、結果として生じた父性の著しい喪失である。父たち自身が敗戦により喪失感に囚われ、父であることを止めたことである。放棄したことである。

かくして、民主主義の誤った適用が、戦後社会では起きたのだ。

母権的民主主義は、真の民主主義ではない。政治原理としての民主主義は、本来、父権的なものである。

なぜか。民主主義機械を正しく駆動させる基本因子は、確立された個のはずだ。この個は父権的家庭における基本的教育によって芽生えるものだ。子は権威としての父を戦いつつ、個我を形成するのである。

つまり、個我というものは、これを易しく言い換えるなら、母子分離を果すことなのである。

だが、母子分離のうまくいかない非個我社会では、父権は疎《うと》んじられる。父親たる自覚のない月給運搬人は、ぬくぬくとした彼らの生活を維持するために必要な、単なる自動給餌装置にすぎないのだ。

前世戦後社会の実態に見よ。自己規制や自己鍛錬、あるいは計画的な人生設計等の象徴である父権を完全喪失した社会では、当然、刹那的な彼らの快楽原理の邪魔となる父権は敵視される。彼らの無原則で好き勝手な生活を妨害する父権は、悪の権化ですらある。

また、ひたすら、流行というものに右往左往する他人指向的な者たちは、わが道を行く個性を敵視、陰口、いじめの対象とするのだ。

しかも、マスコミというものが極端に発達している大衆消費化社会が、ますますこうした傾向を助長するのだ。

繰り返すが、かかる非個我社会では、本来の民主主義は変質して衆愚民主主義となるのだ。その先に待ち受けるものは日本没落――さもなくば全体主義である。

一応は……と断る必要があるが、前世戦前・戦中当時の日本人が考えた理想は、欧米の侵略に屈することなき亜細亜新秩序の建設であった。

これが画餅《がべい》に終わったことは言うまでもない。だが、たとえそれが幻にすぎなかったとしても、大きな理想に燃えていたのも、また一つの事実である。

むろん、まちがった理想だ。だが、それがまちがいとわかるのは、その理想が失敗に終わった時である。

あの全世界が注目したロシア革命にしても、当初は理想そのものであった。故にこそ、何億もの人々が熱狂したのである。だが、その実態は想像を絶する悲劇を内に孕《はら》んでいた。

大陸に攻め込んだ日本も同じだった。東亜に正義をと信じたからこそ、あれほど勇敢に戦えたのである。だが、戦後初めて知らされたごとく、その実態はやはり大きな悪であった。

いったい、何がまちがっていたのだろうか。

青春というものを母なる祖国を信じ、身も心も捧げ、裏切られた人々の心中も理解できるが、だからと言って、何もかも信じられなくなり、ここで思考停止するのは、やはりまずい。

日本人でありながら日本人が嫌いになり、祖国をこの国と呼んで嫌悪する日本人が、大多数を占めるような国家を、想像するだけでも慄然とする。

マイナス思考の行き着く先は、虚無である。むろん、思考を鍛錬するならば、虚無より蘇る創造的カタストロフィーはある。だが、往々にして、ひと度《たび》、虚無の病に罹ると、その先には無意味地獄がある。

そして死……。

生理的死、さもなくば無気力な日々の日常の死……。

だが、わが大高弥三郎は、そうは考えない。彼の同志たちもまた……。故にこそ、彼と彼らは、この試練の世界である後世の次元に、転生し得たのであった。

人というものが、世界の中で生きることの肯定的意味を考えるための猶予の時を、彼らに授けんと謀《はか》った大いなる天の慈悲によって……。

4

明代《みん》、亜細亜世界は、この漢民族の国家が亜細亜的秩序の中心であった。

故に中華思想が一定の権威を保ち得た。

だが、この大明帝国（一三六八～一六四四年）が、北方の民、満州族（後金）に滅ぼされる。これが清（一六一六～一九一二年）である。

だが、朝鮮王朝とともに日本は、この新たな中国大陸の支配者を亜細亜の盟主とは認めなかった。

この心理は理解できよう。師の国が、まったく文化を異にする異民族に乗っ取られたのだ。これを、敬《うやま》うなどできるわけがない。

かくして、日本は、中国中華思想の伝承者である自己を自覚し、これを守ろうとする。

つまり、小さな中華思想の堅守だ。

ダメ親だからこそ、子が家の伝統を守るという心理。かくして日本は鎖国に踏み切る。江戸期日本は日本型中華世界であったわけである。（参照『多文明世界の構図』高谷好一著／中公新書）

こうした視点もまた、海洋史観からもたらされるものだ。すなわち、唯物史観では、多分、説明できないであろう。鎖国江戸期の新たな意味が浮かびあがる。

おそらく、十九世紀日本人の心理情況も、これと似たものだった、と思う。

今度の外敵は、満州族に変わる欧米の紅毛人であった。彼らの母なる亜細亜蚕食を見て、幕末・明治人が危機感を抱き、これに対抗せんとした心理は、われら日本人なら理解できるはず……。

末期清朝の姿は絶望的であった。清朝が崩壊しても、中国大陸は軍閥割拠して、国内は麻のごとく乱れていた。

だが、中国は亜細亜世界の中心でなければならない。その中心が崩壊することは、亜細亜全体が異敵の支配に屈することを意味する……。

戦前の文献をひもとくとこの時代の雰囲気がわかるが、ではだれが亜細亜の中心となるのか。親がダメなら子が、つまり日本以外にない——と、考えたとしても、無理からぬところのないでもない。

さらに、幸か不幸か、こうした心理的土台に二つの勝利が積み重なる。日清・日露の両戦役である。共に大国を相手に小さな新興日本が、戦々恐々で挑んだ戦いであったが、予想以上に勝ってしまった。

こうなると、日本人は傲慢になる。

提灯行列。

旗行列。

後進小国の劣等感がでんぐり返り、いっぺんに天狗様になってしまった。

だが、「好事魔多し」という。日本人は止まらなかった。皇軍は大陸を侵し、これが米国の干渉を誘い、ついには世紀の大東亜戦争に突入して行くのである。

思うに、その良し悪しは別として、維新革命から第二次大戦に至る日本近代史には、ある意味では必然性があった。ただし、日本民族、心理の流れとしての必然性である。

ここで、ふたたび、江戸時代を振り返る必要がある。

この時期、わが国で国学が成立する。国学とは古代賛美の学であるが、江戸中期に起こり勢力を強め、これが幕末、尊王攘夷のイデオロギーに転ずる。江戸城無血開城、大政奉還もこの原理からくる。

古代への憧憬。

文化も政治も、昔は素晴らしかった、という想い。

いわば日本のルネッサンスみたいなもの――というのは言い過ぎになるだろうか。

とにかく、古代再興の理念が江戸時代に育まれていたからこそ、維新もなし得た。この国学の成立によって、日本は自前の中華思想をものにしたのである。

もう一つの柱は朱子学であった。本場の中国では衰えたが、朝鮮は忠実なその弟子であり、一方、日本は反朱子学をも認めた柔軟な朱子学であったようだ。幕府はこれを借用して統治理論としたのである。

前者は理想的、後者は現実的と言えるが、この二本柱で、日本人の心理は一体化して行く。つまり、どの藩に属していようとも日本人だ、という自覚が生まれたのであろう。

また、こうした意識が開国前に育っていたからこそ、明治新政府もできたし、諸外国の日本占領の野望をも躱《かわ》し得たわけである。

重ねて言うが、このころの日本は、実に危なかったのだ。

だが、国学は、維新後、急速に衰える。国学運動は、維新革命の一大原動力となったが、明治政府の近代化政策に幻滅と失望を味わわされるのだ。

問題はその先だ。熊本神風連の士族の反乱は弾圧されたが、国学の精神は脈々として生き延びていた。いわば、パーレビによるイラン近代化を覆したホメイニ革命のようなものであろう。

日本が昭和恐慌の苦境を打開しようとして、大陸への野心をあらわにするころ、この国学思想が復活するのである。

十五年戦争は『古事記』の戦争だ――とはすでに述べた。『古事記』は国学の原点の一つである。太平洋戦争前夜は、急速に大日本帝国の神話化が計られた時代であった。

手元に『東亜連盟』の復刻版（全十七巻）があるが、昭和十四年から昭和二十年に至る戦時の思想状況が手に取るようにわかる。

もとより、これは東亜連盟協会の機関誌であり、この運動の中心は言うまでもなく石原莞爾《いしはらかんじ》であった。

執筆者の数は三〇〇余名に及び、中には女性の論客も多い。各界幅広いことも特徴である。みなが真剣に亜細亜の新秩序、永久平和を願っていたことが読みとれる。

だが、「王道」という言葉が、しばしば出てくる。「皇道」との比較はともあれ、多分、この言葉が、東亜連盟運動のキーワードであろう。

王道とは帝王が仁徳を基として国を治めるやり方である。これは、「天地の心のままに治める」ことを理想とする国学の理念である。

だが、理想は常に現実に裏切られるものだ。江戸時代に培《つちか》われたこの日本人的な理想の治国理念は、皇軍の名を汚《けが》す輩《やから》によって裏切られる。

亜細亜論が多いのは当然としても、石原『最終戦争論』の仮想敵国、アメリカに関する論文が極めて少ないことも気になる点だ。

察するに当時の日本人は、戦争が泥沼化していた中国にばかり関心が行き、肝心のアメリカにはほとんど気が回らなかったのであろうか。

敵を知らずして、何故、戦い得るのか。これでは孫子《そんし》の理に反することになるが、それにしても不思議だ。理解しがたい。なぜか。
一、対米戦争は、亜細亜世界対アメリカ・西欧との戦争であり、その時期はまだ先との認識だったのだろうか。

二、開戦直前まで、日本にはアメリカと戦端を開く意思はなかったという、左証かもしれない。
三、つまり、アメリカの意思（対日戦争）の読み違い。
となると、あの昭和十六年十二月八日の開戦は、多分に衝動的だったことになるのだ。

同時に、アメリカによって、むしろ、巧妙に挑発された戦争だったということにもなる……？

5

いずれにせよ、その他の多くの資料からも推断するなら、前世日本は、入念なる対米戦争計画を共同謀議して太平洋戦争に突入したわけではなさそうである。

それにしても大それたことを……。

様々な傍証が、泥縄式というか、弾《はず》みでとでもいうか、相手の実力もよく知らぬままに、戦いを挑んだようなのである。

ま、日本人らしいと言えば、日本人らしい。必ず勝つという確信も保証もなく、メンツのため意地で戦うところが、日本人らしい。

現に、亜細亜から欧米勢力を駆逐するという目的で立案された南方作戦は計画されていたが、細部の詰めはなされてはいなかったようだ。占領後の政策はかなり付け焼き刃的である。こうした計画性のない開戦が、捕虜・住民虐待を引き起こすのだ。

その点、大高弥三郎率いる後世日本はちがう。ある意味では、こちらのほうが確信犯的なのである。

後世クーデター内閣では、共同謀議どころではない、照和十六年十二月の決起までに、精密・詳細を極めた戦争計画が作成されていたのである。

すなわち、まず真珠湾において米主戦力を叩き、これを無効化しておいてから、大陸からの一方的撤兵を断行。三国同盟破棄と日英同盟復活、対米講和、自由主義陣営入りまでのシナリオが、あらゆる角度から検討されていたのだった。

よく言っても、せいぜい短期的な戦争計画しかもたず、まして長期戦に備える準備もなく、必ず勝てるという成算もなく、太平洋戦争に突入した前世軍部とは、比較にすらならない。これは、大高らに大義があったからだ。理性に裏打ちされた確信と信念の賜《たまもの》……。

では、大義とは何か。大高内閣は、世界平和の完全確立を目指す――という明確な戦争目的を、開戦決意とともに原理化していた。当然、戦後プランについても。

かつ、この戦いは、「亜細亜世界の確固たる自立を目指す最終戦争である」と、定義されていたのであった。

当然、では、亜細亜世界の構成員は――という問題が出てくるが、大高らのプランの中には、東方エルサレム共和国並びに東シベリア共和国の二つの新国家を亜細亜に作るという計画も、あらかじめ含まれていたのである。

事実、後世史はそのように推移したわけであるが、中でも、わざわざ英傑本郷義昭《ほんごうよしあき》に命じ後世トロツキーをスターリンの魔手から救い、彼を首班とする国家を建設させた計画は、わが国の安全保障上、もっとも有効にして、かつある意味では奇想天外とも言うべき外交上の鬼手であった。

では、なぜ、日本列島北方の地、シベリアに東シベリア共和国が必要なのか。言うまでもなく、日本地政学上の理由からである。

近代史を見よ。日本北辺を窺うロシアは、赤蝦夷《えぞ》と呼ばれたが、この北の大国の脅威、幕末期より認識されていた。間宮林蔵《まみやりんぞう》といい、松浦武四郎《まつうらたけしろう》といい、彼らを蝦夷地探検に赴かせたのも幕府の危機感の現れであった。さらに、維新を迎えると、防衛と開拓を兼ねた屯田兵《とんでんへい》が北海道に送りこまれる。

このロシアとの直接対決が日本海海戦・旅順攻防戦で知られる日露戦争である。ロシアは南満州に迫っていた。

さらに、シベリア出兵といった事件もある。

近代日本にとって最大の悩みは、東方政策を推進するロシアであった。北方の脅威は常に潜在していた。

もし、この脅威が除かれれば、当然、日本の軍事負担も大幅に軽減される。ではどうすればいいか——と考えた場合、前世では防波堤としての満州建国（だが、事実上は傀儡政権）であり、日ソ不可侵条約の締結であった。

だが、大高政権は、これでは下策と考えたわけである。すなわち、青風会《せいふうかい》の入念な研究の結論であったわけだが、大高政権の採った政策は、満州完全独立であり、レナ川東方に新国家を創る策であった。

もしこの国家が、わが国のみならず、亜細亜諸国と友好関係を結ぶことができれば、中国・日本・朝鮮をはじめ全亜細亜にとって、これほど喜ばしいことはない。東シベリアの国情が安定すれば、これと大規模な経済協定を結び、豊富なシベリアの地下資源を利用することもできる。

現に、この大構想は、後世第二次大戦の終わった時点では、実現したわけである。

だが、まったく問題がないのかと問われれば、実は大ありなのである。つまり、東シベリア共和国という国家の性格、言い換えれば、後世トロツキー氏の思想的信条が、亜細亜各国の警戒心を惹起しているわけである。

6

さて、いわゆるトロツキスト——と言えば、裏切り者の代名詞である。反革命分子の意味で使われたりする。だが、これは、トロツキーとの思想闘争の中で、スターリン一派が付けたレッテルである。

果たして、トロツキーは裏切り者だったのだろうか。そんなことはない。この人物は、ソ連に台頭してきた官僚主義を厳しく糾弾したにすぎない。（参照『裏切られた革命』対馬忠行・西田勲訳／現代思潮社）

彼の先見性は、二十世紀も終わり近くなって、ソ連が崩壊したことによって証明された。ソ連は、日本のようにアメリカと戦争して敗れたわけではない。自ら、そのシステム的欠陥により崩壊したのだ。

その発足当時は、全世界の注目を浴びつつ期待された、あの輝かしきソヴィエト社会主義連邦が、こともあろうに、自壊してしまったのである。

この、世界史的出来事であったソ連の自壊は、肥大化した官僚システムによるものである。やはり、トロツキーのほうが正しかったわけである。

ゴルバチョフの改革とトロツキズムにも親縁性がある。

われわれにとっても、決して他人事ではない歴史の教訓であろう。第二次大戦前夜、戦争遂行の目的で強化された官僚支配は、敗戦にもかかわらず戦後を生き延び、強固な規制国家を作りあげた。これが、完全自由競争市場経済を指向する世界の潮流に遭遇して、日本もソ連崩壊の二の舞を演じようとしているのである。

祖国を追放された後、亡命先のノルウェーで執筆された『裏切られた革命』、その第九章「ソヴィエト連邦における社会的諸関係」の二「官僚は支配階級か？」の中で、トロツキーはこう指摘するのだ。

「生産手段は国家に属している。だが、国家は、いわば官僚に『属して』いる」と。

どういうことか。他の国家、ブルジョアジー国家にも官僚は存在するが、それでも、彼らは、まだ主人に仕えている。だが、ソ連では、彼ら自身が国家を従える主人である……。

建て前は国民大衆、つまりプロレタリアート独裁理想国家であるはずなのに、実態はちがっていたのだ。

なるほど、生産手段こそ国有化されているかもしれないが、この国は特権的官僚カーストに支配され、半国家（トロツキー）に向かうどころか極めて抑圧的な専制国家だったのである。

これでは「羊頭狗肉」だ。看板に偽りありということ。

そもそも、ソ連の前身であるロシアという国には、一大専制国家であったモンゴル帝国の配下として徴税を請け負い、同胞ロシア民族を苦しめた経歴があるが、スターリンの実態は、まさに、二十世紀世界に出現した新たな専制君主だったわけである。

しかも、この国の専制はモンゴル以上であり、国民の魂すらその自由を奪ったのである。

このような国家体制では、生産効率があがるはずはない。労働者たちは、「奴らが支払う振りをするなら、おれたちは働く振りをするだけだ」とうそぶくことになるのは、むしろ必然。

トロツキーは、「半国家ですらない」と言ったが、ソ連では作られる製品は、中途半端で完成しない。『裏切られた革命』は労働者の官僚（国家）に対する裏切りにあい、七十余年で見事に崩壊したのだった。

問題は、こうした国内の実態が、強制収容所の存在とともに、長い間、国外には伝わらなかったことである。

　真理と真実を追求し、権力の不正を暴くことこそが、進歩的知識人のレゾン・デートルであるはずだ。にもかかわらず、ソ連帝国の壮絶な悪に対しては、何故か、完全に無力であった。

　この心理は理解しがたい。むしろ、日本人的ともいうべき転向者の心情のほうが理解できる。

　スターリン大粛清の牙は、自国民だけではなかった。中には国崎定洞《くにさきていどう》（一八九四～一九三七年）のような人物もいたのである。

　国崎は一九一九年東大医学部を卒業した俊英であったが、二六年、社会衛生学研究のため独逸に留学。在独日本人左翼グループの中心的存在であった。が、ナチス台頭のため彼は思想的な父の国、ソ連に亡命（三二年）する。しかし、この理想主義者を待ちかまえていたのは悲劇であった。粛清の魔手は外国人国崎にも伸びて、三七年逮捕、処刑されるのである。

　一九三七年・三八年に限っても、粛清の犠牲者は数百万人に達したと言われる。スターリンの忠実な部下すら例外ではなく、その対象はエリート幹部からコルホーズ農民まで広範囲である。

　それにしてもなぜ？

　ヒトラーは異なる人種や精神障害者を大量虐殺したが、スターリンのターゲットはごく正常な自国民であった。たしかに、スターリンには異常な猜疑心があったと言われる。だが、それにしても常識を越える。

　おそらく、その行為の合理的理由は、国民に恐怖心を植え付けることにあったのだろう。モンゴルのそれ、フランス大革命ロベスピエールのそれなど、世界史には恐怖政治の例は多い。

　わが国はどうか。たしかに弾圧はあった。憲兵もいたし、特高警察も存在した。だが、スターリン一派が実行したような大粛清はなかった。獄中死した者もいたが、転向者にはそれなりに寛容であった。

のみならず、多くの革新知識人が満州へ向かった。多くが満鉄入りを果たした。

新国家満州では、統治の実験と修練が行われ、彼らは帰国して新官僚となる。

さらに、当時、内務省（今の自治省）と言われた省に配属された。この満州帰りの官僚たちによって、財閥解体、企業統合、国家統制などの中央集権体制強化が計られる。

なぜか。

対米戦争に備えるためだったと言われる。

なお、この、開戦直前にできあがった国家官僚統制システムが、占領軍の目を躱し、戦後に生き延び、今日に至るわけである。

つまり、いわゆる日本株式会社は、この時期、発足したのだ。

ここで、ある類似点に気付く。すなわち、一九一八年から二一年初頭にかけて、ソ連邦がとった経済政策、戦時共産主義である。

名目は、内戦と外国干渉戦に備えての非常時体制であったが、工業国有化・農民に対する食料割当徴収制・配給制・全般的労働義務制などの国家権力の集中が計られる。

これが、農民の不満を呼び、ネップ（新経済政策）へ移行するわけだが、それはそれとして、新官僚たちが強行したいわゆる戦時経済体制のモデルは、ソ連戦時共産主義だったのではないだろうか。

つまり、一見、資本主義体制に見えるものの日本の体制は、ソ連社会主義をモデルにしているのである。

小室直樹《こむろなおき》氏がいみじくも喝破したように、日本は、資本主義と社会主義と封建主義が奇妙に混在した体制なのである。（参照『資本主義原論』小室直樹著／東洋経済新報社）

これぞ、まさに、ジャパン・プロブレム！

うち、封建主義は、いわゆる会社主義に見られる。すなわち、江戸期の藩が会社に入れ替わって、社員となった昔藩士は、会社に対して忠誠を尽くすわけである。いわば、日本の会社は藩会社であるからして、形式は株式会社だが無意識的には一族郎党の所有である。ここより会社犯罪の秘密の共有が保たれる。会社本来の所有者である株主軽視が横行し、名だたる大手企業ですら総会屋対策が必要悪として容認されるのだ。

これぞ、まさに封建主義ではないか！

実は、こうした構造の親分格が、一党独裁国家のソ連という巨大会社だったのである。

ソ連ではすべてが国家のものである。これを支配するのが党員と官僚で構成される特権階層《ノメンクラツーラ》である。

ひところ、家族を含めるとツアー時代の貴族階級と同じ数がいたと言われる支配族である。日本の会社では一企業であるが、ソ連では国家丸ごと一企業の超々大企業になる。国家丸ごとおれのものの制度であるから、競争もない。あげくは、軍備や宇宙開発に金を浪費しての放漫経営。国家ごと倒産するのが当たり前である。

わがトロツキーはこうしたスターリンを会長とする官僚体制を批判したのである。

7

スターリン一派のトロツキーと彼の仲間に対する追及は執拗であった。国内ばかりでなく、国外に逃れた彼らを狙い、暗殺者を送ったのである。

それにしても、なぜ？　ソ連内部の実態が、広く世界に知れ渡ることを恐れたからであろう。

単に、トロツキーとスターリン、骨肉の闘争ではなく、革命によっていい思いをしているソヴイエト官僚群対トロツキー派の死闘であった——と、理解すべきであろう。官僚というものは、組織防衛となると一致団結するものなのだ。

彼らにとっては、理想社会建設の大義など、もはや、レーニンの死とともに棺桶の中に密封されたも同然だった。自己利得のためにマルクスを利用しただけなのであった。

この偽造マルキズムの偽物性が、ようやく暴かれたのは、二十世紀も終わり近くなってからである。

それまでは、彼らは巧妙な宣伝によって、世界の進歩的知識階級を、日本の進歩的文化人を欺きつづけた。

いや、こともあろうに、ルーズベルトすら騙されていたのである。

どちらが悪い？　むろん、騙されたほうが悪い。ただ、反面教師としての教訓があるとすれば、イデオロギーの宗教性であろう。マルクス主義は、大勢の心優しい理想家の心を捉えた。この矛盾する社会を何とか世直ししたいと思う良心を捉えた。スターリン一派は、この当たり前の良心に付け込み、彼らの邪悪な野心を満たしたわけである。

ともあれ、トロツキーに対する追及は徹底していた。彼のみならず、父母兄も国外追放となり、次女ジナイーダは絶望のあまりベルリンで自殺した。長女ニーナはモスクワで窮死した。女婿は二人とも、一九二八年強制収容所に送られ、まもなく消息を断った。政治に無関心だった次男セルゲイは、一九三五年、妻と共に消えた。トロツキーの先妻すら強制収容所に消えた。長男セドフはパリで毒殺された。そして、トロツキーの孫の運命はスターリンのみが知る。（参照『トロツキズムの史的展開』湯浅赳男著／三一書房）

最後に、前世トロツキーも、スターリンの策謀によって、フランス〜ノルウェーと彷徨《さまよ》い、亡命先のメキシコの自宅で、客を装った暗殺者に撲殺される。

だが、彼の後継者たちは、執拗な弾圧にもめげず、世界各地で活動するのだ。トロツキスト運動関係組織の数は、多分、九〇に及ぶ。

8

さて、後世トロツキーであるが、首都ハバロフスクの大統領官邸で、彼は長かった苦闘の過去を振り返る安息の刻《とき》を初めて迎えていた。

まだ、引退するつもりはないが、回想録を書きたいと思う昨今の心境であった。

もはや、執拗な刺客の襲撃を警戒する必要もない。新生東シベリア共和国は、まだ、食料にも事欠く貧しさであるが、将来には希望がある。

第一、背中を警戒せずに過ごせる日々の安らぎは、何ものにも優る。

仇敵スターリンがいなくなったのだ。まだ、死亡の確認はないが、もし生きていたとしても、一度敗れた男である、もはや、魔性的なカリスマ性は消えているであろう。

ともあれ、先立つものは国土建設の資金である。いくら理想を言っても、先立つものは金だ。絵に描いた餅では、民衆の腹は満たせない。

ということで、老トロツキーが、国のためにやることはもっぱら援助外交であった。

幸い、隣国東方エルサレム共和国とは、彼と民族を同じくするよしみもあり、過激な革命的言辞を慎みさえすればうまく行くことを、彼は経験で学んだ。

東方エルサレム共和国は、在アメリカの金融筋との繋がりが濃いので、ようやくシベリア資源開発プロジェクトが実りはじめている。

計画は様々であるが、最近、調印したものは、アムール流域総合開発計画である。ただし、この大河は冬季氷結するので、大型の河川型砕氷船を建造し、フルシーズンで航路を維持することになった。トロツキーは、この建造と運行を日本政府に頼み、援助を受けることができた。

何しろ、うまく開発できれば、膨大な地下資源が眠っているのだ。これを一国のみが独占しようとすれば、無理があるが、共同開発となれば話は別だ。

ところが、スターリン政権時代は、トロツキー自身も批判したとおり、一国社会主義論であった。これは、明らかに鎖国の一種である。外国資本の流入など望むべくもない。第一、外国人が入り込むと、強制収容所をはじめ、スターリン体制の秘密がばれてしまう。

だが、トロツキーの理論はそうではない。彼の『永久革命論』の訳語は必ずしも正しくはなく、『永続革命論』のほうがふさわしい。この訳語であると、革命は段階を踏んで、永続的に理想に向かうというニュアンスになる。

もう少し詳しく言うと、トロツキーは、ロシアのように農民が圧倒的多数を占める後進国では、プロレタリア革命の最終的成功は、具体的には西欧先進国の革命の成否とその援助にあると考えていたわけである。

ま、このテーゼがそのまま正しいかどうかは別として、少なくともスターリンよりは、トロツキーのほうが柔軟・開放的であった——ということはできると思う。

ただし、必ずしも農民階級を軽視するものではないが、彼は、農民を以て革命の主体になるとは考えてはいなかったのだ。

ところが、実際には、中国で起きた社会主義革命は、工場労働者ではなく農民そのものであった。トロツキーには、亜細亜的事情というものが、よくわかっていなかったのであろう。

従って、後世トロツキーとしては、当然、理論の修正を迫られることになり、実際、人民中国政府に対し、弁明の書簡を送ったところだ。というのも、中国内戦の勝利は、このところ人民中国に傾きつつあるからである。

ともあれ、シベリアは今や、トロツキストたちの楽園である。シベリア開発によって、環境破壊も懸念されるわけだが、日本としては、当然、自国の環境にも、直接、影響するので、この問題の研究援助にも乗りだしている。

実は、大高弥三郎は老トロツキーに書簡を送り、開発優先・重工業優先政策の危険性を訴えたところだ。

大高によれば、マルクスの試みは、詰まるところは、人類への愛なのである。いささか、時代的環境もあって戦闘的だが、究極は人類に対する普遍的愛の処方箋である。

これをダメにしたのは、偽マルクス主義を広めたスターリンの教説に他ならない、云々……。

とすれば、マルクスの理論は、人類生存の基本である自然にも向けられねばならない。

もし、そう言っていないのであれば、そのように修正されねばならない。

「故に、私はフェビアン主義の立場をとるものであるが、わが敬愛する貴方の本質と根本的に対立するとは考えません」

と、大高弥三郎は、後世トロツキー氏に書き送ったのである。

第三話　反神学人種改良研究所

1

ベルヒテスガーデンの空は抜けるように晴れわたっていた。

アルプス北麓の斜面に建つ総統要塞からは、バイエルンの空と森と岩山が、見事な眺望を見せている。

ハインリッヒ・フォン・ヒトラーは、独逸本領がオーストリア側に楔《くさび》のように食い込んでいるベルヒテスガーデン地区の約三〇〇平方キロメートルの領域を、欧州皇帝直轄領とした。今や、全能絶対権威の人神となったハインリッヒにとっては、国法を変えることなど、鶴の一声である。

かくして、ローマにバチカン領があるように、神聖独逸にも聖なる都、いや聖要塞アガルティブルックが出現した。

もとより、神都アガルティブルックは、ゲルマン精神の象徴逆卍《ハーケンクロイツ》を神体化して祀る、第三帝国の中核たる宗教センターでもある。

現代世界に忽然と出現した、黒いゲルマン神殿。

支配下の属領より献納された大量の黒御影石《みかげ》を、ふんだんに使った、壮麗にして重厚なる黒色神殿群。

この広大な宗教要塞都市の建設にあたり、帝国一の建築家――との称号を持つハインリッヒが、陣頭指揮したのは言うまでもない。

やがて、彼の第三帝国が全世界完全征服事業を完成させた暁、このアガルティブルックこそが、世界人民の精神的中心となるのだ。この地への参詣こそが、全人民の願いとなるであろう。

あたかも、一生に一度のメッカ詣でがイスラム教徒の願いであるように、ハインリッヒ・フォン・ヒトラーの神の手で、立案・設計・建設された黒色神都こそが、新世界の新たな中心となり、バチカンもメッカも、アガルティブルックの絶大な権威の前にひれ伏すであろう。

まさに、前世アドルフの果たし得なかったライヒの夢を、後世ハインリッヒが実現するのだ。

これは、単に、ナチ秘科学の妄想か。

否、本世界では妄想ではないのだ。

着々と現実化しつつあるのだ。

合理の仮面を被った非合理の噴出！

科学の仮面を付けた無意識の現出！

彼らは、来るべき世紀に備え、新たなる人類による新たなる世界の建設を目指す。

ゲルマン的ロマン主義と科学主義との奇妙な結婚。そのキメラ的融合こそが、ナチズムの本性に他ならないのだ……。

2

私邸のベランダで、狼犬どもに取り囲まれながら、ハインリッヒは昼食のひと刻を過ごす。食卓に並んでいるのは、全て野菜料理である。中には西蔵《チベット》から取り寄せたヒマラヤ産の秘菜などもある。

ハインリッヒは、トマトと林檎《りんご》を融合させた新種の果実を試す。皇帝直属遺伝子研究所で創られたばかりの新種であった。

「奇妙な味だ。だが、なかなか旨い」

と、ハインリッヒは評した。

「陛下のお許しをいただければ、この画期的な作物に陛下のお名前をいただきたく、伏してお願い申しあげます」

「許すぞ。今日からこの珍品をハインリッヒと名付けるがよい」

欧州皇帝は、ことのほか上機嫌である。

ハインリッヒはつづける。

「だが、市場に出してはならない。絶対にだ」

「はい」

「理由はわかるかね」

「総統陛下の御名を冠したフルーツをば、マーケットに出すなど、畏れおおいことであります」

「やはり、君は何もわかっておらんな」

ハインリッヒは、揶揄《やゆ》する視線を注いだ。

「はあ？」

「もっとも、君らは科学者であって、政治家ではない。君らには、大衆を支配する技術を求めるのは無理というものだ」

「仰せのとおりでございます」

「余の遺伝子研究所で創られる新作物・新家畜のすべては秘密の食料なのだ。アガルティブルックに参詣する人民大衆のうち、特別に選ばれた者のみが、統治族としての諸条件を満たす者のみが、この聖なる食べ物を味わうことができる――ということが重要なのだ」

ハインリッヒはつづける。

「いいかね、統治族たるには、あらゆる点で、被支配族と同じであってはならない。支配する者と支配される者は、明確に区別されねばならない。差異化こそが少数者による世界支配の秘訣なのだ。わかるかね。再三、教えておるにもかかわらず、君らはキリスト教的観念に汚染されておる。徹底した非平等性こそが世界の真理であることを忘れてはならない。われわれは、新文明の建設を目指しておる。何もかもが新しくなければならない。来るべき人間が口にするものは、旧文明の食べ物であってはならない。そのことが、われわれの目的達成のために重要なのだ」

アドルフが志半ばで挫折した帝国の目的を、この後世のヒトラー、ハインリッヒは、着々と実現しつつある。

これは恐るべき計画だ。

ナチズムの深淵に潜む黒い神学を、人々は知らない。

まさにナチズムとは反神学なのである。

3

「ところで、余の命じた研究は進んでおるかね」

総統要塞私邸のベランダから、秘密研究所の赤い屋根が見える。ここには牧舎があり、実験用の家畜が飼われている。前世も同じで、アドルフも祖国の食料問題には深い関心を示していた。

「はい。われら総統陛下の研究員は、日夜、研究に励み、羊を使った単性生殖の実験にまもなく成功するでありましょう」

「うん。よい報らせを待つぞ。だが、この実験の秘密は、特に、厳重に、守られなければならない。わかっておるな」

「はい。よく承知しております」

「研究費が不足なら申し出よ」

「ありがとうございます」彼らの会話は、いったい、何を意味するのか。

人種改造計画は、前世ナチズムの夢の一つでもあった。

実は、ハインリッヒ・フォン・ヒトラー皇帝の最近の悩みは、子供のいないことだ。

有史以来最大最強の超帝国を作り上げたハインリッヒとしては、これを一代限りで終わらせるつもりはない。

なにせ、今年の年頭教書でも述べたとおり、彼の帝国は一〇〇〇年はつづく。この千年王国理論は、ナチズム教典の一つである。

となると、どうしても後継者が必要である。だが、神聖なるものの後継者が、他人であっていいはずはない。

ハインリッヒは、もはや、神人である。神人は人ではないのだ。人間以上の存在なのだ。

従って、生殖する人間と同じ方法で造られた子は、もはや神の子ではないのだ——という論理になる。少なくとも、ハインリッヒは、右のごとき論理に強迫的に縛られているのだ。彼がもしごくありきたりの人間であれば、彼の論理は単なる妄想観念として片付けられていたであろう。

だが、彼は独裁者だ。帝国の支配者だ。これが問題なのである。

ハインリッヒはつづける。

「現に、神は、聖母マリアに処女懐胎したではないか」と。

たしかに、処女懐胎が単なる伝説でないとすれば、メシアは単性生殖によって産まれたことになる。とすれば、マリアを身ごもらせたのは誰か。神とは何者なのか。

「神は自分に似せて人間を造りたもうた」と『旧約聖書』にある以上、あるいは……?

現に、アドルフ・ヒトラーが、側近に漏らしたと言われるとおり、その者に彼が遭《あ》っていたのであれば、アドルフは現代のモーゼである。

モーゼは神に遭った、と『出エジプト記』にはあるのだ。

ハインリッヒもアドルフのように、「来るべき者に遭ったことがある」と漏らしているのだ。

後世第三帝国の密儀書『来るべき者の為に』によれば、ハインリッヒこそが堕落せし二十世紀社会の預言者モーゼなのである。

ただし、モーゼが遭った神はイースト菌を入れずに焼いたパンを好んだ。

が――ハインリッヒが遭ったその異形の者は、「肉を嫌い菜食を好んだ」と、右密儀書にはある。(『礼拝規定』レビ記、参照)

アドルフ同様、ハインリッヒも菜食主義者であるが、アドルフは、なぜ、肉食を嫌悪したものか。

これを説明する唯一の理由は、反キリスト者であるアドルフにとっては、肉はキリストの躰であり、その血はキリストの血である――からだ。

右は、キリスト教の象徴体系である。つまり、意識下の禁止規制によって、肉食を拒む強迫観念が作動するのであろう。

そもそも、あの最後の晩餐は、カニバリズムの古代秘儀を内包しているのだ。『新約』では、肉はパンに置換されているが、その象徴的意味は同じである。

人肉食とは、その者のマナと一体化することである。霊魂の合体に他ならない。であるから、もし、人身供儀を要求する魔性のものが、アドルフの中に棲みついているとすれば、キリスト(肉)を恐れるのは当然であろう。

4

「余も子供が欲しい」

と、最近、よく、ハインリッヒは、愛人のエヴァに漏らす……。

赤子であろうと、老人であろうと、容赦なく絶滅収容所に送って駆除した、この血も涙もない男も、やはり、人の子だったのだ——と、思われるかもしれない。そう思うのが普通人である。

だが、それはまちがいである。

普通の人、常識の人は、常識の範囲で物事を考えるが、それがまちがいなのである。

ヒトラーという極めて特異な人間を、独逸国民が選挙で選んだ時、人々は自分たちの常識の範囲で、彼を判断したのであって、そうした普通の人の常識の範疇からはみ出している人格が隠されていたことに、大衆は気付かなかった。

かくして独裁者が生まれるのだ。

だが、独裁者という典型的キャラクターが、生得的に存在するわけではない。つまり、ごく普通の平凡な人間すらも、条件さえ整えば、独裁者になり得るということ。しかし、ある意味では、むしろそのほうが怖い。

もし、ヒトラーが希望どおり画家になっていたとしよう。画家としての彼の才能は平凡なものであるから、ありきたりの画家としての生涯を送ったはずである。

彼にとっても、独逸にとっても、ユダヤ人にとっても、全世界にとっても、そのほうが遥かに幸せだったであろう。

だが、必ずしもそうではない。もし、働き蜂の中から女王蜂が作られるように、社会側が、一平凡人を独裁者に仕立て上げるとすれば、それに代わるターゲットを見出すであろう。

つまり、彼が独裁者になるのではなく、ある特殊な情況下にある社会が、独裁者を求め、独裁者を創るのであれば……。

独裁者というものは、大衆の無意識が生み出す幻影だとすれば、第二、第三のヒトラーが出現するのだ。

この問題に関して、『大高語録』より引用すれば、

「独裁者を必要とするある特徴的な社会がある。いわゆる社会機械には、様々な仕様を持つタイプがあるが、その中には独裁者を必要とする社会もある……」

スターリン帝国は、スターリンの個人崇拝まで行き着いた社会機械であった。ヒトラーを真似たイラクのフセイン独裁者体制もあるし、スターリンによく似た北朝鮮のような例もある。その他、中南米諸国など様々……。

こうした独裁機械には、個人独裁もあれば、軍事独裁のような集団的独裁もある。あるいは、マルクスのプロレタリアート独裁の原理に従う一党独裁。

今日、世界の様々な国家形態のあり様を見ればわかるとおり、独裁制に依然としてこだわる社会は多いが、これは何故か。封建社会から近代社会に移行する過程で、多くの社会が、なおそれに、強い魅力を覚えるからである。

だがしかし、数ある独裁者の中でも極めてその強度の強いヒトラー型に限っては、やはり、右だけでは説明できない謎がある。

おそらく、ヒトラーは大衆の層状的な集合的無意識の、もっとも深層部に感応する霊媒タイプの独裁者だったのではないだろうか。

　現に、彼の生まれたオーストリア、イン川の畔《ほとり》、ブラナウは、とみに霊媒者の多い土地であって、かのシュタイナーもまた同郷であった。のみならず、ヒトラーとは乳母を等しくする乳兄弟であったという奇《く》しき因縁すらある。

　いずれにせよ、ナチズムの深部実態は、合理主義的な常識思考では、絶対に把握しきれない暗部の領域、言い換えるなら反理性、反キリスト的な魔術性があったのである……。

5

　前世では一九四五年に崩壊した第三帝国は、後世世界では健在である。

　前世世界では、ヒトラーが倒されスターリンが生き残ったが、後世ではネロヴィッチ・スターリンは行方不明となり、ハインリッヒ・フォン・ヒトラーが勝利者となった。

　つまり、後世第二次大戦と呼称するよりは、むしろ、〝大ユーラシア大陸戦争〟と呼んだほうがよいのが本大戦だ。本質的には、独ソの二大全体主義帝国、いや、ヨーロッパ世界対北方亜細亜世界の闘争であって、ハインリッヒ率いる第三帝国が勝ち残ったということである。

　また、そのように定義することによって、初めてハインリッヒ・フォン・ヒトラーの真の開戦意図と戦争目的が明らかになる。

　ハインリッヒにとって、あるいは、多分、前世のアドルフにとっても、西部戦線は枝戦でしかなかった。すなわち第一次大戦時のシュリーマン計画と同じく、緒戦時、西背後を平定、かねての主戦場に持てる戦力を集中したものである……。

最高の土木技術と莫大な費用を投じ、フランスがマジノ線を築いてくれたおかげで、独逸側は、この方面からの反撃を心配することなく、兵力をヨーロッパ半島北部のベルギー方面に集中することができたのだ。

つまり、この史上最大の要塞は、フランスのためばかりではなく、独逸側にとっても有効な要塞線でもあったわけである。

この奇妙な両義性は、フランスがマジノ線からは打って出ないという、専守防衛思想の平和主義によってもたらされた。アドルフ・ヒトラーにとっては、これがもっけの幸いだったのである。

中立宣言など端《はな》から守る気のなかった独逸軍は、雪崩《なだれ》を打ってベルギー領に侵攻した。

連合軍側は、こうした新人類的発想をするヒトラーの作戦思想が、まったく予測できなかった。将軍たちの頭が、伝統的な思考パターンに縛られていたからであろう。

まして、後世ハインリッヒは、アドルフを数倍上回る軍事的才能の持ち主である。前世情報を有していたものか、歴史に学んだものか、矛先を東に転じソ連領に攻め込むに際し、南から攻め上るという作戦で、じっくりと後世スターリン軍を攻略したのだった。

ここで強調しておきたいのは、ハインリッヒの目は、最初からソ連に注がれていたこと。前世同様、広大な耕作適地も石油はじめ豊富な地下資源も、東方世界にあり西方にはないのだ。

ただし、中欧独逸が西欧を支配する大きな利点も、むろん、ヒトラーは計算済みであった。すなわち、西欧諸国によって世界分割されていた植民地の強奪がそれだ。

本国そのものを占領してしまえば、自動的にアフリカ・アジアの植民地が手に入るわけであるから、極めて効率がよい。

このことは重要であって、ヨーロッパ半島で行われた戦争は、宗主国同士の戦いであって、自動的に植民地獲得戦争でもあったと理解すべきであろう。

だが、亜細亜方面は目論見が外れた。三国同盟の誓約を破り、大高弥三郎率いる日本が、次々と亜細亜諸地域を独立させてしまったことだ。

ともあれ、今や、第三帝国は繁栄の絶頂にある。独逸本領では次々と工場が建ち並び、工業生産量は鰻上りである。

だが、本領以外の欧州諸国では、工業の衰退が著しい。これは、意図的なものである。農業・牧畜は許すが、工業には様々な制約が加えられているのだ。

例外は、独逸海（旧地中海）沿岸であるが、これは海軍・海運力を強化するためである。ハインリッヒ・フォン・ヒトラーの次の目標は、新大陸そして亜細亜の征服であるから、海軍・海運力なくば目的を達し得ないのだ。

あるいは、アメリカ合衆国も、このことを読んでいたのかもしれぬ。すなわち、ランドパワー独逸が欧州全土の覇者となった日、たちまち強大なシーパワー国家に変身する可能性のあることを、だ。

これは、海洋立国を目指すアメリカとしては、国運にかかわる重大事である。ルーズベルト大統領が、もっとも懸念したのがこのことだったのだろうか。

すなわち、日本を挑発して大戦に加わる合法的な理由を獲得し、ソ連を援《たす》けて独逸を潰す大戦略――との歴史の裏読みも可能である……。

少なくとも、稀代の戦略家、大高弥三郎は、そこまで読んでいたのだった、実は……。決して、前世のように成り行きで戦争を始めたわけではないのだ。

彼は、アメリカがもっとも恐れているのは、もしこのまま放置すれば、必ず欧州統一を成し遂げるであろうヒトラー独逸であって、日本ではない――と、読んだからこそ、日米講和の線は、絶対あると考えたのである。

6

エヴァ・ブラウンは、ハインリッヒの言葉を聞き耳を疑った。だが、すぐ彼女は、自分はハインリッヒの子供の親になるわけではないと知った。

かと言って、ハインリッヒが他に愛人を作ったわけではないらしい。

「余は嘘をつかぬ」

澄んだ目でハインリッヒはエヴァに言った。

「でも、陛下は男ですわ。男が子供を生むなんて」

「ははッ」

珍しく、ハインリッヒは笑った。甲高い女性的な笑い声である。

「エヴァ。余は若く健康な独逸女性の腹は借りるが、遺伝子は借りない」

「あたくしには、陛下のお言葉がよくわかりませんわ」

「聖母マリアが、どういう方法で嬰児を身籠もったかを考えてごらん」

「神様がマリア様を懐妊させたのですわ」

「余はそれと同じ方法を使い、子孫を残すつもりだ」

「そんなことができますの」

エヴァは、目を見開く。

「できるのだ。帝国の秘科学を使えば……」

「あたくし、聴いたことがあります。科学者が陛下に話していたクローンとかいう方法のことを」

「そのとおりだ。余だけの遺伝子を持つ、余とそっくりな子供を創ることができるのだ」

「そんな、恐ろしいことを」

エヴァには信仰心がある。

「恐ろしいことは何もない。クローンは純粋な科学なのだ」

平然とハインリッヒは言った。

「いけません。してはいけません」

エヴァの目に恐怖が浮かぶ。

「ははッ」

ヒトラーは乾いた笑い声をあげた。「エヴァ、お前の信仰心を余は止めるつもりはない。だが、古い信仰心は、お前たち旧人類のものだ。猿どもから進化した人間が、出会った諸神の一つがお前の神だ。だが、その神はわれらゲルマン諸族の神ではない、いいかね、エヴァ。われら栄光のアーリアンが、ユダヤどもの神にひれ伏す必要がどこにある？　奴らは不潔だ。うじ虫だ。わが崇高なるゲルマン社会の寄生虫だ。なぜ、そんな輩と契約した神に従わねばならないのだ」

「おお……」

彼女は恐ろしい言葉を聴くように、目を見開く。

突然、表情のまったく異形のものに変わったヒトラーを彼女は見た……。

「われわれの健全なる社会に巣くう害獣は駆除しなければならない。余は祖国の純血を守るために、崇高なるその仕事をしておるのだ。ははッ、ヒムラーは理性的な男だ。忠実にその任務を果たしておる。今や、余の帝国内には一人の異教徒もおらんよ。大掃除は完成したのだ。だが、残る半分の世界にはまだおる。従って、余の征服事業はふたたびつづく……」

「また、戦争がつづくのですか」

エヴァが言った。

「せっかく平和になりましたのに。先だっても、陛下は、世界に向けて、国際社会の平和を呼びかけましたのに……」

「お前は政治を知らんな。あれはプロパガンダだよ、エヴァ」

「あたくし、嘘つきは好きではありませんわ」

「ははッ、正直に越したことはない。だが、お前の正直さは余に対しての正直さでよい」

ハインリッヒの瞳には異様な輝きがある。

「あたくし、わかりませんわ。正直、本当なのです」

「では、教えよう。歴史を見たまえ。世界の覇権者の神が、世界の神となるのだ。現実を直視するのだ、エヴァ。余は、今日、世界の半分を支配するゲルマンの王だ」

ハインリッヒの口調は確信に満ちていた。

後世ナチズム支配の第三帝国では、イデオロギーが歴史の客観性を脅かし、異端の学説が国家公認の歴史として教育されているのだ。

諸学のうちで、歴史ほど、イデオロギーに支配されやすいものはない。前世戦前の日本を見よ。この時代、教育された国史は神話史観であった。唯物史観を見よ。まさに強迫的な歴史決定論であったが、現実はそうはならなかった。

従って、われわれは後世ナチズムの唱える歴史、たとえばローゼンベルグ史観（註、『二十世紀の神話』）を嘲笑《あざわら》うわけにはいかないのだ。

ハインリッヒ・フォン・ヒトラーの新著『ライヒの起源』によれば――「ゲルマン黄金種族の彼方の古《いにしえ》の祖先は、かつて中央アジアの高原に発した。だが、地球表面の急激な変化（註、地表面移動という。いわゆる極飛躍とは異なり、林檎に喩《たと》えるなら、芯――回転軸はそのまま、皮の部分

――地表部のみが移動する現象）による、大気候変動により、暖かくなった北極に移住したのである。だが、ふたたび、地球の気候が変わったため、北極の原ゲルマン人は、南下してヨーロッパに広まった」と論じられているのだ。

つまり、後世ナチ思想を太く貫通する理念は、彼らゲルマン族とセム族の異系統進化説であって、もとより何の科学的証拠のない妄想であるが、それが、正史として堂々と教育されるところが、全体主義的な挙国一致・思想統制国家というものなのである。

かくして、ひと度、こうした偽造の歴史が公認されるや、ユダヤ人抹殺政策も綺麗に正当化されるわけである。

すなわち、「ゲルマン族とセム族の闘争は、超古代から今日まで連綿とつづく血の闘争である。狡猾《こうかつ》なるセム族は、高潔なるゲルマン族を騙《だま》し、世界を汚染した。従って、正統人類たるゲルマン族は、彼ら悪の種子を根絶やしにして、その純血性を回復しなければならぬ」と。

まさに、ナチズム史観は、異端が正統化したオカルト史観であるが、歴史というものはそもそも、多分に、怪しげなものなのである。それを語る者によって変わるのが歴史だ。語る者にとって、都合のいい理論で語られるものなのだ。

それ故にこそ、歴史は曇りなき目で見なければならない。もとより、何が正しいかは容易に見極め難いが、主観を排する客観の目を持つためには、相対主義の立場も、場合によっては、必要なのである。

7

読者は人種改良学なる学問の存在をご存じだろうか。

今、手元に、大正三年一月三日、日本で発行された『人種改良学』という一書があるが、原著者はC・B・ダヴェンポート博士。訳者は同志社大中瀬《なかせ》古六郎《ころくろう》および吉村大次郎《よしむらだいじろう》の両氏。発行者は大日本文明協会である。

この人物は、米国コネチカット州スタンフォード生まれ、ハーバード大卒。同大などで教鞭をとり、後ワシントン府カーネギー研究院、ニューヨーク州コールド・スプリング・ハーバー実験進化学部に所属とある。

原題"HEREDITY IN RELATION TOEUGENICS"は、「優生学における遺伝」という意味であろうか。このことからも、人種の遺伝子研究と優生学が、当時、つまり今世紀初頭には関心が持たれていたことがわかる。

では、なぜ、かような研究がアメリカで行われていたかと言えば、移民問題である。社会の負担になるような移民は受け入れられないというわけだった。

そもそも優生学（eugenics）という言葉は、ダーウィンの徒弟であったF・ゴールドンが、一八八三年に、ギリシャ語の「良い種」からつくりだしたものだ。

彼は、一九〇四年、第一回英国社会学会で「優生学――その定義・展望・目的」と題する有名な講演を行った。すなわち、ある人種の生得的質の改善に影響を及ぼすすべての要因を扱い、また最善の状態に置くための学問である、と定義した。だが、人間の形質のうちメンデルの法則に従うのは、血液型と大半が病的形質であるから、現実的には断種・隔離・結婚制限といった排除の理論となったのだ。

ゴールドンの説は、その後、アメリカで社会的に認知された。現に、一九三一年までには全米三〇の州で優生断種法が成立した。すでに、一万二〇〇〇件の断種手術が行われていたし、この思想は、前述のダヴェンポートのように移民制限の論拠にもなったのである。

彼によれば、低脳なる者同士が結婚すれば、その児女も確実に低脳になるから、救貧院の厄介になるという。こうした考えの受け入れられないのはむろんであるが、少なくとも今世紀初めのアメリカでは、かかる社会ダーウィニズムが認知されていた左証としてあげた。

また、移民に関しては、独逸人は米国移民中最も好ましき一階級をなせりと称揚し、アイルランド人、スカンジナビア人、ギリシャ人、イタリア人、ポルトガル人等々多彩な民族の長所短所をあげている。

ダヴェンポートのユダヤ人に対する評価は手厳しい。

——現今、露西亜《ロシア》及び欧州の極北より大群をなして猶太《ユダヤ》人種は、極端なる個人主義と金の為めには殆ど為さざる所なきの気風を有する民族にして、之をかの広潤なる田園地方に居を下して社交的生活を理想と為し、額に汗して己が地位を高め、神を恐れ、国を愛するの精神を以て子女を教育せる米国初代の英吉利《イギリス》人及び近代のスカンディナヴィア人と対照して、正に其反対の極度に位置するものなりとす。

まだ移民前であったせいか、日本人・中国人などアジア人種に対する記述はないが、人種の差別と偏見が、二十世紀初頭のアメリカ社会に、歴然としてあったことが読みとれるのだ。

一九二四年に成立した絶対移民制限法なるものは、「劣った人種の移民増大によって、アメリカ全体の血が劣化するのを防ぐ」ための法律であった。読者におかれては、とにかく、そうした風潮があったことを、ぜひ認識していただきたい。

こうした社会風土から、やがて、中国人や日本人への排斥運動が起こる。これが、太平洋戦争勃発の遠因にもなるわけだが、朝鮮や中国の人々を蔑称《べっしょう》で呼んだわれわれ日本人には、これを非難する資格はない。

さらに、移民制限法の趣旨は、そのままナチス思想、たとえばニュルンベルグ法にもつながる。一九二〇年代後半、独逸には、ウィルヘルム皇帝人類遺伝優生学研究所が設立され、ヒトラー時代に入り、これが一気に加速されるのだ。

ヒトラーの言うライヒ（国家）とは、生物学的人種で構成される共同体を指す。優生学は、そうした国民の遺伝子的健康を守るためにある。

たしかに、表向きはもっともな理屈だが、この思想・理論が現実のものとして実行された時、目を覆う悲惨が起きた。

まさに、国家そのものの事業として、その国家目的に従い行われたのが、あの絶滅収容所だったのである。

これと日本軍の蛮行とは、一歩いや二歩、三歩譲っても同列とは言えない。同一視することが無理なのである。そもそも、次元のちがう問題なのだから。

因みに、ヒトラー（前世）が死ぬ直前の言葉を読むと、彼が最後までこの問題にこだわっていたことがわかる。（参照『ヒトラーの遺書』M・ボアマン記録、篠原正瑛訳・解説／原書房）

一九四五年四月二日、ヒトラーは彼の大本営で発言する。「希望を失ってもなお死ぬまで戦う勇気のある白人種民族だけが生き延びて新しい花を咲かせる確かな将来への見通しがある」と。

しかしながら、これらの特性は、身体の中のユダヤ人の病毒を殲滅《せんめつ》し去った民族にのみ、固有のものとなるであろう。

まさに信念である。確信である。彼のすべてである。

ナチスはそのために存在したのだ。ユダヤ人殲滅こそが、ヒトラーの確固として不動の意思であった。

それにしても、何故？

これほどまでに、徹底したのは何故？

ヒトラーの謎は、二十世紀という時代の謎でもある。

単に、独逸社会そのものの集合的無意識の発露、あるいは逆襲ではあるまい。

彼はユダヤ人を必ずしも憎んではいない。だがそれは、人々が、たとえば、病原菌を憎まないのと同じことだ——という意味において。

おそらく、身体的な嫌悪であろう。

衛生学と関連するのだ。

社会の病毒としてのユダヤ人！

ナチズムにあっては、ユダヤ人は、健全なるゲルマン社会に感染し、増殖し、すべてを腐敗させる細菌として捉えられる。

驚くべきことだが、単なる社会的疎外ではない。排除の思想ではない。

それ以上のもの……。

生理的レベルでの排除思想なのである。

彼と彼ら、ナチ思想の担い手たちは、狂っていたのだろうか。そんなことはない。狂気のひと言で片付けるのはたやすいが、しかし、彼らは正気であった。

故に、ナチズムのユダヤ人殲滅国家政策は、あくまで衛生思想なのである。

印度《インド》にはカースト思想がある。四階級の下に触れてはいけない階級がある。食事を共にすることはむろん、同じ井戸の水すら飲めない。だが、これほど徹底した差別社会であるにもかかわらず、アウト・カーストは抹殺されることはない。社会は、極度に矛盾しつつも、同じ印度の大地で共存しているのである。

ところが、ナチズムは、そこがちがう。

抹殺するのである。

処分する。駆除する。消毒するのである。

まさしく、衛生思想ではないか。

故に、ナチズムは、近代思想中、最も——特異なのである。

だが、アウシュヴィッツの悲劇を、一人、ヒトラーとその一味の特殊性に、あるいは特化してすませる論理では、その謎は解けない。むしろ、西欧哲学の歴史そのものに起因するが、ただし、予想もつかなかった突然変異体であった——と見ることもできなくはない。

8

かつて、言葉（観念）と事物とは、同一の地層にあった……。
ルネッサンス後期、十六世紀末まで、知の秩序は、「類似」を基にして体系化されていた。つまり、似たものをひとまとめにして、世界を捉えて秩序あるものしていたわけである。
たとえば、水だ。あるいは、火である。世界はだれにでも理解できる四元素をベースにして、その性質の類似性から体系的に説明されていたのだった。（註、この個所の記述——以下も——参照『学問のしくみ事典』吉村作治監修／日本実業出版社）
ところが、ミッシェル・フーコー（一九二六～八四年）によれば、十六世紀を境とする古典主義時代に入ると、言葉は表象となり事物の世界から分かれて自律しはじめるのだ。

明らかに知の地層の変化である。しかし、この時代はまだ、事物の秩序と表象の秩序に分離こそしたが、その対応性は整合しており、決して不合一ではなかったのだ。

この時期は、言葉と事物が、たとえば一対一で対応するような透明な関係を保っていたので、事物の世界を言葉に置換する概念操作で体系化することもできたわけである。結果、単なる分類でしかなかった博物学が生物学になり、富の分析が経済学に発展したりした。

だが、十八世紀末を境に、ふたたび知の地層は変化したとフーコーは指摘する。言葉（観念）そのものが、それの対応する事物から切り離され、厚みを増してくるのだ。

言葉・観念の自走である。やがて暴走しはじめる。これが近代という時代の特徴である。この観念暴走の究極こそがナチズムであった。

二〇〇〇万人を殺したスターリニズムであり、日本軍国主義であった。


前の地層に属するデカルト（一五九六～一六五〇年）の場合は、「われ思う、故にわれ在り」であるから、「われ在り」という事物世界を導きだすのは、「われ思う」という透明な表象であった。

ところが、カント（一七二四～一八〇四年）になると、「われ在り」の事物世界は、「われ思う」の表象空間の外に見出されることになる。

カントは、その『純粋理性批判』からも明らかなように、先験主義の立場から、物自体は不可知なり――とするのだ。

なお、これについて想像するわけだが、カントは万有引力（註、大著『プリンキピア』は一六八七年）の発見者、ニュートン（一六四三～一七二七年）から多大の影響を受けているのだ。つまり、引力なり重力なりは見えるものではない。人間の認識能力を以てしては不可知である。従って、万有引力を発見したのは、「悟性」であると……。

ここで、身体という厄介な問題が出てくる。哲学に介入してくるのだ。デカルト君が、「ぼくちゃんがさ、ぼくが居ると思うから、ぼくが居るんだよ」と、至極、素朴に言ってのけた、よき古典主義の時代とは異なり、欲望する身体だとか、その認識力が全能の神ほど完全ではないわれわれわれの身体の問題が、それまで言葉と事物が矛盾なく調和していた哲学に割り込んでくるのだ。

言い換えると、

言葉（概念）＝事物世界（自然）

の公式できれいに一致していたものが、

言葉（概念）≒身体（不完全な認識）≠事物世界（自然）

となり、人間自身の有限性が、強く意識されるようになるわけである。

ところが、真智へ至る能力的な限界性を悟ることによって、人間は謙虚になるべきところ、一方では観念の暴走が起きる。言葉や概念自身が力を持ちはじめる。元々は事物という真理の影であるにすぎない言葉が、観念が、概念が、傍若無人に現代世界を支配しはじめる。たとえば環境破壊だ。

イデオロギーも然りだ。これが、テロルの原理となり、殺人の合法化・合理化にもなる。

どうして、こんな事態になってしまったのだろうか。本来、影であるはずの言葉・観念・概念が、実体化しはじめたからである。

たとえば一国平和主義なるものにしても、これは観念にすぎない。頭の中で考え、想い描く一概念なのである。だが、この気持ちよく美しい言葉が、それを唱える人々の脳内世界では、実体化しているのである。

たとえば、自国民数百万を殺したポル・ポト政権を支持した知識人は、社会主義や共産主義は全部善――という観念に縛られ（その実態を知らなかった思い込みにすぎなかったわけだが）、これを善としたのだ。

ヒトラーとナチスを支持した前世の日本人にしても、宣伝手段で捏造《ねつぞう》された偽造のナチ像に心酔し、愚かにも三国同盟というババを引くはめとなった。これも、日本人の想像したナチ像という観念と実態が完全に別物であることを見抜けなかったからである。

今世紀初頭を席巻した社会ダーウニズムも然り。ここから人種改良学なる怪しげな理論が出てくるが、生物学の理論が正確な実証もなく、観念拡張された悪例なのである。

アーリア人種なる概念も同じだ。言語学的な理論が、ナチズムによって、いつの間にか人種概念にすり代えられた例。

畏怖すべき存在、神を殺した神不在の世界が、二十世紀である。われわれは個我に目覚め、実体なき観念を操り、節度もなくただひたすら欲望のおもむくままに二十世紀をつき進んだ。

だが、この欲望にしても、実は観念である。ある物を所有することがなぜ幸せなのか――と考える時、それは一時の麻薬にも似た仮象の幸せにすぎない。

――話を戻す。ともあれ、ハインリッヒ・フォン・ヒトラーは、今、幸せである。この男は、一度もアウシュヴィッツを見たことがない。あたかも生産の現場を見たことのない資本家にも似て、ただその崇高なる事業の帳簿を見るのだ。

あまりにも彼は、デカルトから遠ざかりすぎた。デカルトの主張する精神の独立性をまったく否定し、人間というものを生理的機能体と捉える即物性がある。

もはや彼は、神を恐れない。彼自身が神だからだ。神が自分を恐れることなどありはしない。

しかし、こんな男にも生活があり、日常がある。

ハインリッヒは、チョコレート・ボンボンを一つ摘む。食べ過ぎると健康に悪いという心配はあるのだが……。

第四話　室蘭秘密造船所φ《ファイ》計画

1

超戦艦日本武尊は、室蘭秘密岸壁につづく巨大な地下ドックにその巨体を据えていた。

必ずしも作業は順調ではない。予想されていたとは言え、φ《ファイ》計画の目的は、日本武尊の部分的改装ではないのだ。

ただし、このφ計画と呼ばれる大改装は、すでに、日本武尊の建造時から計画されていたものであった。つまり、その設計段階から、将来的に行わなければならない大改装を想定しつつ建艦されていたのだ。

読者はすでにご存じのとおり、日本武尊には幾つもの謎の部分がある。その最大のものは、日本武尊の半潜性能である。すなわち、第一期でも、幾つか、そのシーンが書かれているが、日本武尊は、甲板が波に洗われるほど、艦体を沈めることができるのである。

ともあれ、φ計画がいかなるものかは、帝国海軍、秘中の秘だ。超極秘であるからして、まだ、打ち明けて語るわけにはいかない。だが、右に述べたことは、何やら暗示的ではないか。ヒントにはなっているということ……。

「ほう。今の姿を見ると、つい可哀想な気がするくらいだ」

と、大石蔵良は、傍らの原元辰に言った。

日本武尊は、さながら丸裸だ。外板が外され、艦殼部が剝き出されている。クレーンが鋼材をつり上げる。電気溶接の火花が散る。

見上げる大石は、もはや墨染めの衣を纏う禅僧の姿ではない。ポケットのたくさん付いた作業服にその身を固め、足には安全靴を履いていた。

作業服は、アイロンがけをしたものではなく、かなりの汚れようだ。胸には何本もの鉛筆、腰には工具類を突っ込んだベルトを巻いている。

その姿は、さしずめ町工場の親爺さんと言った出で立ち。とてもとても、援英作戦の英雄には見えないのだった。

これにはわけがある。この一大秘密プロジェクトは、上下の隔てなく、構成員全体が、一致団結して働いてこそ達成される――と、彼は考えるからだ。

一種の大家族主義だ。日本の中小企業の多くが、疑うことなく採用している経営哲学でもある。同じ釜の飯を喰い、共通の目的に向かって邁進することによって生まれる団結心。

海軍精神は正にそれだ。乗組員全体が心を一つにしなければ、艦は敵にやられる。船乗りの世界は、そもそも、運命共同体なのである。

日本も同じだ。国民が一致団結しなければ、不沈空母といえども、あえなく海底の藻屑となりかねないのだ。

これを愛国心と呼ぶこともあるが、その意味はあくまで運命共同体ということ。前世はともかく、後世では無能な指導者の言いなりに命を捨てることを意味するわけではない。

後世海軍は、前世以上に職人気質なところがある。構成員の前歴は、全員、実に多種多様な技術職である。その中には、桶屋も鋳《い》掛《か》け屋も靴屋も床屋、大工もいる。とにかく、手に職持つ技術職の集団である。

もの造りの仕事に携わる者たちは、いわゆるインテリゲンチャとはかなりちがう。彼らは、具体的であり、経験的である。問題解決型思考の持ち主である。

そもそも、農夫を含めて、物を作ることは、人間の本性と深くかかわる。この問題を深く思考した哲学者は、マルティン・ハイデッガーであるが、彼の『技術論』を読めばわかる。

職人というものは、自ずと自然に関わる。彼らは、自然の一部を取り出し、これを加工する日々の仕事を通じて、自然の本質というものを経験的に体得しているのである。

彼らはプラグマティストである。言わせてもらうが、日本人の多数、いわゆる庶民は、プラグマティストである。観念論者とちがい、プラグマティズムだから頭の中が割り切れている。彼らは経験論者だから、観念暴走を起こさない。

むろん、何事によらず、例外はあるものだ。技術系の大学教育を受けたエリートが、奇妙な宗教団体に心を奪われることもある。だが、彼らの魂に隙間を作るのは、彼らをなんらかの理由で孤独にする仕事場の環境である。

職人《アルチザン》といい、技術者《テクノクラート》といい、彼らは全体を求める。自分の仕事が部品化して全体が見渡せなくなると、疎外感に襲われる。あのチャップリンが見事に戯画化して見せた『モダン・タイムス』になる。流れ作業システムの部品となった時、人間は気が狂うのだ。

まさに、これこそが近代の悲劇！　巨大な歴史のクラッシャーが、霊長類の長たる人間を噛み砕きつつ歯車を回す。

疎外は、人間の本性に関わる重大な問題である。

疎外の問題は、ヘーゲルも論じたし、マルクスの主要なテーマの一つでもあった。

疎外は英語ではalienationであるが、ラテン語のalienatioからきた言葉だ。元は、「譲渡」という意味らしいが、「神からの人間の離反」という意味で、神学用語としても使われたという。（註、なお、断念とか譲渡の意味で、ドイツでは古く日常用語として使われた用語とも関係があるらしい）

われわれ日本人は、とかく見落としがちだが、西欧思想の根底には、常に、キリスト教が横たわる現実を看過すべきではない。古代ギリシャ思想が、いったんはイスラム世界の手で保存され、この知識が十二世紀ごろヨーロッパ世界に伝わり、長かった中世ヨーロッパ暗黒時代を揺り動かす。（参照『十二世紀のルネッサンス』伊東俊太郎著／岩波セミナーブックス）

こうして、中世神学とギリシャ思想がキメラ的に融合したスコラ哲学ができる。さらに、ヨーロッパは、ルネッサンスという開明の時代に入る。西欧の哲学はそうした知の地層の上に建っているのだ。

疎外という言葉にしても、日本では現代用語の一つ。日常的にも頻繁に使われてはいるが、われわれが真っ先にイメージする、たとえば「村八分」とは、ひと味ちがうようだ。

村八分なら単なるイジメだ。ある者が、彼の所属する集団のルールや規範に照らして異質であるからという理由で仲間外れにされる。学校という小社会でも村八分がある。多数側は、先生の言いつけをよく守るからという理由で、その生徒をシカトするのだ。江戸期以来の同質社会は、子供の世界にも存在し、非理性的な気分によって異質を排除するのである。

こういう社会では、個性は育ちようがない。個が確立している社会では、個々人それぞれの価値観を互いに認めあうことができるが、日本のような同質社会ではそれができない。自ら価値判断し得るような個性の持ち主は、村社会の敵になるのだ。

なぜか。勇気ある個人、独自の価値観を持つ者、正義の士などを、掟破りの異物として排除する集団は、集団全体の悪を庇いあうものだ。お役所にしても、企業にしても、業界団体にしても、みなそうした体質である。

最近、次々と発覚する不祥事の数々がそれで、某銀行・某証券会社をはじめその例には事欠かぬわけだが、これが欧米社会の価値観からすれば、絶対に許すことのできない大罪なのである。

ところが、多くの日本人には、それがぴんとこないのだ。しかし、これこそが、今日の最も重大な問題なのである。

なぜか。彼我の価値観のちがいがわからなければ、今日もこれからも、日本人は国際社会の一員としてやってはいけなくなる。それこそ、国際社会側から日本という国そのものが、まちがいなく村八分にされてしまうだろう。単に、文化のちがい――と言ってすませるわけにはいかない今日の情況なのだ。

故に、何故かがわかるために、われわれ日本人は、もっともっと西欧哲学を学ぶ必要がある。だが、哲学は小難しくて、変わり者の哲学者のもの――という風潮があるのも事実。

されど、今日、われわれ日本人が遭遇している異文化摩擦は、単なる風俗習慣の差異の次元で片付く問題ではない。すなわち、価値観という行動規範の本質に関する問題である。

とすれば、これを理解するには、西欧哲学と哲学史を勉強する以外に手がない――と言っても過言ではないのだ、と思う。

2

以下も重要なので、省くことはできない。

まず、ヘーゲルの場合だ。疎外は、彼が『精神現象学』の中で取り上げた重要な術語であった。

ヘーゲルによれば、人間は、いかにその内面的な確信に基づき探求しても、本質に至ることはできない。人間の本質は良心・愛・共同性であるから、己の財産・名誉ばかりか己の命すらも投げ捨てて、己の本質に献身しなければならない。

献身の中には、労働も入るし、他者への奉仕活動も入る。とにかく、そうした自己に固有なものを、自己の外のある他者に差し出すことによって、はじめて本質が認識されると説く。この外に差し出すこと、たとえば自己を放棄して神に献身することが、ヘーゲルの唱える疎外なのである。

おわかりだろうか。とにかく、日本の村八分とはずいぶんちがう概念である。自己の外化が疎外なのであり、それによって人は初めて本質を悟るということ。つまり、日本人のイメージする村八分の疎外とは完全に別次元であり、その背景には絶対なる神、キリスト教の神が厳然と存在するのだ。

とは言え、日本人にはなかなかわかりにくい。多分、キリスト教の観念にわれわれがまったく疎《うと》いからであろう。

キリスト教では、救済は現世にはない。すべて来世にある。しかもこの世でいかに善行を積んだからと言って、来世で天国に行ける保証もない。みな、神の意思であり、人間にはどうにもならない運命である。

ま、金魚掬《すく》いみたいに掬って永遠の命を与えるか、救わないかは、全部、神様カラスの勝手。全部、神の恣意性に委《ゆだ》ねられるという思想である。

これを予定説というらしいが、どんなに一生懸命お願いしても、「ダメなものはダメ」と神様は、「そういう予定になっていからダメ」と、にべもないのだ。

だが、人間は、にもかかわらず、魂の行くべき場所である彼岸に向かって現世を生き抜く。こういうキリスト教社会独自の観念的な基盤の上で、ヘーゲルの疎外概念が成り立つわけだ。

それにしても、われわれの神道・仏教に比べ、なんとも過酷な宗教ではないか。「神様、どうか希望の大学に入れますように」と、わずかな賽銭《さいせん》で神様と取引できるような柔な神ではないのである。

ここで注目していただきたいのは、本物語の世界が、前世〜後世〜後世の後世——というように、次元連続している大世界構造との比較である。現世と来世とが魂の通路で繋がっているキリスト教社会と比べ、似ているようでもあり、また似ていないようでもある……。


ともあれ、右の件が様々な面で重要だと思う理由の一つは、資本主義の本質問題と深く関わるからだ。資本主義の神髄はキリスト教の奥義と本質的に関わるものであって、わが国が誇る日本的資本主義はあくまで擬制資本主義なのである。外見は似ているが、似て非なるものだということ。せいぜい前期資本主義であって、本物じゃあない。（参照『資本主義原論』小室直樹著／東洋経済新聞社）

——さて、資本主義の根幹は何か。言うまでもなく、私的所有である。これが神髄。

「土地国有の市場経済が中国式市場主義である」というのをあちらで聞いたことがあるが、なるほど社会主義の国である。

とにかく、一〇〇パーセント私的所有でなくては、真性資本主義ではない。

ところが、似非《えせ》資本主義の日本はそうではない。封建制がまだまだ生きているのだ。

たとえば、時代劇などで、よく拝領した葵の御紋の付いた短刀を盗まれた旗本が、よく、「これは一大事！　お家断絶、切腹もんだ」と青くなるシーンがある。この場合、「どうせ、殿様から貰ったものだ。盗まれようが、叩き売ろうが、おれ様の勝手だ」とはいかないのが、封建時代なのである。

貰った以上は所有権が移っているはずだが、まだ完全に自分のものになりきっていない。部分的には殿様のものなので、首が飛ぶのだ。これでは、完全な私有ではない。この場合、主従の関係で、現実にくだんの短刀を支配しているのは、殿様のほうだ。

鎌倉時代の法律、貞永式目《じょうえいしきもく》によると、その財産を具体的に保持、経営、機能させている者に権利があった。他の者に、権利書があろうが、契約書があろうが関係ないのである。そこで思いあたるが、戦後まもなく、マッカーサーの意を汲んで行われた農地解放である。登記簿上の所有者でも、不在地主であれば、実際の耕作者のものになった。

未だに日本人は所有の観念が曖昧なのである。それが多々、社会問題を起こす。たとえば、株式会社だ。法的には、株式会社は株主の所有である。株主は、それぞれの株式の持ち分に比例して、その会社を所有しているはずなのである。

ところが、実際はどうか。会社の経営陣は、株主には雀の涙ぐらいの配当しか出さず、利益を内部留保したり設備投資に回す。このやりかたが、海外株主との間で、問題になっているわけ。つまり、日本企業では、まだ貞永式目のままなのである。

では、カラ出張はどうか。明らかに税金は公有のもの、国民のものだが、お役人の感覚では、実際に、具体的にそれを管理しているのは彼らだから、おれたちのものさ――という感覚で、やっぱり、鎌倉時代のまんまなのである。

故に、小室直樹氏の喝破したるごとく、わが国は、依然、前期資本主義の段階なのである。

だが、欧米の真性資本主義はそうではない。私的所有は絶対なのである。焼いて喰おうが、煮て喰おうが、だれにも文句を言わせず自由なのである。

問題は、どうして、このような所有観念が生まれたのか。

解答はキリスト教である。

神にとって、人間は、所有物にすぎない。

仮に、ここに羊飼いがいて、一〇頭の羊を所有していたする。彼にとっては、どの羊を選んで殺し晩飯のご馳走にしようが、完全に彼の恣意性に委ねられる。それと同じだ。

これが、真性資本主義の所有の観念なのだ。

従ってヘーゲルの場合、ま、以下は冗談ぽくなるが、その疎外の観念は、飼い主に喰われる羊の疎外感と言えなくはない。

つまり、一生懸命、草々を食べて肥え太り、わが身を飼い主に食べられることに、至福の喜びと生きる意味を見出す、健気《けなげ》な羊の哲学——と言うこともできるわけだ。

3

長引く余談のついでに、ではマルクスはどうか。

彼は無神論であるから、ヘーゲルの論法を使いつつ、ヘーゲルを克服した。

彼は語る。人間の労働は、本来、自己の主体的意思に基づき、創造的エネルギーを傾注して自然に働きかける。こうして出来あがった生産物を他人の享受に委《ゆだ》ねることによって、人間が共同体の一員であることを確証するのである。

ところが、資本主義の元では、労働者の手で作られた生産物は、資本家の手に渡るので、製品を媒介とする他人との交通関係が見失われてしまう。

かくして、人間の内的力であるはずの労働が、資本主義にあっては抑圧として働くことになる。

これが、マルクスのいう労働疎外である。

まさにそのとおり。ふたたび、『モダン・タイムス』が出るが、この作品のイメージでは、人間は機械の一部品でしかない。産業革命当時の英国の工場労働は、単調極まりない長時間労働だった。これでは、目隠しをされた粉ひきの驢馬《ろば》である。

青年マルクスの指摘は正しい。かような労働を経験した者なら、なおのこと実感的にわかるはずだ。近代は、機械という非人間的な能率システムを発明したが、これが人間の生きる意味を、人間から奪ったわけである。

もとより、わが大石蔵良、十分それは承知の助だ。

では、疎外なき労働は、いかにして獲得できるか。

その要諦——創造的労働の一語に尽きるであろう。

すなわち、この地下秘密ドックで大改装されつつある超戦艦は、彼らの手により、日々、その姿を変える……。

この、最終目標を目指す変化は、時間軸の未来側から来る開示のドラマである。

作業員は、むろん、これほどの大型プロジェクトであるから分業されてはいるが、一人一人が、自分の分担が全体のどの部分かを、十分、承知しているのである。

「おい、自分の仕事は絶対に手抜きをしてはならん。これに乗り組むのはお前たちだ。自分の手抜きで死んでは、漫画にもならんぞ」

と、大石はこまめに声を掛けて回る。

特に、電気溶接は重要だ。鋼材の溶接部をV形にして、しっかり肉盛りする必要がある。

志気、極めて高しである。

ところで、日本武尊には、強力なポンプとパイプが張り巡らされていることは、すでに述べられているが、その理由は？

このポンプ・システムは、半潜時にも使われたが、同時に片側攻撃を食らった場合のリカバリーでもあった。

読者は前世大和の最後をご存じであろう。片側浸水は艦体を傾け横転させる。

だが、今度の改装では、さらにポンプ装置が増設された。

これはただ事ではない。

次第に、艦体構造が二重船殻であることが、明らかになる。

その意味するところは？

単なる防水区画にしては、あまりにも規模が大きすぎるのだ。

極秘設計図によれば、どうも艦橋部が大幅に変わるらしいのだ。

これも、実に、大きな謎だ。

さらに、機関部のエンジンが撤去された。

補強が行われている。

大量の謎のブロックが、運び込まれた。

何を意味するのか。

4

とにかく物作りだ。

鉱石ラジオであろうと、超戦艦であろうと、物作りには変わりがないのだ。

物作りに励む人の営みは、対象の規模こそちがえ、まったく変わりがないのである。

人類の歴史を、たとえば、政権の交替や政治制度の変遷などを軸にして追うのは、バランスを欠くとの考えが、後世の教育理念の根底にあるのだ。

歴史学者は、こと教育ということになると、明治以降のシステムに縛られ柔軟な発想をしない。歴代天皇の名前や年号を覚えるのが、果たして歴史の勉強か。まったくそんなことはない。第一、日常生活の役にはたたないのだ。

歴史学者の最大の欠陥は、学者先生にはありがちなことだが、生活者の経験がない。象牙の塔とはよく言ったもので、庶民生活とは縁遠い存在である。

これでは、いかにも押しつけがましいイデオロギー教育の弊に堕ちるのは当たり前だ。だが、生活者である庶民が必要としているのは、実用に役立つ歴史なのである。

従って、後世日本では、小中高を貫いて教えるのは、イデオロギー的にニュートラルな科学・技術史であり、芸術の歴史である。庶民にとっては、経済・産業の歴史こそが、直ぐに役立つ学問なのだ。

前世、皇道教育というものが教えられ、歴史の授業は神話物語となってしまった。

戦後はどうか。日本の教育界を席巻したのは、唯物史観であった。マルクス主義がこれほど流行《はや》った例も珍しい。戦後民主主義を錦《にしき》の御旗《みはた》として、これに異議申し立てをしようものなら、反動呼ばわりされたのである。

だが、五〇年たってみたら、彼ら主義者たちの総本山ソ連が、ものの見事に経済破綻していた。のみならず、次々と明るみにされたその内情から、このスターリン帝国の実態は、なんと驚くべきことに、帝政時代以前の専制国家だったのである。

これを見抜けなかった、知識人の責任は、当然、追及されてしかるべきであろう。

歴史教育は、ニュートラルでなければならない。特定のイデオロギーに縛られると、民族主義の発揚になる。これでは、二十一世紀の大きな潮流の一つ、国際化には対応できない。

政治的イデオロギーは、暴力（戦争）を内包する宗教の一種である。植民地支配や専制政治の横行した二十世紀には有効であるとしても、二十一世紀には通用しないだろう。

「いずれ国境なき時代が来るであろう。かかる未来世界に対応するには、われわれ日本人は、思想的にニュートラルな民族にならねばならない。なぜか。イデオロギーは、一種の鎖国主義であるから」

とは、『大高語録』のうち、『ニュートラリズム』の一節である。

ニュートラリズムをとる後世歴史教育では、「人は、いかにして技術を発展させてきたか」――と基礎から教えるのだ。技術には右翼も左翼もない。技術には、資本主義も社会主義もないのだ。

たとえば、産業革命の意義については詳しく、教える。また、技術史の授業から発展し、科学思想史にも。この段階では、当然、カントなど哲学思想にも触れねばならない。もとより、西洋に限らず、東洋・中国、そして日本の技術の歴史についても教える……。

誤解を恐れず言えば、後世日本の教育理念は、工作主義《クラフト》とも言えるものだ。たとえば、幼児の砂遊びからして、工作主義は徹底している。砂遊びは建築・土木技術の原型なのだから。

こうした教育理念の形成には、バウハウスの実験も多く取り入れられている。たとえば、工作の授業で本箱を作るにしても、美しい形と不細工な形がある。つまり、工作は芸術とも密接にかかわるのだ。

みんなで、運動場に大型積み木の家を建てることもある。積み木とは言え、四、五人の子供が入れる大きさである。ネジやボルトで組み立てるものだが、最初はぐらぐら揺れる。そこで、先生が筋交《すじか》いというものを教える。そこで、教室にもどり、今度は幾何学の勉強になり、ついでに力学の初歩知識も。抽象とか観念から教える演繹《えんえき》教育ではなく、具体的事例を積み上げて教育するのだ。これを帰納《きのう》式教育と言ったりする。

翌週にはもう一軒建つ。で、お隣ができる。それが向こう三軒両隣となり、やがて街になる。かくして積み木村が完成することになるのだ。

この記録こそが積み木村の歴史だ。これこそが、学童たちが、自ら経験したという意味で、まさに彼らにとっては生きた歴史になる。

さらに、暮らしてみる。積み木村の自治会組織ができ、積み木村村長選挙も行われる。これが、社会科の授業になる。

ついでに建築の歴史も教えよう。ウィリアム・モリス（一八三四〜九六年）のアーツ・アンド・クラフツ運動なども、それぞれの教師の裁量に任せて教えたりする。

こうした実践教育のいいところは、子供たちが共同作業を通じて、人それぞれに得手不得手があることを自然に体得する点である。勉強ができなくとも、重いものを持ちあげることのできる者がいなければ、家は建たない。

ところが、知識詰め込み教育では、いわゆるお勉強のできる子供が有利になる。だが、社会というものは、実に様々な能力が組み合わさりできているのだ――と、まあ、協同組合的な発想なのである。


そもそも公教育の名の下に、教育というものがおかしくなったのは、国民国家の成立以来である。日本では、急速な工業化を押し進める必要から、均一的で良質な労働者を獲得するために義務教育がはじめられた。同時に、国家は、その統一性をはかり中央集権体制を強化するため、国定教科書で一つの歴史を教えることを始めた。

たとえば、歴代天皇の名前をひたすら暗記することが歴史教育であるような時代が長くつづいた。なんとも無味乾燥な授業ではないか。

その延長が前世の戦後教育であり、一応、民主主義教育の体裁はとっているものの、結局、文部省が絶大な権限をもつ中央集権教育であった。つまり、権力が支配する限り、統治の実態（秘密の部分）を教えるはずがない。

一方、これに対抗する反対勢力にしても、彼らのイデオロギーを公教育を利用して広めようとしているわけであるから、呉越同舟なのである。

だが、後世日本では、国家は大枠の指針こそ示すが、その内容は、各校様々な裁量に任せる方針である。もとより、地方分権制もすでに確立しているわけだから、その土地その土地の背景が色濃く反映したりする。

そういえば、前世の負の遺産の一つに従軍慰安婦の問題などもあるわけだが、これは国家の問題である。もしも、国家がこれに関与したことが証明されるのであれば、国家がそれ相応の弁済なり、謝罪なりをすれば済むことである。

個々の国民がこれに関与したのであれば、個人の責任であろう。

この区別を明確にせず、国の責任は国民の責任であるとの議論がまかり通るのは、まだまだヘーゲルあたりの国家論にとらわれているからである。つまり、国家と国民が不即不離で一体化しているのは、いわゆる国民国家的なイメージなのである。

だが、後世では、それがまったくちがう。幾度も繰り返すように、国家はあくまでも国家機械という機械なのである。

つまり、国民というものは、たとえば、バスという機械に、乗客として乗っている——と言ったイメージなのだ。

そのバスが、運転手の不注意で交通事故を起こす。この場合、乗客にも賠償責任があるかというと、まったくそんなことはない。あくまで、運転手とバス会社の責任である。これが、後世の論理だ。

ところが、前世の国民国家のイメージでは、乗客にも責任が生じてくる。

後世日本は、今、日本国株式会社という一種の全体主義国家体制を脱却すべく、様々な改革を行っているのである。目指すは、家庭や家族の結束を核とする個人主義である。何から何まで、国民の活力を殺《そ》ぐような、がんじがらめの規制国家ではない。国民は多くの自由を許される代わりに、喜びもあれば悲しみもある。運もあれば、知力もあり、努力もあると言った、かなりゲーム性の高い社会で生活しているのだ。

こうした社会が、なぜ不平等社会と言えるだろうか。そもそも平等の原則とは、その思想の発足時にあっては、あくまでも出発点の平等性を意味するのだ。つまり、人はこの世に「オギャー」と生まれた時、つまり人生の出発点において、身分の差によるハンディキャップがない社会、これが啓蒙思想、フランス大革命の趣旨なのである。

後世日本は、人はすべて、同じスタート・ラインに立ち、「ヨーイッ、ドンッ！」で人生レースを始めるということである。

ところが、いわゆる悪平等というやつで、前世日本のように護送船団方式をとると、一番、船足の遅い船にスピードをあわせることになる。

これではおもしろくない。スウェーデンのようになる。若者の目が死ぬ。老人たちが政党を作り、福祉福祉と主張するようになる。社会主義国家の多くも英国のように、これで破産するのだ。

要するに国家が何でも引き受けてしまうから、家庭が崩壊するのだ。後世の言う、家庭主義的個人主義とはそういう意味である。

後世工作主義教育では、「手を使う」「作る」「工夫する」ことを重視するのだ。

単に教科書に書いてあることを丸暗記するのではなく、「手や体を使い具体的に」がモットーである。

「論語読みの論語知らず」ではなく、書物はどうしても読む必要があること——を叩き込むのだ。

それが、人間の精神を、その本性に立ち返らせる。

ヘーゲルの言葉を借りれば、人間精神の本質は自覚である。この自覚は労働（Arbeit）を通じて達成されるものなのだ。

人は、単なる反省、内省の実りなき反芻だけでは、真の自覚には到達し得ない。労働を通じて、自己を外化することにより、その眠れる精神が目覚めるのだ。

これが、若きヘーゲル、青年期の輝かしき労作『精神現象学』の趣旨でもある。（参照『反哲学史』木田元著／講談社）

こういうことだ。精神は自己に閉じこもり、くよくよと悩んでいては、空回りするだけである。わが国にも、「下手の考え休むに似たり」という格言があるではないか。

すなわち、精神が真に覚醒し、自覚をするためには、具体的に何かをしなければならない。いったん、外界に働きかけ、自己を外化しなければならない。これが、労働である——とヘーゲルは言うのだ。

労働とは何かと言えば、主体である自己が、おのれ以外の存在である異他的なもの、つまり自己と対立する物（あるいは自然）に働きかけて、これを己の望む形に変えることである。

この時はじめて、自己は対象の中に投影され、自己が外化される。

ヘーゲル先生は、なにも難しいことを言っているのではない。わが身を振り返れば当たり前のことだ。

たとえば、子供時代。遊びに熱中したころを思い出せばよい。ま、三歳から鬼のような母親の監視付きで塾通いをさせられた学歴至上主義者の犠牲者は別だが……。

「あれは楽しかった」という幼児期の記憶を持っている者であれば、成人しても同じだ。あのころの楽しさを、日々の仕事に感ずるような生き方をすればよい。これこそ、仕事が生き甲斐《がい》の人生の意味。

仕事が、人生の充実であり、生きる幸福、生きる証《あかし》なのである。

なぜだろうか。人はそのようにできていると思ったほうがわかりやすい。

たとえば、生まれたばかりの赤ん坊は、自我というものが、まだ、自己の中に閉じこもった状態である。しかし、子供は少しずつ外界に働きかけるようになる。オッパイが欲しければ泣き、オシメが濡れていれば泣く。もし、この時、母親がすぐ乳をくれ、オシメを取り替えてくれるなら、彼は、泣くことによって外界が反応し、彼の不快を快に変えてくれることを学ぶ。

わかりやすくいえば、泣くという彼の本能的で主体的な働きかけが、彼の外の世界、つまり外的情況を変更したことになる。

人間という生き物は、こうして、自己（内部）の働きかけで、環境（外的世界）を、自分にとって快であるように作り替えていくものなのだ。

この、人本来の原理は成人しても変わらない。成人は赤子のように泣くかわりに、労働によって、外界を作りかえつつ、自己を充実させる。

もとより、肉体に苦痛を与えるのが労働であるが、ここで忍耐することを覚える。大きな苦労の末に獲得したものの喜びは大きいものだ。

なぜか。それだけ多く外界に自己を関わらせているからである。

たとえば、多大の忍耐を払い荒れ地を耕し、これを美田に作り変えるとしよう。この時、忍耐と体力が要るであろう。むろん、自然の性質をよく知り、効率的に仕事をこなす、知識や工夫も要るであろう。こうして、人はその人格を高めるのだ。また、そうして獲得されたものこそが、真の自由である。

後世日本は、国民が、そうした生き方を送れるような社会システムの建設を目指す。そこが前世とちがう。東大法学部を目指して勉強し、国家官僚になり、次官になり、あげくの果て悪いことをして裁判に掛けられるような社会システムは、決して平等社会ではないのである。

前世システムのそれは、万人に与えられねばならない成功のチャンスを、国家権力が閉ざしているシステムなのだ。

5

巨大な地下ドックにその巨体を横たえる日本武尊は、彼の愛する乗組員たち、共に幾たびもの死線を乗り越えつつ戦った同志たちに、その身を委ねつつ、夢見るのだった。

ふたたび、無窮の空の下、無限の大海原の広がる世界を突き進む、わが雄々しき姿を夢見るのだった。

後世日本のイメージは、海洋国家であり工作国家である。

海洋国家はわかるとして、工作国家とはなにかをもう少し説明したい。

後世日本は、高度な工業国家に成長しているが、単なる工業国家ではない。では、工作国家と工業国家はどうちがうか。

ここに、大高弥三郎率いる青風会国家イメージ研究会の独創性があったわけである。

大高は、軍人には珍しく、若くしてマルクスを研究した男だ。しかし、その書は危険な側面を持つ。硬直した頭でマルクスを読めば、教条主義に陥る。しかし、柔らかい頭でこれを読めば、マルクスは社会改革の有力な武器になる。

つまり、マルクスは、その用法をまちがえれば人々を不幸のどん底に陥れるし、うまく使えば人々に幸せをもたらす両面性を持つ——これが、大高弥三郎若き日のマルクス理解であった。

たしかに、マルクスは、毒にも薬にもなる激烈な思想だ。また、そうであったからこそ、二十世紀世界に激震をもたらした思想となり得た。

マルクス最大の毒は、暴力の肯定だった。

「万国の労働者よ、決起せよ」

と、彼は叫び、プロレタリアート独裁を、彼は口走った。

これが、大いに問題だったのである。想像だが、暴力・恐怖・急進性を伴ったフランス革命に影響されたものか。

マルクスの生存は一八一八〜八三年であるから、フランス革命（一七八七〜九九年）のもたらしたヨーロッパ世界への影響は、まだ色濃く残っていたにちがいない。

絶対王政への不満爆発は、免税特権を奪われた貴族の反抗によって火がつく。これが平民階級に波及、一七八九年七月一四日、パリ民衆蜂起。暴動は全土に広まる。各地で領主の館が襲われるなど、大恐怖と呼ばれたパニックの嵐が吹き荒れるのだ。

この事例は、体制転覆・権力奪取のもっともてっとりばやい手段は、群衆のテロルであることの証明として受け取られたはずだ。

とすれば、マルクスが、欧州の支配階級に対し、恐怖の妖怪が徘徊《はいかい》しているぞ、と脅迫したとしてもおかしくはない。フランス革命の恐怖はまだ人々の記憶に焼き付いていたわけだから。

だが、革命は彼が期待した中欧のドイツでは起きずに、もっとも遅れていた帝政ロシアで起きた。

ロシア革命は一九〇五年と一九一七年であるからマルクス死後の出来事である。

ともあれ、その後、世界各地で起きた社会主義が、いずれも前近代の封建体制社会で起きたという歴史的実例が、マルクスの理論を覆している。

だが、だからと言って、マルクスが、全部、誤りだということにはならない。

くりかえすが、マルクスは、その使い方によっては、毒にも薬にもなる強力な変革の思想なのである。

毒になった代表例は、下克上そのまま権力奪取の理論武装に利用されたロシアの例である。よく言われるように、ロシア人の手で、マルクス主義はメチャメチャにされた。むろん、カウツキー（一八五四〜一九三八年）のように、議会主義によって、社会主義を建設しようという社会民主主義の考え方もあったが、レーニンが反対した。さらに、レーニンが死ぬと、スターリンが台頭し、レーニン寄りのトロツキーを追放し、一国社会主義を唱える。

二十世紀も終わり近くなり、このスターリンの実像が暴露されたわけだが、要するに彼のしたことは、専制ロシアの復活に他ならなかった。

彼は、教義であるところのマルクス主義の表看板はそのまま残したが、都合の悪いところは切り捨ててしまった。

おそらく、彼にとって、もっとも都合の良かったのは、先に述べた暴力と恐怖性であったのだろう。

かくして、ソ連帝国は国際共産主義の総本山となり、巧妙を極めた偽宣伝で、世界中の良心的知識階級を欺きつづけた。なにしろ、あのルーズベルトさえもコロリと騙したほどの男である。

さぞ、墓場の陰でマルクスは、こんなとんでもない男に利用された身の不運を恨んだことであろう。

イデオロギーは怖い。

イデオロギーは宗教と同じである。

教義は超自我を支配し、批判力を縛る。

マルクス自身は、宗教を否定したが、彼の家系は、両親とも、代々、ラビ（ユダヤ教教師）を出している名門であった。一方、スターリンも神学校に通っていたことがあった。共に背教者であるにはちがいないが、宗教というものをよく知っていたにちがいない。

たとえば、マルクスのプロレタリアート独裁の考えは一元論であろう。思考のパターンとしては、一神教と同じだ。

彼の最終目標である共産主義社会は、神の国と同じである。当時の過酷な社会を思えば、彼がひたすら虐《しいた》げられた人々への恩寵《おんちょう》を考え、この地上の世界に光り満ち溢れる唯物論的エルサレムを実現させようと考えたとしても、なんら不思議ではない。

この情熱が『資本論』に結実したわけだが、果たして、彼が、天才的経済学者であったかというと必ずしもそうではないらしい。彼の労働価値説にしても、まったくリカードのそっくり丸写しなのだそうだ。（参照『世界の哲学・思想のすべて』湯浅赳男著／日本文芸社）

唯物弁証法にしても、ヘーゲルをネガ化した写しだし、となると、彼の功績は労働者を奮いたたせたあの情熱、世界アジテーターとしての功績だけとなる、という言い方も、あながち不可能ではない。

だが、この情熱が、彼を突き動かしたヒューマニズムが、良心が、博愛精神が、二十世紀の世界を根底から変えたのであった。

しかし、マルクスは多くの誤謬《ごびゅう》をも犯していた。もし評価どおりの大天才であれば、ぜったいにまちがえるはずのない、単純な初歩的な誤りが、時代が下るとともに明らかになるのだ。

これも、彼の本質が、経済学者というよりも、モーゼ的な預言者的であったからではないか——とも考えられる。

まず、彼は、プロレタリアートに肩入れするあまり、企業家の役割を完全に無視する。商売というものをしてみればすぐわかるとおり、企業家に先見性がなければ、品物は売れず、会社は潰れる。そのリスクを一身に背負うのが企業家であり、それだけに、彼らは、過酷な競争状態にある経営に情熱を傾けるのだ。

実際、彼自身も、A・ルーゲと組み、パリで『独仏年誌』を創刊するが挫折のうきめを見る。その後は、エンゲルスの経済援助を受けて暮らすわけだから、企業経営の実際と実務を知らず、一方的に資本側を搾取者呼ばわりした。

だが、一歩譲って、プロレタリアートが経営を行ったとして、うまくいくものかどうか。商売というものは、決してだれにでもできるものではない。そこには、自然界と同じ、過酷な生存競争がある。

社会主義国家では、官僚がその役割を担う。結果は言うまでもない。真っ先に総本山が経営破綻を起こし、ものの見事に崩壊した。

ソ連では、この官僚がノーメンクラトゥーラとなった。党上層部の特権層のことである。階級なき社会であるはずなのに、これはまた、どうしたことか。彼らこそ、あれほどマルクスが罵倒した資本家の、社会主義国家的変種ではないのか。

第一、完全国有化とくれば、これはもう独占の独占である。これ以上の独占はない、超独占企業ではないか。

マルクス氏は、これを、なんと抗弁するだろうか。

独占では競争原理が働かない。製品が粗悪になり、半製品になるのは当たり前だ。これが、計画経済なるもの実態であった。

計画経済では、官僚がすべてを取り仕切るわけであるから、売れる売れないは関係ないのだ。

膨大な商品の価格を、市場原理の援《たす》けなく、どうして官僚の手で付けられるのだ。

これは、ほとんど神業の仕事であるが、神の御手が働くのは、皮肉にも資本主義市場経済のほうであって、社会主義統制経済ではないのだ。

ま、物のない時代なら何でも売れる。だが、生産力が上がれば話は別だ。

というわけで、非能率な生産をする社会主義国家で、長い買い物の行列ができるのは、まさに計画経済ならではの、必然、かつ、非常にふさわしい光景なのである。

どうも、やっぱりマルクス氏は、経済のど素人だったのではないか――と、ついつい、思いたくもなる。

一〇〇年前の人であることを割り引いても、余りにも経済に関しては無知である……。

ソ連だけではないのだ。二十世紀末の時点で、社会主義国家が、次々と経済崩壊を起こしているのだ。となると、問題は民族の資質云々の問題ではなく、制度そのものの問題だろうと言わざるをえない。

例外的に頑張っているのは、マルクスの理論にはないはずの農民主体の革命を成功させた、ひとり隣国中国のみ。中国だけが優等生であるが、これとて毛沢東の時代は滅茶苦茶《めちゃくちゃ》であった。今日の中国は、看板は社会主義でも、実体は華僑型資本主義に変質したと見なすべきである。

これでは、マルクス経済学そのものに、致命的欠陥があるのではないか――と誰しもが疑いたくもなる。

おかしなところは他にもある。たとえば、原価償却の考えがマルクスにはない。まったく、蓋を開けたらビックリの玉手箱、ソ連で使っていた工作機械を初め設備類は、みな何十年も前の骨董品であった。

輸送費の考えもない。商品は移動してもこの価値が変わらないという考えからであった。いや、ソ連では、移動中に、価値ではなく数が減るのだ。盗まれるからである。

余剰価値の分配は、マルクスの理論では、労働者に分けられるはずである。ところが、実際は、新たな搾取機構である国家に吸い上げられた。

などなど、マルクスの理論には、実態を離れた観念の体系化でしかない側面が多々ある。

なるほど、ヘーゲルに学んだだけあり、マルクスは、独逸観念論の申し子だわい——などと、つい思ってしまう。

むしろ、彼を評価するとすれば、社会思想家としての側面であろう。たしかに、当時のヨーロッパは、急速な工業化に伴う悲惨が満ちていたのである。

6

実は、独逸観念論、これが曲者だったのである。

青年期のヘーゲルはともかく、弁証法なるものを適用した国家論ともなると、かなり怪しくなる。

祖国がフランスに占領され、イエナにナポレオンが入場したのは、彼が『精神現象学』を書き上げた翌日（一八〇七年）であったそうだ。

友人に送った彼の手紙には、〝皇帝——この世界精神——が、馬に乗り、市街地を抜け陣地の視察に向かうのをみた〟とあるそうだ。

若きヘーゲルはナポレオンに感動するのである。

一人の絶対者によって、国家は世界精神実現の場として立ち現れる。国家とは世界理性の体現者である。だが、世界理性などというものが、果たしてあるのかどうか。実証を欠く観念でしかないのではないか。皇帝――絶対者の概念が、現実には俗っぽい独裁者《ヒトラー》にすり替わる一〇〇年後を、ヘーゲルは予期しただろうか。

ヘーゲルでは、国家は国民（個）より自立した普遍的存在である。国民一人一人は生きて死ぬが、国家は存在しつづけるのだ。

右より、ナチズムの千年王国思想は容易に導かれるであろう。

国民（個）は、自己の本質を国家（普遍）の内に持つ。個なくして普遍はなく、普遍なくして個はない。普遍としての国家は、国民の運命と発展を通して実存在をつづける。（参照『世界の哲学・思想のすべて』）

この考え方から、全体主義の思想を導きだすのは、至極、簡単であろう。


戦前、わが国では、『國體《こくたい》（国体）』という言葉がよく言われた。敗戦寸前となっても、当時の指導者が、最後までこだわったのが、この「國體の護持」であった。それほど、「國體」は、大事な概念であり、思想であった。

この思想とヘーゲル国家論とは、親近性のあることに気付く。国体も国家も共に、普遍的であるがゆえに、永続する存在として捉えられるのだ。

なぜ、当時の日本人がナチズムに接近したのか。独国防軍の外務省も日独同盟には、むしろ消極的であり、これを推進するリッペントロップに対しては冷淡であったと言われる。（参照『ナ

チズム極東戦略』田島信雄著／講談社選書メチエ）

当時（一九三五年一一月一日より一九三六年一〇月三一日までの統計）、独逸の武器輸出の半分以上（五七・五パーセント）が、中国向けであったほどだ。

そうなると、日本側からすり寄ったことになるが、なぜ。その理由の大きな一つは、大正・昭和初期、日本の知識階級を魅了した独逸観念哲学だったのではないか——という推定も成り立つと思う。

だが、観念は妄想と紙一重である。経験を無視した合理主義はナンセンスである。

十九世紀はじめの観念論哲学と主観主義哲学の流行は、自然科学を目指す当時の青年たちを眩惑させたらしく、経験・現実に即して研究する科学の発展を妨げたとも言われるのだ。（参照『合理主義』中村元著／青土社）

おそらく、戦前日本にとっても右と同じ現象が見られたのであろう。独逸観念論は劇薬として働く。軍部内でも、前世では独逸派が主導権を握った。合理主義で考えれば、絶対に負けるとわかっていた戦争に、どうして、なぜ、彼らが突入したのか——その理由も、観念論の流行を想定すれば説明がつく。

だが、当時、今日もであるが、われわれ日本人に必要だったのは、英米国流の経験論哲学であった。大高弥三郎クーデター政権が、軍内の独逸派を追放した理由、代わって英米派を重用した理由も、ここにある……。

右、長々と迂回したが、後世日本が工作国家を目指す理由が以上である。後世日本国造りの精神は、アーツ＆クラフトの精神。

「ヘーゲルにしても、またマルクスにしても、正しきはこれを学び、誤りは正す。同時に独逸の職人精神にも学ぶなど、取捨選択の批判精神が重要だ」

と、大高は言うのだ。

かくして、後世日本は工作国家の道を歩む。木工・金工・農業・園芸などなどの実践教育によってまず精神の健全化を計る。この上に理論を構築するのだ。

こうした教育が実り、早々と後世日本では、起業家続出の今日である。驚くべきことだが、在学中の大学生の半数近くが、何らかの形で小さな会社を経営しているのだ。

後世の銀行は、そうした若い人材に資金を貸し付けるのだ。

また、そうした起業家を応援する小さな街の金融業者や小さな株式市場もあるのだ。

これこそが、ジャパニーズ・ドリームではないか。

むろん、成功者もいるし、失敗する者もいる。だからこそ、人生というものがおもしろいのだ。

企業家精神とは人生のギャンブルなのだ。

この社会では敗者復活もある。事業に失敗した青年が、満州で財をなし、ふたたび帰国して成功するなどの例にも事欠かない。

社会が安定しすぎる時、青年たちの目から光が消える。恐ろしきは老人支配《ジェロントクラシー》。権力に居座る老人の数が増える時、国家は衰退し始める。老人たちが社会を支配する時、社会は活力を失う。

後世は違う。この世界の日本人は、老いも若きも、男も女も、あらゆる職業も、みなそれぞれが、それぞれの方法で、果敢なる人生の冒険者である。

そういう、人がひと度、この世に生を受けた以上は、全身全霊を賭けて人生冒険の航海に船出し得るようなシステムを持つ世界、それが後世なのである。

これぞ、真のユートピア！

その建設を目指し、後世日本は果敢に戦う。

マルクスの考えた最終社会は、所詮は神の国。つまり、死後のユートピアだ。
だが、後世日本の目指すはこの世のユートピア！
この差は決定的にちがう。
前世の戦後は羊どもの社会。
後世の戦後は野生の復活。
かくして、その魂の緊張、精神の高まり……。
われら後世、未来を切り開くのだ！

第五話　米大統領選今たけなわ

1

後世歴一九五二年（照和二十七年）は、ハリエット・アイゼンハワー大統領にとって、幾重もの試練が牙をむく一年であった。

今年のアメリカ合衆国は、四年に一度の大統領選挙年である。これが、また、長く過酷な全国遊説のロード・レースでもあり、候補者にとっては体力の勝負でもある。莫大な金もかかる。外目には華やかな祭典のようにも映るが、この、あたかもブロードウエイのショーすら思わせる舞台裏で渦巻くのは、策略と陰謀である。

ご承知のとおり、大統領指名までの手順は、まず、各州党大会と各州予備選挙が、二月から六月にかけてあり、各党全国大会出席の代議員が選ばれる。党大会は七月から八月にかけて。ここで、はじめて、各党の大統領候補が指名される。

次に、十一月の第一月曜日の次の火曜日——と定められている一般投票日に向けての厳しい選挙戦が繰り広げられる。

事実上の勝敗はこの時点で決まるが、さらに、十二月の第二水曜日の次の月曜日に選挙人の投票がある。この場合、各ブロックごとに定められている選挙人のすべてが、勝った候補のものになるのが決まりだが、各州州都から上院議長宛に郵送される。
その結果はすでに判明しているものの、翌年一月六日、上下両院合同会議で開票され、一月二十日の就任式を迎えることになる。

以上、右、長々と述べた理由は、実は、後世日本でも、新たに、大統領制が敷かれることになったからである。

詳しくは、多分、別の巻で述べられるであろうが、この日本型大統領制の実現を積極的に進めたのは、現日本国総理西郷南周《さいごうなんしゅう》であった。

それにしても、立憲君主議会制を敷くのが日本であるから、大統領制は馴染まぬはずである。

まったくそのとおりだが、実は――日本型では、実質的に、総理公選制度を指すのだ。

では、なぜ、こうした新制度が必要なのか。

従来の制度では、総理大臣は党内派閥の勢力関係で選出され、この経緯は国民の目から隠されている。

また、組閣にしても派閥均衡型になりやすいから、必ずしも、人材の登用には適さぬ――との反省による。

西郷南周の狙いは、国民の意思に直結しつつ、強い権限をもって、国家マシンを作動させ得るような日本型大統領府を作ることにあった。

もとより、これが成功するや否やは神のみぞ知る。現世界では、未だ人類は完全無欠な政治制度を見出していない。また不可能であろう。だが、可能なかぎり理想に近付ける努力と試みはなさねばならない。

日本のそれは、独逸や英国に学んだものだが、三権分立議会制民主主義にしても、果たして、複雑化した現代あるいは未来社会に適合しているかどうか。すでに深刻な制度疲労を起こしているのではないか。

など、様々な疑念を抱きつつ、これを、自由思考で検証する必要がある……。

たとえば、先年、西郷が著した『近代政治制度疑考』（京橋公論社刊）の一節によれば、日本は、維新以後、ヘーゲルに倣《なら》い立憲君主制を採用したという。このヘーゲルが理想とした国家像は、彼が馬上のナポレオンを見て「皇帝——世界理性」と感じたエピソードからもわかるとおり、国家の目的は精神の極みとしての世界理性を目指す。

だが、これはあくまで観念的な理想であって、現実の世界では、独逸と日本を破滅的な戦争に導く理念に変質、堕したのである。

理性とはなんぞや。理性とは幻想の一形態なのである。理性とは、近代に入り神を殺し、神を失った人類が、無意識的な必要性から幻想した神の代替物なのである。

つまり、西郷によれば、「理性の本質は幻想であるから、国家の中心理念にこれを置くことは、極めて危険である」と言う。「また、近代に現れた国民国家に内在する本質的な危ふさについても、吾人、これをよく精査せねばならない」とも言う。

かくして、西郷は、大胆にも、「米国政治制度に、わが国の幕藩体制」を見出し、これを、「世襲なき幕藩制度」と評価するのである。

たしかに、後世日本にあっては、米国州制度に倣い地方分権制を実現させている。米国は故にユナイテッド・ステーツなのである。

これは、形式的には江戸期と同じであろう。もし、徳川江戸政権が薩長に屈服しなければ、あるいはアメリカ合衆国に近い政治制度を採用していたかもしれない。確率はともあれ、皆無とは言えないのではないか。

「しかし」

と、西郷はつづける。「地方政府に多くの権限を譲渡する以上、これを束ねる強力な府が必要となり、これが米国政治制度に習った、吾国流の大統領府である」と。

2

話を戻す。

もとより、共和党党大会の大統領候補選出では、アイゼンハワー現職大統領が、特に有力な対抗馬もなく大勝利したのである。

だが、二大政党の片方の雄、民主党が、強力な対抗馬を起ててきたのだった。

いかなる人物か。

ここで、前世と比較すると、一九四八年の選挙では民主党のトルーマンが勝ち、その次、五二年の選挙でアイゼンハワーが政界に打って出て勝利するのだ。

が、後世では、四八年にアイゼンハワーが出馬して勝ったので、この度は、彼にとっては二度目の選挙戦になる。

強力なライバルとは、他でもないケネディ上院議員であった。

もとより、前世のケネディは、ジョン・F・ケネディ。が、この期待の星、前世一九六〇年の選挙で大勝した若き第三五代大統領は、陰謀の銃弾に頭部を狙撃されて死ぬ。

この事実だけでも、アメリカという国家の複雑さがわかる。世界正義の顔あるいは世界の警察官を自負するアメリカの暗部。アメリカは二つの顔を持つ巨人である。かかる極端な二面性あるが故に、この国とのつき合いかたは難しい……。

ともあれ、後世の候補者の名は、エイブラハム・ケネディ。このリンカーン大統領と同じ名を持つ後世ケネディは、決断と勇気、理想と明るさに満ちた人物であった。

だが、新聞等の下馬評では、形勢まったく互角。勝負の趨勢は、後世アメリカ国民が、アイゼンハワーの経験を採るか、ケネディの未知数の期待を選ぶか。

たしかに、今、建国以来最大の国難に際し、ケネディ候補の未経験を危ぶむ声も少なくはない。

だが、アイゼンハワーにしても、対独戦争は休戦に持ち込んだものの、前世のように祖国に勝利をもたらしたわけではない。

むしろ、魔王ハインリッヒ・フォン・ヒトラーに、アメリカは押され気味である。

さらに、今、第三次世界大戦勃発の危機が迫っているのだ。

ひとり、旧大陸から孤立したアメリカのみが安全だ、という保障はない。現に、後世前大戦後期、第三帝国は大西洋往還巨大爆撃機の開発を成功させ、東部海岸都市を攻撃しているのである。

この建国以来最大の国難を、どう乗り切るかが問題であるから、米国民とて、指導者の選択に悩む……。

3

西部海岸各州の遊説をおわり、ハリエット・アイゼンハワーは、疲れきった体を励ましつつホワイト・ハウスに戻った。

が、アイゼンハワーを待っていたのは、よいニュースとは言えなかった。

選挙参謀のワナメイカーが待っていたのだ。

彼の見せた最新の世論調査では、はっきりと世代の差が出ていた。高年齢ほどアイゼンハワーを支持するが、若年層はケネディ支持である。

「問題は女性票であります」

と、ワナメイカーは言った。

「ＡＫ《エイブラハム・ケネディ》はいい男だ」

アイゼンハワーは苦く笑った。「ははッ、女性は男の中身を、ネクタイの趣味で判断する」

しかも、彼はハンサム・ボーイである。童顔の小父さんと言った印象を与えるアイクとは対照的だ。

「閣下の言われるとおりです。しかし、ネクタイで、アメリカ合衆国が滅びるとなると、問題ですなあ」

「いや、必ずしもそうではないぞ」

と、このどちらかというと、強烈な個性が売り物というよりは、調整型の現職大統領は言った。

「ここだけの話にしてもらいたいが、ばらばらな国民の心を一つにまとめて、この国難より祖国を救い出すのはＡＫかもしれない」

「閣下、そのような気の弱い態度は困りますぞ。もう一度口に出されたら、私は、即座に、選挙参謀を降ろさせていただきます」

ワナメイカーの口調はきつい。

「ははッ、むろん冗談だよ」

と、アイゼンハワーは言ったが、その顔に疲労の陰が濃い。

無理もない、至上最強の敵を相手に、彼は戦ってきたのである。敵はハインリッヒ・フォン・ヒトラーだけでなく、議会もである。

さらに、この後世世界を陰で操ろうとする、あの最高法院の見えざる手もだ。

「とにかく、今夜は休ませてくれ。明日、昼食を一緒に摂ろう」

と、大統領は言って、彼を退出させた。


だが、ワナメイカーが去っても、彼は寝室に行くことはできなかった。

火急の用と、ダレスフリギウス国務長官が訪れたのだ。

「夜分、申しわけありません、大統領閣下」

「いや、かまわんよ。いっぱい飲るかね」

「はい。お付き合いいたしましょう」

アイゼンハワーはソーダ割りのカナディアン・バーボンを相手に渡す。

「最近、酒量が多くなった」

と、つぶやく。

「ご同情申しあげます」

「では、聞こう」

アイゼンハワーは促す。

「はい。南米の情勢です」

「裏庭をナチスに荒らされて、アメリカは黙って見過ごすわけにはいかない」

と、アイゼンハワーは顔を歪めた。

「スパイクマンの悪夢が、日を追って現実化しておりますな、この世界では……」

と、ダレスフリギウスが言った。

執務机をはさんで向き合う二人の目は、共に、暗い光を宿す。

国務長官はつづける。

「スパイクマンの予言通り、わが合衆国から遠い場所から順に離反しております」

「アルゼンチン、チリにつづき、今度はウルグアイもか」

「それだけではありません。ブラジル南部リオ・グランデ・ド・スルの分離独立運動がますます激化し、ついに内戦に突入いたしました」

「むろん、米国市民への退去命令は出しただろうな」

「はい。ジャーナリストの一部はまだ残っておりますが、三〇〇〇名ほどが、陸路にてサンパウロへ、あるいはポルト・アレグレから海路で脱出した模様であります」

「確認はまだなのか」

「はい。内陸部にいる者の消息につきましては、まったく不明です」

「救出には全力を尽くされたい」

「わかりました」

「それにしても……」

アイゼンハワーは、執務室の壁に張られた米州地図を眺めた。改めて彼は、大西洋を隔てたヨーロッパよりも、同じ新大陸の南米南部諸国のほうが遠い地方であることを確認した。

「スパイクマンの正しさは、パーフェクトだったな、国務長官」

わかっていたこととは言え、それが、アメリカ合衆国にとっては、恐ろしい現実であることを、アイゼンハワーは認識したのである。

アメリカの地政学者、スパイクマンが恐れたのは、ブラジルのリオ・グランデ・ド・スル地方に住む独逸人植民者の子孫たちであった。

「ハインリッヒのやつ、ついに、わがモンロー宣言の原則に挑戦してきたか」

「議会が黙ってはおらんでしょうな」

　ダレスフリギウスが言った。

「中南米はわが国の聖域であります。明らかに、ヒトラーは、もう一つの第三帝国を、リオ・グランデ・ド・スルに建てる腹でしょう」

「たしかに、分離独立が成功すればそうなる。祖国の安全保障上、極めて危険な存在になる」

「ヒトラーが、これを足場に、南米全土の独逸化を謀らんとしているのは、火を見るよりもあきらかであります」

　楔である。米州の柔らかな腹に突き刺さった短槍である。

「大統領閣下、ご決断されますように」

「介入かね」

「はい。ブラジル政府との交渉も必要ですが、放置すると、この火は大火になりますぞ」

「ブラジル政府の意向は確かめたのかね」

「まだです」

「リオ・グランデ・ド・スルは、確かに米州の一部にはちがいないが、同時に、ブラジルの一部でもあることを忘れんで欲しい」

「それは、閣下、あなたの論理であります」

「むろんだ。論理では困るのかね」

　と、アイゼンハワーは言った。

「はい。外交問題が常に理屈に適うものとはかぎりません」

「なぜかね、国務長官。私には解《げ》せん話だ」

「軍人のままおられるのでしたらかまいません。が、政治家であられるのであれば、わかっていただかねばなりません」

アイゼンハワーは沈黙した。

「申しあげましょう。ブラジル政府の立場は微妙だと考えますな」

と、ダレスフリギウスは言った。

「彼らは、わが国とヒトラーの要求に挟まれ、苦吟していると思います」

「ヒトラーに付くと思うか」

「現状では可能性が高いと思います」

「手はないか。経済援助を増やすとか。コーヒーの輸入関税を外してやるとか。ヒトラーに向きかけた顔をこちらに向かせる手段だ」

「閣下。この世界では、豊かな国はわが国だけではありませんぞ。対岸の連中のほうが、われわれよりもリッチマンかもしれません」

国務長官は冷ややかに言う。

「それは言えるかもな」

アイゼンハワーはうなずく。

「仮に彼らが下でも、われわれには内部の敵がおります。議会は、海外援助の増額には猛反対するでしょう」

「独裁者が羨ましくなったぞ」

アイゼンハワーは苦く笑った。

「ええ。ハインリッヒ・フォン・ヒトラーは、すべて自分一人で決められますからな」

「君の考えを聞かせてくれ」

アイゼンハワーは、空になったグラスを持ちミニバーに足を運ぶ。

「……」

「米州安全保障条約を楯に、即刻、海兵隊を派遣すべきであります」

「ブラジル政府の諒解もなしにか。私は気がすすまん」

「いや。単に、事前協議が事後通告になるだけの話ですぞ。後は私が何とかいたします。閣下、コーヒーよりも武器をやりましょう」

「なるほど。武器なら余るほどある」

「議会の承認さえとりつければ……、閣下、軍需産業の票はあなたのものですぞ」

が、現職大統領は、無言で顔をしかめた。

前世のアイゼンハワーも、ホワイト・ハウスを去るにあたり、急増する国防費について、ひと言、警告しているのである。

「事は急を要しますぞ」

ダレスフリギウス国務長官はたたみかける。「一刻も早く、わが精鋭海兵隊を、リオ・グランデ・ド・スルに緊急展開させることが先決であります」

「……」

アイゼンハワーは無言だ。

「ヒトラーに嘗《な》められてはなりませんぞ、閣下。ヒトラーのラインラント再占領をお忘れになってはなりませんぞ」

国務長官は強い口調である。

この事件は、一九三六年三月に起きた。ヒトラーは、ヴェルサイユ条約で非武装地帯とされたラインラント（Rheinland）を少数部隊で占領させる。だが、この「冬の演習」作戦は、もしフランス側が対抗手段として出兵した場合には直ちに中止される予定であった。
が、フランスは反応せず、ラインラント進駐は既成事実化するのだ。これが、ヒトラーに過大な自信をつけさせてしまう。また、英仏軋轢《あつれき》の原因ともなるのだ。

国際政治は虚々実々の駆け引きである。この事実を無視して一方的に平和主義を唱えることは、かえって戦争・侵略の悲劇を招く。

前世キューバ事件然りである。この際、若きケネディ大統領が、不退転の決断を下さなかったら、かえて核戦争になっていた可能性が高まったはずである。おそらく、ソ連は、アメリカの心臓部に短剣を突きつけながら、ヨーロッパを始めとする世界各地を脅迫したであろう。アメリカによる報復の手段を封じつつ、朝鮮半島を占領したかもしれない。まさにあの事件は、単にキューバ危機ではすまず、世界の危機であったのである。


「一晩、考えさせてくれ」

と、アイゼンハワーは言った。

「わかりました。しかし、それ以上はだめです。明朝九時に、私はうかがいます」

と、ダレスフリギウス国務長官は、言い残して去った。

4

大統領官邸は深夜である。疲れているのに眠れない……。

アイゼンハワー大統領は、寝室の電話から直接、東京に電話を入れる。ホットラインでアメリカ大使館を呼び出し、至急、大高弥三郎と話したいと命じた。

いったん切り、十五分ほど経つと、大高弥三郎の元気な声が、ホワイトハウスに届く。

もとより、シークレット回線である。たとえ、第三帝国諜報部に盗聴されても、「ガアー、ガアー」という耳ざわりな雑音が彼らの耳に聞こえるだけである。西部のベンチャー企業が開発した新技術だ。

「閣下、大統領選挙の苦労、お察し申しあげます」

滑らかな英語である。

「サンクス。だが、あなたに相談したかったのは、私の選挙のことではありません」

と、アイゼンハワーは言った。

「ちょっと、お耳に入れておきたいことがありましてな」

「承《うけたまわ》りましょう」

「早速だが」

と、アイゼンハワーは伝える。

「……実は、リオ・グランデ・ド・スルの件でありますが、ニュースはそちらに届いておりますか」

「はい。反乱は大規模だそうですな」

と、大高は答えた。

「在留邦人の退去であればご心配なく」

「それは結構。だが、オオタカさん、私は、今、重要な選択を迫られております」

と、アイゼンハワーは前置きして、早口で、かつ手短に内容を伝え始める。

「……オオタカさん、聞き取れますか」

「ええ。大丈夫です」

アイゼンハワーが、わざわざ、引退中の大高を選んだのは、通訳なしに話せる日本側のほとんど唯一の重要人物だったからである。

しかも、この暮れまでには、彼が、アメリカでいう大統領の地位に付き、政界に返り咲く可能性が濃厚だったからだった……。

実際、日本が、国際クラブの仲間入りを果たすためには、もはや政界人の語学力は、最低必要条件であった。前世では敗戦後、日本は、アメリカの属国の地位に甘んじていたので、いわゆる第二の鎖国時代に入っていたのである。

アメリカもそれを望んだわけではなかった。日本が国際化を目指せば、第三世界化すると無意識におそれたのではないか……。

第一に、もし、日本が、中国をはじめとする亜細亜世界との関係を改善し、これを強化すれば、亜細亜市場のヘゲモニーを狙うアメリカとしては都合の悪いことである。

戦後、長い間、世界は二つの世界に分かれ、日本列島は、ソ連・中国に対する楯としての役割を求められていたのである。

前世日本もその地位を自ら容認し、国力を付けるための高度工業化の道をひた走った……。

そう考えるならば、九〇年代の日本が抱える亜細亜問題にしても、戦後アメリカの世界戦略ゆえに、早期解決が遅れたと言わざるを得ない。日本人の総意は、亜細亜問題の一日も早い解消であるし、詫びを入れるべきだと思っているのである。また、日本人の国民性から言っても、それが自然な態度であろう。

——ともあれ、この世界では、日本は敗戦なき日本である。前世とはちがい、完全にフリー・ハンドである。国際化にしても、強制ではなく自らの選択なのだ。

すなわち、西郷南周が、屋上屋を重ねるがごときとの批判あるをよく承知しながらも、あえて大統領府の設置を熱心に進めてきた真意も、実はここにあるのだ。

5

さて、余談を承知で話を進めるが——議会制民主主義の制度で選ばれてくる議員必ずしも選良とはいいがたく、しばしば地域・業界・その他諸団体の利益代表である。これが国家の血管にコレステロールのように付着し、その活力を殺ぐので、大いに問題なのである。

むろん、既得権益を守ろうとするのは、人間であれば、むしろ自然の行為である。かつての中世社会がそうであった。だが、これが行き詰まる。王・貴族・宗教界の権益が、第三階級の起こした革命によって覆された……。

形は変わっているが、本質的には同じことが、議会制民主主義制度でも起こるわけである。国民国家は徴税権を持つ。この膨大な富が、再分配される時、政治家・官僚・特殊法人・各業界等の利権によって、不公平に配分されることが問題なのである。

ところが、外見は民主主義であるから、国民大衆は気付かず、巧妙に欺《あざむ》かれてきたのであった。

いったい、国家とはなんぞや。

政治とはなんぞや。

税金再分配の利権システムの維持が、国家や政治家の業務であるはずがない。

だが、人間という種族の悲しさで、これは容易に治る病ではない。繁栄と衰退のメカニズムについて鋭い考察を行ったエコノミスト、マンクール・オルソンによれば、「一つの社会構造が長くつづくほど、利害団体の数が増える」という。発言力も増し、イノベーションを妨害し、利権を握り懐を肥やすようになる。こうした団体を、再分配連盟（redistributional coalition）と言うのだそうだ。（参照『不機嫌な時代』P・タスカ著／講談社）

この点、いわゆる前世情報を有する後世日本の対応は早い。この再分配連盟の弊を、国政という高次の問題を審議する場から分離、あるいは排除する意味も含めて、地方分権制が敷かれたのである。

後世では、国政の場は、利権屋の群がる場所ではないのだ。これを排除するには、国が貧乏であればよい。まったくそのとおりで、後世では、地方政府のほうが金持ちなのである。

ということで、たしかに地方政府には問題が多い。だが、これを監視・監督する国の権限は強く、市民の告発があれば容赦なく調査が入る……。さらに、この度の法改正で、罰則はとみに強化された。後世日本では、国民共有の財産に対する罪は重罪なのである。

にもかかわらず、依然として国会議員の間に大臣病という困った病が流行る。議員歴と政治家としての能力は必ずしも比例しないはずだが、当選回数や派閥の力学で大臣人事が決まるシステムは困る……。

これを排するには、大統領府を作り、議員に限らず人材主義に徹し、最高の頭脳を結集させる必要があるのだ。

もとより、国家の顔、国際問題を扱う機能をこなすためには、各庁長官の最低の教養は語学力である。

なお、後世には参議院の代わりに賢議院があるが、ここは学識経験者の殿堂でもあるので、賢議院が大統領府を補佐することになる。

また、西郷南周に言わせるならば、「そもそも最高学府とは、国家の最高知力の集合体であるから、これを国家の最高戦略・政策に役立てねばならない。その意味で、アメリカ合衆国はわれわれの手本になる……」と。

むろん、それ故の欠陥もある。現に、アメリカでも問題は多そうである。

学者といえども人様々である。権力の座に近付きたがる者もいるのだ。それが人間の性《さが》というものである。第一、もし人間が欲望を失ったら、すでに人間ではない。欠陥があるからこそ、人間は人間なのであって、完璧なら神様になる。

ともあれ、だれを選ぶかは、国家の長となる者の見識に委ねるほかない。この人を見抜く能力は、経験もあるが、その者が鏡になれるかどうか。

正邪の見極めは、無欲の心、虚心坦懐の魂なのである……。

実は、後世アイゼンハワーの鑑《かんが》みる大高弥三郎の人間像が、右述べたような鏡の役目を果たすように思われていたのだ。アイゼンハワーは、軍人を辞め政界入りした男であるが、つくづく権謀術数うずまくこの世界に嫌気もさしていたのだった。

また、そうした心境ゆえに、対立候補のエイブラハム・ケネディの理想主義に魅かれてもいたのだが……。

6

余談を戻し、両雄の電話会談はつづく。

「もし、わが国が、リオ・グランデ・ド・スルの内戦に介入すれば、第三次大戦の勃発が、予想よりも早まるおそれがある――と、貴国でも認識されたい……」

と、アイゼンハワー大統領は、大高弥三郎に語る。

「さりとて、これを見過ごせば、あの男のことだ、必ずハインリッヒは、次の手を打ってくるでしょうな」

「反乱軍への資金・武器の援助、軍事的指導が第三帝国によってなされていることの確証は、われわれもつかんでおります」

と、大高も言った。

もとより、こうした情報収集は、極秘裏に大西洋に派遣している、わが秘密情報艦亀天号の活躍によるものである。

「あなたの意見を聴かせて欲しい」

アイゼンハワーは言った。

「私はやるべきだと思う。だが、あの男に口実を与えぬように慎重にやらねばなりませんな」

前世のラインラント占領の場合も、実はそうなのである。ヒトラーは、仏ソがロカルノ条約を破ったことを口実にした。

「手はありますか」

「海上封鎖です」

と、大高は答えた。

前世ケネディが、キューバ危機に際して使った手も海上封鎖であった。

「カリブ海海洋要塞より、即時、艦隊を派遣し、連中の武器輸送船を片っ端から臨検するべきですぞ。世界に宣言した米州安全保障条約を楯にして……。この際、取るべきは、毅然たる態度あるのみと、私は考えます」

大高はつづけた。

「むろん、ブラジル政府が米州機構より離脱すると言うのであれば、話は別ですが」

「目には目ですな」

「はい。歯には歯です」

大高は言った。

「相手が礼儀正しけば、こちらも礼を尽くす。無頼であればこちらも無頼を演ずる。大統領閣下、ゲーム理論というものがありますが、もっとも有効な戦略は、シッペ返しであると言いますぞ」

「なるほど……」

「閣下、及ばずながら、われわれも協力いたします」

「いや。せっかくですが、派兵ならご辞退したい。あくまで米州機構の問題ですからな」

「むろんです。協力の意味は敵性船舶の航行妨害です。また、リオ・グランデ・ド・スル沖に近付くすべての船舶について、正確な情報を、われわれは、貴国に提供できると思います」

「ほう」

「閣下。早速、交信用の暗号名を決めておきましょう。いかがですか」

「異議を述べる理由はなさそうですな」

「では、われわれはロカルノとします」

「では、われわれはラインラントとします」

「結構です」

電話は終わった。

7

もとより、アイゼンハワー大統領といえども、わが秘密艦隊の存在は知らない。故に、アイゼンハワーは、大高弥三郎の謎めいた提案を不思議に思った。

だが、たしかに、この場合、海上封鎖は、もっとも有効・適切な手段である。

翌朝、大統領執務室に、副大統領、国務長官、国防長官が集まったので、正式のNSCとなった。NSCとは、国家安全保障会議のことだ。

規則に従い、アイゼンハワー大統領が議長となり、発言を求める。

ひとおり意見を聴いてから、

「では、大統領としての考えを述べたい。一つ、海兵隊の派遣は、当分の間は見合わせ、ブラジル政府との交渉を先行させたい。二、徹底した海上封鎖作戦を展開し、敵性艦に対しては公海上の臨検をも辞さない。三、第三帝国に対しては、絶対に弱みを見せない。この方針で諸君の諒承をとりたい」

と、言った。

一同、うなずく。

が、カーチス副大統領が、

「艦隊派遣には私も賛成いたしますが、交戦となる危険はありませんか」

と、質《ただ》した。

「それはあるだろう。だが、ハインリッヒとて、その懸念は、われわれと同じだ」

と、アイゼンハワーは答えた。

つづけて、

「いずれにしても、本世界は今にも爆発しそうな火山の上にいるようなものだ。この平和はあくまで偽りであり、世界のストレスは高い。第三次大戦が、今すぐ始まるか、少し先にのびるか、いずれにしても決戦は免れないよ」

「大統領がそのお覚悟なら、私は賛成です」

と、ノックス国防長官。

「あなたには、全面戦争の開始に備え、準備を頼む」

ダレスフリギウス国務長官に向かって、

「すぐ、ブラジルへ飛び、われわれの断固たる意思を政府首脳に伝えて欲しい」

「わかりました」

「諸君、隣室にＪＣＳのメンバーを待機させておるので、彼らを加え、引きつづき具体案を練りたい」

ＪＣＳとは米軍内の統合参謀会議を指す。メンバーは、陸軍参謀総長、海軍作戦部長、合衆国艦隊司令長官、空軍参謀総長および大統領府参謀長である。

一同は会議室に移り、具体的作戦計画の討議に入る。

「まず、作戦名を決めねばならないが、『赤い河作戦《オペレーション・レッドリバー》』とする」

開口一番、アイゼンハワーは告げた。

会議はつづく。

「ところで諸君、この作戦には、内々で日本海軍が協力するが、この件については極秘に願いたい。もし、『ロカルノ』というコードが使われれば、われわれの味方だ。われわれは『ラインラント』と呼ばれる」

と、アイゼンハワーは告げ、

「昨夜、オオタカ前首相と、直接、話したのだが、これもここだけの話にしてもらいたい」

と、事情を伝えた。

一同、うなずく。

「ついては、このことについて、いささか不審な気もするのだが、諸君に心当たりはあるかね」

と、質す。

「おそらく、日本が擁する秘匿艦隊のことでしょう」

と、答えたのは、バークレイ海軍作戦部長であった。

「われわれも独自に調査しておりますが、彼らが公開されておらぬ謎の戦力を有していることは、まず、まちがいないでしょうな」

「閣下にも、オオタカ前首相は、何も漏らされませんでしたか」

と、ダレスフリギウス国務長官が訊く。

「いや。なにもだ」

と、アイゼンハワーは答えた。

が、内心でははたと思い当たる節があった。言葉の端々のニュアンスをつなげると、オオタカは、彼に、あるいは何かを告げようとしていたのかもしれない。

「うん。……いや」

アイゼンハワーは、言葉を飲み込む。

「閣下、何か?」

「いや。国務長官、それは、われわれの思いすごしというものだろう」

アイゼンハワーは言葉を濁した。

が、内心では、

（さすがだ……）

と、つぶやく。

「いわゆる、X艦隊の疑惑は、解けたわけではありません。引きつづき調査をいたします」

「バークレイ作戦部長、それはどうだろうか」

と、アイゼンハワーは言った。

「なぜでしょうか。X艦隊の存在は、わが国の安全保障にも関わる重大事と考えますが」

「むろんだ。そのとおりだ。しかし、X艦隊は謎のままにしておくべきだ。なぜなら、われわれが脅威と考える以上に、ハインリッヒにとっても脅威なのだ。噂が戦力になる。抑止力にもなる。そうは思わんかね」

「なるほど」

ダレスフリギウスが言った。

「少なくも、われわれは同盟国です。たしかに、Xは、潜在的脅威と言えるのかもしれないが、顕在的脅威ではない。直接の影響は第三帝国が受ける」

アイゼンハワーは、無言を保ちつつ、かすかに笑った。

「となると、オオタカ元首相の狙いは、あくまで暗にその存在を第三帝国側に教える、ということでしょうか」

と、副大統領のカーチスが言った。

「孫子《そんし》だよ、おそらく」

アイゼンハワーは言った。

「中国人と日本人には似たところがある。以心伝心という言葉があるそうだが、われわれの言語では翻訳できない。暗黙の諒解とでもいうか、言語を使わぬ交渉の仕方らしい」

「たしかに、それは言えますな」

これまでの日本側との折衝で、苦労しているダレスフリギウスが言った。

「彼らは異なる文化を持っております」

「異星人ですな」

カーチスが言った。

「いや。ルールさえ理解すれば、実にわかりやすい民族だと思う」

と、アイゼンハワーは言った。

「とにかく、われわれは良きパートナーであらねばならない。向こうもそう考えている。いいかね、諸君、われわれが組まなければ、この難局は乗り切れないのだ」

アイゼンハワーは、言葉をとぎり、静かにつづけた。

「次の戦争は、欧・米戦争であり、かつ欧・亜の戦争だ。米・亜が同盟すれば勝機は見い出せるが、米・亜が離反すれば、ハインリッヒの一人勝ちになる……」

後世アイゼンハワー、さすがである。明確に後世世界の構造を読んでいるのだ。

「三極世界であれば、二極が組めば勝てるわけですな」

クリフォード陸軍参謀総長が言った。

「ダレスフリギウス国務長官の奔走で、太平洋条約機構ができた意義は大きい」

アイゼンハワーが言った。

重々しくつづけ、

「イデオロギーの違いを乗り越えて、われわれが人民中国政府と結んだ意味も大きい」

「大国人民中国は、ユーラシア大陸を東に突き進み、その勢力を、太平洋にのばさんと欲する第三帝国の野望をくい止める巨大な砦《とりで》となりましょう」

と、クリフォードが言った。

「そのとおりだ。われわれは、目下、東は大西洋を正面として、欧州第三帝国と対峙している。とすれば、西は背後だ。つまり、われわれの背後を守る亜細亜諸国の重要性は言うまでもない」

「ところで」

ノックス国防長官が言った。

「私としましては、東部工業地帯の主要工場が、完全に西部地域に移転するまでは、時間を稼ぎたく思います。全面戦争開始の時期は、できるだけ延ばしていただきたい」

「わかっておる」

アイゼンハワーが言った。

「だが、ハインリッヒが、A爆弾の製造を実用化する前に、開戦せねばならないぞ」

恐るべき核戦争の危機が、すぐそばまで迫っているのである……。

第六話　南大西洋捕鯨作戦下令

1

もとより、大高弥三郎の名は伏せられ、西郷総理より、極秘捕鯨作戦は、高野軍令部総長に伝えられた。

さらに、軍令部よりの作戦下令は、富士山長波通信所より、地球の反対側にいる亀天号に発信された。

亀天号が、波暗号で受信したのはチリ沖であったが、この長文暗号を岩波文庫と照合して解読するや、艦首を南に転じた。

亀天号の指揮官は、今、尾崎邦彦《おざきくにひこ》艦長。

前原一征《まえばらいっせい》は、目下、須佐之男《すさのお》号に乗り北極海方面である……。

その性能の大部分は、今なお秘匿されてはいるものの、この艦が、フレミングの法則を使った電磁推進艦であることはご承知のはず。全速力で海中を突進、ドレーク海峡を目指す。

ここは、南米大陸の南端が、南極大陸の南極半島と向き合う海峡。海峡幅は約一〇〇〇キロメートルである。

だが、海峡突破は必ずしも容易ではない。

なぜか。ドレーク海峡は、太平洋と大西洋を結ぶ海の門だ。前世はともかく、本後世世界では、地政学上、極めて重要な戦略海峡なのである。

第三帝国は、すでに、第三次大戦を想定し、営々としてドレーク海峡の要塞化をはかってきた。アルゼンチンおよびチリとの軍事同盟を成功させるや、一方的に南極半島の三国共同管理領宣言を行った。

もとより、国際社会の承認を得るものではない。

だが、実質的な支配権は、第三帝国にある。次々と軍事資材を運び込み、半島全体を軍事基地化しているのである。

ご承知のとおり、海峡地政学なるものがある。陸では鉄道や道路の集中する場所が、交通の要衝である。同様、海では海峡に航路が収束する。

故に、しばしば海峡は紛争の焦点となる。海峡を確保するには、両側の陸を押さえねばならない。一国がこれを試みると、他国が黙っていない。かくして紛争が発生するのだ。その代表例がバルカン半島である。

後世第三帝国は、すでに、実質的に南大西洋を独逸化しているのだ。西アフリカを支配、アルゼンチンと同盟して、両岸を押さえることによって……。つまり、この巨大なる内海の東の門が、ドレーク海峡なのである。

海峡を越えたところが、チリ南部のフィヨルドの奥に隠された一大潜水艦隊基地である。ひと度、第三次大戦が始まれば、最新鋭Uボートの大群が、太平洋に進出、縦横に暴れ回るであろう。

もしそうなれば、亜細亜のシーレーンは分断される。強固な日米同盟も航路を遮断され、実質的に崩壊するであろう。

つまり、平和な世界では、あまり重要ではないこのドレーク海峡が、一躍脚光を浴びることになるのだ。

これまでの調査で、亀天号は、詳細な海底地形図を備えていた。最高速の海峡突破になんら支障はない。

第三帝国側の張り巡らせた厳重な警戒網を、なんなく突破して、大西洋に入った。

「諸君。やがて、第三次大戦が始まれば、われわれは、必然的に大西洋において通商破壊作戦に従事することになるだろう。従って、今回の作戦は、その絶好の予行演習と言える。そのつもりで、しっかりやれ」

と、尾崎艦長は訓示した。

英領フォークランドは、今はアルゼンチン領である。この島も要塞化され、周辺海域の哨戒活動は活発である。もとより、亀天号はこれを避け、東から回り込むように大回りして、ブラジル領リオ・グランデ・ド・スル沖に近付いた。

尾崎は、艦内の図書室で、資料を読む。

――リオ・グランデ・ド・スル（Rio Grande do Sul）は、ブラジルの最南端に位置し、アルゼンチンとウルグアイと国境を接する州である。州都はポルト・アレグレ。面積は二八万二一八四平方キロメートルもあるが、ブラジル全体では三・三二パーセントでしかない。その広さは、日本の本州以上である。人口は七〇〇万余。地形的には、北東部が標高一〇〇〇メートルの高原、南東部が五〇〇メートル程度の海岸山脈であるが、海岸平野は三万二〇〇〇平方キロメートルもの広大な沖積平野である。

沿革を読むと、十七世紀、ポルトガル人が、ラ・プラタ川北岸の防衛と牧畜を目的として、入植したとある。当時の産業は農業と乾し肉製造であったが、黒人奴隷も導入されたらしい。

さて、問題の独逸系移民であるが、彼らがイタリア人と共にこの地に入り込んだのは、十九世紀であった。

とにかくヨーロッパ系の多い地方だ。白人が九〇パーセントを占める。ブラジル国内では最も平均寿命が長く、死亡率も少ないところを見ると、良い土地らしい。

産業は農牧業中心で、工業は食品加工、衣料、靴、冶金《やきん》、家具などとある。

なるほど、スパイクマンがこの地方の動向を気にしたのは、根拠あってのことだったのである。白人国家として独立したとしても、十分にやっていける資源と人口を有しているのだ。面積にしても、隣国ウルグアイの約一八万平方キロメートルを遥かにしのぐ。

ここに目を付けたハインリッヒ・フォン・ヒトラーの戦略眼は、さすがである。

なお、ハインリッヒの命を受けて、この工作を行ったのは、第三帝国有数の企業、グルッフ・コンツェルンである。

グルッフは独逸有数の兵器製造企業である。ゲルマン砲もここで作られた。兵器産業は戦争が終われば飯の食い上げだ。戦争を養分として肥え太るのである。

グルッフにとっては、リオ・グランデ・ド・スルの内戦は、実に美味しいご馳走であった。だから、火のない所に火をつける。まして、ハインリッヒのお墨付きである。リオ・グランデ・ド・スルを独立させることが、祖国の利益になるという、立派な大義名分すらあるのだ。

かくして、国家予算で受注された大量の武器が、ひそかに送り込まれた。最初は密林地帯に根拠地を置くゲリラ組織であったが、今では野砲に戦車、軍用機までを有する軍隊である。

2

尾崎艦長は、乗組員から寄せられる質問に答える義務があった。

この作戦は、なに故に行われるのか。

前世にはなかった後世の特徴である。

陸軍もだが、これが、後世日本海軍の指揮官に義務づけられているのだ。

戦争というものは、その目的が明確でなければ、勝つことができない。戦場で命を賭けるのは兵士たちであって、計画を起てるお偉方ではない。

アメリカ兵にとっては、ヴェトナム戦争がそうであった。

ヴェトナム人民のほうは、植民地支配からの独立を旗印に、腐敗しきった南ヴェトナムの解放を目指して戦った。つまり、ヴェトナム人には明確な理由があった。だから強かったのである。

だが、アメリカ側は、国家戦略上の理由はあったかもしれないが、彼らが殺したのは市民であった。ソ連もアフガニスタンで、ロシアはチェチェンで同じことをした。

前世戦後のアメリカが、戦争に意義を見出せたのは朝鮮戦争までだったのではないか。世界の警察官を、いかに自負したとしても、戦う相手が変質してしまった。おそらく二十一世紀では、この傾向がさらに進み、軍隊と言えば自衛軍を指すようになり、あるいは国際警察軍のような性格を強めていくにちがいない。

——だが、この世界ではまだ第三帝国による世界統一運動がつづいているのだ。全世界のナチズム化を至上命令とする、ハインリッヒ・フォン・ヒトラーは、前世とくらべるなら遥かに有能である。

尾崎は言った。

「元々、南米大陸はスペイン系の世界だ。言葉もスペイン語だろ。ブラジルだけはポルトガル語だがね」

尾崎はつづけた。

「北米大陸は英語圏だろ。気質的にも反りがあわんのじゃないか。歴史的にみてもイギリスとスペインは仲が悪い」

「無敵のスペイン艦隊を破ったのは、ドレーク提督でした」

「おれが言いたいのは、アメリカが自分たちの裏庭と言いながら、実際には何もしていない理由の一つがそれだということだ。パクス・アメリカーナを宣言したはいいが、依然として北と南はぜんぜん異なるブロックなんじゃないか」

実は、南米世界に関する書物がほとんど手に入らぬ日本の現状が、気になる次第だ……。

「このおれとしてもだ、南米大陸は盲点だということが、今度、改めてわかったよ」

と、尾崎は言った。

「ま、正直に言って、これから勉強してから、改めて、諸君に説明しよう。ただ言えることは、リオ・グランデ・ド・スルの独逸化を食い止めないと、米国は極めて危険になるということだ」

「しかし、住民たちがそれを望むなら、やむえないことじゃないですか」

「それはそうだ。だが、米国がだ、万が一にも、第三帝国に屈することになれば、日本の運命はどうなる?」

尾崎は顔をしかめる。

「いわゆる、あちら立てれば、こちら立たずというやつだ。だから、国際問題というやつは難しいのだ」

と、言いつつ、今度は、笑った。

「世の中、自分一人なら矛盾はないな」

「そうです。ですから自分は独身主義を貫いております。面倒なくていいですから」

「もてない男はそう言って言いわけする」

「おいおい、おれはそんな話をしているんじゃないぞ」

と、尾崎は制して、

「二人なら時には対立があるな。ま、仲のいい夫婦でもたまには喧嘩をするな」

「ええ。犬も喰いません」

「三人なら三角関係というやつだ。数が増えれば、だんだん複雑になる。おい、村瀬一水、三人は三角関係。では四人は四角関係か、答えよ」

「イエス」

「バカもん」

「他に？」

「対角線があるので、この場合は、六角関係になりまーす」

「うん、良くできた。だから、国が一〇〇になれば、関係はえらく増える。いいかね、国際関係というのは、だから難しい。一〇〇パーセント、みなが満足する解決案などない。わかったな」

「はい」

「この世の中は、元々不完全な仕組みだ。だから反対だとか、批判とかは、だれにでもできる。で、互いに批判しあうと、最後は籤《くじ》でも引くか、喧嘩になるな。国際間の喧嘩が、つまり戦争だよ。じゃ、戦争がいやだと主張すればどうなるか。相手の言い分を認める他なかろう。国家同士ならこれが併合だ。ま、属国になる他ない。そういう国はたくさんある」

　この時、尾崎艦長が言いたかったのは、この世の中は、正義だの悪だので決められないことで、満ち満ちているということ。われわれ人間という不完全な存在は、正義でも悪でもない中間の世界で、いつも、揺れ動いているという真理だった……。

3

海底にいても、海上のことが手に取るようにわかる。

アメリカは、カリブ海艦隊を総動員させ、大規模な海上封鎖作戦を開始した。

何隻もの空母も出撃、盛んに、哨戒機を四方に飛ばした。

リオ・グランデ・ド・スルに接近する船を見付けると、たちまち駆逐艦が近付き、威嚇射撃を行い停船を命ずる。

武装した臨検隊が乗り込み、船倉を調べる。

ところが、わが、亀天号が発見した貨物船の中に、小火器や弾薬・燃料どころか、戦車・装甲自動車・野砲まで満載した国籍不明船があった。

アイゼンハワー大統領は、この機会を逃さなかった。

米政府は、予め世界に対し発したリオ・グランデ・ド・スル封鎖宣言に従い、証拠の写真を取り、ムービーを回し、各国記者団にも武器輸送船を現場取材させ、撃沈してしまった。むろん、乗員は退去させてからであるが……。

たちまち、ハインリッヒ・フォン・ヒトラー陰謀説が全世界に広まる。

ハインリッヒは、これを、謂われもない説と否定したが、否定することによって逆に、貨物船撃沈を非難する根拠を失ってしまった。

完全に、米国側の作戦勝ちである。

だが、これで、この問題が、片付いたわけではない……。

総統要塞に欧州皇帝を訪問したグルッフは、

「申しわけありません。アメリカが、あれほど強硬な手段に出るとは、思いませんでした」

と、報告した。

「いや、グルッフ総裁。あの船は君のものであろう。損をしたのは君であって、余ではない」

と、ハインリッヒは意外にも機嫌がいい。

「はあ、そのとおりであります」

叱責を覚悟していただけに、グルッフはほっとした。

「近日中に、帝国とアルゼンチンは武器貸与条約を交わす。また、君が儲かるわけだ」

「はあ」

「リオ・グランデ・ド・スルの連中には、その分から回すことにしよう」

ハインリッヒは、つづけて、

「……さきほど情報部から報告書が届いたが、あの騒ぎのおかげで、カリブ海艦隊の全容がほぼつかめた。次の戦争では、大西洋の制海権をめぐり、わが帝国は、西方のリバイアサンと決戦することになる。というわけで。彼らの艦隊がいかほどの実力かを試す必要があったわけだが、弱点がわかったぞ」

「……?」

「まだ教えるわけにはいかんがね」

ハインリッヒは、チョコレートを一つ摘み、グルッフにも勧めた。

「だが、一つだけ不可解な問題がある。グルッフ君、余は海が嫌いなので知らんがね、海洋にはまだ、謎の生物がおるらしいな」

4

　ちょうど、そのころ、第三帝国潜水艦隊の新鋭巨大艦U１０００１号は、謎の海中生物に付きまとわれ、艦内は騒然としていた……。

「艦長、敵新型艦の音紋採取完了」

「速度・潜水深度、チェック完了」

「司令塔、諒解ッ」

　と、尾崎艦長。

「それにしても、とてつもなくでかい」

「はい。さすが、科学帝国でありますなあ。多分、一万トンはあるでしょう」

「よーし、もう一度、下から追い上げてみよう。海上に浮上するかもしれんからな」

「撃沈はせんのですか」

「おいッ、まだ戦争は始まっておらんぞ」

　艦内に、どっと笑いの渦、起こる……。

　亀天号は、丸三日、この巨大潜水艦をつけ回し、ついに浮上したところを、写真撮影に成功した。

「これで土産ができた」

　と、尾崎艦長。

「針路真南」

「発令所、諒解」

「南極経由で帰投するぞ」

この命令に、乗員全員、恵比寿《えびす》様だ。

目指すは、常夏の島、紺碧《こんぺき》島！

彼ら、戦死者名簿に名を連ねた、生ける英霊たちのパラダイス！

物語故に存在する天国の島……

第二部　第三次大戦前夜

第一話　裁判前夜丸の内ホテル

1

よく日本人は――「歴史の反省」などと、軽々《けいけい》にいうが、歴史とはいったい何ぞや。言葉というものは、丁寧に使ってこそ、初めて、役立つ思考の道具なのだ。

わが大高弥三郎、今、しきりに、そんなことを考えているのだった。

――さて、ところは、東京駅から徒歩数分の場所にある丸の内ホテルだ。例の裁判（世間では大高裁判と呼び関心を高めているが……）が、いよいよ始まるため、数日前より彼は箱根から上京、ここに泊まっているのである。

大高は、約束の時間より一〇分ほど早く、部屋から下に降りて、予約を入れておいたレストランの個室に入った。

タキシードのボーイ長を呼び、料理の相談をした。ワインも決める。

「ああ、それから、わけあって今日の会食は秘密だ。よろしく頼むよ」

と、大高は言った。

「心得ております。閣下」

「ははッ、今は浪人の身だよ、君。閣下ではなく元閣下だ」

と、大高は笑いながら言った。

「はい。以後、気をつけます。大高様」

彼は、元軍人で、満州時代に大高の部下だった男だ。名前を渡辺幸弘《わたなべゆきひろ》といい、一時期、東機関《とうきかん》の本郷義昭陸軍少佐の元で働いていたこともある。このホテルに就職を世話したのは大高自身であるし、青風会の一員でもある。

一見、何気ない雰囲気の男だが、実は、語学の天才で、数ヵ国語を話す。

「どうかね、その後は？」

大高は訊く。

「はい。報告書にも書いておきましたが、外国人客の話はもっぱら戦争の噂です」

と、渡辺は答えた。

帝都にはまだホテルが少ないせいもあり、ここにもよく外国人客が宿泊するのだ。彼らは、日本人には外国語が理解できぬと思っているのか、わりと不用心である。

情報というものは、一つ一つは断片的でも、全体を総合すると、大きな意味を持つのだ。

「一つ、質問してもよろしいですか」

渡辺が小声で言った。

「何かね」

「はい。裁判のことでありますが、心配でなりません」

「安心したまえ」

大高は、優しげな目をして笑った。

その時、高野五十六が入ってきた。ぴったりの時刻である。私服に着替えていた。驚いたことに付け髭《ひげ》に鬘《かつら》。

それを外すのを見て笑うと、高野は照れくさそうに、

「前原君に習ったが、ははッ、うまくいかぬもんですなあ」

と、言った。

外した変装ツールを高野から受け取り物入れにしまった渡辺ボーイ長に向かい、

「中尉、君の意見を聞きたい」

「はあ、率直に言わせていただくなら、かえって目立ちます。およそ変装は平凡であるを良しとします」

「なるほど」

高野はうなずき、「今度、とっくりと教示してくれんか」

「はい。いつでも」

渡辺は、満州時代に、スパイ学校で武芸百般ならぬ諜報百般を学んだことがあるのである。

「よろしければ、オードブルをお出ししますが」

と、渡辺は言った。

「ワインもだぞ」

と、大高。

「オードブルは何かね」

と、高野。

「江田島直送の牡蠣《かき》であります」

「それはいい」

「それでは……」

大高が、

「ああ、忘れておった。君に渡す物があった。中央線沿線に家を新築したそうではないか」

「はい。おかげ様で。高円寺です」

「床の間はあるかね」

「立派なものではありませんが、一応は」

「そうか。それなら、これをかけるといい」

と、大高は、持参した風呂敷包みを解き、桐箱を取り出す。

蓋をとり、中から掛け軸を出し、

「新築祝いのつもりで書いてきた。ただし、表装は安物だがね」

「いただけるのでありますか」

「うん」

「感激であります。末代の家宝といたします」

渡辺は顔を紅潮させ、

「ここで開いてもよろしいでしょうか」

「ぜひ。私も見たい」

高野も言った。

墨痕《ぼっこん》鮮やかに、揮毫《きごう》は、力強く、

其知可及其愚不可及也

「中尉、読めるかね」

と、大高。

「はい。『其の知には及ぶ可《べ》し、其の愚には及ぶ可《べ》からず』でありますか」

「うん」

「ありがとうございます。自分にふさわしい言葉であります」

すなわち、「知者にはなり得ても、その知を露さず愚者となるのは難しい」ということ。

大高がこの言葉を選んだのは、情報部員の心得としてふさわしいと考えたからだ。むろん、人生全般に言えることである。賢者は、普通、野にいるものなのだ。出典は『論語』である。

2

今夕、軍令部総長の高野五十六を、密かに会食に誘ったのは、裁判に臨むにあたって、最後の打ち合わせのためである。が、もとより用事は、それだけではない。

目下、秘密裏に進行中の例の太極計画——これについての自分の考えを高野五十六に伝えるためもあった。

両雄は白ワインで乾杯。生牡蠣が美味い。料理は久しぶりに奮発しての仏蘭西《フランス》料理フルコースだ。

思えば、照和十六年八月末のあの日、神楽坂《かぐらざか》の小亭で行った二人の会談以来、一一年の歳月が流れた。

この時、二人は、初めて、互いの秘密を知ったのである。

他でもない、共に、この世界への転生者《トラベラー》であったことを、だ。

共に、後世に転生し、いや、させられ、果たさねばならなかった彼らの課題。

すなわち、天、彼らを試す。天、彼らに下令したるは、歴史改変計画《ザ・プラン・オブ・ヒストリカル・リストラクチャリング》。これぞ、まさに天命……。

以来、長かった一一年。だが、彼らの巨大なる悪との戦い、未だ、終結を見ず……。さすれば、もし、ここで手を引くならば、世界の暗黒化は必定である。

いや、人類絶滅の可能性、極めて大……。

人類まさに今、世界最終戦争《ハルマゲドン》への扉を開くかもしれないのだ。

3

「高野さん、私はこの一一年間、戦争と平和の問題について考えてきました……」

と、語りつづける大高の言葉には、思索の果ての重さがあった。

「結論から言えば」

と、言葉を選ぶようにしてつづけ、

「問題は言葉であり、言葉の表す概念であります。今、二十世紀を振り返るなら、われら人類は、頭でっかちになりすぎたと思う。すなわち、言葉です。概念というものが、われわれの脳機械の中で、自立し、自己成長してますます肥大化した。概念が、われわれを支配し、人間をロボットのように操り、しなくてもいい戦争にわれわれを駆り立てたのではないでしょうか」

　大高弥三郎に言わせるならば、日本だけではなく、自国だけの利を得るために、世界の先進国が、おしなべて狂奔していた時代があった……。

　その原因、つまり戦争機械を創りだしたもの。それは、いわば世界妄想病とも言うべき、精神の病に、先進国家群が冒されていたからだ、と。

「言葉の口語化も良いとは思う」

と、大高はつづける。「だが、平易に言い換えたために、その意味内容までが軽く、表面的になってはなりません。必要以上に難解であっても困る。たとえば、憲法一つとっても、あの明治欽定憲法の言葉の難解さは、たしかに、ありがた味を増すかもしれんが、一般庶民には何のことか解らない。こう言っては……、ははッ、ここだけの話に願いたいが、不敬罪にも問われかねない発言ですな」

と、彼は苦く笑った。

だが、当時を振り返ればわかるが、あれは単に軍首脳の狂気ではない、と思う。照和（昭和）恐慌の影響が深刻な社会不安を引き起こし、これが社会理性を衰弱麻痺させていたのだ。

「私は思う。『歴史の反省』を言うなら、あの時代の精神史を、むしろ反省すべきですよ。国家というものは、実に危うい機械でありながら、強大な力を持つ。故に、これを動かす時代精神《ソフト》が狂っておれば、世界そのものすら滅ぼす存在となるのです」

現に、この時代、わが国には、国体思想とか国家主義とか、少なからず怪しげな思想が横行していたが、前世極東裁判では、精神異常を理由に不起訴処分になった人物さえもいたのである。常識では考えにくいことだが、異常性をカリスマ性と取り違えたために、独裁者の出現を社会は許す。ヒトラーしかり、スターリンしかり。

「もとより、日本人の全部が妄想に取り憑かれていたわけではない」

大高はつづける。「しかし、ひと度、国家機械が、そうした一味、あるいは集団《グループ》の手におちれば、国家そのものが妄想機械となるのです」

「なるほど。『全体主義は妄想の体系』であるとは、閣下のお言葉ですが、ナチズム機械やスターリニズム機械の実体を見ればわかりますな」

と、高野もうなずく。

大高弥三郎は、国家精神分析しているのである。この場合、手掛かりとなるのが、時代思想《イデオロギー》であると。

そして、これを形成するのが、言葉というものが生み出す、危うげな概念である――と。

しかも、強大な権力をもつ国家機械が、公教育機械というもの走らせ、国民を教育するのである。思考は型にはまり、行動原理のベースである価値観を形成するのだ。

こうして、全体主義機械が容易に作り出される。社会全体からみれば、ごく一部にすぎない考えかたが国家全体を覆い尽くす。

これが、大戦直前に施行された思想統制であった。

これに、理性の砦であるはずの言論機関《マスコミ》が、当時、唯々諾々《いいだくだく》と屈服したわけであるから、後は国家マシンは一瀉千里《いっしゃせんり》である。日本は、国家をあげて、大東亜戦争に雪崩《なだれ》込んで行った。

これを阻止する手段などはなかった。本来ならば、命を張ってもこれを阻止しなければならないはずの新聞各社が、こぞって、戦争賛美者に転じたわけであるから。

やはり、彼らも「言葉の魔術」にやられたのであろう。業務として、日常的に言葉を扱いながらも、その言葉自体の危うさに、彼らは気付かなかったのであろう。

現に、時代を表すのも言葉である。この頃の新聞を見ればわかる。もし統計をとれば、もっと鮮明になるはず。有名新聞の紙面を、わがもの顔に跋扈《ばっこ》する戦時用語の数々。

4

大高は、高野に向かってつづける。

「『歴史』——という重い言葉を使う時にも、その本義を確かめ、よく理解した上で、慎重に反省すべきであろう、と私は思いますな」

ナイフとフォークを持つ手を休め、大高は、ワインをひと口飲み、

「高野さん、わが国前世史が、外国人に初めて裁かれたのが、前世の極東軍事裁判でした。国家そのものが、法廷の場に引きずり出されたと言ってもいいわけです。このことの是非はともかく、近代世界では異例の出来事でした」

たしかに、そのとおりであって、近代法では、戦争そのものが犯罪とはならないのだ。

「私自身の前世は、終戦年の暮れに病没で終わったので、極東裁判そのものを見たわけではありません。しかし、戦国時代でもないのに、勝者が敗者を裁判にかけて絞首刑を言い渡すとは、生前の私は考えもしなかったことでした……」

大高は、言葉を中断して、しばし瞑目する。

が、また、重く、

「……この度、改めて言うまでもないが、西郷総理にお願いして、曲がりなりにも裁判が開かれ、私の行為についても、審判を受けることになった。正直にあなたには言いますが、たとえ、結果はどうあれ、一刻も早くこの問題には決着を付けたい。というのも、国家存亡の大危機到来の時期は、何時とはいえない。この国難、いや全人類の危機に、備えなければなりません」

高野五十六は、向かい合う盟友の瞳の奥に、並々ならぬ意志を感じつつ、無言でうなずくと、

「あのパール弁護士が、熱心に準備しておりますから、安心しております」

「いや。何とも言えぬと思いますな。あなたにも、ご足労ながら、証言席に立っていただくことになりますが、ありのままに証言していただければ十分と、私は思っております」

「喜んで」

高野は、目の奥を笑わせた。

彼の目の奥にも、やはり、大高と同じく、大業をやり遂げた者にふさわしく、強い意志の光が瞬く。

高野はつづけた。

「本来ならば、私も被告席に立たねばならんのですよ、大高さん。あの夜、私は、あなたの憂国の心に強く打たれ、あなたのクーデター計画に参加しました」

その事情は、『紺碧の艦隊』文庫版第一巻に描かれてあるとおりだが、以来、彼らは、同じ運命の道をたどってきた。

「ははッ」

大高の笑いは、今度は乾いていた。「高野さん、われわれこそ、まさに、確信犯ですなあ」

「確かに確信犯です、われわれは……」

高野も、つられるように、大高に向かって笑った。

「まさに、共同謀議ってやつですなあ」

高野も同じく乾いた笑いだ。


共同謀議——この言葉は、あの極東軍事裁判判決文に出てくるものだ。

当時の一般的な日本人には耳新しい言葉だった。

「そうです。われわれは、あえて**共同謀議**を行い、強敵アメリカ合衆国に対し、正々堂々、宣戦布告を行った」

大高の目は、今度は、たっぷりと皮肉の輝きを宿す。

「だからこそ確信犯です」

「この度の裁判、あなたの狙いが何か。この高野にもやっとわかってきましたぞ」

「はい」

大高は、白ワインの入ったグラスを掲げた。

高野もである。

「たいしたお人ですな、あなたは……。自らを裁かせることによって、あの前世極東軍事裁判を裁き返そうとしておられる」

大高は、無言のまま、高野にうなずく……。

5

そもそも「共同謀議」とは、被告たちに対する三類五五訴因の第一類「平和に対する罪」の中で使われている用語だ。

すなわち、連合国側によれば、被告らが、「共同謀議」にして、侵略戦争を計画、準備、開始、遂行して、世界の平和を攪乱《かくらん》した——という罪である。

だが、もとより、国際法にも、慣習法にも、そんなものは、これまで明記されたことはない。

というもの、ヒトラー一味、すなわちナチス最高指導者を一網打尽にすべく、新たに発明された罪名であって、これを極東裁判に当てはめたものであった。

要するに、後から作った法律で、過ぎ去った過去の出来事を裁いたわけなのだ。

法の論理に照らしても、こんなことが成り立つはずがないのだが……?

だが、それができたのである。

なぜか。

勝者が敗者を一方的に裁いたからだ——という理由以外に何が考えられるだろうか。

だが、もしそうなら、その「平和に対する罪」によって、フィンランドを一方的に侵略した戦勝国ソ連軍首脳も裁けるはずである。

法は、公平なるもの。これが原則のはずだ。

従って、当然、ソ連軍最高司令官スターリン閣下殿も戦争犯罪人として裁けるわけである。これは子供にもわかる論理であろう。

すなわち、一九三九年九月一日、第三帝国がポーランドに軍事行動を開始するや、ソ連軍も同月十七日、東方国境より侵攻を開始した。

二日後には、スターリンはヒトラーと手を結び、二十七日首都ワルシャワ陥落。三十日にはポーランド分割協定を締結。わずか一ケ月の戦闘で、欧州最大の領土を持つ国一つが、丸ごと地図上から消滅してしまったのである。

これは、独ソ二国共同謀議による「平和に対する罪」ではないのか。侵略ではないのか。なぜソ連は、被告席ではなく、判事席にいるのか。

さらに、ソ連はバルト三国に迫り軍事基地を獲得したばかりか、フィンランドに対しても領土割譲要求を突きつけたのだ。

これを、断固、はねつけたフィンランドに対し、ソ連は戦争を仕掛ける。小国フィンランドは、ソ連正規軍を相手に勇戦するも、英仏等の支援を得られずに力尽き、国境線の変更、港湾、島嶼《とうしょ》の割譲を余儀なくされた。

これがなぜ、「平和に対する罪」にならないのか。

自由主義国と社会主義国には、「平和に対する罪」は適用できないという論理が、なぜ成り立つのか。

ポーランドの半分を奪い、フィンランドに戦争を仕掛け、さらにはバルト三国を併合した、この赤い帝国の行為は、侵略戦争では、なぜ、ないのか。

国連すらも、フィンランドの要請を受け、国連よりソ連を除名したほどなのである。

一歩譲り、これがヒトラー軍に対する防衛目的であるのなら、日本の満州事変も東方を窺う強国ソ連に対する防御が目的であった。

とするなら、なぜ、ソ連は許され、日本は「平和に対する罪」を犯したことになるのか。

侵略は、まさに悪である。ならば、等しくスターリン帝国も悪として裁かれねばならないはずだ。

「かかる事後法を適用して、昔に遡って侵略の罪が断罪されるのであれば、戦勝国側の大半も、『平和に対する罪』を、過去、犯したことになりはしないか」

と、大高も声厳しく言う。

アフリカ大陸を見よ。

中南米大陸を見よ。

亜細亜を見よ。

すべて、彼ら白人国家が、武力で脅し、征服した土地ではないか。

北米大陸にしても、元はネイティヴ・アメリカンの土地であった。カリブ海を侵し、パナマをはじめ中米との戦争を、彼らは、過去、幾度も、いやおびただしく繰り返してきた。

よろしい。それが、国家安全保障のためであったとしよう。だが、この理屈は、わが国の満州国建国にも言えるわけである。

大高は、

「われわれは、この前世極東軍事裁判の不正を世界に正すべく、クーデターを起こした。結果、この世界では歴史が変更された」

「それも大幅にです」

高野が言った。

「もとより、前世は前世です。われわれの前世の侵略は、絶対的な悪であるから、罪は罪として認めなければなりません」

と、きっぱりと言った。

「だが……」

大高はつづけた。「重大な問題は、この極東裁判が、前世記憶として、われわれ日本人の無意識に沈殿したことなのです。占領軍の意図どおり戦争の全責任が、われわれ日本国民に、一方的に押しつけられたことが、非常に問題なのです」

高野は、深くうなずき、

「国民の関心も非常に高く、また、わが同盟国の一部では、この大高裁判の結果次第で、日本だけではなく、世界の運命が決まる――と論ずる者もおります」

「ニューヨーク・タイムズ、ワシントン・ポストの記事なら私も読みました」

と、大高も言った。

「歴史が変更されたため、米国本土そのものが危ないのが、後世世界の今日です」

つづけて、「今、全亜細亜が団結しなければ、地球のすべてがハインリッヒのものになる。暴王ネロヴィッチ・スターリンは滅んだが、ハインリッヒ・フォン・ヒトラーは、ますます、その魔力を増大させているのです」

「あなたには、また、ご出馬をいただきたい、ぜひ。これが、全海軍の願いであります」

と、高野、その精悍な目の中で、瞳が深い。

「第三次世界大戦の勃発日だが、明年早々との情報すらあります。これは、在米の西君からの情報ですが、われわれの盟友、アイゼンハワー大統領閣下の当選は危ないらしい。となると、米国の若きエース、ケネディ氏が次期大統領に選ばれる可能性が高い。これを、あの魔王がどうみるか。甘く見れば、先に仕掛けるのはハインリッヒでしょう」

と、大高の眉間は、深い皺を刻む……。

6

食事はコースが終わり、コーヒーとなったが、会談はなおも途切れずつづく。

大高が言う。

「……ところで高野さん。私が、さきほど申した『歴史の反省』だが、いったい、われわれは何を反省すべきなのか。某有力紙の社説を読みながら、私としても考えた次第です。というのも、われわれは、往々、新聞の創った口当たりのいい言葉に惑わされる。先ほども言いましたが、前世大戦でも、新聞は、国家指導部に迎合して、『撃ちてし止まん』とか『欲しがりません、勝つまでは』とか、いろいろ素晴らしい標語を広めましたからなあ。私としては、言葉には人を惑わす魔力がある――と思っておるもので、ついつい疑うわけでして」

大高弥三郎によれば、「いよいよ、わが国にも、テレビジョンが各家庭に普及しはじめた今日、〈言葉＋映像〉の宣伝が、人心に及ぼす甚大な影響を考えなければならない。むろん、テレビジョン悪魔説には荷担しないが、情報手段の高度化がいかに人の判断を変えるかは、よく研究する必要がある」と言うのだ。

「言葉は軽々しく使うものではない。肝心な言葉、要所の言葉は、語源を知ることが大切だとは思いませんか」

「なるほど」

「また、そういう言葉の元へ戻って、概念というのを考える習慣が、思考力を高めるはずだ、と私は思う……」

ということで、わが大高の物言いは、ちょっと講義じみるが、まず「歴史」の「歴」の文字である。

「これは、二階建て構造の言葉でしてな、上部がこの言葉の発音記号になっております」

大高の説明を要約すれば、この部分は、厂（ガンダレ）と「林」から成っているが、元は「木」ではない。「禾」が二つ並んだかたちである。すなわち、禾は稲のことだ。

「漢字を発明した中国人の凄いところは、日常の見慣れている事物や景色から、新しい概念を表す新しい記号を作り出す、優れて視角的な象徴化の才能であります」

と、大高はつづけた。

笑って、

「……という話を、私が、中国で、あちらの要人に話したところ、大変に気に入られましてな。漢字は中国文明の神髄ですからな、すーと、相手の胸に入って行けた経験があります」

「なるほど。異国との付き合いにも、戦略が必要なわけですな」

「むろんです。だが、文化の戦略は戦争の戦略ではない。この二つが噛み合い、融合してこそ、初めて国家の戦略となる。私自身も軍人だが、これからの軍人は前世の轍《てつ》を踏むことなく、多方面にわたる幅広い教養を身に付けなければならない。なぜなら、軍人は、強力な破壊力と組織力を自在にできる存在だからです。現に、だからこそ、われわれは、あのクーデターを行い得た。

つまり、力の保持です。だからこそ、われわれ軍人は、厳しく理性的でなければならない。軍事力は、基本的に物理力です。これが、悪に支配された例が前世でした。軍事力というものが、もろに前面に出たのがあの戦争でした」

「大高さん、身に沁《し》みてわかるお言葉です。我を省みて反省しきりですが……」

深く、高野はうなずきながら、

「現に、彼我の軍人同士の付き合いですら、教養がなければ下に見られる。まして、国家を代表する政治家ならなおさらですなあ」

高野はつづけた。

「実は、先日、あちらの友人に聞いた話ですが、韻《いん》というものを、まったく無視した漢詩を、得意気に贈って嘲《あざけ》られた政治家がいたとか。もっとも、あの国は礼の国であるから、面と向かっては言わず、それとなくたしなめるわけですが、無教養では対等に付き合ってもらえないところが、たしかにあります」

「ははッ、それならまだいいほうです。あちらで、歴史の歴をまちがって略して書き、『圧史の反省』と芳名簿に書いた野党指導者がいたとか。むろん、風評です。ともあれ、一つ一つは、些細なことかもしれないし、悪気のないケアレス・ミスかもしれません。だが、国家の品位を貶《おとし》めることには貢献しても、決して真の友好にはなりませんからな、われわれは自らにもっと磨きをかける必要があると反省しきりです」

大高は眉を顰《ひそ》めつつ、

「訪中する経済人にしても、いかに経済のエキスパートであったとしても、知識・教養がそれだけでは、商人と見下される心配があります。たしかに、経済なくば国はなりたたんですが、文化・芸術を重んじ、また、その素養が必要なのです」

なにも決して、大高弥三郎は、自分を自慢しているのではない。これまで経験したあちらの要人たちとの交流から得た実感を述べているにすぎないのだ。

「なにしろ、わが国がまだ縄文の時代に、精巧な青銅器を造っていたのが、彼らですからな」

と、大高は言った。

もとより、彼は、卑屈になっているわけではない。

日本の知識階級が、よく好んでするように、自国を、殊更、卑下することによって、辛うじて己のアイデンティティを保とうとしているのでもない。

彼は、もし他国を理解しようとするならば、異文化に対しても素直でなければならない、と思っているのである。

大高はつづけた。

「私なりに、漢字の成り立ちを理解することが、彼らの思考方法を理解する手掛かりになるのではないか。また、そのことによって、中国と西洋の本質的差異を、ひいては、われわれ日本人と欧米のちがいを知る手掛かりが得られるのではないか。維新後、われわれはいち早く西欧化したからなあ。つまり、この急速に成し遂げられたパラダイム変換の過程において、日本人は、自分というものを見失ったのではないか。もし、『歴史の反省』をするのであれば、日本民族の自己喪失をもたらした、過度の西欧崇拝にこそ、大反省すべき問題点がある」

「つまり、あなたの持論である『脱亜入欧でも入亜脱欧でもない日本の戦略』のことですな」

と、高野が問えば、

「はい。わが民族には、自ら考え、自ら決める主体性がない。常に、誰かに教わろうとする。もとより、その手本が良ければよい。だが、手本が悪ければ国家は道を誤る。現に、前世では、欧米帝国主義をば模倣し、われわれ日本人は、国を挙げて大陸を侵した。こうした、われわれの模倣癖のある国民性にこそ、深刻な問題があるのであって、これでは真の反省などできるわけがない」

と、大高弥三郎は、きっぱりと言い切った。

7

多分、これが、明日から始まる法廷の被告席で、大高弥三郎自身が明らかにせんとしているクーデター計画、真の動機である。

すなわち、自らけじめをつけてこそ、真の武士道なのだ。

前世軍人の主体性なき開戦。その愚行に対し、大高弥三郎は、この世に生まれ変わり、同じ軍人としてけじめをつけんとせし、あの決起。

大高は言葉を重く、だがその顔色は明るく、

「思うに、武士道こそが、日本精神であろうと思います。すなわち、『道の思想』です。わが国の文化はすべて道です。われわれの死生観もまた同じです。道を極めて死ぬことが、道です」

かつ、前世戦後思想が失ったもの——それが、わが国古来の「道の思想」であった。

また、話を戻す……。

禾《いね》を二つ並べて、稲穂の並ぶ光景を記号に代替えしたのが、古代の中国人であったわけだ。

たとえば、一陣の風の吹きすぎれば、稔った稲穂がうねうねと波打つであろう。

この、ごく日常的に見慣れた景色から、「次々とつづく」という概念が表記される。

ある意味では、まさに、漢字は〝景色〟なのである。

従って、「歴」を「厂」と略字化することは、あまり好ましいことではない。なぜなら、「歴」の上部は「暦」と同じで発音記号を表すが、「厂」そのものはガン、カンと読み、崖のことであるから。

たとえば、「危険」の「危」であるが、崖の縁に人が膝をつき、下を覗き込んでいる形である。なお、この文字では、「㔾」（キ）が発音記号になる。

「厂」は、崖を横から見た形そのままである。自然の様をそのまま写し取ったものだから、象形モジである。

これが、「文」である。紋様の紋とは同系統で、絵や模様のようなモジを指す。

だが、それだけでは、むろんモジは足りない。というので、中国人は、こうした象形モジを組み合わせるという大発明をしたのである。

これが、「字」である。「字」は「孳」（ふえる）や「滋」（ますますふえる）と同系の言葉で、「生む」「孕む」「養う」などの意味が本来である。

「そもそも、ウカンムリは家のことですからな。そして、その家に子供がいる」

つまり、子供を家で育て、増やしていく。これが、「字」の本義なのだ。モジも同じだ。組み合わせでどんどん増えていくので、「文」＋「字」＝「文字」になったわけだ。

「すると、下部の止まるはどうなります？」

高野が首を傾げる。

「『止』は、『足』のことです。従って、『歴』は、『次々と巡り歩く』という意味である……」

と、大高。

「なるほど」

高野はうなずき、「ジョン・バニヤンの『天路歴程』の『歴程』ですな」

と、教養の一端を披瀝する。

「『歴史』の『史』ですが」

大高もつづけた。

「史」の古形は、「中」と「又」の組み合わせである。

「上の『中』は中正を意味します。下の『又』は手のことです」

と、大高は言った。「つまり、偏らず、中正を守って、手で書く、記録する――これが『史』の意味です」

ここから、天子の言行を記録したり、公文書を書く官吏、事の記録者を、中国では「史」と言うのである。

「つまり、歴史とは、次々と起こる出来事を、中正な立場で書き止め、記録することにほかならない」

と、大高は言った。

「歴史」の本義は、そうであるはずなのだ。

だが、現実はそうではない。

歴史というものは、しばしば、歪曲《わいきょく》されるものだ。

あるときは権力者によって。あるいは、主義主張つまりイデオロギーによって。過去、もっとも多い例は、勝者による敗者の歴史の歪曲、あるいは抹殺である。

大高は、今夜、そのことを、前世極東軍事裁判のへの批判をこめて、言いたかったにちがいない。

すなわち、「歴史の反省」とは、誤って伝え残されている歴史を、正しく書き直すことではないのか——と逆説的に……。故にこそ、この後世世界では、大高らのクーデターによって、日本の歴史が、世界の歴史が、新たな歴史に書き直されたのである。

8

——ついでに、触れておきたい。

果たして、「歴史は変更できない」ものなのか、と。

よく、「歴史にＩＦ《もし》はない」というが……。

むろん、当たり前の話である。だが、だが、しかしだ、平行宇宙の概念を導入すれば、それは可能だ。

脳内世界では可能だ。われわれが、「思う」ことは自由なのである。

もとより、物理的世界は認める。客観世界も認めよう。この、全人類共通の基盤があるからこそ、近代科学は成り立つ。

いや、むしろ逆に、これを前提にして、近代が成り立つ——との言えるのだ。

「だが……」——と、敢えて言いたい。あくまで、それは「一約束事にすぎない」のだ、と。

いったい、「だれが決めたのだ」——と、敢えて言いたい。決めたのは神様だろうか。そんなはずはない。神様を殺したのは、当の近代思想であるのだから……。

かくして、近代思想は、新たな教義をうち建てたのであった（だが……にすぎない）。

この物語られる世界は、脳内宇宙《インナースペース》での出来事。この、「脳内宇宙〜脳外宇宙」間の、自由自在かつ日常的な往還こそが、今、これからはじまる新たなる時代！——と、ここは一応、曲げてご理解賜りたいのだ。

これこそが、メタ——近代を越えるメタフィジカル。

やはり、などと自己言及する大高弥三郎は、ただ者ではなさそうである……。

9

たっぷりと話し込み、会談の終わったのは、夜も十時すぎであった。

一際、声を潜めたのは、目下、宇志知島から回航、室蘭秘密ドックで大改装中の超戦艦日本武尊の件であった。

「昼夜三交代の突貫工事をしております」

と、高野は伝えた。

「開戦に間に合えばいいが」

「大石司令長官が陣頭指揮をしておりますからな、必ず間に合います」

と、高野はきっぱりと言った。

「うん。あの男ならやり遂げてくれるだろう」

「何しろ、秘匿戦力ですからな。北太平洋で沈んだことになっておる艦だから、幽霊です」

「ははッ。この幽霊艦に乗る乗組員も戦死したはずの生きている英霊です。まさに、大改装なった暁は、幽霊戦艦日本武尊になる……」

「神出鬼没の活躍が期待されます」

おそらく、第三次大戦では、日本は、まったく発想を変えた戦いかたをするであろう。

太極計画はそのためにこそある……。

別れしな、大高は色紙を渡した。

「高野さんはお忘れかもしれないが、一一年前、神楽坂でお会いした時、色紙を頼まれた記憶がありますす」

「そう言えば、たしか。帰りの車の中で」

「漢詩を作ってみました。受け取っていただけますか」

「むろんです」

「どうぞ」

大高弥三郎にしてみれば、今、なんとなく人生の区切りを付けたい心境なのであった。

「拝見します」

高野は渡された畳紙《たとうがみ》を開いた。

色紙を見て、

「ほう。五言絶句ですな」

「はい。未熟者の習作ですが」

詩は、

瀝瀝微風起
雨師洗塵心
静窓蝴蝶舞
不厭火雲天

読みは、

瀝瀝《れきれき》微風起る
雨師《うし》塵心《じんしん》を洗う
静窓蝴蝶《こちょう》の舞
厭《いとわ》ず火雲《かうん》の天

大高弥三郎が、この拙《つたな》い自作詩に込めたのは、今の心境である。

すなわち、「瀝瀝」は「水の音」。「雨師」は「雨の神」。「静窓」は「静かな部屋」。「火雲」は「夏の空」のことだ。

「なるほど」

しばし、じーっと凝視していた高野が言った。「いい詩ですなあ。この詩に込められた閣下の心境は、私、いや、今、次なる大戦の勃発を静かに待つ、われわれの心境でもあります」

「気に入られましたか」

大高は和む目をした。

「はい」

高野はうなずいて、「早速、額装して執務室に飾らせていただきます」

「一応、承句の『心』と結句の『天』で押韻したつもりですが、まだ素人ゆえ、詳しいことは解りません。もし、専門家が来られたら、誤りをぜひ指摘してほしいと、頼んでください」

と、大高は言った。

他にも、漢詩には、平仄《ひょうそく》の規則というものもあり、なかなかに難しい。漢語には四声というものがあるが、平声・上声・去声・入声の四種である。うち、上・去・入の三声を仄とし、平と組み合わせる。

この五言絶句の場合は、一応、正格仄起式に倣ったものだ。

第二話　三極世界の三人ゲーム

1

翌早朝、西郷総理が官邸から電話してきた。

「大高さん、ご気分はいかがですか」

「ははッ。『天気晴朗なれども波高し』の心境ですなあ」

と、大高は、のんびりした声で応じた。

「あなたらしい……」

「言うべきは言い、武士らしく司直の裁定に従います。控訴はいたしません」

と、心境を伝える。

「ははッ。いかにもあなたらしい」

西郷は受話器の向こうで笑ったが、急に声の調子を改め、

「昨夜、また米大使館から連絡があり、たった今、ケアリー大使が帰ったところです」

「ほう。それはまたなぜ？」

「大高さん、以下は……例のものを……」

西郷はちょっと口ごもった。

重大情報に関する話のようだ。

「わかりました」

大高は、新発明の盗聴防止装置、壁防《へきぼう》Ⅲ号のスイッチを入れた。官邸の要請で、特別に取り付けられたものだ。装置が作動すると、たとえ電話を盗聴されても、スパイには雑音しか聞こえないのだ。

「どうぞ」

大高はうながす。

「米情報部が入手した機密情報です。どうやら、魔王は、原子爆弾製造のメドをつけたようですぞ。米国としては、大統領選挙が終わり、来年早々、新大統領が大統領府に入った直後が危ないと判断し、アイゼンハワー大統領は国家総動員令《ゼネラル・モビライゼーション・オーダーズ》を近く発令するとの通知を、大使から受け取りました。早速、官邸にて閣僚会議を開き、わが国としての対策を決定します」

「また、予定が早まりましたか」

さすがに、大高の声色は暗くなる。

つづけて、

「米国大統領選挙に影響が出そうですか」

「出ると思います。が、大勢は変わらんでしょうな。圧勝が接戦に変わるかもしれないが、次期大統領はケネディ氏となるであろう――とはケアリー大使の判断でしたぞ」

この辺の後世米国の事情は、すでに第一部で述べたとおりだが、現職大統領ハリエット・アイゼンハワーの三期当選は、民主党候補の若いエース、エイブラハム・ケネディの出馬で、苦戦を強いられているのである。

「問題は老獪なハインリッヒが、若い新大統領を見くびるかどうか。おそらく見くびるでしょうな。となると、先に仕掛けるのはハインリッヒのほうになる」

「いや」

西郷南周は言った。

「あの魔王としては、新型爆弾の実戦配備を待つのが有利。だが、米国も同じ。となると、開戦Xデーは微妙になる。いずれにしても、第三次大戦の勃発のスイッチは大西洋で押されると思う」

しばらく、大高と西郷は、互いの判断を述べ合う。

「ケアリー大使が個人的な見解と断って漏らした予想を伝えるとこうなります……」

西郷は教えた。

「もし、米国世論が非戦論に傾けば、米国からの宣戦布告はない。だが、このケースでは、いわゆる下駄《げた》をハインリッヒ王に預けたかたちになる。で、その先は二つの選択肢になる。①ハインリッヒが先に仕掛けて第三次大戦勃発。②ハインリッヒが仕掛けなければ、本後世世界は、両陣営が共に核抑止力を保持しあって睨みあう後世冷戦構造になる」

西郷はつづけた。

「①のケースは、ハインリッヒにもリスクが多い。米国が新型爆弾を保有していないという保証はない。②は核戦力の均衡による平和だが、前世でも第二次大戦終結直後に起きた、いわゆる『二つの世界』の構造ですな。前世では、これが、資本主義対社会主義のイデオロギー戦争となった。この場合、本世界では、民主主義陣営対全体主義陣営の対決になるが、自由主義陣営、必ずしもナチズムの人種差別イデオロギー陣営に勝てる――という保証はない」

「同感です」

大高も言った。

「ひと口にアメリカと言っても、一枚岩ではない。ＫＫＫのような白人優位主義者が、もし勢力を増せば、後世世界は、白人対有色人種の対決構図になりかねないのです」

「ハインリッヒ・フォン・ヒトラー欧州帝国王が、彼の『我が闘争《マイン・カンプ》』で主張しているのが、まさにそのことですからなあ」

と、西郷も言った。

大高はつづけた。

「いわゆる『黄禍論《こうかろん》』は、彼らの無意識から死に絶えたわけではない。かつてヨーロッパ世界を恐怖に陥れたモンゴル帝国の記憶は、依然として存在している。この欧・米の共通無意識が同盟すれば、新世界は旧世界と同盟して、わが亜細亜を敵視する可能性も生まれる。総理、そう考えるなら、わが国の選択は微妙になりますなあ」

個人的にではあるが、大高は、なお、第二次大戦の真相は、実は人種戦争であったのではないか――という仮説を捨てきれずにいるのである。

国家無意識・民族無意識の問題は、実に厄介である。それは見えない動機だ。記述される歴史の表面には顕れない動機だ。これを探り出すのが、歴史精神分析学である。

「前世には、三国同盟を指して枢軸国《すうじくこく》という言葉があった。だが、後世世界を動かすダイナモは三軸ですなあ」

と、西郷が言った。

枢軸国とは、前世概念では、日独伊ファシズム陣営をいう。この枢軸の枢は、開き戸を開閉する軸を指し、転じて、物事を動かす大切な仕掛けの個所、要《かなめ》を言うのだ。前世、独逸と日本が破竹の勢いであったころは、たしかに世界を動かす枢軸たり得た。

「本世界は、三軸あるいは三極ゲームということになります」

「ほう？　ゲームですか」

「ええ。『三人ゲーム』ですとも」

と、大高は言った。

つづけて、

「前世の軍人はそんなことを思いつきもしなかった。重臣たちもですが。頭が数学的でなかったからこそ、ナチスと組むという最悪の選択をしたのでした。何しろ、前世は、精神論でしたからな。ははッ。土台、精神論と数学は馴染みませんよ」

大高は、苦く笑った。

「手厳しい」

「前世にも理論はあったのですが、神風理論というものでした」

声に、皮肉とやりきれなさが交じる。この戦争で死んだ多くの者たちのことを考えれば当然である。

「ますます、手厳しい」

「言いすぎましたか」

「いや」

「要するに、どうすればいいかわからぬから、神頼みになった。そういう雰囲気でしたよ、前世の開戦は……」

「やけっぱちの蜂のひと刺し。窮鼠猫を噛むの雰囲気はたしかにあったですな」

と、西郷も言った。

あの開戦は、合理的決定ではなかったのだ。まさに、曖昧な日本そのままに、曖昧なままに戦争を始めたのだった。

この確信のもてなさに、戦争指導者自身が不安だったのではないだろうか。その心理が、神国不滅の神風理論を国民に対して宣伝し、自分でも安心したのであろう。

大高はつづけた。

「さて、ゲーム理論ではどうなりますやら。ゲーム理論は裏切りゲームですからな」

大高は声を強め、だが、憂鬱そうではなく、むしろからっと明るく、

「これが、われわれ人間の世界の構造的現実なのです」

信ぜよ。さらば救われん——とはいかないのが国際社会である。

「これが国際政治のリアリティです」

「なるほど」

「だが、絶望する必要もない。要するに、国家指導者たる者、国民にも納得されるような合理的説明ができなくてはなりません」

2

すっかり、長電話になったが、西郷の話は終わらなかった。

「大高さん。数学はおいも苦手じゃ。その話は、後日、改めてうかがうとして、とにかく、世界情勢が、極めて、切迫してきたということを、まず、認識してもらいたい」

「はい。それは十分……」

「となると、大高さん、あなたの件だが、あまり悠長に裁判をつづけるわけにはまいりませんな。可及的速やかに決着をつけ、十二月に予定されているわが国初の大統領選挙に出馬してもらわねば困る」

と、非常に急《せ》いた口調で言った。

「困りましたなあ」

「この大国難を切り抜けるには、アカウンタビリティーのあるあなたに出馬してもらわねばならない。おいどんもだが、みなが、そげん考えておりもす」

「弱りましたな」

「あなたなら、日本丸の船長として、最良の選択を行い、なお後世日本国民にも、明快にしてかつ合理的な説明ができるはず。数学的で、ちょっと難しいが、そこをやさしくなんとか」

アカウンタビリティーとは、「市場に対し説明できる能力」のことである。権力の時代と異なり、これからの日本は、国民にもよく国家の方針がわかるように説明できる政治家が必要である――と西郷は言うのである。

この語に含まれるaccountであるが、語源を探るとかなりおもしろい言葉だ。動詞なら「説明する」と辞書にあるが、count（数える・勘定する）という数学に関連した語が、ちゃんと含まれているのである。

名詞のaccountは、「話・説明・口座・勘定」であるから、同じ説明でも「商業上の説明」であることがわかる。

また、accountableなら「（人に……について）説明する義務がある」の意だ。

というわけで、accountantと言えば会計士になる。会計士は帳簿を付け、経営状態を雇用主に説明する義務があるわけだ。ところが、日本語の会計士という訳語からは、肝心の「義務」という意味が抜け落ちているのだ。

これが問題である。言葉の意味というものは、遠い過去より今日へと積み重なっているのだ。

つまり、言葉は、様々な社会の慣習がこれに付着して、あたかも意味の地層のような構造体になっているのである。西欧文明の流入ととも入ってきた言葉は、その大半が意味の地層を欠く表層でしかない。

たとえば、一流証券会社や一流銀行が、株主総会を開くにあたり、総会屋なるものに頼み、ろくな質疑もなしに終えるという日本的慣習にしても、そもそもaccountableの習慣がないからである。accountという言葉は、元はラテン語のaccomputāreが、古フランス語経由で英語になったものだそうだ。

なお、接頭辞のac-はラテン語のad-（…へ）の変化であるから、ad＋computāre（数える）のこと。というわけで、computer（コンピュータ）と同族である。

つまり、欧米語には、それぞれ、因《よ》って成り立つ歴史があるけれども、欧米文化を輸入し、性急に近代化を図った日本では、その過程で、内実の語の歴史や意味が脱落したものとみなさねばならない。

「これが問題だ」と――わが西郷総理は言うのである。

高名な作家が、日本文化の曖昧さを指摘しているが、実態は、曖昧どころではない。どうも欧米起源の日本語の多くは、中身が空っぽだ。だから、株主総会にしても、彼らは商法の規則があるので開いているだけであって、株主に対してアカウントしようなどとは、土台、思ってもいないのではないか。

こういう、株主――（米）stockholder・（英）shareholderという出資者をないがしろにした大企業経営者が、政・官権力と結びつき、数々の特権を享受してきた。これが、日本の財界というものなのである。

大高にも、西郷の真意は理解できる。英傑西郷総理は、すでに、後世官界の構造改革を断行したが、引きつづき日本財界の大掃除をやろうとしているのだ。

だが、手強《てごわ》い相手だ。そのための大統領制の導入である。

「初代大統領には、ぜひ、大高弥三郎を据えたい」というのが、西郷南周の構想である。

単に西郷は、対独決戦に備えて大高弥三郎を、大統領にしようとしているわけではないのである。

＊初版が書かれてかなり経っているが、最近、日本にも説明責任《アカウンタビリティ》の義務は、病院や経済界はじめかなり普及してきたと思う。

3

長電話を終わり、大高は、何となく薩摩隼人《さつまはやと》の説得にねじ伏せられた気分だった。

ともあれ、まだ、十分、時間がある。下に降りて、たっぷりと朝食を摂る。腹が減っては戦《いくさ》にならぬ、だ。

ニューヨーク・タイムズ紙のダイジェスト版を読みながら、オートミル、ベーコン・エッグ、トーストの朝食を食べる。ところが、ふと目にしたのが、最近出たゲーム理論の本の書評であった。

何と、寄稿家はオスカー・モルゲンシュテルンである。嬉しくなり、熱心に読む。昨年、東京丸善でゲーム理論の本を見付けて以来、彼への関心は高いのだ。

ゲーム理論の基礎は、すでに一九二八年から。つまり、照和(昭和)の初頭からであって、当然、第二次大戦勃発以前……。アメリカという国家は、なるほど凄い。

こういう連中に向かって、大胆不敵にも挑戦したのが前世日本であった。が、多分、アメリカ文明の奥の深さを知らなかったからであろう。何せ、『古事記』と現代数学の戦いである。竹槍でB29と、本気で対決しようとしたのだから、勝ち目はない。

理論の仕掛け人は、ジョン・フォン・ノイマンであった。彼は、二八年の「ミニマックス定理」の証明にひきつづき、四四年、『ゲーム理論と経済行動』を著すのだ。

その後も多数が加わり研究が進み、二人ゲームからn人ゲームに発展するのだ。

このn人ゲームの基本が、三人ゲームと呼ばれるものだ。

——たとえば、こんな例題がある。

あるエージェントが、XYZ三人の俳優に手紙を書き、仕事があるが、ただし、要るのは二人だけだ。

その条件は、

XYの組み合わせなら、六〇〇〇$

XZの組み合わせなら、八〇〇〇$

YZの組み合わせなら、一万$

を支払おうというものだった。

早速、三人は自分以外の二人と交渉に入った。

さて、このケースでは、一人は仕事にありつけない。その可能性は全員にある。下手をすれば、収入ゼロになるかもしれない。

そこで、仮に二人の組み合わせが決まったとして、収入の分配が問題になる。あまり欲張り過ぎると、相手は別の一人と交渉して、エージェントと話を決めてしまうかもしれないのだ。

たとえば、YとZが交渉して、

「われわれの組み合わせなら一万$になる。Xはボイコットしようじゃあないか」

図1
三人ゲームの例題

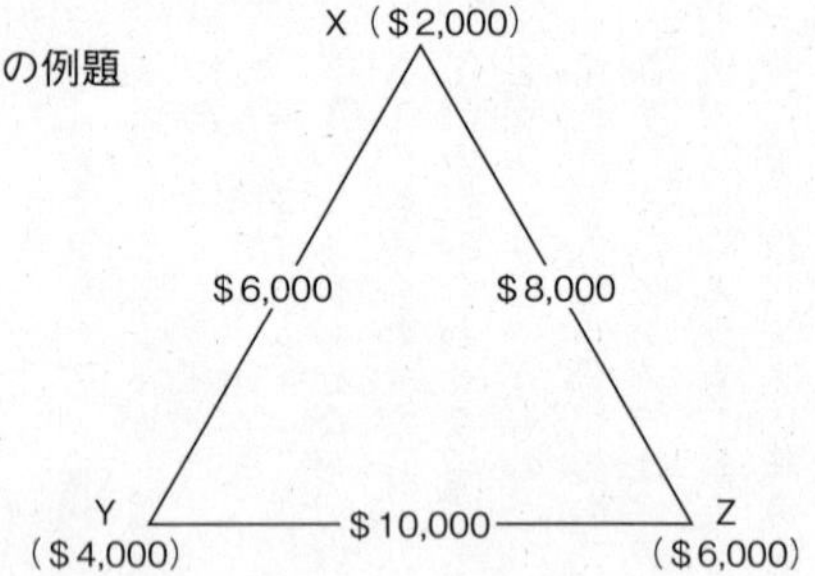

図2
第二次大戦前夜の
世界三人ゲーム状況

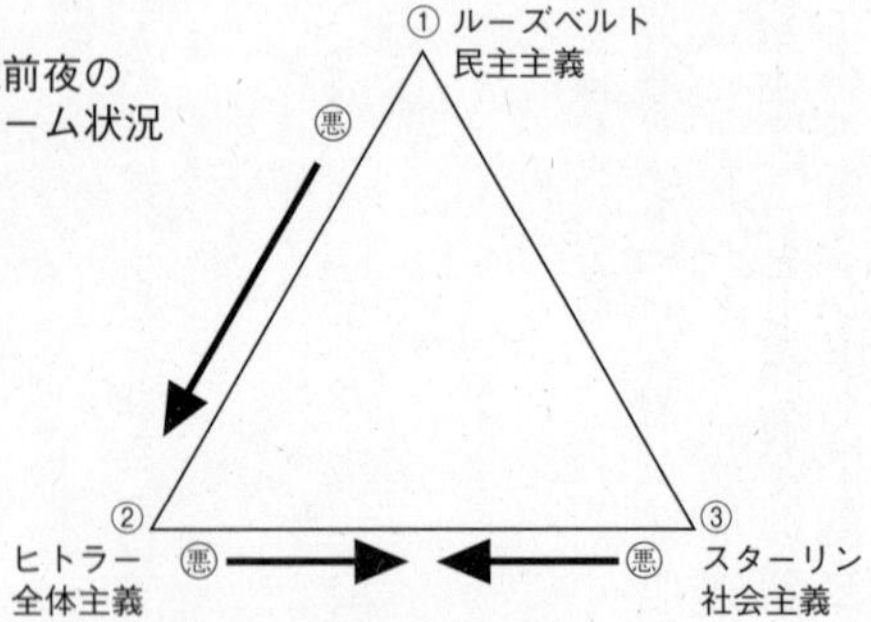

図3
三人ゲームにおける
日米独の軍事バランス

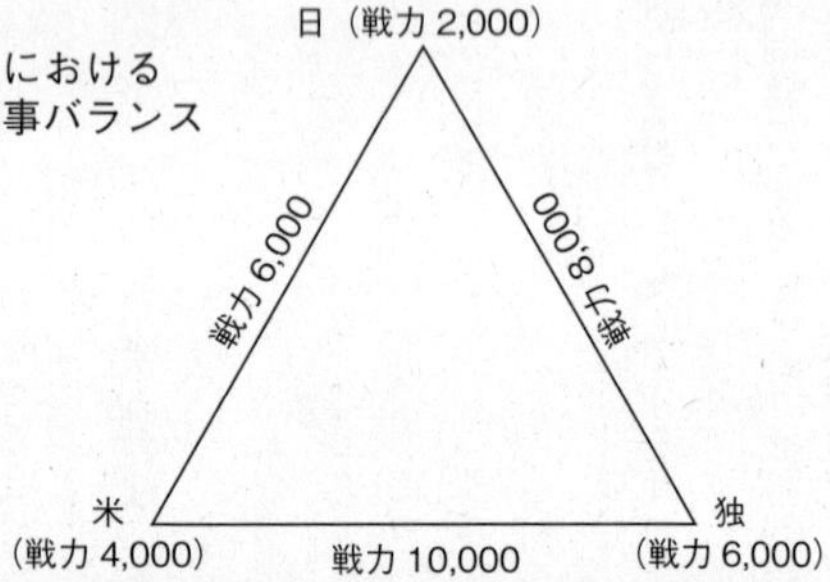

ここまでは総論賛成。「じゃあ、そうしよう」と、双方合意したとしても、さて各論となると話は別だ。

仮にだ、Zが最大限譲歩して、「君（Y）が五〇〇〇$、ぼく（Z）が五〇〇〇$としよう」と言っても、仲間外れにされたXが、「五〇〇〇$でもいいよ」と言い出せば、YはZを裏切り、Xと手を握るであろう。

ところが、欲深なYはさらにXを裏切り、密かにZを訪ね、「Xは五〇〇〇$でもいいと言っている。君と組めば五〇〇〇$だけど、Xと組めばぼくは五五〇〇$もらえるからね」

Zは、「君はぼくを脅迫するのか」。Yは、「もし、君がぼくに六〇〇〇$くれれば君と組むけどね」。

Zは、「わかった。ひと晩考えさせてくれ」。そう言って、夜のうちにXのところに行き、「X君、ぼくと組まないか。一〇〇〇$、いや一五〇〇$出そう」。それでもZは、この組み合わせで六五〇〇$になるわけだから得するのである。

ところが、Xも急に欲深くなり、Yと交渉して、「Zはそう言っているけどさ、二〇〇〇$くれるなら君と組むよ」「おいおい、それじゃあ、ぼくは四〇〇〇$かい」「いやならいいのさ。君はその代わりゼロになるよ」

Yは驚き、またZのところに行き……

つまり、こうしたケースでは、いつまでたっても交渉は堂々巡りになるのだ。

だが、一応、公平と思われる配分は、次の連立式で計算されるであろう。（図1参照）

$$X+Y=6000$$
$$X+Z=8000$$

Y+Z=10000

この式から、

X=2000

Y=4000

Z=6000

そこで三者は、このまま争っていては三人とも仕事がフイになると、Xに対し、四対六の割合で、Yからは八〇〇$、Zからは一二〇〇$を支払うことでXを納得させ、仕事から降りさせることで話をつけた……。

右は、談合というもののゲーム理論的説明になろうか。

世間ではよくあるケースである。

大高弥三郎は、紙ナプキンに鉛筆で計算しながら、一人で「ふん、ふむ」とうなずく。

国際政治の同盟の問題にも当てはまるからであった。

たとえば前世第二次大戦前夜の情況は、図2のような三人ゲームと考えられる。

①民主主義のチャンピオンのルーズベルト。

②全体主義のチャンピオンのヒトラー。

③社会主義のチャンピオンのスターリン。

この三角関係の微妙さを読み違い、組む相手をまちがえたのが、日本であった。ヒトラーにしてみれば、彼は防共の戦士のつもりであった。彼にしてみれば、世界の敵スターリンは、ルーズベルトと共通の敵のはずであった。ところが、ルーズベルトは、スターリンと組んでしまった。これがヒトラーの大誤算だったのである。ルーズベルトは、ヒトラーの悪とスターリンの悪を比較して、ナチズムを社会主義より悪と見なした。

皮肉な見方をすれば、米独の戦いは、ドイツ人同士の戦いでもあった。アメリカのドイツ系移民の数は極めて多く、国防省のスタッフの多くもドイツ系であった。現に、アイゼンハワーもドイツ系の名前だ。

このことからも、米国の当時の国内世論が、ヨーロッパでの戦いに消極的だったことが推察できる。事実、米国はモンロー主義的世論であった。だが、当時のアメリカは、まだ例の大恐慌の影響で、景気の回復は本調子ではなかった。ルーズベルトとしては、これをなんとかしたかったのであろう。すでに社会主義的な政策であるニューディール政策をとっていた彼としては、ソ連と組むことによって、独逸と戦っても必ず勝てると踏んだのであろう。

彼としては、ぜひ、戦争を始めたかった。なぜか。当時のアメリカではケインズが幅を効かしていた。ケインズの経済理論は、少々乱暴な言い方をすれば、景気浮揚には、政府が金を費《つか》え、役に立たないピラミッドでもなんでもいいから浪費しろ、というものなのだ。

とすれば、現代社会の最大の浪費は戦争である。ルーズベルトとしては、日本を挑発して先に手出しをさせれば、国内世論を一晩で戦争へ方向転換できると踏んだにちがいない。

そこで、例のハル・ノートが出てくる。これが事実上の宣戦布告であったことは、よく前世パール判事が指摘しているとおりである。

一説では、これには、ソ連諜報部の暗躍があった――というが、おそらくそのとおりだろう。

かくして、真珠湾奇襲攻撃事件となるのだ。

ともあれ、ルーズベルトの計算したとおり、米国は未曾有の景気回復を果たす。それまで、社会的ビヘビアーによって、あまり外では働かなかった女性までが職場に進出するのだ。こうして、全国民が猛然と働けば国内生産は上がる。工場は昼夜煙を上げ、どんどん兵器を作り出す。こうして需要が喚起され、金が回りだす。

一方では、「真珠湾を忘れるな《リメンバー・パールハーバー》」との反日宣伝が全マスコミ総出で大々的に行われる。当時の宣伝の実態は、日本人は醜く野獣と同じだ――という感覚であった。

だからこそ、彼らは、非戦闘員である一般市民の頭上で原子爆弾を爆発させるという、残酷極まる実験すらもできたのである。

また、だからこそ、このことを明確に指摘しているパール判決文が、公開されることなく抹殺されたのであろう。

極東軍事裁判の偽善性は、米国権力機構が、自国民を欺き、日本国民を欺《あざむ》くために行われた一大イベントであったのだ――との考えを、大高弥三郎は捨てきれないのだ……。

4

今更、その謀略の悪は問うまい。罠に填《はま》った者が悪い。もし「歴史の反省」を行うのであれば、真っ先に為すべきは、国際ゲームの罠に填ることを避ける知恵であろう。

大高は思う。平和の維持には、戦争勃発のメカニズムをよく知り、絶えず戦争というものを研究しておかなければならない。

『語録』に曰《いわ》く、

「女たちはこぞって平和を望む。故にこそ世の中も比較的平穏でいられるのだ。だが、男たちは、こうした女たちを守るために、凛としていなければならない。昔の武士にはその気迫があり、心構えがあったのだ」と。

現に、ゲーム理論の各種三人ゲームの実験から得られた結論を言えば、男たちは、往々、極めて競争的であって、その要求がしばしば過度に大きいために、結託（協調）から外されてしまう。対して女性は、可能であればしばしば三人結託（協調）を形成しがちで、そのために自分が外されてもやむをえないと考える。女たちの価値観は、勝利ではなく公平なのである。

だがしかしだ、この世は女ばかりの世の中ではない。たとえ、そうした女性原理によって、国内がよく治まったとしても、国外にいる男たちの男性原理が作動すれば、その国は狙われ、国そのものが滅ぼされる。やはり、女性原理と男性原理が共に働き、調和する国でなければならない。

大高弥三郎は、熱心な女権論者であるが、その理由は、国家安全保障的な考えからそうなのである。また、彼はフェミニストであるが、女くさいフェミニストではない。彼はもっとも男くさいフェミニストなのだ。言い方を代えると、妻をなによりも愛し、自立する娘を支援し、この世の女性たちを社会的存在として認識しつつ、それでなお家長的な存在でもあるフェミニストであるのだ。

ともあれ、帝国ホテルに投宿中の彼の弁護人、R・パール氏が、こちらに現れるのを待つ。

その間、大高なりに後世現在の三極世界構造を考えると、これもやはり日米独の三人ゲームになるのだ。先に述べた俳優のゲームではないが、うまく手を組んだ二人が勝つ。

一応、この三国の戦力比を、大まかな推定ではあるが、

日＝二〇〇〇
米＝四〇〇〇
独＝六〇〇〇

とするならば、日米同盟は六〇〇〇となり、ちょうど独の六〇〇〇に拮抗するのだ。（図3参照）

これが、現在のいわゆる「偽りの平和」である。軍事バランスが均衡している状態ということ。が、もし、三国のうちのいずれかが、核兵器を製造保有することになると、均衡は一気に崩れる。

これが、西郷総理も懸念している軍事力のアンバランスである。

（さて、どうしたものか）

大高は首をひねる。というのも、米国が、これまでどおり、日本と同盟してくれる保証はなにもないからである。

国際政治はパワーゲームである。この語のパワーは、戦力に置き換え得るもの。

完全に第三次大戦に勝てる組み合わせは米独連合だが、このケースでは、日本はこの地上から完全消滅するのだ。

そんなことの起きるはずはない、とお思いのかたは、第二次大戦前哨のポーランドの悲劇を想起されたい。敵対する独ソが手を結び、この大国を分割併合してしまったのである。

だが、大高なりに考え、戦後処理を睨んだ様々な問題で、日本があまり欲張らなければ、米国は日本との同盟関係を維持するにちがいない。なぜか。国際関係はいろいろと麗色されてはいるが、本音は打算だ。もし、わが国とジョイント・ベンチャーをして儲かると思えば、日本と組むであろうし、損と考えるならヒトラーと組むだろう。

大高は、新しい紙ナプキンに、「欲は身を喰《くら》う」と書き、また腕組みした。

もう一つ大事なことは、日本は米国の強力なライバルになってはならない。経済的な補完関係をいかに築くかが、重要な国家戦略となる。

だが、前世では、亜細亜覇権政策を実施した日本が、米国の警戒心を高めたのだ。

実は、この理由が、「太極計画」の実施であって、その骨子は戦力秘匿だ。計画は、未だ、米国にすら気付かれずに進み、その破壊力は、いずれ開戦後明らかにされるであろう。

実は、大高裁判にしても、彼なりの戦略なのだ。大高裁判も、「太極計画」に含まれているのだ。

大高弥三郎は、国際政治の現場では、信用というものがいかに大事かを、身に沁みてわかっているのだ。

「筋をとおす」——これが大事だ。

「約束を守る」——これも大切だ。

「武士に二言はない」という科白《せりふ》がよく時代劇にはあるが、これが武士道というものなのである。

5

そんなことを考えていると、パール氏が現れた。重そうな書類鞄を大事そうに下げ、

「おはようございます」

「おはよう。パールさん、ブレックファストはおすみですか」

「いいえ」

「じゃ、お座りなさい」

ボーイを呼び、テーブルの支度を命じ、

「時間はまだ十分あります」

と、言うと、

「昨夜はよくお休みになられましたか」

「私はいつものとおりです」

「私は、緊張しているのか、寝付かれませんでした」

「ははッ。あなたは、私を無罪にしようと考えるから気が高ぶるのですよ」

と、大高らしい屈託のない笑い顔を見せる。

「よく平静を保っておられますな」

と、パール氏は言った。

「実は、寝しなに、新渡戸稲造《にとべいなぞう》の『武士道』という本を読んでおりました」

大高はつづけ、「その中に、『平静は静止状態における勇気である』——という言葉がありましてな、なるほどと思い、あとはぐっすりと」

武士とは、そういう訓練を、幼き頃から躾《しつけ》られてきた存在なのである。たとえ死に直面しても、沈着でいられるかどうか。これが本物の武士かどうかの分かれ道である。

昔、太田道灌《おおたどうかん》が刺客の槍に刺された時、道灌の歌好きを知っていた刺客は、

かかる時さこそ命の惜しからめ

と、上の句を詠んだ。

これを聞き、今、息絶えんとしていた道灌は、脇腹に受けた致命傷にもひるまず、

かねてなき身と思ひ知らずば

と、下をつづけた。

これが、武士というものである。

十一世紀末、衣川《ころもがわ》の合戦で、源 義家《みなもとのよしいえ》は敗走する安倍貞任《あべのさだとう》を追いつつ、大音で、

衣のたてはほころびにけり

と、下の句を詠みかけた。

貞任、従容《しょうよう》としつつも、すかさず、

年を経し糸の乱れの苦しさに

と、上の句を付けた。

義家はこれを聞き、まさに射殺さんと引きしぼった弓を収めたという。

これが武士である。

だが、第二次大戦時の皇軍はどうであったか。全部が全部ではないだろうが、その質はもはや武士ではなかった。伏して恥ずべきであろう。

武士道がもっとも戒める蛮勇を、勇気と勘違いしていた将校も交じっていたのである。

前世では、軍は姑息《こそく》にも組織防衛のためか、これを罰することなく放置した。武士倫理の欠如は、軍上層部にも及んでいたと言うことであろうか。

これでは、彼らの唱えた亜細亜解放、大東亜共栄圏思想が泣く。

だが、後世はちがう。また、これが、クーデター実施の目的の一つでもあった。

読者はご存じであろう。クーデターを成功させるや否や、大高弥三郎は、大陸方面からの派遣軍全面撤退を実行したのだ。

当然、帰還した将兵に対し、戦場・占領地区における不当行為を調査、犯罪行為に対しては厳正なる軍法会議において処分したのである。また、これの賠償責任をも自ら宣した。

要するに、後世日本は、自らケジメをつけたわけである。これなくば、亜細亜の信用は回復しないとの決断からである。

大高は、語りつづけながら、パール氏に言った。

「陸軍刑法というものがありますが、ご存じですか」

「はい。むろんです」

「私は当時、彼らを罰するにあたり、同法第九章『略奪の罪』を適用すべきであろうと思い、これを熟読したことを覚えております」

「言われるとおりです。つまり、陸軍刑法がこれを定めている以上、軍上層には落ち度がない。ただし」

パール氏は声を強めた。

「その処分を明確に行わなかった怠慢は、非難されてしかるべきでしょう」

すなわち、

第八十六条には、戦地または占領地において住民の財物を掠奪した者に対しては、一年以上の懲役。婦女を強姦したる時は無期または七年以上の懲役。

第八十七条、戦場にて戦死・戦傷者の衣服その他財物を奪った者、一年以上。

第八十八条。前二条に加え、人を傷つけしは無期または七年以上。死にいたらしめた者、死刑または無期。

との、未遂も含めた厳しい規定がある。

「そのとおりです」

大高はうなずく。「だが、第十章の『俘虜《ふりょ》に関する罪』でありますが、どうもこの規定を見る限り俘虜虐待に関しては触れられていない。これが問題ですな」

のみならず、俘虜にもこの刑法が適用されたのである。

大高はつづけた。

「第十章では、もっぱら、俘虜の逃亡を助けた場合の刑など規定があるのみで、虐待そのものについては触れられていない。ま、捕虜交換規定を認めず、敵の捕虜になることを禁止したのが日本軍だったわけで、元々、捕虜は恥ずべき者との観念があったものか」

そうした、この俘虜問題が元々念頭になかった日本軍の前に、味方以上の投降者は続々と現れたのが、実状だったらしい。

「ルールがちがっていたのです」

と、パール氏も言った。

「捕虜虐待はそうした観念の相違が生んだ悲劇でした」

もとより、後世はちがっており、大高政権後は、厳しく戒められてきた。また、積極的に俘虜送還を行ってきた。

「ただ、軍法会議で、被告たちの一部から、私自身が、『大高こそ内乱罪で処断されるべきだ』

と抗議されましてな、その意味でも、今度は私自身が法廷に立つべきだと考えたのです」

「あなたは率直ですな」

と、パール氏に言われた。

刑法第二編「罪」第二章「内乱に関する罪」および陸軍刑法第一章「反乱の罪」によれば、クーデター首魁の大高弥三郎は、死刑に処せられるのである……。

第三話　無意識の法廷大高裁判

1

特別法廷の場所を、こともあろうに、休会中の国会議事堂に決めたのは、西郷南周であった。

ご承知のとおり、後世国会は前世とは大幅に異なり、一大劇場国会である。放送各社の中継施設もあり、その後も衆議院の本会議場は拡張され、見学席も一〇〇〇席はあるのだ。

これは、国民の政治への関心を深めるために行った、大高弥三郎在任時代の遺産の一つであるが、もとより批判もある。国政の場は神聖にして厳粛なるものだ――というのがその論拠であるが、対して大高は、「万機公論に決すべし」を根拠に、国会審理の完全公開を目差したわけである。

これを後世では、「劇場国会」あるいは「国会劇場化」と言ったりする。

民主主義の理想は直接民主主義である。国民すべての政治参加を目差し、少しでも理想に近づけるための具体的な策であった。

開かれた国会などと言い、スローガンだけが空回りしがちだが、現実はどうかと言うと、政党は党利党略に走りがちである。公明正大であるべき政治が密室政治になる。

前世を省みるに、政党政治の腐敗が、やがて軍閥政治を生み、日本的全体主義へ変質して行った歴史を、われわれは忘れてはならない。やがて大政翼賛会《たいせいよくさんかい》なるものができ、日本は大東亜戦争に突入するのだ。

もとより、国民国家の本質的な体質から言って、大衆の政治参加には、ある種の危険が伴う。国民の欲望が高まり、口々に不平不満を言い出すと、国家財政は破綻してしまう。

現に、西欧デモクラシーの見本にされたアテネでは、貴族政治↓僭主政治を経て行き着いた直接民主政治が、末期では帝国主義に変質するのだ。ちょっと、意外に思われるかもしれないが、本当の話である。

このパターンが、正直に西欧国民国家に受け継がれる。西欧デモクラシーは、西欧諸国家内の民主主義であった。

アテネでも、市民らを満足させるために、近隣を征服・支配し、貢ぎ物を出させて分配し、あるいは神殿を建て、上水道を作るなど、都市改造の費用とした。

海洋国家のアテネは、多くの奴隷たちを貿易で獲得したし、また、軍事国家スパルタは征服戦争によって奴隷を得た……。

これと同じことが、その規模を何百何千倍に拡大して、近代では起きた。これが帝国主義時代の西欧であった。

奴隷制度があったからこそ、古代ギリシアでは美術が栄え、数々の思想も生まれた。そうしたゆとりは、要するに奴隷制度があったからであって、彼ら市民階級は生産労働をする必要がなかったのである。

また、そう考えてこそ、初めて、アメリカの奴隷制度もわかるし、植民地主義もわかる。まこと、「民衆が権力を握る」という意味を語源とするデモクラシーは、実は危険を内包する制度なのである。

わが国では、これを民主主義と翻訳したが、これが曲者。大衆権力という意味が、見事に抜け落ちているからである。

故に、大高弥三郎としては、民主主義機械を正しく作動させる最低条件は、「欲望の制御」であろうと考える。言い換えれば、「清貧の思想」の徹底。正しき意味での「武士道精神」の普及。「節約精神」である。

ところが、厄介なことに、これらの道徳規範は、資本主義機械の「消費は王様」の原理に逆らうのだ。

政治はまことに難しい……。

2

さて、パール弁護人とともに議事堂前にタクシーを乗り付けると、長い行列ができていた。

「これほどとはおもわなんだ」

大高はつぶやく。

「首都機能が房総半島に移された後、この議事堂はどうなるのですか」

と、パール氏が訊いた。

「いろいろ案が出ているが、立法府は帝都に残り、内閣と行政府は、七年後に完成が予定されている房総の新都市《ニューシティ》瑞穂《みずほ》に移ると思います」

と、大高は言った。「新構想はまだ先の話でして、今は、時局柄、世界大戦への備えを優先せねばなりませんからな」

「昨今のアメリカでは、もっぱら、その噂で持ちきりですが、ふたたび戦争とは憂鬱です」

「まったく、人類というやつは、しょうのない動物ですな。この世界に完全な平和が訪れるのは、第三次大戦後でしょう。が、下手をすると、世界そのものが核戦争で絶滅する可能性は、かなり高い。私も、よく、最近、いやな夢をみますよ」

「あなたがそんな弱気では困る」

と、パール氏は、きつい調子で言った。「大高さん、あなたこそが、この世界のキー・パーソンですぞ」


車を降りると、たちまち、記者の一団に襲撃される。

「一番乗りをしようと一〇日も前から席取りに並んだ者もいたといいますが、大高先生、ご感想をどうぞ」

「その質問は裁判のことですか。それとも裁判人気のことですか」

「両方です」

「これから開かれる神聖なる裁判を前に、今は、ノーコメントですな」

衛視に守られ、もみくちゃにされながら、場内に入った。

控え室でほっとしていると、与党議員だけでなく、いつもは反対ばかりしている野党議員までが、次々と激励にやってきた。

どうも異常である。

どうも、大高のもっとも嫌いな、挙国一致的雰囲気である。

まったく、彼としては面食らってしまう。

だが、彼を待っていた西郷総理によると、「この裁判は、選挙運動だ」と皮肉る向きもいないわけではないらしい。

そう聞かされ、大高は、ほっとしたのだった。

とてもくつろげる雰囲気ではないので、控え室を抜けだし、廊下の向かいの外国人記者控え室に逃れた。

英語が堪能なので、大高は彼らにも人気がある。だが、質問の仕方が大人なので、こちらのほうがいらいらせずにすむ。

彼らは、この裁判を、告発人のいない裁判と理解していた。さすがに見方が大人である。彼らは、通称大高裁判の構造自体が劇場的であることを見抜いていた。

「……つまり、われわれは、劇場化されたユニークな裁判と理解しておりますが、それでよろしいですな」

と、ニューヨーク・タイムズ記者が質した。

「解釈はご自由に」

大高は答えた。「ははッ、明日、邦紙と海外紙を比べるのが楽しみですな」

大高のユーモアが、彼らにはわかったらしい。みな、どっと笑った。ユーモアは彼らの文化である。

ユーモアは、英語ではhumour、米語ではhumorである。早々と日本語に仲間入りしたが、類語のウィット（wit）と、どうちがうか。

一応、辞書ではhumourは「滑稽・おかしさ・洒落」、他に「気分」という意味もある。witはと言うと、こちらはhumourとは別系統の言葉だ。語源の「知る」から「知力」、また素早い知力の表れとしての「機知・頓知」の意味になったのだそうだ。

一方、humourは語源がおもしろい。元はラテン語で、「体液」から来ているのだ。古代医学では、体液は黒胆汁・血液・粘液・黄胆汁からなり、この配合で体質・気質が定まると考えられていた。なお、humidと言えば「湿気が多い」だが、ユーモアと同源の言葉である。

「あなたのユーモア、あるいはウィットが、裁判官に通ずるかどうか、ちょっと心配ですな」

と、大高は、親しい外国人記者に言われた。

「それは言えます、たしかに。が、もっと怖いのは、事態の真相を見抜けぬ日本のジャーナリズムですな」

と、大高は答えた。

「その時は、われわれが、外野から援護射撃します」

居合わせた記者たち全員が、どっと沸いた。

「日本人は、場を気にする民族ですからな」

大高は言った。

「いや、日本語そのものが場や情況で言い方が変わる」

たとえば、英語なら、「私」はいつもアイ（I）ですむが、日本語では、相手の社会的地位で、言い方が変わる……。目下にはオレですむが、目上だとワタクシとか。まことに厄介な言語なのである。

「ははッ。ま、言葉には気をつけようとは思いますがね。失言の時はよろしく」

と、大高は付け加える。

3

まもなく、開廷五分前を告げるベルが声高になった。

席をたち、大高は、パール弁護人とともに、特別法廷の議事堂に向かった。

見慣れた光景とは言え、満員御礼。大高が入場すると、立ち見までいる傍聴席から拍手が挙がった。

「ご静粛に」

裁判官七名の入場。

後世国会はいつもこんな調子で、議席を持つ大高は慣れているが、裁判官たちは戸惑っているようだ。

「ご静粛に。ここは、法廷です。いつもの国会劇場ではありません」

と、マイクの前で、司会役の衆議院議長が、大声で叫ぶ。

「本法廷の進行を妨げる者には、容赦なく退廷を命じますので静粛に」

場内、水を打ったように静まりかえる。

「では開廷します」

と、大岡忠介《おおおかただすけ》裁判長が、重々しく言った。

とにかく、異例ずくめという表現がふさわしいようだ。

(作者註　何卒、この世界が後世であることをお忘れなきよう……)

人定尋問につづき、めんどうな手続きはどんどん飛ばし、実質的な審理に入った。

大凡《おおよそ》の陳述、証拠はすでに書類で提出されていた。検察側も同様である。

その旨を大岡裁判長は伝え、

「本訴訟の特異な性格、また今日の緊迫した世界情勢等を考慮した末、本官は、本裁判の迅速なる審理を第一義に考え、この件の朗読を省略したいが、よろしいですか」

検察側「異議ありません」

弁護人「ノー・プロブレム」

「わかりました。では、弁護人、裁判の進行手続きについて申し出があった件で意見を述べるように」

「裁判長」

パール弁護人、起立。

「どうぞ」

「本裁判は、国際的な注目を浴びているので、英語の使用も認めていただきたい。なお、傍聴席の各位に対しては、同時通訳をお認めいただくようお願いします」

「わかりました。裁判所は異存はありません。検察側、異議ありませんか」

「本件の特異性を考慮するならば、やむを得ぬと考えます。異議なしであります」

「わかりました。では、わが国の裁判史上、画期的とも言うべき、日英二カ国語による審理に入ります。さて……」

裁判長は、手際よくつづけた。

とにかく、端から変わっている……。

「さて」

裁判長が言った。「審理の迅速化と後世国民の理解を容易ならしめるため、本官の判断で本裁判の問題点を整理してみました。ついては、検察・被告人の諒解があれば、これから述べたいと思うがいかがですか」

「検察側としては、反論の余地を残すのであれば諒承いたします」

「被告側も異議なし」

「わかりました」

大岡裁判長は書類綴りをめくり、

「エエ〜、双方提出の資料等を整理したところ、本官は以下のように整理した」
と、読みはじめた……。
①照和十六年十二月、被告大高弥三郎が中心となり、組織、実行されたクーデター事件に、旧法を適用することの是非。
難解な専門用語と言い回しを、わかりやすくすると、
なお、この場合適用されるのは、主として、刑法「罪」第二章の第七十七条より第八十条まで。
すなわち、

第七十七条　政府を転覆し又は邦土を僭窃《せんせつ》し、其他朝憲を紊乱《びんらん》することを目的として暴動を為したる者は内乱の罪と為し、左の区別に従て処断す。
一　首魁《しゅかい》は死刑又は無期禁固に処す。
二　謀議に参与し又は群衆の指揮を為したる者は無期又は三年以上の禁固に処し、其他諸般の職務に従事したる者は一年以上十年以下の禁固に処す。
三　付和随行《ふわずいこう》し其他単に暴動に干与したる者は三年以下の禁固に処す。
前項の未遂罪は之を罰す。但前項第三号に記載したる者は此限に在らず。

第七十八条　内乱の予備又は陰謀を為したる者は一年以上十年以下の禁固に処す。

第七十九条　兵器、金穀を資給し又は其他の行為を以て前二条の罪を幫助したる者は七年以下の禁固に処す。

第八十条　前二条の罪を犯すと雖《いえど》も未だ暴動に至らざる前自首したる者は其刑を免除す。

また陸軍刑法によれば、第二十五条に「党を結び兵器を執り反乱を為したる者は左記の区別に従て処断す」とあり、首魁は死刑である。第二十六条には「反乱を為す目的を以て党を結び兵器、弾薬其の他軍用に供する物を劫掠《ごうりゃく》したる者は前条の例に同じ」とある。

つまり、救国の英雄、大高弥三郎は、この法律では一〇〇パーセント死刑になるのだ。となると大変である。この物語は終わってしまう……。

4

大岡裁判長はつづけた。

「エ〜エ。本裁判は、被告人を告訴したるは被告人であるので、極めて異例というほかない。検察側は従って、大高弥三郎被告の人格の半分を代理するものであり、またパール弁護人は大高被告の人格の残る半分を代理するものと解さざるを得ない。エ〜エ、以上述べた本官の見解に異議ありや否や。回答されたい」

検察側「異議ありません」

弁護人「本職も、左様、理解しております」

裁判長は、ふたたび、書類綴りを覗き込み、

「被告人の陳述によれば、いや『半分人格』の告訴人陳述によれば、前世極東軍事裁判の正当性、果たしてありやなしや——の問題。すなわち、本後世世界を告訴人、前世世界を被告人として、

これを告発するとあるが、まちがいありませんか」

「はい、裁判長。そのとおりであります」

「うん」

裁判長はうなずく。

②は従って、後世そのものを告発人、前世そのものを被告人とする「前世裁判」の件である。

「裁判長」

大高は挙手した。

「右に関連した問題であれば、発言を許す。検察側も異議なしですな」

検察側「はい」

大高「私としましては、本裁判を通じ、照和十六年十二月一日決行のクーデター決起理由を明らかにしたい。すなわち、当時わが国家の体制は、まさに、前世と同じ最悪の歴史を歩もうとしておりました。われわれクーデター参加者は、すべて前世より転生（transmigration of souls）してきた者たちでありますが、断じてこれを見過ごすことはできない――。そういう強い使命感にかられたわけであります。当時、われわれは、今まさに国家が、ふたたび破滅の坂道を転がり始めた現実に戦慄し、これを座視するに忍びがたかったのであります。もとより、われわれの実行した国家に対する反乱は、共同謀議されたものであります。また、確信的なものであります。従ってこの点、共同謀議の有無については、争うつもりはありません。われわれは、旧法の『内乱に関する罪』についても、陸軍刑法の『反乱の罪』についても、十分、承知していたわけでありまして、この法文解釈についても争うつもりはありません」

「わかりました。被告の覚悟のほどはよくわかりました。つまり、確信犯であったわけですな」

「はい。救国の信念を以て、クーデターを行いました」

「検察側、反対訊問は？」

「被告は、事実関係および犯罪の認識、また動機についてすべて認めているので、ありません」

「被告人。つづけてください」

「私は、この世界の時空構造的な特殊性をよく認識していたが故に、敢えて国法を犯すことを決意したのであります。また、クーデターを以て政府を倒す以外に、予定されたる照和二十年八月十五日の敗戦から、後世日本を救う方法はなかったのであります」

「検察側、反対訊問は？」

「ありません」

「つづけてください」

「私は、終戦年の暮れにこちらの世界にトランスミグレーションした者でありますが、あちらの世界では、ずうっと軍籍におりましたので、あの戦争がいかに悲惨なものであったか、軍閥政府の戦争指導がいかに拙劣であったかをよく知っておりました。外地のみならず本土においても、多くの人命が失われました。これは、まさに政府・国家指導者の責任であります。後世への輪廻者《トランスミグレーター》であるが故に、四年後の日本の惨状が私にはわかりました。前世大戦末期、敵は残酷なる原子爆弾すら投下し、罪なき大量の民を殺傷さえしたのであります。そのことを知りながらも、国法の処罰を怖れ、また法治国家の規則に従って、これを座視することが果たして、天の理に照らし、道として正しいのかどうか。思うに、法は正義であるはずだが、この法に従うことが不正義となるならば、人はこの矛盾を、いかに克服すべきか。不肖この大高、大いに悩んだのは、天地神明に誓い真実であります。が、私の得た結論は、矛盾には小さな矛盾と大きな矛盾があり、より大きな矛盾を、緊急に解決せんとすれば、小さな矛盾は、これを、時によっては無視せねばならない――というものでした」

ひと言付け加えるが、社会という場の中で、人生を生きるうちに、まま、こうしたことが起こる。

「二重拘束《ダブルバインド》」（ベイトソン）ということもあるが、「忠ならんと欲すれば孝ならず、孝ならんと欲すれば忠ならず」の情況《シチュエーション》である。

この時、人は、自己責任においての決断を迫られる。なぜ自己責任においてか――と言うと、マニュアルにはない情況だからである。

決定し、自分で責任をとる。これが武士である。腹を切る覚悟の上の決断である。

これこそ、男性原理である。男というものである。

たとえ、地獄に堕《お》ちようとも、男ならやらねばならぬ場合がある。もとより、こうした瀬戸際の決定を下すためには、深い倫理観が必要であるが、一朝一夕では身につくものではない。

普段の生き方が大切である。付け焼き刃の倫理でもないし、手本《マニュアル》があるわけでもない。

武士道とは、そういう生き方の道である。武士は、常に死を日常化しつつ生きる。本当に生きるためには、死と向き合わねばならない。

武士というものは、死と生を「象徴交換」（ボドリヤール）しつつ生きる存在である。

カントはこれを指し、「崇高」と言った。

5

昼食二時間の休憩をはさみ、法廷はスピーディに進んだ。一日目は午後四時に終わり、大高は丸の内ホテルに戻った。

部屋に入って一服していると、西郷南周がお忍びで現れた。やはり心配なのであろう。

「裁判は集中一週間の予定だったが、本日の調子なら縮まるかもしれない。しかし、審理が終わっても判決にはひと月やそこらはかかるらしい。あくまで、三権分立の大原則から、内閣からの要請は控えねばならんが、人を介して、それとなく世界情勢の緊迫は伝えたつもりだが……」

と、西郷は、眉を暗く、語尾を濁した。

「ご厚意はありがたいが」

と、大高も言葉を濁した。「天が決めることです。天が私を必要と思えば、生かすでしょうし、用済みと思えば、ふたたび、私を、次の次元界に転生させるでしょう」

「いやはや」

西郷は目をしばたたかせた。「後世世界広しと雖《いえど》も、落ち着いているのは、あなたくらいだ。さきほども、アイゼンハワー大統領閣下のメッセージをケアリー大使から伝えられましてな、閣下もえらく心配しておられる由……」

西郷は考えている顔だ。

大高は無言を保つ。

「それとなく探ったところ、どうも閣下の三選はなさそうですな。となると、あの魔王と直接対決した経験を持つ者は、あなただけということになる。そのあなたが死刑判決を受けるようなことがあると、この世界は破滅の淵に、また一歩近付く。大統領の判断はそういうことのようだ」

ふたたび、大高は何も言わない。

「あなたは、ほんとうのところ、どう考えておられるのか……うかがいたい」

と、西郷に促され、

「法の番人である裁判所に、下駄を預けたのは私です。善悪の判断を下すのは裁判官です。そもそも、三権分立制度はそういうものですからな」

「それは、たしかにそうだが……」

西郷は、困惑を絵に描いたような顔で言った。「世界があなたを必要としていることは、裁判所も知っているとは思うが……」

「しかし、法は法です」

「頑固ですなあ」

「法治国家である以上、原則は原則。曲げるわけにはいかない」

「あなたはソクラテスだ」

西郷は苦笑いした。

大高は、目の奥で笑った。

「毒はあおりません」

「ならいいが……」

「法に照らしての論理構築が問題でしょうな」

大高は、えらく、さっぱりとした顔で言った。

「ほう？」

「裁判所は、多分、その論理を探しているのだろう——と、今日の裁判で感じました」

「なるほど。だが、理由は……？　あなたの勘ですか」

「いや」

大高は首を振った。

「……すると？」

「物事と言うものは……」

と、大高は口ごもって、

「いや、釈迦に説法でした」

「かまわんです。つづけてください」

「……」

大高は、しばし、言葉を探すように間を置き、

「この世には、大きな時の流れというものがあり、国家と雖も流されますな。これが、時流というもの。カレントですな。潮のように満ち、また引く。時代の潮流というものがあり、物事が成りに決まる。あなたに対して、口幅《くちはば》ったい物言いで恐縮ですが、予知とか予感とか、先のわかる人というのは、漠然とした時代の流れに身を浸しながら、流れの先が、何となく感じられる人だと思いますな」

「ふむ」

「運命の予感というやつですが、ある人に私は未来を教えられた……」

そう言って、また、大高は言葉を濁した。

読者はご記憶だろうか。ガード下のあの超人のことを……。寒山《かんざん》……そう寒山六郎《ろくろう》……。いるのだ、此の世にも、そうした未来を見ることのできる第三の目の持ち主が……。

この稀代の人物から、「身を捨ててこそ浮かぶ瀬もあれ」と大高は教えられたのであった。

「その論理が見付かりますか」

西郷は訊いた。

「あなたを救ける論理が見付かれば、わが日本だけでなく、世界も破局から救われるのだが……」

「それはわかりません。専門家の仕事ですよ。今、パール弁護士が探している論理でもある」

大高はつづけた。

「詳しいことはわかりません。ただ、この裁判が、法というものの根幹を問うていることだけはわかります」

「どういうことですか」

「旧法を読むとわかるが、この法律の精神は、国家体制自体を守ることに重点がおかれているのです。国体存続の法ということもできる。国民はあくまで臣民の地位にあり、主権は国民にはない。そうした国家が、もし、国民を苦しめ、確実に負けるような戦争に向かうのであれば、これをだれが阻止するのか。人民を搾取する国家をだれが倒すか。革命とはそういうものであり、過去、歴史上、多くの前例があります」

「おっしゃるとおりだが」

「革命が失敗すれば革命家がギロチンにかかり、成功すれば倒された王が断頭台に上がる。法理論がこれをどう説明するのかは、私にはわかりません」

「ふむ」

西郷は、またうなずき、また考え込んだ。

大高はつづける。

「クーデターは一種の革命であり、革命とはパラダイム変換です。パラダイムが変われば国法も変わる。ある場合には、旧法が悪とした法が善となり、善が悪となります」

こうして、ルイ十六世は、断頭台の露と消えた……。

6

法は、守るべきものだ。守らねば社会は秩序を失う。これを定め、これを実行するのが国家権力である。いかなる者も、国家の一員である限り、この法から免れることはできない。法を犯す者は、司直により逮捕され、裁かれる。これがルールである。

人を殺すこと、盗むことは悪である。社会の秩序を維持するため、悪を罰することは、必要なルールである。

だが、法の執行には、大前提がある。裁く者が正義でなければならない。国家の名において法が施行される以上、国家はあくまで正義でなければならない。

いったい、国家はだれのためにあるのか。神のものか。王権を神授された王のものか。国家を支配する特権階級のものか。

近代思想は、これに「否《ノン》」の声を挙げた。「国家は国民のものである」と。

国民に信託された代表者が、国民の意思を実現するために国家を運営するという制度が、こうして出来上がった。これが近代国民国家の原則である。

ここまではそのとおりだ。しかし、理想と現実の間には狭間がある。国家という強大な権力機械が、往々、特定集団に握られ、国民の望まぬ方向に向かうことも、まま、起こるからである。

とりわけ、言論の自由が封じられる全体主義体制では、ゲシュタポ、GPU《ゲー・ペー・ウー》、特高などの政治警察が暗躍、権力を振るい、政府批判を弾圧して封じ込める。

こうした類の独裁国家の不正義・暴走をくい止める手段は、革命かクーデターしかない。法の執行者そのものの悪を批判し、阻止するための合法的手段そのものが封じられているのが、この全体主義体制である。

　大高は言った。

「この場合は、法が、絶対悪の維持に使われているわけです。法が権力維持の手段化している。ですから、その法を守ることは、絶対悪に、たとえ消極的であっても荷担することになります。ちがいますか」

「なるほど」

　西郷は腕を組んだ。

「倒幕運動も、幕府の法では犯罪になりますな」

「はい。こうして維新政府ができた。彼らもまた前政権を武力で圧倒したわけですから、倒幕運動の実態は、薩長によるクーデターだったことになる」

「となると、維新政権は非合法政権になる」

「いいえ、それはちがいます」

「ほう？」

「新政権は、その合法性を、曲がりなりにも、帝国議会の発足と選挙によって、国民に信を問い、認められたことになるのではないでしょうか」

「うん、なるほど……」

　西郷は膝を叩いた。

「大高さん、だんだんわかってきましたぞ」

　深刻な西郷の顔に光が射す。

7

「フランス大革命のエピソードをお話しするとこうなります」

　と、大高はつづけた。

　――西暦一七八九年七月十四日の夜、騒然となったパリの暴動に、ルイ十六世は、

「これは反乱だ」

　と、叫んだ。

　が、側近のリアンクール公爵は、

「いいえ。これは革命です」

　と、訂正したという。

　この逸話は、よく知られている。

「このパリ蜂起が、もし『反乱』と定義されるならば、法を犯したことになる。が、定義が『革命』なら話は別です」

　と、大高は話した。

「うん、うん」

　西郷は繰り返しうなずく。

「定義が変われば、罪ではなくなるという論理には、私も賛成だ」

「いや」

　大高の目は、相変わらず涼しげであった。

「裁判所がどう判断するかですよ。軽々には言えません」

「それはそうだが、ははッ、闇夜の灯台の心境ですな」

「そもそも、革命とは何ぞや——ということになると、けっこう歴史は古いのです」

中国では、『易経』に「革命」の語が見えるそうだ。

大高は語る。

「天命改まって、王統が交替することを『易姓革命』——と、言ったそうです。国家を治めることは、あくまで、天の意思であり、人の決めることではない——という思想があったわけですな」

大高は言葉を継ぎ、

「ところが、西欧でも、やはり、そうなのですな。国の統治を任せるのは、天の意思なのです」

——なお、ひと言付け加えるが、明治（明治）欽定憲法では、この「天」が、現人神《あらひとがみ》であらせられる万世一系の天皇に、置き換えられた構造になっているのではないだろうか。

ともあれ、

「英語ならば、revolutionですな」

と、大高。

「……ですな」

「語源のrevolutioはラテン語ですが、本来、『回転』を意味するものです。英語のrevolutionも中世では、やはり、『回転』『天体の運行』を意味する言葉でした。これが政治用語になるのは十七世紀のことでありまして、最初は比喩的表現だった。つまり、転がって元に戻る。政治が以前の秩序に戻ること。クロムウェルの独裁から、元の王政へ。つまり王政復古を意味していたのでした。これが、次第に積極的な変革を意味する言葉に転化してきたのでした」

「うーん、知りませんでした。それで」

「さらに、フランス革命では、元の意味に含蓄されていた天体の運行というイメージが、より強調され、不可抗力といった意味に変わります。つまり、『必然性』の賦与……。言い換えれば、革命は起こるべくして起こる天の理だ——というイメージになっていくのです」

「なるほど」

「以上が、革命の近代的定義のはず……。となると、革命政権は、打倒された旧権力の法によって裁かれる必要はまったくない。残るは、革命政権が正統であるや否や——という点に絞れますな。具体的には、国民に信任が得られるかどうかの問題に、帰着するのです」

「その説明で、ようやく、おいどんにもわかった。今日の裁判で、大岡裁判長が、この問題を旧法で裁くことの是非を述べたのは、そういう含みであったのですな」

「多分」

大高はうなずく。

西郷が質す。

「一つだけ」

「クーデターと革命のちがいをお訊ねしたい」

実は、クーデターは英語ではない。英語化もしていないのだ。

ちょっと意外な気もするが、仏語のcoup d'Etatで、同一支配階級内部のある勢力が、政権獲得のために行う非合法的な武力を使う奇襲を意味する。

「つまり、革命は、権力がある階級から他の階級に移る場合に使われます」

と、大高は言った。

つづけて、

「ナポレオンがその代表例ですな」

「ほう、なるほど」

「伊国ファッシスト党、ムッソリーニのローマ進軍（一九二二年十月二十九日）も、実はその典型です」

大高はつづけた。

「ナポレオンⅠ世もⅢ世も、己の正統性と合法性を確立するため、プレビシットを行う」

「なんですか」

「人民投票のことです。これをボナパルティズムという」

「ふーむ。あなたも、クーデターを成功させた後、すぐに選挙を行いましたな」

そもそも、クーデターの重要な目的の一つは、軍国主義体制の打倒であった。大高政権は、クーデターに成功するや否や、直ちに、言論統制を廃止した。さらに、軍の組織改革を断行、総選挙を実施したのであった……。

第四話　判決無罪日本大統領選

1

予定どおり、一週間で大高裁判は結審となった。パール弁護人は、格調高く英語で最終弁論を行い、一方、検察側は、不起訴の方針であったが、それではこの裁判の真意がぼかされるとの大局的な判断から、起訴状を朗読した。

判決は、予想よりも早く、三週間後に出た。

特別法廷に出た大高は、被告席で直立不動で、大岡裁判長の判決文を聴いた。

冒頭、読み上げられた主文は、

——無罪

大高弥三郎は、裁判官席に向かって、深々と頭を下げた。

引き続き、判決理由が朗読されたが、概ねは、パール弁護人および大高の主張どおりであった。

ここで、照和十六年十二月一日午後十一時を期して決行されたクーデターを振り返る必要があろう。（参照『紺碧の艦隊』文庫版一巻〝運命の開戦〟第二話）

この日、国民には知らされなかったが、御前会議において、米英蘭に対する宣戦が決定され、大東亜戦争開始の賽は投げられたのであった。

すなわち、本後世世界でも、あの敗戦の歴史は繰り返されようとしていたのだ。もはや、決起以外に選択の余地はなかった。

かくして、当時、陸軍中将であった大高は、二万五〇〇〇の陸軍部隊を率いて、首相官邸、陸軍省などの中枢を襲った。海軍は横須賀鎮守府陸戦隊が、海軍省、軍令部を制圧したのだ。

その間、ほとんど交戦らしきものはなく、無血クーデターは成功した。

引き続き、深夜にもかかわらず、大高弥三郎と高野五十六は記者会見を開く。彼らの決起目的が、南条《なんじょう》大将主導による軍閥独裁政治の打倒にあることを明確にし、言論機関に対しては、報道・表現の自由を保証した。

のみならず、翌日には、早々と大命を拝し奉り、新内閣が発足したのである。

つまり、大高政権は、旧法律に照らしても、正統なる政権であったのである。

この点を、大岡裁判長が、特に判決理由で強調したのは言うまでもない。

だが、争点のもう一つの問題、前世極東裁判については、大岡裁判長は判断を避けた。だが、これも予想されたことである。

後世日本人にとって、前世の記憶は、無意識の領域の問題である。大岡裁判長は、後世世界の法廷にふさわしく、歴史精神分析の用語を幾つも使い、判決理由としていた。

「……しかしながら、本裁判の全国民に公開された審理を通じて、数々の忌まわしき前世の記憶を、無意識の牢獄に閉じこめずまた秘匿することなく、意識化させた――そのことこそが、意義のあることである。こうした問題は、むしろ、国民各人が、それぞれの『無意識の法廷』において判決を下し、また克服すべき問題であろう」と。

個人にはそれぞれの過去があるように、国家にもそれぞれの過去がある。これを知り、学ぶことによって、意識化することが、精神分析学的には重要なのである。

過去を無意識界に押し込めることは、かえって、人の意識に、多くの障害をもたらすのだ。

むしろ警戒すべきは、特定のイデオロギーの道具にされることである。歴史というものは、過去にもそうした経歴を持つ、怪しげな物語でもある。そういう側面が、極めて付着しやすいのが歴史というものである。

いや、歴史は、事実が隠されるだけではなく、しばしば捏造されるものだ。皇国史観も唯物史観も似たようなところがある。

大岡判決文が述べているように、われわれ国民に必要な歴史は、自ら調べた歴史である。

たしかに、歴史には、法廷にも似て、証拠主義がある。なかったことをあるように書いたり、あったことをなかったように書くことは、心して戒めねばならない。

これこそが、歴史の基本的な態度であるが、往々にして、政治目的に利用されるのが、歴史というものであるから、十分、気をつける必要がある。

いわゆる完全な科学たり得ないのが歴史である。歴史は過去を調べる学問であるから、時を遡り、その現場に立ち会うわけにはいかない。

考古学のように物的証拠がない部分も、多々あるのが歴史である。

文献や証言という証拠もあるが、信憑性《しんぴょうせい》の問題が残る。故に、新たな証拠によって、歴史はしばしば書き換えられるのだ。

歴史は過去を扱う。まして、技術史などとちがい、倫理問題がつきまとうのが、歴史だ。それ故、人の現在に多くの影響を与える。

怪しげな歴史で教育されたために、国民が破滅の道に向かったのが戦前であった。

当時は日本神話が歴史だったのである。そのことを知れば、迂闊《うかつ》に、教科書等に書かれた歴史を信じてはいけないことがわかる。

自ら、多くの書に親しみ、真偽を確かめる根気と用心深さが大切なのである。よって、国民一人一人が自らの史観を持ってこそ、歴史の客観性は保たれるのだ。

「一つではいけないし、二つでもいけない。史観は一〇〇個でも一〇〇〇個でも、いっこうにかまわぬではないか」というのが、大高弥三郎の出した結論であった。

ともあれ、前世における日本近代史は謎だらけである。敗戦という大きなパラダイム変換があったために、多くの重要な基礎資料が焼かれてしまった。人々は沈黙を守り、真相の大半は闇に消えた。さらに戦後と呼ばれる時代に入った日本は、二つのイデオロギー対立の狭間に放り込まれた。

いや、イデオロギーというよりは、二つの超大国の熾烈な世界戦略ゲームの渦中に巻き込まれながら、生き延びる道を探さねばならなかった。

これが何を意味するか。戦後日本は、よく国家の一体性を守り抜くことはできたが、その代償として、敗戦に至るまでの約二〇年間の歴史を喪失したのだった。

――一体全体、あの第二次大戦とはなんだったのか。

未だに、彼の『語録』に、書くことがためらわれる大高弥三郎の思いを言えば、あの戦争自体が仕組まれたもの、大いなる陰謀だったのではないか。

それは、米ソの二国ではなく、むしろ個人的な密約とでも言うべき色合いを帯びた、ルーズベルト氏とスターリン氏の……。

未だに隠され、あるいは、未だに発掘されずにいる膨大な両国の公文書が、あと五〇年、あと一〇〇年が経って、あの時代の出来事が完全に歴史の一部になった時、初めて明かされるかもしれない巨大な陰謀……。

大高弥三郎に言わせるなら、今日わかっているほとんど唯一の痕跡は、あのヤルタ秘密会談である。

この協定は、実に奇妙である。英国代表のチャーチル氏は除け者であって、ルーズベルト氏とスターリン氏、この二人の親密さは、いったい、なに故なのであろうか。

この時、われわれの世界は、世界史上の消しがたい彼ら二人の偉大（？）なる政治家によって、きれいに分割されたのだ。

さらに、ル氏にもっとも信頼されていた秘書として、ヤ会談に同席した、H・ポプキンズという男は、いったい何者なのだろう？

彼はまた、対日最後通牒とも言うべき、あのハル・ノート作成にも、深く関わった人物なのである。

敢えて、この両巨頭を結ぶ、見えざる組織の存在を肯定はしまい。だが、本後世の世界では……？

わが大高弥三郎は、依然、公式には沈黙を守りつづけているが、多くの隠された真相に、気付いているのだろうか。

2

判決こそ出たものの、大高弥三郎の心は晴れたわけではない。

その後も、世界内陸海《グローバル・ミッドランド・オーシャン》ともいうべき大西洋を挟み、向き合う米独両超大国の対立は激化して、もはや一触即発の国際情勢である。

なお、このミッドランド・オーシャンとは、H・J・マッキンダーが使用した、地政学的概念である。

一方、日本でも、新聞・総合雑誌などの活字メディアは、この問題を取り上げて、抗戦・和睦論、はたまた中間論を含めての議論百出。国内世論は、騒然たる体《てい》……。

いずれにせよ、第三次大戦勃発の引き金をだれが引くかとなれば、今度こそは米国であろう。すでに、米国自身の安全保障のために宣言された、例のパクス・アメリカーナ・ドクトリンをヒトラーが無視、その魔手を足下の南米に伸ばしている以上、必然と言える。

第二次大戦とはちがい、今度こそ、大西洋を挟む本格的大陸間戦争になることは、誰しも認めるところだ。

すなわち、米地政学者スパイクマンの想像した悪夢の現実化。後世第二次大戦は、前世とは異なる経過をたどり、凡そ平和にはほど遠い、不確実な休戦で終わっただけに、世界再編成は、もう一度、大規模な戦争をやらなければ完成しない――との見方は、衆目の一致するところだ。

このところ、大高弥三郎も、東京丸善から配達された大きな地球儀を睨んでは、終日、天下世界の形勢を読む毎日である。

地球儀――まさに縮尺された球面世界。

大高弥三郎は、一九四三年に発表された、マッキンダーの遺稿とも言うべき『球形の世界と平和の勝利』（The Round World and the Winning of the Peace）を、読み終えたところだ。

二次元の世界地図ではわからぬことが、地球儀ならわかる。

再三、述べてきたとおり、世界地政学分析を確立すれば、現在、アメリカ合衆国が置かれている危機状況がわかりすぎるほどわかる。

地政学は、われわれの世界の骨格構造を、非情なまでに露わにするのだ。あえて言うが、イデオロギーもへったくれもない。

先の裁判では、突っ込んでは触れなかったが、前世第二次大戦勃発の真因も、ほんとうはアメリカ地政学の弱点にあったと言える。

すなわち、日本側が大東亜戦争と称した太平洋西部と亜細亜の戦いを、なぜ彼らが太平洋戦争と呼んだか。潜在意識は恐ろしいもので、この呼称こそが、如実にアメリカの本音を、正直に言い表しているのである。

だが、極めて皮肉なことに、後世大高クーデターの成功で、アメリカの目論見は見事に外されてしまった。

おそらく、米戦争指導階層中の特殊なグループにしてみれば、大高弥三郎は、まこと忌々しい存在であるだろう。

だが、彼らは、同時に、リアリストであるから、次なる戦争は、日本の協力なしには勝てぬと判断しているのだろう。

日本とて同じだ。単独では絶対に勝ち目はないし、さりとて、たとえ中立を宣言したところで所詮は一人よがりに終わるにちがいない。

学校出たての新社会人にとっての世間の風が、えらく厳しいように、国際社会も過酷だ……。

——一方、日本式大統領選挙である首相公選の日が決まった。

十二月第二水曜日の次の月曜日という日取りは、米国でのセレモニー、選挙人による投票が行われる日でもある。

立候補者の受付は十一月の第一月曜日の次の火曜日と、これも米大統領選一般選挙の日取りに合わせて内定しているが、大高弥三郎自身の出馬表明はまだだし、対抗馬も下馬評こそあるものの、正式には決まっていない。

なお、候補者三人以上で、第一位が有効な票数の過半に満たぬ場合は、翌週火曜日、上位二名の決戦投票が行われる……。

3

十月のはじめ、西郷総理が強羅の寓居に来た。

同行の人物は、元米駐日大使だったジョセフ・W・グルー氏。大高とは極めて昵懇《じっこん》の間柄であり、日米の架け橋とも言える……。日米講和後、再度、駐日大使になった経歴もある。

しばし、再会を喜び合ったが、グルー氏はあまり時間がないらしい。

用向きは予め電話で聴いていたが、

「うかがいましょう……」

と、大高はグルー氏を促す。

「最初にお断りしますが、今回は非公式の訪問です。個人の資格で来日しましたが……」

と、グルー氏は断り、

「できるだけ早く、エイブラハム・ケネディ大統領候補に会っていただきたい」

「ほう」

「これは、A・ケネディ候補、直々の希望であります」

グルー氏は、現在、公職から退いているが、亜細亜問題の専門家として、ケネディ氏の側近に名を連ねているらしい。

「いよいよ選挙戦も大詰めになり、アイゼンハワー閣下も懸命の巻き返しを試みているが、ほぼ大勢は決まった、とグルー氏は言われる」

と、西郷が言った。

「やはり」

大高はうなずく。

「われわれも、貴国大統領選挙の情勢については、独自に分析しております」

と、グルー氏は告げた。

「ほう?」

「結果次第では、米日同盟にも大きく影響しますからな」

グルー氏は、慎重に言葉を選ぶ。含みのある言い方だ。

「われわれの分析では、戦争反対のグループからも、親ナチ派からも候補者が出るものと予想します」

大高は、思いを巡らすように色づきはじめた庭を見ていたが、ようやく、

「必要とあれば、渡米させていただく」

と、声を重くして答えた。

「それで決まりだ」

西郷が言った。

「では、日本国の政府特使ということで。グルーさん、貴国でのお手配をお願いしたい」

「むろんです」

「いや」

大高は遮る。

「個人的な訪問ということで願えませんか」

「ご希望とあらば」

グルー氏はうなずく。

「それはまずい」

西郷が遮る。

「警護の問題ならばご心配なく」

と、あっさりグルー氏は言った。

「要人暗殺の気配、なきにしもあらずでごわす」

と、西郷は言った。

「大高さん、あなたは、先だっても言ったが、この世界ではキー・パーソンじゃっとです」

大高はなにも言わない。

ともあれ、会談設定の打ち合わせに入り、来週あけのケネディ氏の遊説がミネアポリスなので、同市で会うことで話が決まった。

大高は、

「ただし、よもや、貴国の選挙運動に利用されぬとは思いますが、グルーさん、私はハリエット・アイゼンハワー閣下に、ひとかたならぬ義理があることをお忘れなく」

と、釘を刺すことも忘れなかった。

「当然のことです。ケネディ候補もその点は、十分、わきまえております」

グルー氏は保証した。

つづけて、

「会談の用件は、お察しのとおり、選挙ではありません。対ナチ開戦後の両国協力の諸問題について、あなたの忌憚《きたん》なき考えをお聴きしたいとのことであります。」

「わかりました。私としても、新しい大統領が、どんな世界戦略をお持ちなのか、大いに興味があります」

「あなたには、ぜひ、最近のアメリカの様子も見ていただきたい。これは、私個人の意見ではありますが」

グルー氏によれば、ハリエット・アイゼンハワー大統領の命令が下り、すでに、米国内は、臨戦態勢に入っている——と言うことであった。

「戦争が始まれば、だだっぴろい太平洋を越えて渡米するのは難しくなるので、おいどんも、一度、視察に行きたいと思っちょります」

と、西郷も言った。

「聞くところでは、東部の工場は西部に移されておるとか」

「ええ」

グルー氏はちょっと顔をしかめ、

「現在のアメリカは、西部時代の再来です」

後世第三帝国は、目下、第三次大戦に備え、大陸往還爆撃機の大量生産をつづけているらしい。もとよりアメリカもである。

前世第二次大戦では、アメリカの都市は無傷であった。戦略爆撃機の空襲を食らい、国土が灰燼に帰した日本やヨーロッパとちがって。これが、戦後世界の覇権を決定づける。

だが、後世はちがう。ヨーロッパはほとんど無傷だ。日本もである。

「グルーさん、戦略空軍による焦土作戦の恐ろしさは、これを味わった者でなければ実感となりませんぞ」

と、大高は言った。

グルー氏は無言で、目を暗くした。

「前世ではわが国に落とされた原子爆弾が、今度はお国の大都市を攻撃するかもしれない……」

「その可能性は大きい。だが、ハインリッヒ・フォン・ヒトラーに脅されて降伏することは、われわれのプライドが許しません」

「あの爆弾の残虐性を、自らの体で体験されるわけですな」

大高は、その先を、「因果応報」という言葉でつづけようとして口を噤《つぐ》む。

あの兵器は、もし屈服しなければ、何万、何十万人を一気に殺す——と、相手を脅迫する意味だけを持つのだ。

「前世のアメリカ人は、そうして、この世界の神になろうとしたのでした」

と、大高は言い、瞑目した。

「閣下は何をいいたいのですか」

グルー氏の声の調子が変わる。

「いや」

大高は、庭の木々を見ながら言った。

「奥方が……」

と、西郷が言った。

「実は前世で被爆されたのです」

「いや。その話は……」

手を挙げて、大高は遮る。

改まった顔で、

「原爆阻止のために戦われるのであれば、われわれも戦いますぞ」

きっぱりと言った。

「われわれの戦争目的は、その一点に絞り込まれる。決して、決して、領土を広げようというのではない。覇権を目差すためでもない。人々がそのささやかな幸せを全うできる世界秩序を創りだすために戦います」

大高の決意が、瞳の中で、静かに燃える……。

＊ジョゼフ・W・グルー　この人物はビル・トルーマンの大統領補佐官とは別人である。参照『紺碧の艦隊』文庫版五巻〝新憲法発布〟第三話2節。

4

その翌々日の午前、あの本郷義昭が、突然、姿を見せた。

驚いたことに、数名の者を伴っていた。

みな見知った顔だった。彼らは、あの、ユーラシア大陸敵中縦断作戦を成功させた、霞《かすみ》部隊の隊員たちだ。

「いったい、どうしたのだ」

と、いぶかると、

「身辺警護のためです」

「おいおい」

と、たしなめると、

「閣下こそ呑気で困りますなあ」

と、珍しく鋭い目を、本郷はした。

「おれを叱る顔だな」

「ええ。不穏な動きがあります。実は、西郷総理からも頼まれまして」

と、教えた。

つづけて、

「早速、玄関先をお借りして塒《ねぐら》を建てさせてもらいます。いや、ご心配はいりません。われわれで建築しますから。奥様の諒解は、予め電話でとってあります」

「うーん。その問題は、おれではなく、家内の領分だからのう」

と、大高は言った。

「当分の間、食客とは言いませんが、秘書、庭師、書生ということでお願いいたしますのでよろしく」

と、本郷は一方的だ。

「わかった。好きにしろ」

大高は目を笑わせた。

「閣下は襲われ慣れしておられるが、今度の敵は、十分、訓練を受けたプロフェッショナルですぞ」

本郷は、ずいぶん物騒な話をする……。

それから大高夫人は大変だった。炊き出しの握り飯の昼食を彼らに振る舞い、近くの旅館に頼み、夜具を借りる。

彼らのほうも手慣れていて、家のまわりに、光電管を使った警戒装置を取り付けたりした。

本郷によれば、米国情報部からの連絡らしく、多数の第五列が日本国内に潜入したとのことである。

それにしても、久しぶりの本郷義昭少佐だ。今や本郷の東機関は、内閣直属の秘密情報機関として、霞部隊を含めた五〇〇余名の機関員が彼の傘下である。

「われわれは、閣下、英国情報部《ブラック・チェンバー》でもCIAでもないわけであります」

と、本郷は語った。「ははッ、われわれは、そうですなあ、お庭番と言ったイメージがぴったりですな」

　むろん、冗談である。

「ふむ。黒装束ならぬ洋服を着た忍者というわけか」

と、大高も冗談で返し、

「ところで、君らの引っ越しはすんだかい」

「はい」

最近、ようやく腰を据えた、彼らの本拠地は、麴町《こうじまち》区丸の内二丁目一二番地で、近くに丸の内ビルと三菱本社がある。

「その内、一度、いらしてください、閣下。近くに美味い洋食屋があり、ここのタン・シチューはなかなかのものですぞ」

　と、本郷は言った。

　表向きは、大高の口添えもあり、満鉄の小会社である。名前を東東《とんとん》貿易株式会社といい、実際、営業活動をしているのだ。

「満鉄の信用で、いい仕事にありついておりますが、情報要員を抱えているので、経費も嵩みますな」

　などと、本郷は話した。

「扱い品目は、稀少金属の輸入だったな」

「閣下の助言ですぞ」

「重要な戦略物資だ」

と、大高は言った。「知ってのとおり、特殊合金をはじめ、重要な用途に使われるのが、レア・メタルだ。これが不足すれば、長期の戦争には勝てないからな」

「心得ております。しかし、第三次大戦がはじまれば、後世第三帝国は潜水艦作戦を拡大して、徹底的な海上封鎖を行うでしょう」

「そのとおりだ。それが冷厳なる現実なのだ」

大高は眉を歪めた。

「わが国が、米国を相手に、危険な決戦に踏み切らざるを得なかったのも、同じ理由だ」

前大戦でも、米国は、わが国の石油備蓄のなくなるのを待っていたのである。

「ははッ」

大高は乾いた笑いを挙げた。

「秀吉流の兵糧攻めにあい、日本は焦った」

「米国が、自国について同じことを考えたとしても当然です」

事実である。第三帝国の台頭に米国は怯えた。たしかに、米国は豊富な資源国ではある。鉄も石炭も石油もある。食料もあり余るほどだ。だが、レア・メタルは別だ。他にも、国内にない資源がかなりある。

マッキンダーに倣い、地球儀を持ちだし、眺めればわかることだ。

貿易のために、仮に米国の港を出たとしても、その他の大陸がもし敵対する世界であれば、船は空しく戻る他ない。

ここで、有名なあのＨ・Ｊ・マッキンダーのテーゼを思いだしてみよう。

①ハートランドを制する者は、ユーラシア大陸を制する。
②ユーラシア大陸を制するものは、これと陸続きのアフリカ大陸を含む世界島《ワールド・アイランド》を制する。
③世界島を制するものは世界を制する。

マッキンダー独特の概念である、このハートランドとは、彼によれば、ウラルの東側を流れる大河、エニセイの西に広がる領域である。

東西・南北とも、ほぼ四〇〇〇キロメートルの平らな地帯を、彼はハートランド（心臓部）と呼んだ。

ここには、二億人近い人々が住んでいるが、この地域は、海洋勢力がたとえ海側から攻撃しようとも、身を守る天然の障壁がある。それは、黒海に発し、天山山脈〜バイカル湖〜チュコト半島に至る険しい山岳地帯である。

マッキンダーは、世界史のドラマを、海洋勢力《シーパワー》と陸上勢力《ランドパワー》の戦いと見なし、このハートランドと名付けられた地帯をランドパワーの聖域とした。

後世世界今日の情況は、まさに、その②である。米国の孤立化は実現一歩手前である。

前世では、ヒトラーの率いる第三帝国は、①の情況を達成しようとしていた。ユーラシアのハートランドは、まさにヒトラーのものとなろうとしていた。この情況に、ルーズベルトが戦慄したとしてもおかしくはない。

マッキンダー地政学式に従えば、アメリカ合衆国といえども安全ではないのだ。なぜか。もし、大陸島全体が独逸化すれば、確実に、われわれの球面世界上で、アメリカは包囲される。新大陸そのものが孤立するのだ。

すなわち、東正面は、ヨーロッパとアフリカの壁が立ちはだかる。

背後の西はどうか。新興日本帝国が今や亜細亜の盟主となりはじめていた。しかも、日独は同盟していた。南北は航行不能の氷海である。東西は日本と独逸に阻まれていた。

これが、第二次大戦参戦時の情況であった。

とすれば、答えは出ている。

米地政学上の判断からすれば、大嫌いなソ連と手を結ばざるを得ない情況であった。

ソ連の位置は、このアメリカの地政学上の敵、日独を分断する位置に在る。つまり、ルーズベルトがスターリンと握手したのは、地球儀的地政学からすれば、当然の帰着だったのである。

5

強羅は午後である。木材を積んだトラックがついたようだ。切り込みの仕事が始まり、玄関先が騒がしくなった。

「かなわんな」

大高は言った。

「建てるのは仮設小屋みたいなものですから、明日には了《おわ》ると思います」

と、本郷は言った。

奥の応接間に移り、二人は、ふたたび、話し込む。

「……要するに、ナチスと手を結び、アメリカ虎の尾を踏んでしまったわけですな」

「それが大失敗だったのだ」

と、大高は苦く笑った。

「だが、最初、アメリカは、英国と共に独逸を支援し、ソ連を潰そうとしていた。これは事実だ。ヒトラーもそのつもりだった。しかし、途中で、アメリカの態度が変わったのは、ナチの人種主義的なイデオロギーが、極めて特異なものとわかったからだ。多分、日本イデオロギーも、彼らに目には、理解できない特異なものと映ったにちがいない」

「なるほど」

本郷は考える目をした。

「かくして、事実上の最後通牒が送られてきた。ハル・ノートです」

「そうだ」

「しかし」

本郷は口ごもった。

「なんだね」

大高は促す。

「ええ。閣下は、今度の裁判で、われわれ陸軍の重要な秘密を暴かれませんでした」

「そうだな」

「なぜです?」

「それは言えん」

「だが、青風会の研究では結論の出た問題であります」

「そのとおりだ。だが、まだ、言うわけにはいかない。やんごとなきお方の中から、傷つく者が出る。わかってくれ、本郷君。これが平和時ならば、真相が暴かれてもやむをえなかろう。だが、今はまずい。もうすぐ、われわれが、死力を尽くして戦わねばならない大戦争が始まるからのう」

「わかりました」

本郷は大高の目を見た。

「政治的判断ってやつですな」

「うん」

大高は沈黙した。

だが、ほんとうは、このことを明らかにしなければ、あのクーデターの真因はわからない。それは、彼らの属する陸軍の問題である。血盟団事件から二・二六に至る一連の事件の意味。ゾルゲ事件。昭和（照和）研究会。大陸出兵の超真相。

極東軍事裁判で暴かれそうになった、日本陸軍の真相は、要人の沈黙と自決によって、永遠の謎となったのである。

「閣下、その話は止めましょう」

と、本郷は言った。

「そうだな。あの戦争の意味が、一八〇度、ひっくり返ってしまう」

大高はつづける。

「われわれ陸軍中核は、マルクスの亡霊に取り付かれたとしかいいようがない」

「はい。祖国をスターリンの陰謀から救う道は、クーデター以外にはありませんでした」

二人は、また、長い間黙りこくる。

それにしても、この会話は、いささか奇妙ではないか。「ナチズムの影響を受けすぎた……」というのならわかるが……。

——空は夕陽に変わっていた。

「あなた」

妻が応接間に入ってきた。

「どうなさいまして。喧嘩でもなさいましたの。そんな雰囲気よ」

「いや、そんなことはない。思い出話にふけっていたのだ」

「ならいいですけど。お夕食の支度ができましてよ」

「もうそんな時刻か」

「外のかたたちにも、あがってもらいましたわ」

「そうか。じゃ、みんなで食事としようか」

大高は席を立った。

6

一同は、箱膳の前で畏《かしこ》まっていた。

「ご苦労」

襖を取り外した二間つづきの部屋の上座に、大高はどっかりと腰を降ろす。

「さあ、遠慮なくやってくれ。さあ、酒を注いで。乾杯しよう」

「おい。閣下の言葉に甘えて、ご馳走になりたまえ」

と、本郷も言った。

「奥様の手料理をいただけるお前たちは、果報者だ。今夜の食事は一生の思い出になるぞ」

「はい。ごちそうになります」

「急なことで、たいしたものは作れなかったのよ。でも、御飯だけは、たくさん炊いたわ」

「よし。では乾杯といくが、その前に、おれの話を聞け。むろん、口外はしてはならん」

「はい」

霞部隊のメンバーは正座のまま、大高弥三郎を注視した。

「まず、今日は千葉少将は来ておらんが、第三次大戦が始まれば、諸君にはまた危険極まりない任務についてもらわねばならん。日本のため、世界のためにまた働いてくれ」

一同、うなずく。

「われわれが世界最終戦争と名付けている第三次大戦は、文字通り人類破滅の戦いになるやもしれん。なぜかわかるか。今日、米独は、ともに、原子爆弾という恐るべき、最終兵器の開発に鎬《しのぎ》を削っておるのだ。もし、双方がこの新兵器の応酬を行えば、全世界が死の灰に覆われ、全人類が死に絶えるであろう。われわれは、これを断じて阻止せねばならない。わかるな」

一同、ふたたび、うなずく。

「前世においては、二度、実戦に使われた」

しばし、大高は沈黙した。愚かな者たちの妄想にも似た動機から、大勢の罪なき者が犠牲になった。

「おれは、来週、渡米して向こうの要人、次期米大統領最有力候補と会ってくる。諸君への特殊任務はそれから下すつもりだ」

凜《りん》とした声で大高は言った。

言葉を継ぎ、

「行き先は、多分、アフリカになる。以上だ。じゃ、諸君、乾杯ッ」

拍手のあと、座は和んだ。

しばらく大高は、隣の本郷と杯のやりとりをしていたが、

「諸君。言い忘れたことがあった。ちょっと、聞いてくれ」

「静粛に」

と、本郷。

「ああ、膝は崩したままでいいぞ」

と、大高は言った。

「今、少佐から聞いたが、諸君は、広東語を学び、成績も優秀だそうだな。作戦にとって、非常に重要なので、いっそう学習に励むように」

「はい」

「だが、広東語とアフリカが、諸君の特殊任務とどう関連するか——知っていたほうが、学習にも身が入るだろう。そう、少佐が言うので教えておく」

大高は声を潜めた。

「諸君は、中国人労働者として、アフリカ大陸に潜入することになる。彼らの食事の習慣はじめ、生活習慣全般にわたりよく研究し、完全に身につけるように。さもないと正体がばれ、生命の危険につながりかねない」

「質問してもよろしいですか」

一人が訊く。

「許す」

「目的はなんでありますか」

「むろん、情報収集だが、敵の極めて重要な施設の破壊活動も含む。それ以上はまだ言えない」

ひとしきり、座は、アフリカの話題で盛り上がった。

だが、この大陸の実状は、日本ではほとんど知られていない。

「いいな。冒険ダン吉の漫画でも、ターザン映画の世界でもないぞ」

と、大高は言った。「アフリカは世界最大の大陸で、面積は三〇三二万五〇〇〇平方キロメートルもある。砂漠もあれば草原もある。密林も大都市もある。北と南、東と西でもちがう。海岸と内陸のちがいもある。いずれは、どこかに合宿でもして、集中的にアフリカを学んでもらわねばならんがのう」

「われわれは、第三帝国領に潜入するのでありますか」

「ははッ。何せ、千葉少将の奇策で、ユーラシア大陸を、堂々、横断してきた諸君のことだ。大いに安心しておるよ」

「おかげで、素晴らしいアフリカ旅行ができます」

「こらッ！　観光旅行ではないぞ」

と、本郷が叱る。

「作戦名を教えておこう。千葉少将が考えた『猿人作戦』だ」

と、大高は告げた。

「この作戦の重要性は、おいおい、諸君にも認識されるだろうが、あのゼネラル・マッカーサーが計画中の大反攻作戦『解放《リベレーション》』と密接に関係することを覚えておくことだ」

これも「太極計画」の一部である。いったい、大高弥三郎以下の青風会首脳は、何を考えているのだろうか。

第五話　大高訪米紫鳳機中にて

1

東京に出た大高は、定宿の丸の内ホテルに投宿、渡米の準備に二日をかけるつもりだった。ところが、その間、政財界やマスコミ関係との会談が、分刻みのスケジュールで入り、大高はくたびれ果ててしまった。

特に大統領選挙のための事前運動をしているわけではないが、迫り来る国難、いや世界の大難を凌ぐ人物は彼しかいない――という下馬評が、久しぶりに上京してみると圧倒的で、「選挙があっても信任投票の色彩が強いであろう」との論評すらあったほどだ。

外国人の長期滞在者が近頃とみに増えた帝国ホテルでの、内外合同記者会見に臨んだ大高は、記者の質問に答えて、

「……心中を正直に申し上げるが、こうした時代に大統領などという大役を引き受けることは、できれば辞退したい。ほんとうです。この大高、市井の片隅でひっそりと生きる余生が、本当は理想なのであります」

と、心境を語った。

「というのも……」

大高はつづけた。

「今日、自由世界が直面している人類史上最大の危機は、これを凌ごうにも、一〇〇パーセント、正解となるような方策は見付かりません。現代世界が、次々と噴出させる矛盾を解決しようにも、あまりにも問題が複雑すぎるのであります。……思うに、現代とはそう言う時代なのであって、一個人の大脳機械では、全体像すらつかみがたい。もはや、十九世紀のような偉人の時代は去ったのでありまして、一個人に対する過大な期待は止めていただきたいし、報道機関というものの作り出す虚像が一人歩きする危険性にも気付いていただきたい」

大高弥三郎は、今、ニヒリズムに陥っているのであろうか。実はそのとおりである。

今日の世界は、利害のネットワークが、人間の搭載する脳機械の能力を越えて、複雑化しすぎているのだ。

おそらく、わが国にも出現したあの全体主義機械にしても、民主主義というものの持つ構造的な欠陥への不安から生じたものにちがいない――と、彼は認識するのだ。

大高は語る。「マスコミは、国家への過大な要求を煽りすぎている」と。「この国家への幻想が全体主義を生み、祖国を戦争へ駆り立てて行った。これを抑制するのが理性の府である報道機関のはずだが、前世戦時下の報道機関は、むしろその反対だったのである」

再三述べてきたように、デモクラシーは、もし一〇〇〇人の共同体があれば、一〇〇〇の欲望をすべて満たす完璧な装置ではない。要するに、幻想だ」と。「国家は、国民の要求を満たすことを義務づけられているような、制度なのである。

また、この制度では、選挙によって代表が選ばれるわけであるから、候補者は民衆に対して、できもしない約束をしなければならない。さもなくば当選できない。

こうして、民主主義は、次第に衆愚民主主義に変質するが、マスコミも同じで、大衆を厳しく窘《たしな》めれば販売部数が下がるであろうから、彼らも勢力拡大のために大衆の機嫌をとるのである。もとより、大高は、民主主義が悪い制度と思わぬし、マスコミを非難しているわけではない。彼は、その構造を指摘するのだ。

彼に言わせれば、いわゆる大正（太正）デモクラシーが、全体主義へ変質して行った時代を反省しながら、この制度の正しい運用の仕方を考えているのである……。

大高は記者席に向かって、

「私は、口当たりのいい空手形を、国民に切ることはいたしません。今度の戦いに、自由世界が勝てるとは約束しません。それでも、この大高弥三郎に任せるというのなら、自分の知力を絞り、わが国家と世界のために戦います」

もとより、大高弥三郎は、第三次大戦勃発を予測した準備、「太極計画」のことを、ひと言も漏らさなかった。「太極計画」は後世日本の命運のかかった秘策である。だが、完全に隠されているが故に、国内世論を不安にしているのである。

記者会見でも、ほとんど戦争準備の気配をみせない日本政府のあり方に、米通信社の記者からも抗議の声があがった。彼によれば、米国政府は大いに懸念しているらしい。

「……日本政府の煮え切らない態度に、わが国の政府は不満を漏らしておるわけですが、閣下の説明をお願いしたい」云々。

「目下、私は、政府の一員ではありませんので、お答えいたしかねますな」

と、大高は躱《かわ》した。

「いや。いずれ、大統領になられるあなたですぞ。ぜひ、お考えをお聞かせ願いたい」

「まだ、なったわけではありません」

敵を欺くには、まず味方を欺く必要がある。大高としてはつらい立場だ。

「閣下が、平和主義者であることはわかりますが、そのヒューマニズムが、命取りになると考えます。ハインリッヒ・フォン・ヒトラーの眼には、それが弱さに映り、彼の妄想に火をつけるとは考えませんか」

と、別の外国人記者も追及した。

「ははッ。現在のところ、私の心境は大石内蔵助《くらのすけ》ですな」

外国人記者団にはわからぬ比喩であったが、日本の記者団は理解したようである。

「ええ。次の予定があるので、これで会見を終わらせていただくが、最後に……」

と、大高は言った。

「其の知には及ぶ可《べ》し、其の愚には及ぶ可《べ》からず」

先日、渡辺幸弘中尉に贈った掛け軸の言葉だ。

論語である。漢籍には、はっと気付かせるようなよい言葉がたくさんある。

本物の知恵者というものは、むしろ愚者を装う。これこそ、東洋の知恵であろう。

また、これが、わが国の戦略でもある。

豊葦原瑞穂国《とよあしはらみずほのくに》――日本は葦である。パスカルとはまたひと味ちがった意味において。

『大高語録』に曰く。「日本人は、葦のように生きるべきである」と。「それが、ほんとうの強さなのだ」と。

2

エイブラハム・ケネディ氏との会談は、秘密である。記者会見の翌朝、密かにタクシーを拾った大高は、隅田川水上飛行場に向かい、迎えにきた海軍の複座式水上機に乗り込む。

行き先は土浦であるが、大高は九十九里上空経由で霞ヶ浦へ向かうよう指示した。

ここには、将来的は民間転用が考えられている、海軍戦略爆撃航空艦隊基地がある。

前世にはなかったものだ。当初は、米国から格安に購入した中古のB29で発足したが、これが、印度・蒙古方面に進出した敵第三帝国軍の補給路を叩くのに、絶大なる効果を上げた。

もとより、日本戦略空軍の前進基地は満州その他にあるが、根拠地の九十九里は、西方からの脅威に対抗する重要な拠点である。ここには、要員訓練と機体整備の施設もあって、上空からの視察であるが、その充実ぶりが、大高にも窺《うかが》えた。

「よかろう」

旋回するパイロットに、大高は怒鳴った。

水上機は機首を転じ、霞ヶ浦に向かった。

ここには、軍用水上飛行場がある。湖岸には大型機用の格納庫が並んでいた。

ご承知のとおり、後世日本の航空体系は、世界的にも特異な発達を遂げてきた。なぜか。いろいろな理由があるが、その第一は湖沼の有効利用である。

日本の地形は山岳地帯が多く、平野そのものが貴重な資源である——との考えに基づく。土地が少ないから地価もあがり、これが物価にも跳ね返り、産業の国際競争力を弱めるのだ。

人件費のレベルが低い時代には、製品単価を安く押さえられたが、いずれは先進国並になるであろう。とすれば、その他の要因での様々な工夫がいる。

用意されていたのは、最新型の長距離偵察電子作戦機の紫鳳《しほう》であった。大高は搭乗はもとより、見るのも最初だ。

それにしても、さながら怪鳥を連想させる鋭角的なデザインであった。あの泰山《たいざん》航空工業の創始者にして、天才設計者の東野原一郎《ひがしのげんいちろう》の創った傑作機である。

（こんな機体が、空を飛べるのだろうか）

と、大高は思ったほどだ。

大きな機体を見上げていると、機内から航空服をつけた厳田新吾《げんだしんご》戦略空軍隊《ストラテジック・エア・コマンド》司令官が現れ、タラップを降りてきた。空軍長官《セクレタリー・オブ・ザ・エアフォース》と兼務である

大高に敬礼し、

「ようこそ、閣下。お久しぶりであります。厳田が、新大陸までご一緒いたします」

「これは驚きだ、中佐。いや、すまん、中将でしたな」

と、大高も敬礼を返した。

読者はご記憶だろうか。当時、まだ中佐だった厳田が、あの真珠湾攻撃の作戦計画を立案したのである。

「先ほど上空から拝見したが、あなたは、九十九里におられると思っていた」

と、つづける。

「はい」

厳田の古武士のような引き締まった顔が、白い歯を見せた。

「閣下のために飛行機の手配をせよ、と高野総長に要請されまして、閣下の秘密訪米の件を知ったわけでして。ならばと、私も、米戦略空軍との打ち合わせがあるものですから、ご一緒させていただくことにしました」

「それは、道中、心強い」

厳田はつづけて、

「用事は他にもありまして、ははッ、金持ちのアメリカさんに無心に参ります」

「ほう」

「新たに、B29五〇機を、ただ同然の値段で譲り受ける交渉であります」

「なるほど」

「閣下からも、口添えをしていただけると援かります」

言いおくれたが、厳田中将は、今や日本戦略空軍創設の功労者である。

「むろん、よろこんで協力させていただく」

と、大高は応じた。

「ははッ。最低の投資で最大の効果を上げるのが、われわれの方針だ。大いに国策に合っておりますな」

大高は、にやっと笑った。

「要はここだ」

大高は右手の指で頭をさした。

「はい。省エネ戦は、紺碧会の基本テーゼでもあります」

「しかし、お訊ねするが、中古機でも大丈夫なのか」

「整備の腕次第ですよ」

と、厳田は言った。

「ただし、エンジンだけは、新品のウィトゲンシュタインに換えます」

ご承知のとおり、わが国に亡命してきた天才技術者、ウィトゲンシュタイン氏の発明した航空機用エンジンの評価は高い。

実は、前世戦の敗因の一つは、エンジンの性能だった。ここが、後世が前世と根本的にちがうところだ。

アメリカの強さは、多くの才能を海外から受け入れられるところにあった。社会そのものの質が、ちがっていたのである。

「なるほど」

「米国機は頑丈ですからな。改良を少し加えるだけで、十分、使える兵器になります」

3

など、立ち話に興じていると、準備完了の合図があった。

「どうぞ」

搭乗員に先導されて、機内へ。細長い機内の一角を、遮音カーテンで仕切った個所に案内して、

「乗員仮眠室でありますが、ここをお使いください」

「ほう。特別待遇だな」

「軍用機なので無骨でありますが、耳栓ヘルメットをつければ、多分、閣下ならお休みになれると思います」

「うん。横になれるだけでもありがたい」

「騒音と振動が激しいので、保証しかねますが。なお、閣下のサイズにあわせて飛行服を用意しましたので、着用をお願いします」

指示どおりにしていると、飛行兵曹が彼を呼びにきた。

「閣下。長官が操縦室に来られませんかと言っておられますが……。本機はこれから離水いたします」

「ぜひ見たい」

航空電子戦要員らは、金具で固定した機器の傍らで、安全具付きの座席についていた。

操縦席に入ると、厳田自身が主操縦席についていた。

副操縦士が、

「スタートします」

金属音が耳をつんざく。

機は、ヤードの斜面を牽引されて、ゆっくりと滑り降りると、主翼と尾翼に二基ずつついている滑走浮舟《フロート》の浮力で、水面に浮かんだ。

紫鳳は飛行艇ではない。大型の水上飛行機と言ったほうがいい。胴体は極端に細く、翼の幅も細く、非常に長い機体が特徴である。

事実、大高の印象では、グライダーを連想した。噴式エンジンは、垂直尾翼に一基、主翼に二基であった。

紫鳳は、そのまま、橙色のブイで印をつけた滑走水面に向かい、機首を沖に向けて走り出した。

最初は、水面に対して平行に疾走していたが、スピードが上がると、機首は上に持ち上がった。操縦席の窓からは空しか見えない。が、操縦者は、操縦席下部に取り付けられている反射鏡で、前方の水面を監視することができる。

機は離水した。浮舟《フロート》を機内に引き込む。そのまま急上昇するのかと思ったら、水平飛行に移った。隣の航空士に訊ねると、

「水切り飛行とでも言いましょうか」

と、答えた。

「なんだね？」

「はい。陸上機とちがいまして、水上から離陸するため、機体が濡れます。本機は成層圏機でありますので、用心しませんと凍りつくことがあります」

機は、たちまち、鹿島灘の海岸線を飛び越して太平洋に出た。

やがて、紫鳳は、一万メートルに達し、水平飛行に移った。時速七〇〇メートルで千島列島を北上した。

仮眠室に戻り、大高はうとうとした。

目覚めると、さっきの兵曹が、

「お食事であります」

と、教えにきた。

操縦席の真後ろに、四畳ほどの遮音室があり、折り詰め弁当が用意されていた。

休憩や作戦会議などの用途に使われる部屋らしい。

なるほど、扉を閉めると、大高の耳が、ウィトゲンシュタイン航空エンジンの甲高い爆音から解放された。

厳田も姿を見せ、セロファン紙に包んだ乾燥野菜と乾燥味噌を紙カップに入れ、魔法瓶の湯を注いだ。

「即製味噌汁ですが、けっこういけます」

折りは豚カツ弁当だった。

「陸軍と比べると贅沢だのう」

と、言うと、

「はあ。航空食の場合は、三軍中、一番、単価が高いですからな」

食べ終わり、二人は、粉末コーヒーを飲みながら話に興じた。

厳田によると、着水予定地のスペリオル湖までは、大圏飛行で約九五〇〇キロメートル。千島からベーリング海を抜け、アラスカ、カナダ経由で米本土に入る。

「約十四時間の飛行でありますが、全行程、成層圏を飛びますので、景色を満喫できるとはかぎりませんな」

紫鳳は、敵中深く進入し、高高空からの写真撮影を行う機能があるのだ。

「閣下ならご存じのとおり、満蒙には、数多く湖水があります」

厳田は語った。

「そのとおりだ」

大高は満蒙の地理にはくわしい。

「湖沼でも河川でも、紫鳳なら前進基地にできます。もし、敵に秘密基地が発見されたら、素早く移すことも可能です。そうした特徴を生かして、ウクライナあたりまで潜入飛行ができれば、第三帝国の西部戦域の配備がかなり正確につかめるはずです」

と、厳田は語った。

「うん。敵の配備がわかれば、効果的な戦略爆撃も可能になるな」

と、大高も言った。

つづけて、

「厳田中将。おそらくハインリッヒは、東と西の両面作戦を取るであろう。われわれ亜細亜としては、日満蒙中、および東シベリア共和国が同盟して、敵の侵攻を阻止せねばならん」

「印度からバイカル湖、さらに北極海に至る長大な防衛戦を守り抜くのは容易ではありませんなあ」

厳田も言った。

「だが、大山脈と高原でなる天然の防壁が、われわれにとっては有利だ」

「しかし、逆に、敵ハートランドの防楯となりますぞ」

「まあ、そうだが、亜細亜には、愚者を装い、ハインリッヒに攻めさせるという名手がある。われわれは敵の裏をかくのだ」

「わが戦略空軍が、敵補給路を空から叩く」

「敵は、東へ東へ進軍すればするほど、補給線が伸びる」

「しかし、先の蒙古決戦に懲りて、ハインリッヒも同じ罠には嵌らぬのでは……」

「ははッ」

大高は大声で笑った。

「魔王は愚か者ではない。むろん、それも計算ずみだ」

「となると……」

厳田は言った。「やはり、第三次大戦の主戦場は大西洋となりますか」

「それが太極計画の読みだ」

と、大高は、時々見せる凄みのある笑みを、口元に浮かべた。

「閣下の勘は、よく当たります」

「私の勘では、ドレーク海峡が第三次大戦の天王山《てんのうざん》になる」

「地政学的に同感であります」

「もし、これへの前進基地を作るとすれば……」大高は言った。

「むろん、ツアモツ諸島でしょう」

言下に厳田は答える。

「同感だ」

「ですが仏領です」

「それが問題だ」

今はまだ、偽りとは言え、両陣営は休戦中である。仏本国はハインリッヒの支配下にあるので、めったなことではツアモツ諸島には近付けない。

「実状はどうなのでしょうか」

厳田が訊く。

「うん」

大高は眉を曇らせる。

「宗主国フランスは、島民ら、独立運動派を弾圧しておるよ」

海外植民地の問題が、実は大いに問題なのである。だから、平和とは言え、世界のあちこちでは、内戦が起きているのだ。

本後世世界では、第二次大戦中に独立を果たした仏領印度シナはフランスと、インドネシアはオランダと、熾烈な内戦がつづいているのだ。

この情況は、前世戦後と同じだ。日本が亜細亜で敗れたために、追い出した昔の主人たちが戻ってきたのである。

この事実と、戦勝国によって裁かれた極東軍事裁判の論理と並べて見ると、なんともやりきれない思いがする。つまり、日本を裁いた者たちの論理が、そっくり裁いた彼らに当てはまるからである。

だからこそ、前世第二次大戦亜細亜篇は人種戦争であったと見なすことも、十分、可能なのである。

また、同欧州篇にしても、単にヨーロッパ半島内に林立する先進白人国家間の闘争ではなかったのだ。当然、これにはおまけがついており、勝った者が、アフリカ、亜細亜、オセアニアに、彼ら戦敗国が所有していた広大な植民地を奪い取ることをも、意味していたのである。

「つまり」

と、大高は言った。

「本店を買収すれば、支店も手に入るという構図なのだが、本世界では、右が、前世以上に露骨に現れているのだ」

「植民地の争奪を、現地ではなく、ヨーロッパという植民地帝国の本拠地でやったのが、第二次大戦でしたか」

「まずかったのは、これに日本が勝ち馬に乗るつもりで参加したことだよ」

大高は顔をしかめた。

4

「……だが、いわゆる仏領ポリネシアに問題があるとしても、英領ならば同盟国だろ」

と、大高は言った。

「ピトケアン諸島のことですか」

厳田が言った。

「なるほど、ピトケアン島・ヘンダーソン島・オエノ島の三島からなる」

この諸島は、タヒチを主島とするソシエテ諸島の東側にあり、イースター島の西に位置するのだ。

「どう思うね」

大高は訊いた。

「微妙な位置関係であります」

と、厳田は言った。

こういうことだ。本世界では、南米チリは第三帝国の同盟国であり、イースター島はチリ領である。第三帝国は、「偽りの平和」を利用して、イースター島を太平洋進出の前進基地とすべく、着々と目下、要塞工事を始めているのだ。

一方、フランス本国は、現在、ビシー傀儡政権下にあるので、同じく第三帝国は、ツアモツ諸島をも要塞化している。

従って、ピトケアン諸島は、敵勢力に挟まれているのだ。

「おそらく、第三次大戦太平洋地区での緒戦は、この海域で始まるはずだ」

と、大高は断言した。

「同感であります」

「この防衛をどうするかが、わが太極計画開戦篇第一章でもあるわけだが……」

「閣下はいかにお考えですか」

「うん。先だって、西郷総理が香港でチャーチル首相と会い、この問題を協議したが、英軍一個大隊の派遣を諒承したが、それ以上は無理そうだ。第三次大戦が始まれば、まず攻撃されるのが英本土だ。そこで、日本がこれを守る約束だけはしておる。だが、孤立したこの島の防衛は極めて困難。われわれとしては、開戦と同時にだ、電撃的に、ツアモツ諸島とイースター島を占領する必要がある」

「海軍の仕事ですな」

「第二段階、いや第三段階ではそうでもない」

と、大高は言った。

「まず、南東太平洋が緒戦の戦場となる以上、作戦の第一段階として、ピトケアン島に前進飛行基地を作らねばならん。理由はおわかりだろう」

と、大高は言った。

「太平洋の制海権を安定的なものとするためには……」

「チリ南部にある独潜水艦基地を潰さねばなりません」

「同時に、戦略上の隘路、ドレーク海峡を封鎖せねばならん」

「閣下は、ピトケアン島に、戦略空軍支援のための海軍航空隊基地を作ろうと言うのですな」

「すでに、英軍部隊が工事を始めておる。だが、厳田中将、この紫鳳の基地も、ぜひ、作らねばならん」

すると、

「お言葉ですが、それは無理です」

と、厳田が言った。

「ツアモツ諸島とちがい、ラグーンがありませんぞ」

「果たしてそうかな」

大高が言った。

「ちがっておりますか」

「資料も少ないし、無理もないが、中将は少し勉強不足であるな」

大高は目を笑わせた。

「申しわけありません」

「オエノ島にはあるのだ、実は」

「と言いますと？」

と、大高は教えた。

――オエノ島（Oeno Island）は、ピトケアン島（Pitcairn Island）の北西約一二〇キロメートルにある。

「一八一九年、ジェームズ・ヘンダーソンが発見した島だそうだが、小さな島二つを繋ぐようにリーフでできており、ほぼリング状のリーフの内側がラグーンになっているのだ」

と、大高は教えた。

つづけて、

「今、前原少将に言って、詳しく調べさせているところだが……」

「大きさはいかほどですか」

「直径三・五キロメートルの環礁だそうだ」

「それなら十分です」

「環礁上は、マングローブで覆われておるので、絶好の秘密基地になるという報告が、先日、届いた」

「わかりました。その件は、早速、研究いたします」

「頼む。オエノの基地化は前原少将が行い、ピトケアン島についての英国との交渉は、高野総長に頼んである。だが、あなたにも、開戦前にぜひ、この海域の情況を、よく研究しておいてもらいたい」

5

ピトケアン島についても、わが国ではあまり知られていない。だが、一七九〇年、バウンティ号の反乱者たちが、ポリネシア人とともに逃亡、この島に住み着いた話は、かなり有名である。

位置は、南緯二五度〇四分・西経一三〇度〇六分。面積はわずか五平方キロメートルの火山性の小島で、島頂三一メートルである。断崖に囲まれた地の果てのような場所だ。南に下れば南極大陸である。

「だが」

大高はつづけた。

「ポリネシアの西端のピトケアン島からでも、南米大陸までは、なお、六〇〇〇キロメートル以上ある。イースター島からでも、敵潜水艦基地まで四〇〇〇キロメートル以上ある。作戦第三段階で、イースター島を攻略せねばならんが、仮にこれを陥して空軍基地を作ったとしても、戦闘機の護衛は、航続距離から言っても、とても無理だ」

「はい」

「この件も、あなたの研究課題だ」

「お言葉を返すようですが、難問ですなあ」

「それは、むろん、認めるがね」

大高はつづけた。

「逆の立場で考えると、敵には有利だ」

「ええ。チリ南部の極めて入り組んだフィヨルド地帯の東前面には、まったく、足掛かりとなる島がありません」

「だが、ここの敵潜水艦基地を潰せるかどうかで、戦局は大きく左右されるぞ」

と、大高は言った。

東機関の情報によれば、第三帝国は各種潜水艦の建造に全力を挙げているのだ。

「まちがいなく第三次大戦は、戦略空軍と海中艦隊の戦いとなる。敵のUボートが太平洋で暴れまわるシナリオはありがたくない」

と、大高はつづけた。

「おっしゃるとおりです」

厳田はにやっと笑った。

「やはり、戦いに勝つためには、第二次大戦同様、閣下の奇想天外な作戦が要りなすな」

「おいおい。私だけに考えさせるな」

「ははッ」

彼らは、まったく深刻ではない。

6

紫鳳は、カムチャツカ半島の南端を通過した。少し北には、ペトロパブロフスク・カムチャツキーという長い地名の軍港があるが、第三次大戦前夜の今日、その重要性は薄れたと考えがちであろう。

だが、実はそうでもない。後世世界では、東シベリア共和国の領土であるこの軍港には、同盟国の関係で、最近、日本海軍艦艇も、補給のために入港しているのだ。

なぜか。もし、戦争状態になれば、同盟米国との確実な連絡線が重要になる。とすれば、千島・アリューシャン両列島の島々に、航空基地をたくさん作って対潜哨戒を徹底、安全な航路を確保する必要がある。

第二に、第三帝国が、ユーラシア大陸の北、北極海を抜けて、潜水艦で攻撃してくる可能性が、かなりある。つまり、ドレーク海峡が南の門とすれば、ベーリング海峡は北の門となる。

第三は、北米大陸北方の北極諸島を抜けて、大西洋に抜ける航路がある。すなわち、超戦艦日本武尊の帰還コースがこれであった。

＊日本武尊の帰還コース　参照『旭日の艦隊』文庫版８巻〝英国の栄光〟第七話。

機は、ベーリング海を飛び越し、アラスカに入った。霞ヶ浦から約五〇〇〇キロメートルを飛んだことになる。

内陸に入り飛び続けると、真下にマッキンレー山が見えてきた。

米国国土防衛軍のレーダーに捉えられたらしく、突然、戦闘機が舞い上がってきた。

厳田が巧みな英語で交信、迎撃機は去る。

「まずいぞ」

「見付かりましたな」

「第三帝国のレーダーより、こちらのほうが優秀なんでしょう」

などと、厳田と副操縦士は言葉を交わす。

アラスカ山脈を飛び越し、カナダ領に入る。眼下は晴れ、北極地方の荒涼とした地表が見える。

ユーコン地方である。

さらに、紫鳳は、カナダを斜めに横断しつつ、目的地のスペリオル湖を目差し、飛びつづける。

第六話　臨戦体制暗雲北米大陸

1

スペリオル湖の南岸、ダルースの港に作られた特設大型水上機基地に向かって、紫鳳は高度を落とした。

機窓からの景観は雄大そのものであった。どこまでも森林地帯が広がり、集落は少ない。

まるで海である。琵琶湖など子供のようなものだ。

厳田中将の腕はたしかだった。見事な着水。巨大な怪鳥は、軽々と湖面を走り、速度を落とす。

その奇妙な機体に、湖上の漁業者や鉱石運搬船の船員たちは、驚いた様子だった。

「湖水と言うよりは内海と考えたほうがよさそうだ」

と、操縦席で、着水の様子を見ていた大高は言った。

滑走を副操縦士に代わった厳田は、

「五大湖中最大。淡水湖としては、世界最大ですからな」

と、応じた。

湖面標高は一八〇メートル。最大水深四〇六メートル。かつては孤立していたが、セント・メアリーズ川と運河でヒューロン湖と繋がると鉱産物や穀類の輸送に重要性を増した。ただし、航行できるのは八ケ月ということである。

「スペリオルの語源は、『上の湖』（Lac Superieur）に由来し、フランスの毛皮商人が名付けたそうです」

と、厳田が教えた。

「開戦後、琵琶湖もしくは霞ヶ浦とスペリオル湖を結ぶ航路は、重要さを増すとは思うが、四ケ月の氷結期間が問題であるな」

との大高の質問に、

「全部は凍りません。ダルースは一番南にあるので、離着水面の氷を特殊な砕氷船で砕く方法を考えております」

と、厳田は答えた。

さらに、付け加えて、

「確かな情報ですが、開戦に備えて工場群が西部に移転したので、製品の輸送に五大湖の水運は重要になります。従って、一年を通じての輸送路を確保するため、砕氷船の投入が計画されているといいます」

「それは援《たす》かる」

というのも、開戦後は、五大湖中もっとも西に位置するスペリオル湖は、日本にとっても重要な基地となることが予想されるからであった。

日米が結束して、ハインリッヒの欧州帝国に立ち向かわんとしているのが、後世世界であるから、前世とはまったくちがう世界になっていることを、ご理解いただきたい。

このスペリオル湖だけではなく、五大湖全域にわたり、日本海軍は、水上機・飛行艇基地の設置と運用を認められているのである。

「五大湖だけでも総面積二四万五三〇〇平方キロメートルもある」

と、大高は言った。

「中学のころの地理の授業を思い出すのう」

大高はいささかはしゃいでいた。

「上流から、スペリオル、ミシガン、ヒューロン、エリー、オンタリオだ」

この五大湖地方は、北アメリカでも比較的早い時期から開拓が進み、豊富な鉱物資源や農・牧畜業、水運に恵まれ、シカゴやデトロイトなどの大都市を成長させたのだ。

紫鳳は岸に近付く。近くにメサビの鉄鉱山があるので、ダルースは積み出し港である。

やがて、桟橋に着く。一行が上陸すると、例のグルー氏が出迎えていた。

大高は、厳田新吾中将を紹介し、

「これから、いろいろとお世話になると思うのでよろしくお願いします」

つづけて、

「このかたは大の知日派だよ」

と、厳田に向かって、

「多分、新大統領の元で閣僚になられるかただ」

二人は、堅い握手を交わす。

「グルーさん。意外に、ここは、工場の空き家が少ないですなあ」

大高が質した。

「むしろ、その逆ですが……」

「開戦に備えて、五大湖周辺の工場群は、西部に移っておることは、すでに申し上げたが、ここまでは敵機も侵入できますまい。内陸に入り込むと、堅固な防空陣地の餌食にされます」

と、グルー氏は冷静な顔つきで答えた。

つづけて、

「第三帝国は、開戦に備えて新型の大陸往還超重爆撃機の開発にしゃかりきになっているが、ここまで来て帰還できる機の開発は、彼らの技術では、到底、無理でしょうなあ。むしろ、われわれのほうが、一歩も二歩も先んじております」

「しかし、あの大きな空き家の工場は？」

「ははッ。ご存じない？　日本の企業が買収したものですぞ」

「ああ、あれが」

大高はうなずく。

「閣下」

厳田も言った。

「大西洋で戦うわが軍のために、供給される糧秣《りょうまつ》の生産工場があれにできます」

「他にも、西海岸への日本企業の進出は、数多くありますぞ」

と、グルー氏も言った。

こうした、企業移転は、必ずしも豊かな国、米国の戦時景気を当て込んだわけではないのだ。

「閣下、日本企業の工場移転計画は、あなたの構想だったとうかがっておりますぞ」

と、グルー氏が言った。

おそらく、戦争になれば、敵は大規模な潜水艦作戦を実施し、米大陸封鎖を行うであろう。もし、太平洋が、敵Uボートの活躍舞台になれば、日米そのものが引き離されることになる。だが、日本も工場を米国に移してしまえば、製品の輸送だけで済む。

右の例だけでも、これから始まる第三次世界大戦の様相が、第二次大戦時とは、がらっとそのイメージが変わるらしいことが、理解されるであろう。

産業地政学とでも言うべきか。産業の構図が、根底から変わってしまうわけだ。

つまり、戦争だけを切り離して、戦争を考えることは不可能だということ。すでに、後世世界では、強大な敵の脅威に直面して、一種の国家融合とも言うべき現象が起きているのである。

2

警護付きの車でダルースの駅まで行き、ミネアポリス行きの列車を待つことにした。

ステーションの食堂で、ビールを飲《や》りながら休憩していると、黒い制服に身を包んだ、威勢のいい一団が入ってきて気勢を上げた。

大高が思わず眉を顰めると、

「気にせんでください」

と、グルー氏が言った。

「何者たちですか」

「わが国は言論・思想自由の国ですからな、いろんなカルトがある」

大高は驚いたが、グルー氏によると、全体主義を支持するグループだという。

やがて、警察官が現れ、騒いでいる彼らを解散させた。

が、ひとしきり、それが話題になった。

「オトマール・シュパンをご存じですか」

と、グルー氏に聞かれ、

「ええ、一応は」

一九三八年に、白揚社という出版社から、『全体主義の原理』という題で、翻訳が出ていることを、大高は覚えていた。

普通、全体主義（totalitarianism）という時は、イタリア・ファシズムの最高指導者ムッソリーニが、一九二四年ごろから運動目標として掲げた「全体主義国家」の概念を指して言うようである。

この場合、ムッソリーニのそれは、協同組合主義的イメージを持った全体主義である。

これが、民族主義的色彩の濃い、後発のナチズムに広がり、さらにスターリン体制をも意味するようになった。

また、これを最初に弾劾したのは、一九二三年十一月二日のロンドン・タイムス紙だったとされる。

さらに、前世第二次大戦後では、冷戦構造下、自由主義を擁護し、共産主義を非難する言葉としてもっぱら使われた言葉である。

言葉というものの怪し気なところは、こうして、善と悪の価値観が、いつの間にか付着することである。社会状況によって、その意味が変容するということ。

一方、O・シュパン（Othmar Spann）であるが、生存は、一八七八年～一九五〇年であるから、A・ヒトラー（一八八九年～一九四五年）とは、同時代人である。

彼は、政治家ではなく、オーストリアの社会学者・経済学者。小さな製紙業者の息子として生まれた彼は、大学では国民経済学を学び、一九一九年から三八年までウィーン大学の教授であった。

なお、邦訳は、彼の『戦闘的科学』（Kampfende Wissenschaft）の「社会学」と「哲学」を抄訳したものである。

ヒトラーは、この約一〇歳年上のシュパンを知っていたはずである。なぜなら、同書は一九三四年の出版だが、彼の学問的業績とされる『真正国家論』(Der wahre Staat) は、一九二一年に上梓されたものだ。

つまり、ヒトラーがナチスを結成したのは一九一九年であるし、ミュンヘン一揆に失敗した年は二三年であるから……。また、獄中で彼は、あの『我が闘争《マイン・カンプ》』を執筆するのだ。

「シュパンは、独逸ロマン主義の影響を強く受けた人物でした」

と、グルー氏は言った。

「個人主義に対立させ、全体性を強調しつつ、自由主義社会観を批判したし、部分的にはマルクス主義の全体性を認めつつも、これを経済に限定したものとして批判しました」

「彼は身分制国家論の立場に立ち、保守主義とファシズムに影響を与えた学者でした」

と、大高も言った。

なお、彼の影響を受けたとされる、E・ドルフスは、ヒトラーのオーストリア合併に反対してムッソリーニに接近するが、オーストリア・ナチ党の手で、首相官邸で暗殺された(三四年七月二十五日)。このことからも、ナチズムとは一線を画し、イタリア・ファシズムに近いものと思われる。だが、ナチ思想の形成は、おそらくシュパンなくばあり得なかったはずである。

「シュパンの思想のモデルは、どうも古代社会ですなあ」

と、大高は言った。

「おっしゃるとおりですな」

グルー氏もうなずく。

「古代ゲルマン社会であり、亜細亜的な神政制度」

「ええ。あるいは、団体的・組合的・職分的・民族社会的特徴。マルクスは原始共産制をモデルにしているが、シュパンは古代ゲルマン社会をイメージしています」

と、大高も言った。

わが国にも当てはまる。天皇親政のイメージは、古代日本の復古であった。

シュパンは語る。「全体主義は精神的全体としての社会の概念から出発する」と。

ひと言で言えば、「精神共同体としての国家建設」が、彼の理想となる。この思想は個人主義の否定であるし、マルキシズムの否定でもある。また、シュパンが機械主義と呼んだ、科学万歳主義の否定でもある。

ある意味では、至極、もっともなのである。この考えが、わが国に受け入れられたとしても不思議ではない。

国民が国家と一体となり、国家目的のために働く。この「国家」という言葉を「会社」に置き換えると、前世戦後日本の姿になる。つまり、社員が一丸となり会社に尽くす――これが、会社主義である。

「おそらく、ロマンチックな理想を、彼は国家に求めた。しかし、理想と現実の乖離《かいり》に彼は気付かなかった」

と、大高は、反省の気持ちを込めながら言った。

つづけて、

「シュパンは、近代国家という存在が、絶大な権力機構であることに、気がつかなかったのではないでしょうか」

いったん、権力の座につけば、支配者が、なんでもできてしまうのが全体主義なのである。

「だから危険だ――と言える。指導者が賢人グループであればいいが、現実はその反対になる。暴力が勝る。狂気が勝るのです。ヒトラー一味の心理構造を分析するとわかりますが、彼らには精神病質的な傾向が見られます。この分析結果こそが、われわれが、ヒトラーと戦うことを決意した、第一の理由なのです」

と、グルー氏は言った。

3

発車時刻がきた。座席は一等である。ミネアポリスまで、地図で見ると近そうだが、実際は三〇〇キロメートルもある。

車窓の外は丘の連なる穀倉地帯である。日本は夜のはずだが、こちらは真っ昼間だった。

大高は機内の簡易ベッドでかなり眠ってきたが、厳田中将は疲れたようだ。顔に帽子をかぶせて眠り込んでいた。

大高は、隣り合って座ったグルー氏と、ふたたび話し込む。

話題は、いわゆる「ドイツ人の謎」についてであって、彼らが、なぜ、ヒトラーのような特異な人物と、その一党に、国家を委ねるようになったか。

大高は言った。

「わが国も、その前世は、全体主義国家と言われますが、第三帝国とはちがい、独裁者はおりません。国民の意思は反映されなかったかもしれないが、首相の交代があったわけですから」

「それは言えます」

と、親日家のグルー氏は言った。

「ヒトラーは最後まで戦ったが、日本は負ける前に休戦交渉の動きがあった。これは、権力中枢に理性が残っていたからだと思います」

グルー氏はつづけた。

「独裁者を定義する一つの方法は、妄想の有無です。行動的パラノイアとでも言いましょうか」

妄想とは、訂正不能の誤った信念のことである。社会の常識、あるいはどんな説得にも応じない信念の持ち主が、独裁者の性格である。

この場合は、傍目には正常である。パラノイアは人格の崩壊を伴わない特徴がある。むろん、単なる頑固な性格なら、世間にもままある。

普通、妄想患者は、内に閉じこもるものだ。彼は幻想の世界で、自己の欲求を満足させる。だが、独裁者の場合は、どうも彼自身の妄想と、彼の属する社会そのものの妄想・気分が、シンクロナイズするのである。

つまり、ヒトラーの出現は、必然であったわけだ。ヒトラー個人の妄想が、第一次大戦戦後の社会にみなぎっていた、不安・幻想・防衛機制・理想といった社会無意識と合致したのである。

極めて生育史的に個人的な妄想が、時代の悪さで、社会化することはままある。たとえば、フランス大革命恐怖政治の立て役者、ロベスピエールの場合は、その幼児期に父親の虐待を受け、圧迫者と男性的要素に強い憎悪と敵意を抱いていたと言われる。こうした彼個人の問題が、たまたまアンシャン・レジーム崩壊期のフランス民衆の集団心理と共鳴する。

穏健な時代であれば、個人に留まっていたはずの攻撃性が、革命・テロルの時代では、社会によって正当化されるのである。

むろん、こうした精神医学的政治学が完全に正しいとは言い切れないが、いわゆる独裁者たちの、常識を以てしては理解できない、残虐な行動を説明する一つの手掛かりにはなる。

スターリンの場合も、彼の異常な粛清癖は、彼個人の陰謀妄想によるものと理解される。決して、国家システムの維持のために必要だったわけではない。極めて個人的な動機と妄想が、公共の名において血の粛清（一九三六年〜三八年）を行わせたのだ。この時、スターリンは、赤軍元帥五人中三人、軍司令官一五人中一三人、軍団長八二人中六〇人、師団長一九五人中一一〇人を処刑するのである。

4

「『The Mind of Adolf Hittler』と題された研究がありますが……」

と、グルー氏が言った。

この文献は、W・C・ランガーが、戦時中に米国作戦局（OSS）の依頼で行ったヒトラーの心理分析である。これは非常に興味深い内容であるが、邦訳が出たのは一九七四年である。有名なルース・ベネディクト女史の日本人の心理と文化研究『菊と刀』といい、敵の心理分析まで行なってしまうのが、アメリカ人の凄いところだ。

「前世ヒトラーの最期は自殺でしたが、これもランガーによって予想されていたことでした」

と、グルー氏はつづけた。

実は、この問題は本シリーズを通じて、すでに述べられているが、どうも、アドルフの場合は、厳格だが家族に思いやりのない父と慈愛溢れる母親に育てられ、エディプス期に失敗した精神病質人格だったようだ。

「彼の不幸は、手本となる父親像に恵まれなかったことでした」

グルー氏は考える目をした。

「父親の役割は重要ですな、たしかに」

大高も考える目をした。

「手本となる父に恵まれなかったために、空想の父像を求めた。それが、独逸にはいたのですな。あのフリードリッヒ・ヴィルヘルム・ニーチェの『超人』でした」

ある研究によれば、ニーチェの思想は、進行麻痺による性格変化、多幸気分と恍惚状態、批判力低下の産物とされる。

むろん、だからと言って、彼の業績を貶《おとし》めるものではないが、強制収容所から帰還したある精神医の「マイダネックもトレブリンも、ほんとうは哲学者の机上で準備されたのだ」という言葉を忘れるわけにはいかない。

「不幸なことに、ヒトラーの家庭は、ドイツ社会では一般的に見られる傾向だったのです」

と、グルー氏はつづけた。

「カントやヘーゲルを生んだのが、独逸でした。彼らの文化は体系的ですな」

大高は言った。

「だが、ある研究では」

と、グルー氏は言った。

「体系的と言うことは一面では、妄想をも体系化する」

「なるほど、体系化された誇大妄想ということですな」

ナチズムのアーリア神話の数々がそれだ。

「ほかにも、地位への執着・被害者意識・ユーモアの欠如・神秘主義・他国への過度な猜疑心があるともいわれますな」

もとより、国民性と言われるものは、どの国民にも民族にもある。だが、暗いゲルマンの森が育んだそれは、たしかに特異ではある。

（わが国はどうだったろうか）

大高はふと思った。

日本のファシズム理論家の大川周明《おおかわしゅうめい》の場合は、進行性麻痺の発症前期ないし停止期であったという説もあるが、ナチ党首脳のように、全員が精神的・心理的な異常性を持っていたわけではない。

にもかかわらず、戦前の一時期、わが国は、独逸に気質の類似性を見出したようだ。しかし、国民がヒトラーを支持したように軍閥を支持したかといえばそんなことはなかった。

むろん、残虐行為のあったことは否定できぬだろう。だが、ナチスが国家計画として行ったようなジェノサイドはなかった。

むしろ、日本のそれは、社会そのものの後進性に問題があった。社会的抑圧装置のタガの外れた外地・戦場において、個人的な情動が暴走したものと考えられぬだろうか。侵略軍の蛮行は、過去、多く事例がある。

軍紀は厳しくなければならぬのに、それが放任されていたのだ。これは、軍組織そのものの体質に重大な欠陥があったからである。

日本社会そのものが、未熟だったのだ。クーデター後、大高がもっとも腐心したのが、日本社会と、それを構成する個々人の成熟であった。

大高が、クーデター直後、実行したのが、大陸からの撤退であった。その直接の動機は、未成熟な個人からなる未成熟な軍隊を国外に出すことの危険性に、気付いていたからである。

「そういえば、独逸の古典的精神医のE・クレッチマーが言っておりますな」

と、大高は言った。

「『精神病質者は常に存在する。ただ、平穏な時代にはわれわれが彼らを鑑定するが、動乱の時代には彼らがわれわれ（正常者）を支配する』と」

大高はつづけた。

「生死が日常化する戦場では、正常な精神も狂いますからな。正常者の理性も倫理観もおかしくなる。まして、個人の確立が未熟な社会では、集団の力に屈しやすい。いわゆる集団心理というやつですが、未熟な個我で成り立つ日本のような社会はヒステリー状態になりやすい」

「あなたが、陸軍を縮小し、海軍力で戦ったのは、正解でした」

と、グルー氏は言った。

つづけて、

「こういう例があります。集団療法というものが、よく精神病院で行われるわけですが、この時、リーダーシップをとるのは、圧倒的に妄想患者なのです」

「混乱した、戦場は、一種の精神病院になりますものなあ」

と、大高は言った。

「もし、上位者に妄想傾向のあるものがおれば……」

極限状況下では、あらゆるものが敵に見える、被害妄想に陥ることは考えられる。かくして、見境のない虐殺も起こり得るであろう。敵が、ゲリラ化している場合は、こうした心理は強まる。

「そう考えるなら、戦争はしてはならない」

と、大高は言った。

5

グルー氏はつづける。

「われわれの前世学から得た結論ですが、敗戦はしばしば社会から父性原理を奪います。男たちが自信を失い無気力に堕ちる。社会精神分析学的にこれが深刻な後遺症となります。あなたの試みた前世裁判でも触れられたが」

グルー氏は、ちょっと言葉をとぎった。

「前世で敗戦国民となった日本人は、なぜ、敵将ダグラス・マッカーサーを、父のように慕ったか。彼は、日本人の父としての役割を完璧に演じたからです」

それは言える。彼はスターリンのような恐ろしい父ではなく、慈父であった。

彼もまた、そのように振る舞うことに満足していたようである。

おそらく、占領軍最高司令官がマッカーサーでなかったら、日本の戦後もずいぶん変わっていたであろう。

マッカーサーが、多くの人々に惜しまれながら帰国した後は、アメリカ国家そのものが、敗戦によって象徴化された天皇に代わり、深層心理的意味での父、つまり日本精神分析的な意味での「父の役割」を担ったのである。

かくして、前世戦後の日本人は、祖国を母となし、アメリカを父として、廃墟の中から復興したのだ。

右の解釈は、歴史精神分析学的であるが、マッカーサー統治の意味を正しく解釈し直さなければ、日本の戦後史は憲法問題を含め、何一つわからない。

歴史というものは、事象の羅列だけではあまり意味がない、と言える。なぜなら、歴史を現象させるのは、深層心理なのであるから……。

寄り道を戻して、

「しかし、第一次大戦戦後の独逸はちがいました。ワイマール時代は、独逸社会から父性原理を奪った。あの時代の戦後は、独逸人にとっては、父性喪失の時代だったのです。やがて、そのこと、恐ろしい結果をもたらす。すなわち、父性喪失の社会心理が、ヒトラーの独裁を実現させるのです」

　と、グルー氏は言った。

「同感ですな」

　大高はうなずく。同じことを彼も感じていたからであった。

「その反動として、彼らはヒトラーに欠落した父像を求めたわけですな」

　と、大高は言った。

「だが、最期を遂げる直前に、ようやく、エヴァと結婚する。それまでは、独身をとおしたわけですから、ヒトラーは父であったことはなかった」

　と、グルー氏はつづける。

「むしろ、彼は、ドイツの国土を母と見なし、彼のライヒと結婚したのでした」

　大高は訊ねた。

「問題は、前世ではなく後世ヒトラーの非常に特異な性格です。アメリカは、どう見ておられるのですか」

「それが問題です。多くの点で、ハインリッヒはアドルフに似ております。しかし、アドルフではない」

　グルー氏は、その目を暗くした。

「彼もパラノイアですか」

　と、大高は訊いた。

「多分……と言えます。しかし……」

　言葉を濁す。

「確定的ではない？」

大高は、相手の目を見る。

「ゲルマン原理による世界統一という、確信的信念に彼は取り付かれているのは確かです。宿敵スターリンを倒し、今度はわが新大陸とアジアを狙っているのも確かです。決して、彼は、妥協しません。世界征服欲は、彼の確信体系であるから。ただ、この過程で、アドルフはドイツを道づれにしようとしたが、彼は世界を道づれにすることも辞さぬでしょう」

「ハインリッヒの妄想の質を、われわれは、どう理解すべきでしょうか」

大高は、重ねて質した。

「相手の心理がわかれば、戦いかたも考えられる」

「それが、実はよくわかりません」

「……」

「が、多分、それはもっとも恐ろしい妄想であって、世界崩壊願望ではないでしょうか」

一瞬、大高は黙りこくった。

「ニヒリズムですな」

「単にニヒリズムならいい。彼のそれは、人類史上最強のニヒリズムと言えます」

6

グルー氏は、大高に、「アメリカには、『ヒトラー学』というものがある」と、教えた。

「われわれは、『メタ・ヒトラー学』あるいは『ヒトラー症候群』とも言うべきジャンルを研究しております」

グルー氏はつづけた。

「大高さん。あなたも感じておられるように、後世大戦は、単なる戦争ではありませんからな」

「単なる戦争ではない――という意味は、メタという意味ですか。私も後世大戦は、『メタ戦争』であると、最近、ようやく思えるようになりました」

「それでいいと思います。戦争は単に戦争ではないのです。世界に戦争を起こす、いや現象させる真因を見つめなければならない。理性の働く意識面だけで平和を論じても、この問題はだめなのです」

大高は黙りこくる。歴史を現象させるのが人間だ。その人間が問題なのである。なぜか。壊れた理性機械――それが人間というものであり、われわれが住むこの世界そのものが、巨大なる精神病院になっているのだ――というイメージが描けてこそ初めて、この問題が理解される。

果たして、憲法学者が、平和維持の使徒たり得るのかどうか。所詮は紙に書かれた約束事だ。その矛盾や整合性を論議するのが、憲法学者の仕事であろう。憲法とは、一種の契約に過ぎず、これを仮に破ったところで、法律的に罰せられるにすぎない。だが、戦争というものは、本質的に物理的破壊力である。いったん、この戦争機械が動き出せば、国際条約を含めた一切の約束事は、その究極では無力である。

たとえば、大災害をもたらす大地震や台風を、法律で防ぐことができるだろうか。それはできない。なぜかというと、地震も台風も物理的な力だからである。

戦争も物理力なのである。

「いわゆるルール、社会の規則が、あまねく全人類に守られればよいが、われわれ人間のなかには、例外がおります」

と、グルー氏は言った。

「たとえば、妄想患者です。彼の壊れた脳の中で紡ぎ出された妄想が、個人の夢に留まっていれば、われわれの世界も社会も安全です。平和に日々を送ることができる。ところが、クレッチマーが言ったように、動乱の時代には彼らがわれわれを支配するのです」

そう言って、グルー氏はいらだつ目をした。

「妄想は感染しますからな」

と、大高も言った。

「伝染病は病原菌で伝染するが、妄想感染の機構は、それとちがう。妄想の感染は同調、つまりシンクロナイズで起こる。人間の脳が、いかに弱いかの証明になりますが、ナチズムとは、まさに、ヒトラーという一個人の妄想に、独逸社会がシンクロナイズした典型例と言える。前世日本も同じメカニズムだった、と思う。ヨーロッパ半島の一角で起きた妄想に、われわれ、ユーラシア大陸の反対に住む者までが感染したわけですから」

「一人アメリカだけが、理性的であったかというと、決してそうではない。ここだけの話にしていただきたいが、ルーズベルト氏もスターリンの妄想にしてやられた」

と、グルー氏も言った。


さて、精神医学的にいう「妄想」とはなんぞや。妄想症《パラノイア》は、独語ではParanoiaである。この病気の患者は、ゆるぎなき妄想体系を抱きつづける。

妄想の内容は、血統・発明・宗教・恋愛妄想などの誇大妄想のみならず、好訴・嫉妬・心気・迫害など、様々であるが、共通するのは体系的で、彼の主張は、それなりに首尾一貫しており、論理的である。

発症は分裂病とは異なり比較的おそく、四〇歳ごろからが多いと、医学書にはある。

思考・意欲ともに正常で、人格崩壊もなく、幻覚症状もない。

従って、世間からは変わり者ぐらいに思われ、社会にちゃんと適応しているケースが、多いと言われる。

「どちらかと言えば、人間関係が希薄ですが、ベルヒテスガーデンの総統要塞に籠もりがちのハインリッヒに、よくあてはまる」

と、グルー氏は言った。

心理傾向は、無機的・記号的と言われるが、現代社会の性格にも一致する。よく、パラノイアが現代都市と親和性を持つ――と言われる所以である。

具体的な例をあげると、わが国では、八七歳まで長生きした葦原将軍（本名、金次郎。嘉永三年――一八五〇年生まれ）である。

巣鴨病院や松沢病院に入院していたこの人物は、自ら将軍と称し、大礼服に身を固め、謁見料をとって見学者の拝謁を許し、あたかも皇帝のごとくお言葉を賜ったと言われる。

一面、その謁見料で菓子などを買い、配下の患者に分け与えるなど、愛らしい一面もあったようだ。

もっとも、診断は、パラノイアの他、パラフレニー・統合失調症《スキゾフレニー》・躁病、あるいはそれらの混合精神病など様々である。

自作の大砲で敵軍を攻撃するなど、今日であればパフォーマンスとして受け入れられそうな奇矯な振る舞いもあったらしい。

また、勅語による収入で猫を飼い、六畳の部屋に住み、他人の入ることを好まず、始終、不潔であったという。

なお、昭和十二年に他界したが、戒名は、至天院高風談玄居士といい、はなはだ、この人物の

生前にふさわしい。（参照『精神医学事典』〈弘文社刊〉〝葦原将軍〟の項による）

さて、妄想症患者《パラノイア》は、院内のボス的存在になりやすい——とは先に述べたが、一般社会でも、情況次第では、その社会の無意識に、同調《シンクロナイズ》してしまう……。

これが、右例のように隔離されていればいいが、必ずしもそうではない。

山中に引きこもった人民寺院事件のような例。あるいは刑務所などの例。

のみならず、国家そのものが隔離状態になるケースすらもままあるのだ。現にそうした例は、われわれの身近にある。

断定はできないが、ヨーロッパ半島中央で発展が遅れ、海洋に恵まれず逼塞していた国、独逸の情況は、右のような環境にあった——とも考えられる。

というわけで、ヒトラーの人格をパラノイア的と見なせば、この独裁者の出現理由も、一応、説明がつく。

「むろん、多分に偶発的に起こった第一次大戦の敗戦がなければ、あの戦後の特殊な情況も起こり得ず、ヒトラーとナチズムが台頭してくることもなかったと思う」

と、グルー氏は語る。

「わが国は、第一次大戦では戦勝国側についたが、独逸の場合は、列強が、懲罰的に科した賠償金は膨大でしたからなあ」

と、大高も言った。

「たしかに、やりすぎでした」

「つまり、戦後処理の誤りが、第二次世界大戦の悲劇をもたらした、と言える」

すると、

「日本もですぞ」

と、グルー氏は言った。

「日本は勝つ側についたが、その後、極東と呼ばれるユーラシアの外れで、孤立化した」

「そのとおり」

「国際連盟脱退がまずく、日本は孤児となってしまった」

「しかし」

と、大高は応じた。

「私は、政権をとると、すぐに日英同盟の復活を目差したが、その理由がそれです」

「たしかに、妙手でしたな。あなたは、これを足がかりに、対米和平まで成功させてしまった。お見事な戦略でした」

「自国を、閉鎖情況に置くことの危険性は、妄想が跋扈《ばっこ》することを意味しますからなあ」

と、大高は言った。

つまり、蛙が井戸の中で、唯我独尊になるということ。

国際社会の複雑な関係を知らず、つまり国際情報の不足が判断を誤らせた。日本は、赤い国ソ連の恐怖に戦《おのの》き、大陸への進攻を始めてしまうのである。

だが、あえて、ひと言申し添えたい。

実は、日英同盟の破棄は日本ではなく、英国からなされたが、これを背後で画策したのは、どうやら米国だったらしいのである。

もし、日本をして、英国と結びつけておけば、決して独逸との同盟はなかったはずである。

さらに歴史を推理すれば、すでに米国には、英国追い落としの陰謀とまでは言わないが、国家戦略があったのであろう。

因《ちな》みに、対日戦争秘密計画を「オレンジ計画」というが、それだけではない。同時期、米国には、対英戦争計画すらあったのである。

——その名を、「レッド計画」という。

第七話　大高密談A・ケネディ

1

コンパートメントから、グルー氏は姿を消した。ドアの外、通路には米国陸軍の制服をつけたMPが、両足を開いて床を踏ん張り、両手を後ろに回して立っていた。

日本人とはちがい、体格が立派で、いかにも強そうである。

大高は、ドアを開き話しかけた。彼によると、ミネアポリスの由来は、スー・インディアン語の「水」を意味するminneにギリシャ語のpolisをつけたものらしい。

大河ミシシッピー上流の西岸にあり、対岸のセント・ポールとは双子都市をなす。

また、ミネソタ州は、「一万の湖水の州」と呼ばれるほど湖水が多いが、かつてここが氷河に覆われていた時代の痕だそうだ。

「一八八〇年代までは世界の製粉都市と言われておりました」

と、ミネソタ訛《なまり》の彼は自慢した。

近くにセント・アンソニーと呼ばれる滝があるらしく、その水力を利用しての製材・製粉事業につづき、農業機械や精密工業も発展して行ったらしい。

「今は農業だけではなく軍事景気ですよ」

と、彼は話した。

読者はご記憶だろうか。ミネアポリス郊外のとある穀物メジャーの話を……。右の何気ない会話の中にも、実はアメリカ農業の実態が影を落としているのだ。

気候は湿潤大陸性気候で、数ヶ月間、根雪がつづくそうだ。

大高は、礼を言って、ドアを閉める。厳田中将が目を覚ました。

「そろそろ着く」

と、大高は教えた。

「こうして地上を走ると、この国の広さが実感できますな」

と、厳田は言った。

森と丘。開かれた耕作地。ミネソタ州だけでも、約二二万平方キロメートルもある。

大高は実感した。日本と米国の戦争は、面積だけで比べれば、合衆国の一州がアメリカ全土に逆らったようなものだった。到底、資源的には勝ち目がなかった。米国にしてみれば、端《はな》から勝つつもりだったろうし、日本人はこの国の大きさを知らなかった。
＊穀物メジャー（『旭日の艦隊』文庫版３巻〝影の帝国〟第二話）

2

しばらく、巨大な大穀倉地帯の景観を、大高は眺めていたが、思いついたように、厳田に向かって、

「『ミネソタ多面人格目録』と呼ばれる、質問形式の人格検査のあることをご存知ですかな」

これは、ミネソタ大学で開発されたものだ。

「むろんです。わが戦略空軍では、要員を適材適所に配置する参考資料として、Minnesota multiphasic personality inventoryを採用しております」

「あ、そうでしたな」

と、大高はうなずく。

この検査は、五五〇の質問からなり、抑鬱性・ヒステリー・社会的向性などを調べるものだ。

「実は、あなたの眠っている間、グルー氏とヒトラーの人格について話しておった」

と、大高は言った。

「私も、夢うつつに聞いておりましたよ」

と、厳田も言った。

大高は、

「グルー氏によると、この世界のミネソタ大学では、『ヒトラー学』というものが、盛んに研究されているらしい」

「いかにも米国らしい。アメリカ式の『敵を知り己を知らば……』の研究は、具体的かつ科学的ですなあ」

と、厳田は感心した。

「この国では」

と、大高は言った。「戦争が武力と武力の戦いだけではない。心理と心理、あるいは文化と文化の衝突であるとの考えがある」

「学ばねばなりませんな。前世は精神論で戦ったわれわれとしては」

「こと戦争にかぎらず、米国は、外交交渉にしても、巧みに心理の弱点をついてくる」

と、大高は言った。

それから、大高は、さきほどの話を、厳田にも伝えた。

「ぞっとします。正常とは言えない人格が、この世界の支配者になるとしたら」

と、厳田は肩をすくめた。

「『世界没落体験』というものがあるそうです」

と、大高は教えた。

独逸語でWeltuntergangserlebnisという長い単語で表されるこの病態は、①世界が今や崩壊に瀕している。②いや、すでに滅亡してしまった。③世界の森羅万象が命を失った。④最後の審判がいよいよ始まった。⑤世界革命が勃発した——など、周囲の劇的変化が絶対的確信となって迫ってくる特異な妄想である。

「分裂病の急伸期に起こることが多い——と言われるが、むろん例外もある。グルー氏は、ハインリッヒ・フォン・ヒトラーの深層心理には、こうした厄介な妄想があるのではないか、という」

「そんな男に、この世界が支配されるのはたまりませんなあ。ニヒリズムですか」

「まあ、有史以来最強のニヒリズムと言えるでしょうなあ」

否定妄想・虚無妄想の極端な例とも言えるらしいが、分裂病初期だけではなく、鬱病でも、あるいはテンカン性精神病にも現れることがあるそうだ。

「ヒトラーの渾名が『カーペット喰い』と言われる調査からも、あるいは——とはグルー氏の話だが、どうも、わが国には少なく、しかしキリスト教文化圏とは親和性があるようです」

たとえば、『黙示録』である。

「しかも、この患者は、世界崩壊の立会人だけではなく、新時代の誕生を予感する。自分が世界の中心者となり、至上者と合体する感覚すらある。そう聞くと、まるで『ツァラトゥーストラ』

の世界だ」

　と、大高は言った。

「ニーチェですな」

「後世ヒトラーが、すでに、世界救済者妄想にとりつかれているなら、事は重大です。もはや、だれにも彼を止められない」

「ハインリッヒが、ベルヒテスガーデンに宗教都市を建設しているとの情報は、聞きました」

　と、厳田も言った。

（破壊→再建）の公式は、印度にもある。印度の最高神はシバである。

「この世界を完全に破壊し、自分は、彼の神に選ばれたノアとして箱船に乗るつもりかもしれませんぞ」

　と、大高は言った。

「核戦争の実態を、ハインリッヒは知らぬのですな」

　と、厳田は言った。「死の灰に覆われた地球では、人間はおろか生物すらも死に絶えるのです。彼は、そうした世界の終末を、望んでいるのでしょうか」

「望むのではない、妄想しているのだ」

　と、大高は言った。「北欧神話の最後の決戦をイメージしておるのではないか。終末とは恍惚の極地なのです。人類最後の日を、ハインリッヒは、ボリューム一杯にしたワグナーを聞きながら、迎えることを望んでいるにちがいない」

　大高はつづけた。

「とにかく、最悪の人格を、われわれの世界が作りだしたと言える。ハインリッヒ・フォン・ヒトラーは、われわれの世界の産物なのだ。この後世世界が、極めて精神病院的な世界であるとの認識を、最近、私は、ますます強めておるが、ある意味では、ハインリッヒ・フォン・ヒトラーこそが、精神病院世界的に変容した二十世紀世界の、最高傑作ではないだろうかと、思うことすらあるくらいだ」

「彼は最高傑作なのですか」

厳田は顔をしかめた。

「いや、むろん、レトリック的言い回しだよ、厳田中将」

「それならわかりますが……」

「負の最高傑作と思うわけだ」

大高は、また、つづけた。

「グルー氏によると、彼の病名は特定できない。複合的なものかもしれないそうだ。たとえば、パラフレニー(Paraphrenie)かもしれない。妄想分裂病の中には最後まで人格崩壊を見せぬものもあるそうだ」

「閣下。少し頭がこんがらかってきました」

「だろうな。だが、聞け」

と、大高は言った。

「妄想の中には、否定妄想というものもあり、この場合は、鬱病退行期に起こることが多いそうだ。患者は、身体の臓器が腐ってしまったとか、石になったとか、心臓が停止したようだとかの体感異常を訴えると言う。症状が進むと、患者の否定は身体にとどまらず、人格全体・世界全体に及ぶ。一切の存在・意味が虚無となってしまうそうだ。これを虚無妄想ということもある。さらに、この世の中で、もっとも罪深いのは自分だと思いこむ。この段階を罪責妄想という。さらに、自分は最悪人であるから死ぬことも許されない。自分は罰のために永遠に生きなければならないという不死妄想に発展する。もし、ヒトラーがこうした心の病を抱いているとすれば、核戦争を始めて、世界ごと死のうとする可能性は……」

「……ないとは言えませんな」

永遠に死ねない刑罰は、『シュシュポスの神話』（カミュ）にある。生かされる苦悩から逃れる、最後の手段すらも奪われた刑罰である。

「『我が闘争《マイン・カンプ》』を読めば、閣下の今の話と関連いたしますな」

と、厳田は言った。

この奇妙な書物には、腐敗に関する語が頻繁に出てくるのだ。

これはなぜなのか。ヒトラーの観念の中では、「腐る」「不潔」などのマイナス価値を搭載する語群と、ユダヤ人が、連結しているのである。

「人の脳の中で観念が作り出される。元々、結びつくはずのないものすら、結びつく。思っているだけならいいが、行動に現れる。国家原理にすらなる。こうした狂った脳のメカニズムが解明されなければ、悲劇はつづく。げに、恐ろしきは人の脳の仕組みだな」

と、大高は言った。

ヒトラーにとっては、肉は糞であり、ビールは尿であった。強力な観念連合である。たしかに、ドイツのビールから尿を連想することは、普通人にもありがちだが、強迫的連想となれば、やはり異常であろう。

ヒトラーは、ゲリという姪と愛人関係を結ぶが、前出の『ヒトラーの心』（ランガー）によれば、彼女がヒトラーの上にしゃがみ込むという妙なラーゲに固執したと言われる。彼女が自殺すると、ヒトラーは菜食主義になる。

愛人の中には、ヒトラーが「自分は最低の男だ」といい、マゾヒズム的な行為を求めたと証言する者もいる。など、どうやら、否定妄想の傾向があったのではないか——と思わせる、多くの痕跡がある。

「まったく、憂鬱になります」

と、厳田は言った。

「前世で、もしわれわれ日本が、精神医学的分野の協力を仰いで、ヒトラーの深層心理を正しく分析していたら、多分、彼とは組まなかっただろう——と、今更のように思いますな」

と、大高も言った。

3

ミネアポリスに着く。護衛付きの防弾車で市内の宿舎に向かう。豪華なホテルだった。

部屋に案内されて休息、旅の汚れを落とし、着替えをして待機していると、迎えが来た。

ケネディ氏は、立派なスイート・ルームに泊まっていた。

女性票を集めそうな政治家だ、と大高は思った。大統領候補は、訪問者の大高を丁重に迎え、握手を交わす。いい印象である。

ケネディ氏はグルー氏と並び、大高は厳田中将と並んで座り、通訳を介さず、直接、英語で会談した。

ケネディ氏は、改めてグルー氏を紹介し、「ホワイト・ハウス入りした暁には、彼を補佐官に任命するつもりだ」と言った。

「あの魔王との最終決戦を行うにあたり、日本との同盟は欠かせませんからな」

大高も、

「グルー氏があなたの側近ならば、日本も腹蔵のない話ができます」

ケネディ氏は、「大高裁判の結果を歓迎する」と語り、

「私としては、貴国の申し出をすべて諒承したい。国土防衛の援軍を要請するわけであるから、基地の使用はすべて認めましょう」

という趣旨の言葉を述べた。

大高も、

「わが国としては、貴国の西部沿岸を守るため、南東太平洋の守りを固める所存。いずれ、詳しくは、あなたがホワイト・ハウス入りを果たし、私が大統領官邸に入ってからホットラインを使い、直接、お願いすることになろうかと思いますが、よろしくお願いいたします」

と、丁重かつ率直に頼んだ。

「わかりました。実は内密の話になりますが、あなたに会え――と、勧めてくれたのは、大統領です。建国以来最大の祖国存亡の危機にあって、敵も味方もない。私としては、党派の垣根を外し、挙国一致で難局にあたりたい」

ケネディ氏の口振りでは、ハリエット・アイゼンハワー氏の引退はなさそうである。

「ところで、貴国の軍備増強であるが、われわれの知る限りでは心許ない。国家財政の面で問題があれば、援助いたしますぞ」

と、ケネディ氏はつづけた。

「ははッ」

大高は明るく笑った。「もし、戦争資金が必要であれば、またの機会にお願いいたします」

「自信がおありの顔だが」

ケネディ氏は怪訝《けげん》そうな顔をした。

「私はここで戦います」

と、大高は、自分の頭を軽く叩いた。

「私からも質問いたしますが」

大高は訊く。「貴国における新型爆弾開発の件ですが、どの程度進んでおるのですか」

「一切の資料は大統領府の金庫の中です。私は見ておりません」

「私としては、決して核兵器はお使いになりませんようにと、要請いたします」

「魔王が使った場合は？」

「われわれは、死力を尽くし、その開発を阻止いたします」

そういうと、ケネディ氏は、かすかに瞳を瞬かせた。

大高には、太極計画がある。どういう戦いかたをするかは、ほぼ決まっているのだ。だが、それを言うわけにはいかない。

「貴国は、東正面との攻防に総力をあげざる得ないと思うので、日本は全軍をあげて遊撃戦を以て、魔王軍を翻弄する所存」

「具体的はどのような作戦を？」

ケネディ氏は興味を示した。

「詳しく申しあげる時期ではありません。が、姿なく戦うのが、われわれの戦術であり、戦略であります」

「なるほど」

ケネディ氏は、思慮深げな目で大高を見つめると、

「どうやら、あなたの人柄を信ずる他なさそうですな」

と、言った。

「武士に二言なし——と、言います。私は武士の道に徹します」

「わかりました」

会談はこれで終わり、両雄は堅く握手を交わして別れた。

ホテルでの夕食の席に、グルー氏が現れ、

「ケネディ候補は、選挙運動のために出掛けておりますが、くれぐれも閣下によろしくと申しておりました。候補は安心したようです。あなたが、信頼できる人物かどうかを、自分の目で確かめたかったのだと申しておりました」

と、伝えた。

「私もです」

大高は、にっこりと笑った。

が、目をきらっとさせ、

「敵は魔王だけではない。国内にもいるはず。ご用心を」

グルー氏は無言でうなずく。

4

ふたたび、紫鳳は、五大湖の上をエリー湖へ向かって飛ぶ。湖岸の工業都市、デトロイトで遊説中のハリエット・アイゼンハワーにも会うためだった。

大統領は疲れ切った顔をしていたが、いつもの童顔で大高を迎えてくれた。

同行の厳田中将は、例の無心、B29の件を直接頼み、大統領は「議会の承認が必要だが」と言いつつも諒承した。

大高が来るべき大戦の見通しについて質すと、ア大統領は悲観的な答えをした。

やはり、ケネディ候補の経験不足を案じているのである。

「だが、彼によって分裂しているアメリカが、一つにまとまることを私は期待している……」

とも漏らした。

「閣下、私も……」

と、大高は言った。「次の戦争は、ゾロアスター教のいうところの、天上界の戦いにも似て、光と闇の戦いだと思います。われわれが勝たなければ、世界は闇の支配するところとなる。故にこの戦いは万難を排して勝たなければなりません」

ア大統領は深くうなずき、大高を見た。

「亜細亜は、亜細亜人の手で守り切れると思いますが」

と、大高はつづけた。「しかし、表向きは亜細亜は、あの魔王の侵入に備えて団結しようとしておりますが、必ずしも一つではありません」

「それは、わが新大陸も同じですよ。中南米問題は、われわれの頭痛の種であります」

と、ア大統領は漏らしたが、それ以上は語らなかった。

この世界には、様々な考えがあり、様々な欲望が渦巻く。各国の思惑が、複雑に錯綜するのが世界である。土台、正しい一つの解など得られるはずがない。万人を満足させることなど、できるはずがない。せいぜい六五点でやっとだろう——と、大高は思うのだ。

大高は、核爆弾開発の件についても訊ねたが、大統領は言葉を濁した。が、

「もし、ケネディが大統領になれば、自ら核の先制攻撃を掛けることはないだろう」

と、大統領は言った。

つづけて、

「しかし、マッカーサーは、強硬に、核使用を主張するかもしれない。現段階では、どういう情況になるかは予測できないが、魔王が核を持つ前に潰す必要がある——という考えが議会の主流を占めております」

「となると、流れはやはり……」

と、大高が言いかけると、

「とにかく、今度の戦争は、危険この上ない賭けになります。人類絶滅の可能性すらある戦争になるでしょう」

との認識をア大統領も示した。

ハインリッヒは、アメリカにも盛んに働きかけているらしい。飴と鞭を巧みに使い分けつつ。

「だが、奴隷の平和は果たして本当の平和なのだろうか」

と、大統領は言った。

5

その日の内、ふたたび、紫鳳は、エリー湖を飛び立つ。

米加国境線にそい夜間飛行を行い、シアトルに向かった。

紫鳳は、大陸氷河によって作られたビュージェット湾に着水した。この湾はフィヨルドで島が多い。シアトルは、湾奥東岸にある。

大高は、左の機窓からオリンパス山（二四二八メートル）をのぞんだ。この霊峰の北側に狭い水路があり、ファン・デ・フカ海峡と言い、太平洋への出入り口である。

シアトルは東部からの工場移転で、活気づいていた。元々、第二次大戦中に航空機産業の栄えた都市だ。ボーイング本社工場もある。

上陸するや、厳田中将はボーイング社に出掛けた。前世では敵同士であったが、後世では技術の提供を受けているのだ。

一方、大高は、シアトルで稼働している日本企業の幹部と会い、現地の情況を訊ねる。ここには韓国企業も進出しているのだ。

企業の幹部は一様に、開戦後の太平洋航路の安全性を心配していた。

「皆さんには実状を申し上げる」

と、大高は述べた。「……経済の専門家であるので前置きは省きますが、いったん世界が戦争状態に入れば、ブロック経済化します。世界地図を開けば直観的にわかるが、世界の海すべてが、両陣営の潜水艦で埋め尽くされる。こうした通商破壊作戦・海上封鎖こそが、実は戦争の実態なのであります」

つまり、華々しい敵前上陸とか大会戦とかが、戦争と思うのはまちがいだということ。

大高はつづけた。

「まだ、いかに戦うかを申しあげるわけにはいかないが、この大高が左様に戦争を認識しているということから、どうかお察しいただきたい」

集まった一同の顔付きを眺めると、わかった者と全然理解しておらぬ者に、反応が分かれた。

「ヒントをさしあげる。仮に、海上交通路が完全に封鎖された情況を頭に思い浮かべていただきたい。陸続きならば、トラック輸送が可能だが、トラックは海上を走れませんな」

「貨物船もですな」

一人が言った。

「ええ。貨物船は、Uボートの魚雷攻撃で、ドカーンです。すると？」

「物資の輸送はできなくなる」

「そのとおり」

「われわれは、閣下に、その対策をお聞きしておるのですが」

「みなさんで考えていただきたい」

「護送船団ですな、強力な」

「いや」

大高は答えた。「前世戦も末期になり、日本はその方式をとり、しかも沿岸航路をとるなどの対策を試みたが、ほとんど無効でした。完全に、われわれは、アメリカ潜水艦の襲撃に、手も足もでない達磨《だるま》さんになってしまった」

「が、援英作戦実施の護送船団方式は、成功しましたが」

「それは、太平洋と大西洋では、地政学的なちがいがあったからです。太平洋は広い。大西洋は狭い。オーバーに言えば、大西洋は溝と言ってもいい」

「では、どうすればいいのですか」

「飛行機を作ってください。飛行機なら自力で空を飛べる。自ら移動する商品、それが飛行機です。ちがいますか」

「なるほど」

「シアトルは、ボーイング社をはじめ、航空機産業のメッカです。必要ならば、米国政府と話をつけます。ははッ、『弘法筆を選ばず』――グラマンであろうが、ロッキードであろうが、日の丸さえつければ、われわれの飛行機です。とにかく、値段が安くて、丈夫で長持ち、整備しやすくて、燃費その他の維持費の安い飛行機が要ります。どんどん作って、日本に送ってください」

一同、深刻な顔が恵比寿《えびす》様になった。

「閣下。ええ、われわれは飛行機メーカーではないのですが」

「空を飛ぶもので他に何かありませんか」

大高は聞き返した。

「ええ……うう……」

「電波は？」

「ああ、なるほど」

「情報は電波に乗って、空中を飛びます。海底電線を使ってもいい。どっちにしても、魚雷では電波は攻撃できない――と、いうふうに発想されたらどうか」

「と言いますと？」

「たとえば科学情報です。情報なら電波に乗る。これからは、情報が商品になる。つまり情報産業ですな」

「わかりました。ノウハウを日本に送り、作らせる……」

「あるいは、輸送機で送っても、十分、採算のとれる商品。つまり、重厚長大ではなく、軽くて薄く、短くて小さいものを作ることです」

「逆さまの発想ですな」

「ええ。軽薄短小を追求する産業です」

と、大高は言った。

6

引きつづき、在留邦人主催の夕食会があった。メニューは和食だった。まるで日本にいるようである。

後世では、いち早く日米和平が行われたので、収容所入りを強いられた在米邦人は、元の生活に戻り、大いに活躍しているらしい。

これに先立ち、講演会があり、一〇〇〇人を越える聴衆が集まる。

大高は、思いつくままに、「これからの経済」と題して、日本の取るべき施策を語った。

まず、大高は、前世戦時経済と後世戦時経済と比較した。

すなわち、前世では、一九四〇年体制というものがあり、この戦争遂行のために作られたシステムが、敗戦後も引きつづき受け継がれた。

その結果、日本は、敗戦の痛手を短期間に克服した。これは否定できない事実である。しかし、半世紀後には、このシステムが、大きなほころびを見せるのである。

「つまり、前世では、日本は、戦争こそやめたが、戦時体制のまま経済では戦争を継続していたことになります。これが、占領軍最高司令官のマッカーサーも気付かなかった、日本システムと呼ばれるものでありました」（以下参照『21世紀・日本経済はよみがえるか』野口悠紀雄著／ＮＨＫ人間大学テキスト）

大高はつづけた。

「ええ。私なりに大いに勉強した結論から言いますと、後世日本は、明らかに、中小零細企業国家に変貌しつつ発展しておりますが、これこそが、まさに前世の重厚長大型経済の逆、つまり軽薄短小型経済なのであります。現に、本国では、従業員三〇名以下の企業で雇用の七〇パーセント以上を確保しておるのであります。結果はどうであったかと言えば、資本主義ではない、知本主義的経済に日本は変貌したのであります」

前世四〇年体制は、企業が利潤を生むことを禁止した体制であった。すべて国策に奉仕せよ——というのである。要するに、万民こぞって戦争に協力せよ、とのお上の命令。

が、本来、株式会社というものは、株主のものである。株主の出した資金で会社を運営し、その利潤を配当の形で還元するシステム。これが本筋である。ところが、四〇年体制では、会社は株主のものではない。株主ではなく、国家に奉仕しろと言うのである。

国は盛んに法律を作り、維新以降行われていた普通の欧米型株式会社スタイルを潰し、国家がコントロールしやすいようにした。

銀行も国家の傘下におさめた。

これでは、ほとんど社会主義である。実際そうだったのであるが、国民は長い間、この実態には気付かず、日本は資本主義だと思いこんでいたのである。

ところが、このシステムでは、国家が企業群を支配するわけであるから、国家を実際に運営する官僚に権限が自動的に集中するのだ。

うまいことを考えたもんである。こうした体制に、日本が変わったのは、第二次近衛《このえ》内閣の時だそうだが、実行したのは満州から帰って来た革新官僚と呼ばれる人々であった。

驚くべきことに、いや必然なのかもしれないが、この時、日本はいつの間にか社会主義化していたのであった。

「言ってみれば、隠れ切支丹《きりしたん》ならぬ隠れ社会主義《ソーシャリズム》だったわけであります」

と、大高は言った。

大高にしてみれば、彼は満州にも満鉄にも、縁も所縁《ゆかり》もある人物――手の内は全部わかっていたのである。

「しかしながら……」

大高はいちだんと声を大きくした。

「これでは、真の民主主義にはならない。大企業が下請け制度で下を支配する体制は民主主義ではない」

大企業が偉いのではない。様々な特権を国家から受けているからこそ、成長しただけにすぎない。こういう体制では、新しいアイデアは生まれやしない。事実、一九九〇年代に入ると、日本経済は完全に行き詰まってしまった。

「終身雇用と年功序列も日本企業の慣行であります。これも、戦争をやり遂げるために作られたシステムであります。理由は、労働者に会社への忠誠心を植え付け、過労死するまで働かせるためであります。会社への忠誠は、すなわち会社の実質的所有者である国家への忠誠心であります。これが、四〇年体制の本音であった」

大高は、ずけずけと手厳しい。

だが、たしかにこの方法で、生産性は上がったかもしれないが、労働市場の流動性がなくなってしまった。いったん、就職すると、一生ものだからである。

「この点、このアメリカとはずいぶんちがうと思いませんか。こちらでは、どんどん、就職先を変える。それが当たり前。つまり、労働市場が流動性を持っておるのであります」

と、言うと、会場に拍手が起こった。

「日本では職業を訊かれると、たとえ守衛さんでも勤務先の会社名をいい、決して守衛とは言わない。こちらでは、ナニナニの技術者とか職業名を言います。すでにここに彼我の相違があるのでありまして……」

また、拍手で沸く。

終身雇用と年功序列制の悪いところは、構造的に、年寄りが若者を搾取するような仕組みである。極端な例では、なにもしなくても長くいるだけで、よく働く若者より給料が高い。

また、このシステムを維持するためには、企業は、絶えず成長しつづけなければならないし、若い社員の数が多ければ多いほど、高齢者は得をするのだ。

経済が右上がりならこれでもよかった。出生率が高ければ先に生まれた者が得をする。ところが、それが共に伸び悩み、ゼロ成長なら、日本システムは保《も》たないのだ。

「言ってみれば、頼母子講《たのもしこう》ですな」

と、大高は言った。「最近も日本でそういう詐欺がありましたが、子を増やせば、親が大儲けをする」

実は福祉国家もそうなのである。国家は借金をしても福祉をする。人口形態がピラミッド型であれば、若い人の納めた金で高齢者を養うことができるが、逆ピラミッド型ならそうは行かない。

第一、我らの地球には人口載荷量というものがある。人口は無限には増えない。

であるから、福祉国家は、原理的に、頼母子講と同じく、いずれは破綻する構造なのである。

困ったことに、ならばと、国が借金するのだ。このケースは、親がいい思いをするために借金しまくった家を考えるとよい。親が死ぬと借金だけが残る。

相続放棄という手もあるが、国家はそうはいかない。結局、われわれの子孫が払うはめになる。こんな親のエゴイズムが、道義的に許されるはずがない。

資源も同じだ。親の代に自然の富を浪費したために、われわれの子孫が貧乏になる。そんなことが許されるはずがないではないか。親の代に木を切りすぎたために、禿げ山になった。ために洪水が起こる。始末はだれがするのだ。

　これが、大高弥三郎の発想である。

　当然、戦争のやり方まで発想がちがう。

　米国西海岸への日本企業移転にしても、大高のアイデアを、西郷総理が実現させたのである。もし、第三次大戦が始まったら、アメリカの西海岸の守りは、日本がやります——と約束して。昔は日本人排斥運動というものがあり、これが対米戦争の一因となった。だが、今度はずっとスマート。

　大高弥三郎、遠大にも第三次大戦の戦後を考えているのであった。

　米国としても、今、中国大陸が門戸開放されているわけであるから、ギブ&テーク。文句の言いようがないのである。

　大高は言うのだ。

　市場を奪い合うのは競争。つまり戦争。

　だが、

　奪いあうのではなく、市場というパイを増やせれば、これは協調。すなわち補完関係。つまり平和な関係である。

　わが大高、ゲーム理論を勉強したので、これがわかるのである。

7

帰国をしてまた半月、やきもきする西郷南周をなだめながら、ようやく、十月の末、大高は日本大統領選への出馬を表明した。

満を持して大高の行った選挙運動は、ようやく全国に普及しはじめたテレビの利用であった。茶の間にいながらにして、直接、候補者に会っているような感覚にするテレビの効果は、絶大であった。

日本初の大統領選挙でもあり、その視聴率は凄かった。対抗馬は、どうやら旧態依然たる金権選挙を行っていたようだが、この新戦術には敵《かな》わなかった。テレビの効果をいち早く見抜くことのできた、大高陣営の作戦勝ちだった。

十一月第一月曜日の次の火曜日と定められた選挙は、締め切り時の推定では、投票者数は九〇パーセントを越え、翌日開票を待たずに早々と大高の勝利が決まった。

最終的には得票率八〇パーセントを越え、決戦投票を待たずに、大高当選が確定したのだった。

つづいて、アメリカから電話が入り、あちらはやはりエイブラハム・ケネディ氏が当選。

大高は、首相官邸に出掛けて電話を借り、静養中のハリエット・アイゼンハワー大統領に、ねぎらいの言葉をかけた。

「いや。アメリカは、新しい時代を迎えるのです。老兵は消えゆくのみ」

と、ア大統領は、たんたんと言った。

「一度、日本へいらしてください。閣下のお知恵をお借りしなければなりません」

と、大高は誘った。

「それもいいですなあ」

ア大統領との電話を終え、ケネディ氏にお祝いの電話をした。


――さて、かくして「偽りの平和」もそろそろ終わりである。

十二月のはじめ、大高弥三郎は、大命を拝して正式に日本国初代大統領に就任、建てられた大統領府に移った。

直ちに、西郷南周を首相に任命、西郷は組閣作業に入る。

西郷とは、予め合意していたとおり、内閣には内政を任せ、大統領府は外交と陸海空軍統帥の任に就くことになった。

もとより、これは、第三次大戦を戦い抜くための臨時措置である。

制度的には、大高弥三郎の身分は、公選による首相ということになり、西郷は副首相ということなるだろうが、あくまで、右は、臨戦態勢を固めるための体制であった。

「ただし」

と、大高は西郷に言った。「戦争が終わり次第、私は、絶対に引退しますぞ」

「おいどんも同じこと。薩摩に帰り、釣りでも楽しみたい」


――だが、彼らの願う本物の世界平和は訪れるであろうか。

ハルマゲドンの大危機を、よく回避し得るであろうか。

一方、ハインリッヒ・フォン・ヒトラーの妄想は、ますます、膨らむ。

彼は、自らを神と思い込む、厄介な妄想に浸っているのである。

ハインリッヒは、米国新大統領の当選が決まると、

「めでたい。余の帝国にとって、よい報せだ」

と、ご機嫌であった。

だが、大高弥三郎当選のニュースを聞いた時は、不機嫌になった。

「あの男は、いったい何を考えているかわからんから、余は嫌いだ」

大高弥三郎は、彼の天敵なのであろう。

ともあれ、世界妄想王の妄想が勝つか、大高弥三郎の世界理性が勝つか。

その結末は、まだ、だれにもわからない……。

第三部　海中戦艦新日本武尊出撃

第一話　民主主義システム神話

1

麴町区永田町十四丁目、旧独逸《ドイツ》大使館が後世日本の大統領府である。長らく空き家同然であったが、国交断絶状態の第三帝国側と話し合いがつき、伯林《ベルリン》にある日本大使館と交換することで交渉がまとまったのだ。

通りをはさみ、国会議事堂の敷地と向き合い、首相官邸までは歩いても五、六分の距離だ。

国会議事堂は、正面入口に立ち、左が衆議院、右が賢議院であるから、位置関係は大統領府の正面が賢議院である。この両者を秘密の地下道で結ぶように頼んだのは、大高なりの考えあってのことだった。

ご承知のとおり、後世日本には参議院はない。貴族院に代わって作られたのが、後世日本最高水準の英知を結集した賢議院である。

要するに国家の頭脳である。広範な意味での国家戦略集団とも言える存在。

いつも賑やかな劇場国会とは対照的に、賢議院には学府の雰囲気がある。ここは文字通りの良識の府だ。

実は、大統領制の導入を研究したのも賢議院であったから、大高弥三郎としても、その職責を全うするためにも、賢議院議員との日常的な関係を保つ必要があったわけである。

とにかく、せっかく新制度が導入されても、二階に上げられ梯子《はしご》を外されては困る。賢議院は大高にとっては強力な支援機関であった。一方、賢議院側も、大統領制の導入によって、これまで以上に、その力を発揮できる環境が整ったわけである。

議会制民主主義というものは、決して万能ではない。そのことを、われわれはよく認識すべきである。その証拠に、現実問題として腐敗が起こる。広く国民を代表するのではなく、特定のグループの利益を代表する族議員が蔓延《はびこ》るのだ。

民主主義の砦のように思えるアメリカ合衆国ですらも、特定グループの利益を代表する、ロビイストなる政策仲介業者が暗躍し、真の民主主義が裏切られているのである。

「人類は、未だ、理想的な政治制度の発見に至ってはいない」とは、『大高語録』にもある彼自身の反省でもある。大統領制の導入にしても、それで一〇〇パーセントうまくいくかどうかはわからないが、いろんな方法を試して、政治の理想を模索することは悪いことではない……。

2

その日、後世日本は、まだ、照和二十八年松の内である。

永田町界隈は人気も少なく静まり返っていた。

昨日から、ようやく結婚してくれた娘の政代《まさよ》が、孫を連れて泊まりにきたので、妻は初孫の世話に夢中である。

大高は書斉にこもって、方々から頼まれていた色紙を揮毫《きごう》する。漢籍を探し選んだ言葉は、その意味は、「どんな位にも属さぬ真の自由人」ということ。すなわち、大悟徹底の意だ。大高弥三郎、後世日本国初代大統領となった今、自戒の決意を込めての言葉でもあった。

心静かに二〇枚ほどを書きつつ、この言葉を彼は心に刻み込む。

昼は、秋田の支持者から送られた餅を焼いて食べる。

室蘭から電話が入る。大石蔵良からだった。

「新年おめでとうございます。閣下」

大高は、受話器の中に騒音を聞く。

「そちらは正月休みもなしですか」

「はい」

「ご苦労。で、進捗状況は？」

「潜没艦橋の水密問題が予想外に手間取り、目下、昼夜三交替で突貫工事です」

「そうか。心配だな」

「いえ、難問解決のメドがたったので、ご安心ください」

「うん。よろしく頼む」

「閣下にお願いがあります」

「なんだね」

「一度、視察に来ていただけぬでしょうか」

「そうだな」

「ただし内密で」

「うん。高野総長とも相談しよう」

と、約束して電話を切った。

早速、高野五十六の自宅に電話をすると、軍令部だと言う。電話をかけ直し、右の件を伝えた。

「わかりました。段取りはつけます。公務の始まる前がいいと思いますが」

と、高野は言った。

「すると、松の内にかね」

「明日ではどうでしょうか。明日ならば私も同行できます」

「明日からは、恒例の熊野玉置山詣《くまのたまきやまもう》でのつもりだったが」

と、言うと、

「海軍機で室蘭に飛び、視察後、直接、紀伊へお送りしますが」

「わかった。では……」

大高は電話を切った。

今度は賢議院に電話を入れる……。

3

公邸と議事堂を繋ぐ地下道を抜け、大高は賢議院に向かった。

松の内にもかかわらず、一色基《いっしきもとい》議員は議員研究室で仕事をしていた。

元は帝国大学政治学部の正教授だった人物である。

「私のほうからご挨拶にうかがわねばならないのに、恐縮です」

「いいえ、なんの。今年は大変な年になると思うが、とりあえず、新年おめでとう、博士」

「おめでとうございます」

「これを持参しました」

と、大高は、手に提げていた竹籠を差し出す。

「国後《くなしり》の後援者から送られてきた、鱈場蟹《たらばがに》です」

「ほう。これは見事ですなあ」

一色議員は相好を崩した。

「閣下、よろしければ、コーヒーを入れますが」

「いただきます」

大高は、壁全部が本棚になっている議員研究室を見回しながら、腰を降ろした。

一色議員は専属の女性秘書を呼び、コーヒーを頼むと、

「早速ですがよろしいですか。閣下より答申せよと命じられた例の件ですが」

「ええ。うかがいます」

「では、私見ということで、結論からお話しますれば……」

一色議員は社会システム研究班の班長である。研究目的は、「いかに日本社会を活力あるものにするか」である。

一色議員はつづけた。

「……たとえば、伊勢神宮は、二〇年毎に建て替えられますが、一体制も二〇年をめどに総入れ替えをする制度にしたほうがいいと、私は考えますな」

「ほう。それはまた、どういう根拠で」

「ある社会制度が長くつづくと、自然に澱《おり》が溜まる。水が腐るように制度も腐敗してくる。歴史を勉強すれば、過去幾多の例が見付かります。こうして老大国が滅亡するのです」

一色議員の言わんとしているのは、たとえば清帝国《チン》であろう。

「一つの制度がつづくと、利権団体が増える。これが経済の新規参入を阻み、イノベーションを妨害する。つまり、停滞が起こる。既得権益を守ろうとする勢力の発言権が増すわけであります」

これをredistributional coalitionと呼ぶそうである（参照『不機嫌な時代』ピーター・タスカ著／講談社）。

「再配分連盟は、補助金・関税・特別減税あるいは様々な許認可制度で守られている業界だけではありません。弁護士も医者も試験制度によって守られている。数を制限することによって、共倒れを防ぐ」

と、一色議員はつづけた。

前世では、日本が戦争に敗れたために、旧体制が一掃された。これが、前世戦後日本の経済大躍進の原動力となったとも言えるわけである。

同じく敗戦独逸にも言えるし、ナチスに占領されたフランスについても言える。だが、英国はそうではなかった。

「大統領閣下、わが国は、この後世世界においては、戦争には敗れておりませんからな、再配分連盟の一掃を行うためにも、ぜひ許認可制度の見直しを断行していただきたい」

「しかし、むやみに廃止すればいいというものでもないでしょう」

と、大高が懸念を示すと、

「ええ、そのとおりです。私が言いたいのは、既得権益を守るような制度であってはならない。また、規制緩和をする代わりに、免許取消しや罰金などの罰則を強化すべきだと申し上げておるわけでして。一方、市民レベルでの監視制度を作るべきではないでしょうか」

「なるほど、それならわかる」

と、大高はうなずき、「多数決を原理とする民主主義は、多数派を有利にする。少数派の利益を代弁する市民機関の設置は考える必要がありますなあ」

4

そもそも民主主義なる制度は、なぜ始まったものか。このフランスとイギリス、また北米で普及し、瞬く間にヨーロッパに広まった画期的システムは、普通、啓蒙思想に代表されるような民衆の権利意識の高まりで説明される。

だが、単にそれだけだろうか。幾ら意識の改革があっても、体制側が武力で弾圧すればすむ。やはり、歴史を動かすのはもっと具体的な何かだったのである（この項以下も、参照『民主主義は究極の制度か』渡辺勝一著／河出書房新社）。

たとえば銃の出現である。銃は、一農民をも強力な兵士に変える。王に仕えるよく訓練された軍隊を以てしても、彼らに対抗できなくなる。銃の出現によって、戦争は、がぜん、数の戦いになってしまった。いかに強い騎士と雖も鉄砲には敵わない。

つまり、前近代までの少数支配システムを、成り立たなくしたのが鉄砲であった。

極言すれば、銃が民主主義を成立させたとも言えるわけである。

もっとも、日本戦国時代のように、銃製造がまだ手工業の段階に留まっていた時代は、銃は高価であるから、支配者側の武力強化に役立っていた。だが、産業革命の成功で大量生産が可能になれば、平民階級にもその入手は可能となるのだ。

封建時代のように、農具で武装した農民とよく訓練された騎馬軍団では、後者のほうが有利であった。だが、それが逆転した例が、織田・徳川連合軍の鉄砲で武装した歩兵が、武田騎馬軍団を殲滅《せんめつ》した長篠《ながしの》の合戦であった。

双方が銃で撃ちあえば、数の多いほうが勝つ。質から量へ戦力が変わる。

この事実を端的に表したのが、例のランチェスター公式である。もし、両軍の武器水準が等しければ、それぞれの数の二乗の差の平方根が、全滅式になるのだ。

わかりやすく言えば、「下手な鉄砲も数撃ちゃ当たる」の原理だ。この恐るべき新兵器の出現によって、戦争は確率論になってしまった。

話を戻して、重要なのは、このことが、ヨーロッパ社会に、少数支配ではなく、多数側が勝つという考えを植え付けたことだ。

平民側にとっては、大きな自信だったと思う。こうしてブルジョアジーによる市民革命が達成されるわけである。

つまり、民主主義は、多数優位の制度である。多数が偉い。物事は多数が決めるのだ——という原理。が、一見、正しそうだが、実は当時の時代情況が育んだ一観念にすぎないのだということをも、よく認識する必要がある。

問題はその先だ。それから何百年がすぎて、民主主義こそがもっとも理想の社会政治制度として、誰もがこれを疑わなくなった。ところが、この制度にも欠陥が出てくるのである。

「たとえば、公害問題です。産業廃棄物の問題です」

と、一色議員は、大高に説いた。

「もし、多数派が汚いもの、有害なもの、つまり産業廃棄物というゴミを身近に置きたくないと考え、それを小さな島や寒村に押しつけたらどうなるか。その島民や寒村の人々が反対しても、多数決原理が作動すれば、民主的に決まってしまうわけです」

つづけて、

「もし、民族的な多数派が、少数民族の排除を決定したならば、彼らは国外追放されたり、強制収容所に送り込まれて抹殺されます。現に、第三帝国の論理がそれです。ナチスのユダヤ人殲滅計画は多数決原理に基づくものと考えてもよいと思いますな」

社会的なイジメも学校内のイジメも、多数派による意思決定の歪みではないだろうか。

工場から排出される有害な汚水や煙にしても、その地区の人々には深刻な問題だが、それ以外の人々には、汚染対策に費用がかからぬだけ製品価格が安くなるので有利になるのである。

こうした、多数派にとっての利益が保証される制度が、民主主義の根本原理である、多数決というものなのである。

「同感です」

と、大高は言った。

「しかし、難しい問題でもある。一つ、賢議院の頭脳でよい実施案を考えていただきたい」

「わかりました」

と、一色議員はうなずく。

賢議院の役割は、右がその一例であるが、政策の先見性にある。何か不都合な問題が起きてから、慌てて法律を作るのでは遅い。どちらかというと、衆議院は現実問題に追われがちだが、賢議院ではこれからどんなことが起きるかを予め予見し、その想定された問題に対処する方法を研究するのである。

また一方では、すでにある法律が現状に合うかどうか。不要なもの、時代遅れのものは、整理統合あるいは廃止したほうがいい。そうした問題の検討も後世賢議院の重要な仕事である。

ま、これをひと口でまとめれば、選挙で選ばれる衆議院の仕事が「現在」を扱うのに対し、賢議院は「未来」の領域を担うわけである。

大高は言った。

「今度、憲法改正に伴い、国会法その他も変わりました。大統領にも、法案提出の権利があるので、なにとぞ、賢議院の先生方の英知溢るる知的ご支援を賜《たまわ》りたい」

「はい。国家の将来を誤らぬように、われわれ賢議院としても、日夜、研鑽《けんさん》に励《はげ》みたいと思っております」

と、一色議員もうなずく。

つづけて、

「口の悪い連中は、賢議院のことを盲腸呼ばわりするが、われわれは、衆議院のチェック機関としての役割をば、公明正大に果たしたい。十年、五十年、いや国家百年の大計を考えるのが、われわれの責務であろう、と考えております」

「ぜひ、お願いします。賢議院は政党政治の欠陥を補完するために作られました。従って政党に所属するものではない。保守でも革新でもない。党利党略を離れた真の良識の府であり、英知の牙城とならねばなりません」

と、大高も言った。

「あえて言いますが」

一色議員も言った。

「われわれの任務は、民主主義の暴走を制御することにあります。また、そうした意味での警告を、国民に対して発しつづけなければならない。私は、また賢議院は、道義・道徳の規範となる府でなければならないし、またわれわれの言うことが国民の信頼と支持を得るためにも、極めて清廉潔白でなければならないと考えます」

この言葉からもわかるとおり、後世日本独特の制度である賢議院は、「国家良心」の象徴とも言える存在なのである。

5

だが、いったい「国家良心」とは何か。この問題は倫理学の領域になる。

われわれは、至極、簡単に「良心」という言葉を使う。「君の良心に照らして恥ずかしくないのか」とか、ごく日常的に使われる。裁判所で証言する時も、わが国では、聖書ではなく「良心」に誓って真実のみを述べると宣誓するのである。

ところが、よく考えてみると、「良心」の問題は情況次第では、けっこう難問なのである（以下、参照『「職員室」の心の病』大原健士郎著／講談社）。

たとえば、仮の話、可哀相なユダヤ人をかくまっているあなたの家に秘密警察が来た。

「真実を言え」

と、迫られたとしたら、あなたはどう答えるであろうか。

もし、嘘を言わぬことが、あなたの信条ならば、

「はい。屋根裏部屋におります」

と、答えるであろう。あなたは、嘘をつかなかったのだから、地獄で閻魔《えんま》大王に舌を抜かれずにすむ。だが、そのために、ユダヤ人は連れ去られ、貨物列車に詰め込まれ、絶滅収容所に送られるのである。それでも、あなたの良心は痛まぬだろうか。

「いや、神に誓っておりません」

と答えれば、ユダヤ人は救かるかもしれないが、あなたは誓いを起てた神を裏切ったことになり、やはり地獄に堕ちるだろうか。

どちらが正しいかは答えられない。長い人生の道のりには、こうした判断に迷うケースが再三起きる。

悪い同級生が、大人に隠れて弱い者をいじめたとする。あなたに向かって、

「先生にも親にも言いつけるなよ」

彼に逆らえば、あなたもひどい目にあわされるのだ。やむなく誓わされたが、こんな場合、あなたはどうするか。

「＊＊ちゃん、約束は守りなさい。嘘もいけないわ。いいわね、嘘は泥棒の始まりと言うでしょう。嘘をついたら、母さん、承知しませんからね」

と、幼いころから繰り返し「嘘はいけない。誓いは守りなさい。約束を守る人になりなさい」とインプットされている、いわゆるいい子は、こういう二重拘束情況に陥ると混乱するであろう。

だが、わが国には、「嘘も方便」という諺《ことわざ》があるのだ。世間というものに熟知している親なら、いわゆる、そうした世間智をも合わせて、時と場合によっては、嘘も仕方がないことも教えるにちがいない。

たとえば、泣き叫ぶ小さな子供に「痛くない、痛くない」とお医者さんが言って、素早く痛い注射をすることはままある。この医者は、子供の病気を治すために、あえて善意の嘘をついたのである。

この善悪の問題、真実と嘘の問題は、世間という名の人間《じんかん》を生きる経験を積んできた大人たちには、いわゆる常識の範囲で自ずとわかることかもしれないが、実は難しい問題であって、けっこう古今の思想家を悩ましてきた。

「実は、せんだって、西郷総理から相談を受けましてな」

と、大高は言った。

「今、教育審議会で倫理道徳教育の問題が難航しておるのです」

「なるほど」

一色議員はうなずく。

「忠孝の教えですんだ昔とはちがいますからな」

「たとえば、ある児童が、試験の朝、登校の途中、道ばたで苦しんでいた老婆を見かけたとします。時間がなくて、もし老婆を助けたら試験が受けられなくなる。しかし、だからといって、これを見捨てたら人道に反する。児童にこうした問題を出して考えてもらう。『君ならどうするか』と。だが、その正解が問題ですな、大いに」

と、大高は言った。

「ふむ」

一色議員は肩を竦めた。「ケース・バイ・ケースでこれと定まる正解はないのでは」

「おっしゃるとおりです。むろん、一般化できるマニュアルもない。しかし、正誤がつけ難く、マニュアルもない問題では、教育の現場が混乱するだろう――という意見もありましてなあ」

すると、

「それはおかしい」

一色議員は口調を厳しくした。

「人の世は、すべてが、正誤で割り切れるものではない。むしろそのことを教えることこそが、本物の教育であろうと本職は考えます」

「十人の者が確実に死ぬ病気に罹ったとします。特効薬は一人分しかない。この場合、民主主義の平等の原則に基づけば、十分の一ずつ分けることになりますな」

大高は言った。

「しかし、それでは全員が死んでしまう。なるほど、厄介な問題ですなあ」

このケースでは、平等の原則は当てはまらず、くじ引きにするほかない。

タイタニック号遭難のエピソードではないが、仮に、一〇〇〇人の乗客に対し、一〇〇人分の救命ボートしかない場合、われわれはどのような選択をすべきか。

大高はつづける。

「正直に告白するが、一色先生、この大高弥三郎、国民の信を得て大統領になったはいいが、国家の舵取りを任され、今、盛んに悩んでおりますのじゃ。なんともはや、情けないが、私は神ではない。この世の中のすべての問題が、万能コンピュータのような計算機にかけて計算できればいいのだが、そうもいかないので困る」

大高の口調は冗談とも大真面目とも……いや、その表情は本当に困っているようだった。

大高はつづけた。

「つくづく思うが、われわれ人間の脳の性能ときたら、限界がある。一生懸命考えて、これで行くほかないと考えた結果が、とんでもないまちがいだったと後で気付く。が、気付いた時はもう遅い。私なりに、今、前世日本について調べているのだが、当時書かれた本を読んでみると、それなりに筋道は立っておるのですな。だが、それがとんでもないまちがいだった……」

「なるほど」

一色議員は学究的な目をした。

しばらく、組んだ腕の左手を曲げて顎に当てていたが、

「前世のものは私も読んでおりますがね、ナニナニ文学博士とか、当時の日本としては、一応、

一流と思われる学究が書いておる。大高さん、学者である以上、論理が滅茶苦茶《めちゃくちゃ》ということはない。だがしかしです、理路整然と書かれたそれが、結果としてはまちがえていた……」

「一色博士、だから問題なのです」

大高は言った。

口調を強めて、

「そこが問題なのです。論理が正しくあっているのに、なぜ結果がまちがいなのか。論理はそれほど当てにならないものなのか——と、私は、今、深刻に悩んでおるわけでありまして」

「ははッ」

一色議員は、乾いた笑い声をあげた。

「私も学者の端くれです。学問とは何か。学者と言えば、社会的ステータスもあり、世間からも権威と思われておりますな。専門家の言うことだから間違いないと。しかし、それがまちがえていた。私もよく自分の判断が本当に正しいのか、迷うことがあります」

「先生もですか」

大高はうなずく。

「私も私なりに前世を省みるに、国家という存在は信頼に値するものであった。国家は国民の家であり、同胞は家族であった。国民は国家を信頼したからこそ、命を投げ捨て戦った。滅私奉公は常識であった。だが、この国家の方針がまちがえていた。祖国は廃墟と化した」

大高は瞑目した。

「しかしながら、あえて閣下に申し上げたい。論理なくしてわれわれ人間は物事を考えることはできんのです。問題は……そうですなあ……閣下は囲碁をやられるとか」

「はい」

「ではわかりやすい。下手《へた》は下手なりに考えて手を進めるが、上手《じょうず》にしてやられる。これはなぜか。上手の読みが深いからですよ」

一色議員の言うとおりだ。当時の国家指導者に共通する欠点は、視野の狭さ、国際感覚の欠如であったと思う。

一色議員はつづける。

「われわれ民族の思い込みもありました。今思うにそれは、まだ世間というものを知らない少年の思い込み、あるいは思い上がりのようなものだった。私にも覚えがあります。多感な十代のころ、前途は洋々として可能性に満ちているように思えた。一人で天下をとったような気分でありました。まだ、人生の壁の厚さ、複雑さ、奇怪さを経験せず、その考えが浅薄なことに気付かず……」

「ほう。先生もですか。私もです。だが、やがて少年は何度も挫折を経験する。受験に失敗したり、失恋したり。しかし、そうした経験によって人は自分の限界に気付く。それが、大人になるということなのですが、そうですなあ、世間を世界に置き換え、自分を日本に置き換えれば、よくわかる。維新以来、日清・日露の両戦役に勝利して、日本人は順風満帆《じゅんぷうまんぱん》であったかに見えた。それが妙な自信になった。先生、私なりに前世日本を反省するに、例の国体論にこそ、あのころのわれわれ日本人すべての心理風景が要約されているように思われるのですが」

「同感ですな」

一色議員もうなずく。

6

国家というものは、再三、危機に立たされるものだ。右へ行くか、左の道を進むかの岐路に遭遇するのだ。

個々人ならば、人生の選択をまちがえれば不幸が待ち受けるであろう。企業ならば倒産の憂き目にあう。国家も同じなのである。

過去幾多の興亡があった。あの永遠の帝国と言われた古代ローマですら滅びた。

繁栄の時代に生まれた者は幸せだが、国家滅亡に生まれ合わせた者は悲劇である。

いかにして国家を平和裡に維持しつづけるかが、国民にとって重要なのである。

「もし、われわれの住む地球が、何倍も大きければ、十分な耕作地や資源が得られ、人々は平和に暮らせるでしょうなあ」

と、大高は言った。

「おっしゃるとおりです」

一色議員も言った。

「人間が本質的に戦争が好きな生き物かというと、決してそんなことはないと思う。人は、普通、満ち足りていれば他人の土地へ攻め込んだりはしない。だが、われわれ人間の欲望は自己増殖します。動物は最低生きるために、他の動物を殺すが、人間はそうではない。どうも、われわれ人間の脳は、動物の脳とはちがうみたいですなあ」

「理性が壊れている」

と、つぶやいた大高の口調は重い。

「制御装置が不完全だから時々暴走する」

　大高はつづけた。

「大脳ってやつは、まったく以て厄介な代物《しろもの》ですなあ。脳細胞とニューロンのネットワークが、観念ってやつを紡ぎ出すのです。こうして、観念そのものが自立し始めると、人間は幻想に支配され始める。ある者は妄想にとりつかれる。普通の時代なら、これを社会が制御できるが、不安定な時代では彼らが正常を支配するようになる」

「そのとおりです」

　一色議員は言った。

「今はまさにそうした時期です。いつ第三次大戦が始まるかわからない。漠然とした不安が広り始めている。こういう時代だからこそ、強く安定した指導者が必要になる。国民は無意識にそう感じているからこそ、閣下、あなたに支持票を投じたのですぞ」

「よくわかっています」

　と、大高は答えた。

「わかっているつもりです。だが、この胴の上にのっかっている私の頭では荷が重い」

「しかし、この史上最大の国難を乗り切る指導者は、あなた以外にはない。もし、打つ手を誤れば日本が滅び、いや世界そのものが暗黒に包まれるのですぞ」

「ええ。十分、承知はしております。予想もしない、計算以外の情況になるかもしれない」

何が起こるかわからない。むろん、打つべき手は考え、打っておりますがね、しかし、
　やがて、大高弥三郎は、すっかり長居してしまった一色議員の部屋を辞す。廊下には議員の個室が並び、名札がかかっている。さながら、賢議院は大学の研究室に似た趣がある……。

7

大高弥三郎は、地下通路をとおり、公邸に戻る。大統領府の改装されたばかりの建物は、まだ彼の体に馴染んではいない。大高は場のエネルギーを信じているが、住まいに慣れるまで、もう少しかかりそうである。

執務室に入り、大高は考え込む。通りに面した領域が公務の場。渡り廊下で繋がった裏手の一郭が住まいである。

秘書が電話をとりつぐ。西郷南周総理からである。

「箱根には行かず、官邸におられると知り、電話しました。よろしければ、これからでかけます。むろん碁敵として」

「ははッ。春から敵に背を向けるわけにもいきませんなあ。むろん、お申し出の新春対決を受けてたちますぞ」

と、大高は笑って答えた。

「では、早速。郷里から届いた薩摩の焼酎《しょうちゅう》を持参します」

「では、こちらは鱈場蟹《タラバガニ》の肴《さかな》を用意してお待ちします」

ほどなく西郷が来た。和服を着流し、草履《ぞうり》ばき。犬を連れてきた。

座敷に碁盤を用意して、大高は迎える。

握って大高が白。コミ三目半のルールであった。

数手を打ち進め、大高、

「ほう。三連星ですか」

「これを試したくて、参上しました」

最近の西郷はめっきり腕をあげた。

双方、模様戦法をとり、盤上の戦いは進む。

模様とは、隅に地を固める確実さの戦法に対するもので、中原を大きく支配せんとする戦法。

だが、石と石との間に隙間があるから、地は最後まで確定しない。

「ふむ」

西郷は手を休めて考え込む。

「形勢は互角と思うが、どうされました?」

と、大高は言いながら、薩摩焼酎を口に含み、

「これは旨い」

すると、西郷、

「この盤上の姿を見れば、まさに今日の世界情勢ですなあ」

と言った。

「なるほど」

大高はうなずき、

「おっしゃるとおりだ」

「第三次大戦は、第二次大戦以上に全地球的な戦いになるということです」

「単にヨーロッパとか亜細亜とかの地域の戦争ではなくなりますな」

「つまり、この碁のように、盤上一杯に広がる模様戦になることが予想されます」

「戦線なき戦いになるということですな」

「左様。いわゆる堅い碁、つまり陣取り合戦にはならない」

「たとえば太平洋戦争がそうでした。あれは、明らかに模様の戦いでした」

と、大高は言った。

「前世戦では、そのことを認識していたのは、われわれではなくて、マッカーサーでした」

「はい」

大高は応じた。

「絶対防衛線の設定ごときは、単に地図上に引かれた架空の線であって、なんの意味もなかったのです」

事実、日本側の設定した洋上の防衛線は、マッカーサーの飛び石作戦にやすやすと抜かれた。島と島には隙間があるから、元々無理な話だったのである。

大洋は大陸ではない。にもかかわらず、これに戦線形成という地上的な発想を持ち込んだこと自体がまちがいであった。

「もし、太平洋に豪州《オーストラリア》大陸がなかったなら、マッカーサーの戦法もあれほどうまくはいかなかったでしょうな」

と、西郷は言いながら、隅に黒石を置き、断点を解消した。

「そこが豪州ですな」

大高は言った。

「弱りましたな」

「そのつもりです」

たしかに、囲碁に譬えるなら、マッカーサーは、いったんはフィリピンから豪州に逃れて態勢を整え、反撃してきたことになる。

大高も手を返して、危うい石の防備を固めた。

「ほう。おいどんの狙いが読まれてしもうた」

と、西郷は言った。

「ええ。翅鳥《しちょう》の解消です」

「そこがフィリピンですな」

などと言葉を交わしつつ、手が進む。実に楽しい。

西郷の黒石は、豪州から中央に向かって立ち上がってきた。いささか一本調子であるが……。

「さて弱った」

形勢、白が不利。

やがて、黒中押し勝ち。大高は頭を下げた。

つづいて、第二局。二人は天下の情勢について話す。

8

引きつづき、碁盤という名の一世界を見下ろしつつ、対峙した両雄の話題は、何か。考えを述べあったのは、中国の動向だった。

実は、第三帝国が蔣《しょう》政権に対し、秘密裡に軍事支援をしているのである。

これに対抗して人民中国を支援しているのが、アメリカである。

すでに、両軍事大国の代理戦争が、中国大陸で始まっているのだ。

元々、中国と独逸との結びつきは深い。第一次大戦までは、山東半島の青島《チンタオ》は独逸の租借地であった。

前世では、第二次大戦後、ふたたび内戦が勃発し、毛沢東が勝利を収める。膨大な農民を味方につけた中共軍が勝ち、国民党軍は台湾に逃れた。

しかし、この後世の世界では、台湾はとっくに独立しているから、落ち行く先はないのだ。

「勝利はいずれに？」

と、西郷が問うた。

「第三次大戦が始まれば、蔣政権への武器援助は止まる」

と、大高は言った。

「問題は満州国ですな」

と、西郷。

「後世満州は前世満州ではありません」

と、大高は答えた。

ご承知のとおり、後世の満州は、日本の領土でもないし、その政権は日本の傀儡でもないのだ。

「だが、両中国は、その独立を認めてはおりませんぞ」

と、西郷は言った。

「英領香港の問題があるからですよ」

と、大高は言った。

「新疆《しんきょう》維吾爾《ウイグル》地区や西蔵《チベット》の民族独立問題があるからでしょう。内蒙古の問題もある。中国は多民族国家です。統一の一角が崩れると独立問題は他に波及することを怖れているのではないでしょうか」

と、大高は言葉を濁した。

「満州はどうなるでしょうか」

西郷は懸念を示す。

「前世はともかく、後世満州は、アメリカをはじめとする国際社会がその独立を承認しておりますからな」

「しかし、欧州帝国は不承認です」

「いや、中国は現実的です。台湾問題を含め、建前《たてまえ》と現実の二本立ての政策をとるはずです」

「なるほど。政経分離ですな」

「しかし、問題はないわけでない。いずれ、蔣政権は、人民中国軍によって駆逐されるでしょうが、
そうなった場合、彼らが怖れるのは、この二国が自由主義国家群に属していることです。つまり、国民の選挙で選ばれた者が政権を担っている。隣国に日本をはじめ、満州や台湾のような国が存在すると、これが中国人民に与える影響は大きい。しかも、本家よりも経済的に繁栄しているとなると――。このへんが非常に微妙ですな」

「対中外交は、賢議院の先生方の意見も入れて、慎重に考えることにします」

と、西郷は言った。

「この世界では、アメリカに対抗するイデオロギー勢力である社会主義宗家のソ連はない。亜細亜《アジア》の国際情勢は前世とは本質的にちがいます。となると当然、中国の政策も異ならざるを得ない」

と、大高は言った。

「同感です」

「西郷さんに対しては釈迦《しゃか》に説法になるが、凡そ外交は忍を以てよしとすべきです。前世のごとく武力に訴えるごときは愚策も愚策です」

「風向きを待つべきですな」

「それもあるが、ここだけの話、歴史の川を手元に引き寄せるように、われわれは地面に溝を作り、川筋を自然に変えるような地道な政策をとるべきではないでしょうか」

と、大高は言った。

つづけて、さらに声を潜め、

「独立承認のチャンスは、おそらく第三次大戦がわれわれ自由主義連合側の勝利で終わった時でしょう」

「なるほど。閣下の見解は、この西郷の胸に納めて、慎重に対処しましょう」

「昨年、ケネディ氏に会見した時、実はこの件でもちょっと……」

「ほう」

「前世のヤルタ会談のような会議があるはずです。国際世論の総意を味方につけることができるならば、中国も承認せざるを得ないでしょう」

「閣下の腹の内、よくわかりました」

「すべて亜細亜の安定と大発展のためです。とにかく、九九パーセントの確率で、大人民中国は、農民社会主義国家を成功させるでしょう。しかし、それは歴史の一過程であろうと思う。いずれは華僑経済圏に飲み込まれ、自ら変質するはずだと、むろん個人的見解にすぎないが――とお断りして、これが私なりの予測です」

「なるほど。たしかに、その可能性はありますなあ」

西郷はうなずく。

「中国には、むろん、まだ、表沙汰にはなっておりませんがね、『社会主義とは、資本主義市場経済に至る長く苦しい道のりである』という考えもあるのです。これなど、まさに逆転の発想ですよ。マルクスの反対を言っておるのですぞ。が、こういう考えのできるところが、中国人の凄いところだ、と私は思う。彼らはなんと言っても実利主義者です。堅苦しいイデオロギーの原理原則に囚われない、現実主義者の柔軟さがある」

　大高はさらに声を潜めた。

「西郷さん。中国人にもっとも似合うのは、やはり帝国なのです。もとよりレーニンの言った帝国主義論の帝国ではないのですが……。むしろ、中世的、あるいは封建主義的とでもいうような色合いも漂わせてはいるが、脱近代的な新中世体制です」

　大高は慎重に言葉を選んでつづける。

「むろん、過去の遺物の意味ではない。むしろ、二十一世紀的というか、未来的な意味での話です。あくまで、中国は中国です。中国人は中国人以外にはなれないと思いますな」

「歴代王朝の交替した一つの世界一つの文明圏、それが中国ですからな」

　と、西郷も大高の真意を理解した。

「かの国の要人たちの無意識を、私なりに観相いたしました」

「ほう」

「むろん、ここだけの話ですぞ」

「わかり申した」

「彼らの無意識にはモデルがある。いいですか。人民中国首脳は漢民族ですぞ。彼らは漢民族ならば、過去のモデルに異民族の王朝を選ぶだろうか。少なくとも清《しん》朝でも元《げん》朝でもない」

「なるほど。すると？」

「明《みん》朝です」

　大高は断言した。「多分、かなり高い確率で、彼らの無意識にある王朝モデルは明朝だと思う。あるいは、唐《とう》。あるいは宋《そう》でしょうな。私なりの観察だが、彼らの美術的な好みからもそうだと思いますな」

この大高弥三郎の見通し、果たして的中するだろうか。もとより保証の限りではない。しかし、もし、中国五〇〇〇年の歴史をひもとくならば、大高のような結論になる。歴史は民族の無意識でもある。無意識の力は強い。

大高はつづけた。

「いかに近代化しても、今日、世界史の近代とは西欧起源ですからな。近代思想はヨーロッパも無意識を土台として生まれたものです。東洋はこれを学んだが、そもそもの根っこがちがう。文明文化の接ぎ木は非常に結構。だが、やがて元株の性質が現れてくる。だからこそ、中国では社会主義も中国王朝的になる。西郷さん、わが国だって同じことですよ。維新以降に取り入れた資本主義が日本化される。アーノルド・トインビーのタームを使えば、本質剥離するのです。そうは思いませんか」

「いや。そのとおりかもしれませんな」

後世日本の運命を担う双璧の対話、なおもつづく。

第二話　室蘭秘密ドック視察行

1

海軍輸送飛行艇は、横須賀軍港を飛び立ち、機首を北に向けた。機体の半分が貨物室になっていた。

貴賓席というものに座らせてもらったが、ここだけが防音室になっていた。

窓の外を見ると、護衛機が飛んでいた。

相席は高野五十六である。ひところ退役しての政界入りの声も出たが、後世帝国海軍には彼に匹敵する後任がいない。やむを得ず軍令部総長の席に座りつづけているが、新たに次長を複数制にして、過酷な職責を軽減することにした。

「おかげで、楽隠居とまではいかないが、負担が軽くなりました」

と、高野は話した。

つづけて、最近の様子を、

「海上艦の多くは、今や老朽艦となり、不満も多いので宥《なだ》めるのに苦慮しております。原則的には既製艦隊は近海防衛艦隊に編入されましたからな。海軍戦力の低下は歴然としており、これで大丈夫なのかという批判を、みんな私が被っております」

と、言って、高野は苦笑した。

「辛いだろうが我慢して欲しい」

と、大高は言った。

「太極計画の秘密は何としても守らねばならん」

「わかっております。敵を欺くには味方からであります」

「高野さん、ヒトラーもだが、アメリカもだよ」

と、大高は言った。

「閣下も相当な狸ですなあ」

まったく人を食った話であるが、後世日本は弱者を装い、愚者を演じているのである。アメリカにしてみれば、これが歯がゆいらしい。

しかし、なんでもナンバーワンになりたがるのがアメリカの国民性だ。しかも、日本が強くなりすぎると、たちまち日本警戒論が出てくる。

「かなり付きあいかたの難しい国だが、いったんコツを覚えたら、愛すべき国民だと思っております」

と、大高は漏らした。

「しかし、満州をはじめ、亜細亜における大幅の権益を譲ったために、閣下を国賊視する連中は多いですぞ」

「ははッ、欲は身を食う。亜細亜で譲歩したからこそ、われわれは、厄介な亜細亜問題に振り回されることがないのです」

「それは一理ありますな。しかし、閣下はよく言われますなあ。日本の生きる道は隙間だと」

「平和の道を選ぶなら、われわれは亜細亜に限らず、世界の隙間で生きる他ないではないか」

と、大高は屈託がない。

「なるほど。侵略ではなく浸透ですな」

高野は言った。

「手本は華僑ですか」

「華僑は独自の軍を持っているわけではない。それでも何千万人もが、祖国の外で生きているではないか。日本人も、閉じこもりの国民性を破り、海外で生きる道を探したほうがいい」

と、大高は言った。

中国人独特の浸透は侵略とは言えないのだ。

「トインビーの言です」

と、大高は説明した。

「思うに、彼ら華僑は国家とは呼べない国家を建設しているのではないか。すなわち、ネットワーク国家です。人脈が縦横に連結した国家です。それは見えない。だが、確実に存在している。活発な経済活動を行っている。こうした、近代国家概念の範疇には入らない国家の存在に私は注目したい」

だが、前世はそうではなかった。日本軍は、彼らを敵対分子として、大量処刑したのである。

「亜細亜をまとめるには華僑との友好関係を、根気よく築かねばならないとの認識は、私も持っております」

と、高野も言った。

「そうです。われわれは、日本人の範疇を越え、積極的に亜細亜人にならねばならない」

「なるほど」

高野はうなずく。

「しかし、いささかわが国では危険な発言ですな。閣下、お気をつけください。國體論者の猛反発を食うは必定」

「ははッ。しかし、それではナチズムと同じになる。われわれ亜細亜人の起源はスンダランドです。今のインドネシアのあたりが、氷河期の時代に小大陸になっていたのだ」

大高は嬉しそうな目をして、

「彼らスンダランド人は、遥か昔に南アフリカの海岸から移動してきたのです。彼らがわれわれ亜細亜人の先祖ですぞ。私の気持は、前世の亜細亜侵略を深く反省して、亜細亜人になることです」

また、こうも言った。

「これからは、たとえば、北米大陸の広い懐に飛び込んで行く勇気が求められる」

「シアトルに日本企業を進出させたのは、閣下の画期的な功績だと思います」

と、高野も言った。

つづけて、

「アメリカで作られた日の丸機が、やがて届くかと思うと、ははッ、愉快ですな」

「そのうち、シベリア産の軍艦や戦車も届く」

と、大高も笑った。

「経済には国境はない。これが最近の持論でしてな」

まだ朧気《おぼろげ》ではあるが、大高なりに、来るべき世界のあり様を考えているのである。

2

さて、機中会談、話題が転ずる。

大高弥三郎は、とかくグローバルなものの見方をする。大高は徹底した国際派であるが、これがとかく反対勢力の反感を買うのだ。

たとえば國體（国体）論者である。だが、この国体論なるものが、どうもよくわからない……。今、手元に文部省発行の『國體の本義』なる一書がある。教科書に使われたものだろう。定価三五銭。初版が昭和十二年五月。版を重ねたらしく手元のものは第八刷で一〇三万部とあるから、当時としては大ベストセラーだったと言える。

これをひもとくなら、当時の日本人の精神状況がわかる。

「第一　大日本国體」とある冒頭の個所は、はなはだ格調高く、次のとおりだ。

大日本帝国は、萬世一系の天皇皇祖の神勅を奉じて永遠にこれを統治し給ふ。これ、萬古不易の国体である。而してこの大義に基づき、一大家族国家として億兆一心聖旨を奉戴して、克く忠孝の美徳を発揮する。

おそらくこの一文で、国体のすべてが言い尽くされていると思うが、維新後、日本の国家指導者たちが目差した国の姿は、天皇を国の父とする家族国家のイメージであったようだ。

ではなぜ、このようなわが国独自の思想とも言える一国大家族主義とも言える思想が現れたものか。一つには、幕末期の欧米列強の脅威が日本人の心を不安にし、外敵の侵略に対抗するための総国民一致団結が求められた。

国体思想は南北朝時代よりあり、北畠親房《きたばたけちかふさ》の『神皇正統記《じんのうしょうとうき》』がそれだ。

また、江戸時代に入ると中国から入ってきた儒学が正統の学となるが、この中華中心主義に対する反発が、儒学者自身の内部から起こった。その主張は、日本こそが、古来より君臣の道の定まった優れた国家であるとの自己肯定論であった。その良し悪しはともかく、日本的自意識の発芽と発揚であったと評価できる。

つづいて、国学が起こり、古代日本そのものを賛美する思想が生まれる。

大高弥三郎は高野総長に言った。

「われわれ日本人に、大陸侵攻を決断させた動機、もとより無意識の動機だが、その根は深いところにあると私は思う。江戸中期の儒学者荻生徂徠《おぎゅうそらい》のように、古代中国の聖人を賛美する者もいたが、この時代の日本人は、父たる中国に対する一種の反抗期にあったのではないかと思いますな」

これが、幕末期には、君臣の大義が古代よりあったと日本の国体を讃える後期水戸学、およびより排他的な日本中心主義を唱える平田篤胤《ひらたあつたね》の国学思想に結実するのだ。

「幕末期の欧米列強による開国の強要が、われわれ日本人に尊皇攘夷論《そんのうじょういろん》を広めたと言えますな」

と、高野は言った。

「ええ。黒船の来航が幕末期の日本人に与えた、心理的衝撃は大きかったですな」

大高は言った。

「黒船は怪物に見えたと思う。日本人は威嚇《いかく》されたのです」

あえて言うが、日本人の犯した大陸侵攻と太平洋戦争は、多分に心理的なものである。日本人の歴史的な深層心理と無関係ではない、と思う。

欧米列強が、その欲望のために、世界各地を次々と植民地化して行った動機とは、一線を画すべきではないだろうか。

亜細亜の先進文明圏であった中国に対する歴史的なコンプレックスと亜細亜を窺う欧米列強への恐怖心が、動機の一因であったと見なすべきである。

「黒船コンプレックス――民族の無意識は、そう簡単には消えない。侵略の悪は認めなければならないが、その動機は自己保存本能というか、多分に防衛的であったという説に加担せざるを得ないのです」

と、大高は言った。

つづけて、

「問題は維新以降ですな。薩長を機軸とする維新クーデターによって、政権は朝廷に戻った。が、藩閥政治から統一国家ができても、国民は必ずしも維新政府を支持したわけではなかった。かくして新政府は天皇統治の正統性を国民に植え付ける教育に全勢力を注いだ」

ついで、大正（太正）デモクラシーの時代を迎えるが、欧米の自由民権思潮が流入してくる。マルクス主義もだ。美濃部達吉の天皇機関説が現れ、これを排撃する国体明徴問題が起こる。

昭和（照和）戦前期、一九三一年満州事変。国体論はふたたび活発になる。奇妙なのは、国家社会主義者による、一君万民論を根拠とする天皇制社会主義思想まで現れたことだ。

前述の文部省刊『國體の本義』は、こうした世情を背景として出版されたわけである。

『国體の本義』の特徴は神秘的国体論の立場である。天地開闢《かいびゃく》神話に始まり、天照大神の聖徳、天壌《てんじょう》無窮《むきゅう》の神勅、三種の神器の神聖性など、大日本国体の超絶性・冠絶性が説かれる。これが戦前・戦中の雰囲気であり、小学校でも教育されたのである。

前世の敗戦によって、これが全面否定されたのは言うまでもない。

かくして、戦後民主主義教育が開始されるのだが……。

3

「たしかに、かかる神話史観を以てしては……」

と、大高は、つぶやくように言った。

言葉を濁しつつも、

「高野さん、われわれ日本人のエートスと化しているはなはだ無意識的なものを、一夜にして断絶することなど、果たしてできるだろうか」

公平にみて、国体論が国民の戦意昂揚に使われたのは事実だ。だが、国体論は俄にできたものではなく、南北朝以来、江戸期を通じ、脈々と論じられてきた思想なのである。

前世では、GHQの命令で破棄されたのが国体論だ。敗戦確実まで追いつめられたにもかかわらず、日本の指導者たちが、最後までこだわりつづけたのも国体護持であった。

だが、後世では、日本は負けたわけではない。そこがちがう。国体論者は、依然、強固な勢力である。それだけに、大高弥三郎としても、この問題では苦慮しているのである。

「思うに、民族ではなく家族としたところが、国体論の日本的所以だと思う」

と、大高は言った。

「これが家族ではなく民族ならば民族主義になるが、あくまで家族なのですな、日本は。この大家族主義的な国家論そのものは、島国日本の歴史的背景からも合っていると思う」

「同感です」

「もし、西欧的な個人主義を日本社会に持ち込んだ場合、キリスト教理念という社会全体を統一する欧米世界とは本質的に異なるわが国では、社会そのものが成り立たなくなるのではないか——と、私は怖れる。やはり、家族という単位がしっかりとしていなければ、国家は混乱してしまう」

「難しい問題です」

と、高野も言った。

「海軍の場合は、ひと度出港すれば、一つの艦に乗り合わせた全員が運命共同体となる。まさに家族化いたしますが……」

「なるほど」

大高はうなずき、

「国家は家であり、また船でもある。私は思うが、家族とは次代を担う子供らに、社会のもっとも基本的な善悪の価値観を教える場所だと思う。この基本の上に、学校教育もあるわけで、家族が崩壊すれば学校教育も成り立たなくなる」

なぜ、当時の国家指導者が、個人主義や自由主義、あるいは無政府主義、社会主義、共産主義の流入を怖れたかと言えば、それは本能的な国家と日本社会崩壊の怖れだったようだ。そう、まさに本能だったのではないか。

「むろん、そこから軍国主義が導き出されたのはいただけないが」

と、大高は言った。

大高は、きっぱりとつづけた。

「男女同権の原理を否定する家族主義も、家柄を云々するような家族主義もいただけないが」

大高弥三郎のイメージでは、完全な個人の平等性が保証されている国家・社会における家族主義こそが正統なのであって、この正統家族主義を以て国の基本に据えたいと考えるのだ。

4

前世では、この国家的家族主義とも言える国体論が極限まで進み、超国家主義となった。再三述べてきたとおり、わが国の全体主義は家族主義から導き出されたもので、第三帝国やソ連全体主義とは異なる。が、前世敗戦で、これが同一視されたために、日本全体主義の否定は、教育の基本単位である家庭の枠組みを崩壊させた、と大高弥三郎は、考えるのである。

「もし、親が物事の基本的な善悪の識別を自分の子供に教えることのできぬような家族崩壊社会であれば、学校教育も成り立たぬし、ひいては社会の維持そのものが危険になるだろう」

とも彼は言う。

このことに触れ、高野も、

「忠孝は国体論の根幹でありましたが、忠のみならず孝まで捨てるとなると、社会秩序は崩壊しますなあ」

「むしろ、親孝行というごく常識的な庶民の倫理をベースにして、忠義愛国を唱道した国体論そのものに問題があったのではないですか」

と、大高は言った。

子が親を大切にするのは、倫理の問題である。精神分析学では超自我である。この心のメカニズムをうまく利用して、孝行を忠義に結びつけたのが、国体論という極めて日本的な思想だったのではないだろうか。

「純真な若者たちが、こうして敵艦めがけて突っ込んで行ったのです」

と、大高はつづけた。

顔を歪め、

「私なりに思うが、これは思想などではない。巧妙に作られたプログラムの一種ですよ。私は、人間の尊厳を疑いもしないし否定もしないが、人間は機械のようでもある、と考えます。最初は無垢な存在だが、家庭や学校、そして社会の中でプログラムされていく。このプログラム次第では、人はいかようにもなるのではないか。超国家主義日本は、その国家権力を行使して、このプログラム作成の独占権を握り、忠実な兵士を作りだしたのです」

傭兵ならば契約である。だが、徴兵は国家の強制力の行使である。

「とにかく難しい」

と、高野は言った。「ただ……」

高野はつづけた。

「閣下には言うまでもないことですが、本後世の戦いは侵略戦争ではありません。国家指導者が己の野望を満たすために国民を道づれにする戦いではありません。他国を侵し、その富を奪い、破壊し、無数の人命を奪う戦争でもない。われわれの戦いは祖国を守る戦争です。われわれ後世日本人は天に誓って侵略戦争を放棄しましたが、正当なる防衛戦の権利までも捨てたわけではありません。後世日本では断固として徴兵制をとらず、それぞれの自覚・自発意思に基づく志願制をとっております。決して、国体思想によってプログラムされた兵士たちではありません。われわれには、この世界をあの魔王の支配から救うという、明確な大義があります。卑近な例で言えば、わが子を、わが妻を、わが家族を守る義務、この基本的義務こそが男子の義務であります」

「むろん、わかっております」

と、大高は言った。

「だが、国家の命運を預かることを国民から信託された自分としては、自分にまちがいがないかどうかと、繰り返し自らに問いかけておるわけでして」

「少なくとも、閣下は、前世指導者のようには、国民を欺いてはおりません」

と、高野は言った。

「いや。欺いてはおらんが、私はまちがっているかもしれない……」

大高は目を暗くした。

「神ではありませんからな」

と、高野も言った。

「ただ、西郷さんから言われたことだが」

と、大高は言った。

「私には、国民に対して、きちんと説明し、その合意を得る義務がある。私は望んで大統領になったわけではない。今、日本国がどうなっているかを、きちんと説明するために大統領になった……」

「アカウンタビリティですな」

「ええ。国民に対して説明する義務です。『大統領の義務に関する法律』にも明文化されております」

「戦争反対をあくまで唱える者もおりますが、国民に大きな理想を示し、大きな目標を提示し、われわれの世界恒久平和計画をきちんと説明すれば、みなが理解し、燃えることでしょう。少なくとも、わが海軍はそうであります。一人たりとも例外はありません」

と、高野は語調を強めて言った。

「勇気づけられるお言葉です」

と、言って、大高は頭を下げた。

つづけて、

「混迷の時代には上に立つ者が迷う。国民は目標を失う。社会をニヒリズムの妖怪が徘徊し、退廃がみなぎる。道義もなく道理もない。わが国では大正（太正）デモクラシーと呼ばれる時代がそうであったように思う。時代は長雨の後の軟弱地盤のようなもので、日本は関東大震災を食らい、昭和初期の大恐慌に見舞われた。そうして、にっちもさっちもいかなくなったわが国は、大陸侵攻という最悪の選択をしたのでした。あの前世の時代は悪夢だった。だが、後世はちがう。あの英国民が、熾烈なるバトル・オブ・ブリテンを戦い抜いたように、われわれは、史上最悪の魔王と戦わねばならない」

「閣下。本後世世界の日本国民は、理解しております。もし、あの魔王にわれわれ自由世界が屈するならば、その先にどんな世界が待ち受けているかを」

「だれ一人として、奴隷となっても生きたいとは思わぬだろう。自由なき生は、生きながら死ぬことなのだから」

大高はつづけた。

「生の意味は何か。自由である。この世界において、精神の自由なる発現こそが生きる意味である――との歴史認識こそが、近代である。私はそう思う。いや、確信している。これこそが世界史の流れだ。この流れに反するすべての思想、制度と、われわれは戦わねばならない、断固として。故に、私は思うのです、社会主義の意味を。社会主義体制が、もし人間の精神の自由を束縛するのであれば、これとも戦い、これを是正しなければならない。まして、ナチズムにおいてをや。超国家主義も軍国主義も、この人間精神の自由のあるなしにおいて、その是非を審判しなければならない」

5

はっきりさせておかねばならないが、自由は放任を意味するわけではない。何をしてもいいと言うことではない。他人に迷惑をかけなければ、何をしてもいいということでもない。社会という枠組みの中で、われわれ人間が集団生活をしている以上、個々人は常に他人と関わりあって生きているのであるから、一定のルールは必要である。このルールがなければ、集団生活そのものが成り立たない。

ルールは動物の社会にもある。共生し共存するためには必要なルールだ。ただ、ルールは大まかなほうがいい。分厚いルール・ブックに従ってするスポーツともちがうのが社会だ。

「今、私は賢議院にお願いして、法律の見直しを研究するように求めているが、私なりに、高野さん、法治国家とは何かという根本問題を考えているからなのです」

と、大高は言った。

「近代国家は法によって運営されるシステムです。神という絶対的存在や絶対的君主自身が法であるような国家とちがい、近代国家は法治国家です。選挙で選ばれた代表者で構成される議会が、その法を作るのが原則ですな。しかし、法の抜け道を考える者が必ず現れる。そこでさらに法律ができる。いわゆる鼬《いたち》ごっこになり、法律の数がどんどん増えていく。だが、今度は法によって、われわれは身動きができなくなる。結果、国家は、社会は、停滞する。そうしてイノベーションのできにくくなった国や社会は朽ち果てて滅びる。であるから、私は、賢議院の一色議員に学び、増えすぎた法の刈り込みは、たとえば伊勢神宮の建て替えに倣い、二〇年毎に行うべきだと考えるわけで……」

大統領という国家の水先案内人になったので、最近の大高弥三郎はあれこれと思い悩んでいるところだ――とご理解を賜りたい。

大高弥三郎、今、国家機械というものを早急に点検・整備せずしては、間近に迫った巨大な敵との戦いを勝ち抜けない――と、判断しているのである。

近代戦は国家の総力戦になる。Aという国家機械とBという国家機械が、正面から激突するのが二十世紀の戦争である。世界大戦の規模では、さらに世界が二つの陣営に分かれて戦うのだ。

大高は言葉を戻し、

「人それぞれの生き方、それぞれの価値観はこれを認めるのが自由主義国家です。が、始末《ケジメ》は自分でつけなければならない。そうした自己責任の徹底が求められると思う。とは言っても、具体的に何をすべきかと言うことになると、難しい問題ですなあ」

大高はつづけた。

「国家についても言える。国家の名において事を行う以上、そのことに対するケジメはつけねばならない」

「つまり、国際社会に対する責任ということですな」

国家は、ひとり孤立しているわけではない。絶海のただ中、あるいは大密林の真ん中、奥深い山中に孤立しているわけではない。

大昔ならば、そういったこともあり得たであろう。日本列島が、幸運にも、二百数十年もの鎖国をなし得たのも、島国であったからだ。

しかし、二十世紀の特徴は、世界というのが、交通手段や通信技術の発達によって一体化したことである。もはや、孤立による平和を保てなくなったからこそ、維新革命も起きたのである。だが、どうもわれわれ日本民族の深層心理には、孤立への郷愁がある。

日本は次第に孤立化の道を歩み、超国家主義的全体主義体制が強化される……。

「全体主義というのは、個々人の頭の中までが、国家に管理されるような管理社会究極の体制ですな。その対極には無政府主義がある。これを足して二で割ったような折衝主義もあるでしょう。近代以降、大勢の知識人が頭を絞り、様々な政治制度を考えたが、帯に短し襷《たすき》に長しでしてな、うまい方法が見付からない」

と、大高はつづけた。

「万人の欲望を満たし得ないのが人間社会です」

と、高野は言った。

「とかくこの世は住み難《にく》い。娑婆《しゃば》とはそういう場所です」

高野はつづける。

「ひと口に精神の自由と言っても、国家あるいは社会の基盤を崩すものもある。だが、これを危険思想あるいは退廃思想と決めつけて取り締まれば、精神の自由の原則を侵すことになる。まさに、この世は矛盾ですなあ」

「実は、社会構造の再構築で、この問題を、ベストとは言えぬがベターに解決できぬかと考えておりましてな」

と、大高は言った。

「一例が工作国家のアイディアです。教育は観念の教育であってはならない。知識の詰め込みであってはならない。教育の第一歩は手である。体を動かすことである。体育もだが、もっと具体的な労働を含めて。観念ではなく肉体を使った教育。体験学習や実習もいい。宗教施設での行《ぎょう》もいい。座禅とか滝に打たれるとか。具体的な段階から入り、深淵な思想に至る。体で覚える、五感で感ずるから体得というのですな。農村の子供は農作業を手伝う。漁村の子供は漁を手伝う。これこそが教育の基本なのであって、その上に知識が積み上がる。基礎からの抽象化はいけません。活字ではなく物そのものに触れさせなければいけません。高野さん、たとえばバウハウス運動は参考になると思う。小学校では絵や工作、音楽の時間を増やす。生物も理科も実験の時間を増やす。教育というものは教科書に従った言葉による教育である必要は、まったくないのではないか。様々な個性を持つ小学校があってもいいと思う。何も公立でなければならないという必要はない。私立の塾、ま、寺子屋のような小学校でもいいのではないか。宗教法人が経営する学校でもいい。教育というものは、国家が一括管理しなければならない、というものでもない。いろんなコースがあってもいい。そのことによって多様な個性が育つと思う」

大高の言葉は熱を帯びた。

「肉体を使うことによって、忍耐を学ぶのです」

「すでに、後世日本では実践に移されておりますな」

高野が言った。

「帝国海軍の月月火水木金金、あれはその実践ですなあ」

と、大高は顔をほころばせた。

「ただし、教育の結果は、彼らが成人してからでなくてはわかりませんな。つまり、教育は森に木を植えるような気長な事業だと言える」

「世の親たちは往々にして、子供に過大な期待をかけすぎる。自分の果たせなかった夢をわが子に求めたがる。これは自然な気持とは思うが、子供にとっては過酷な要求になる。ま、小さなうちから塾通いをさせてみたり、そんな風潮が昨今の社会に見られるが、これを看過していいのかどうか。昔は子供たちには、十分、遊ぶ時間があったが、今はなくなりつつある。どうしてこんなことになったものか。私は、社会の価値観が変質してきたからだと思う。どうも、世の中全体がキリキリしすぎている。私には、国家が、社会が、重大なまちがいを犯しているように思える」

大高はつづける。

「このことについては、親たち、社会全体の合意が必要だが、学歴社会のような入口社会ではなく、後世日本は出口社会に変革すべきだと思うのです」

「なるほど、出口社会ですか。その具体的方策を閣下はお考えですか」

と、高野が問う。

「日本は近代化の過程で、どこもかしこもコンクリートで固めたような社会になってきた、と思うのです。高野さん、もし石垣ならば隙間があるでしょう。その隙間に虫も棲むことができる。だが、コンクリート社会なら隙間がない。そういう隙間のある社会であったほうが、私は健全だと思う。空間的な隙間も必要だし、時間的な隙間も必要です」

「昔はそうでしたな」

「なぜか。人の生きる意味が、昔と今ではちがっていました。だが、今の人間は、あまりにも単一な理想型を追い求めすぎる。よりよい生活というような。それもいいでしょう。だが、その理想の形がみな同じだ。似すぎているのは、やはり異常なんじゃないか。いい大学に入り、一流企業に就職し、高い給料を貰い、安全に一生を送りたいという、こうした安全志向の社会からは、傑物は生まれやしない。昔はいた立志伝的人物も生まれない。人生そのものが安全運転ですな。まるで夢がないのです。本当は子供自身が考えなければならないのに、親が考えてしまう。親の夢を子供に押しつけてしまう。子供は、自分の夢をみる権利を奪われているのです。これでいいのだろうか。いったい、子供とは親のなんなのだろうか。子供は親の耐久消費財なのか。ペットなのか。子供のすべてを奪う権利が親にあるのか。私は絶対にまちがえていると思う。一流企業のエリート・サラリーマンの子供が、親のようなサラリーマンにならねばならないという法律があるというのか。大工さんになったっていいじゃないか。大臣の娘が、消防士のお嫁さんになったっていいじゃないか。ははッ、実はうちの娘が今度そういうことになりましてなあ」

「それはめでたい」

「人生山あり谷あり——昔の人はよいことを言った。私は娘に言ってやりました。結婚は安全な就職じゃあない。人生は冒険だとね。そのほうがずっとおもしろい、とね」

大高弥三郎に言わせれば、そういうことが許される社会こそが自由なのである。

「人生、七転び八起きですな。国家も同じですな。よい時も悪い時もある。規則規則と言い、平和平和といい、冒険をまったくしない国家はおもしろくない。社会は緊張する時もあるし、弛緩する時もある。わが国だって、過去、幾多の危機を乗り越えてきたのです」

と、高野も言った。

6

すっかり話し込んだが、まだ機は室蘭港にはつかない。彼らは話題を変えた。話し合ったのは知識人の問題である。

果たして、知識人と言われた人々は、国家の危機にいかに対処したか。果たして彼らは、体を張って軍閥台頭に抵抗したかどうか。皆無ではない。しかし、一〇人中九人までは、時流に流されたはずである。

では知識人とは？　この言葉は明治（明治）時代にはない。この時代の知識階層は、大分、国家の支配機構の中に従属した。

「こんな書生節《しょせいぶし》をご存知ですか」

と、大高は言った。

「書生書生と軽蔑するな。末は参議か大臣か」

明治（明治）初期には、エリート青年層にはそうした雰囲気があり、人材不足もあり、彼らの出世も早かったのである。

ところが、同二十年（一八八七年）文官高等試験制度が実施されるに及び、安易な出世はおぼつかなくなった。せっかく苦労の末の高等教育機関に入学しても、国家権力を担う官吏にはなれない多くの高学歴者が現れてきた。

この、徳富蘇峰《とくとみそほう》が煩悶《はんもん》青年と呼んだ彼らこそが、次の時代の大正（大正）教養派の先達となるのである。

知識階層という概念が、わが国でできるのは大正（大正）末期かららしい。辞書に載るのは昭和（昭和）の初めだ。知識人という言葉もこのころからである。

ともあれ、高等遊民的な雰囲気のあるのが、大正デモクラシー時代の知識階層であるが、この時代の状況を考えればやむを得ぬことだったのかもしれない。

すなわち、マルクス主義の流入である。

「私もだったが……」

と、大高は述懐するように言った。

「ひと度、この鮮烈な思想の洗礼をば魂のまだ若い青年期に受けますとな、自分の出身階級と自己意識の狭間で、生涯苦しむことになる」

こういうことだ。マルクス主義では、経済的財の有無によって、人間は資本家とプロレタリアートに分けられる。では知識階層はどうかというと、知識そのものは独自の財とは見なされず、彼らは宙ぶらりんな存在になる。

「マルクス自身だって、その知識階層の一人だったわけで、となると自己不在の理論体系がマルクス主義ということになる。と、私などは、若いころ、考えましてなあ」

　と、大高は苦笑いした。

「なるほど。それで閣下はフェビアン主義の道、つまり社会改良主義者になられたわけで」

　と、高野は言った。

　マルクス主義では、知識階層は、その知識を無産階級の解放のために使う、自己犠牲的・奉仕的役割を求められるわけである。

　マルクス主義は人の良心に居座る。超自我を支配するから極めて居心地を悪くする。はっきりした理由はわからないが有島武郎《ありしまたけお》が自殺し、ぼんやりした不安にかられて芥川龍之介《あくたがわりゅうのすけ》も死ぬ。出自そのものを恥と思う純情さが、この時代の知識階層にはあったようだ。軽々には言えぬが、こうした腰の引けた知識階層では、日本軍国化阻止の砦となることなど、到底、おぼつかなかったにちがいないと、想像される。

　ところが、その一方で、昭和（照和）八年、佐野学《さのまなぶ》、鍋山貞親《なべやまさだちか》両名の元共産党幹部が、服役中の市ヶ谷刑務所で転向声明を発表する。この影響は大きく、多くの追従者をだす。彼らの『共同被告同志に告ぐる書』の趣旨は、国際コミンテルンの批判であった。

　大高は告げた。

「国境を越え世界全体を、資本家と無産階級に分け、いわば世界同時とも言えるプロレタリアート革命を目差したのがコミンテルンの路線であった。この件では、私もトロツキー氏とは何度も話し合ったことがあるが……」

　つづけて、

「佐野・鍋山両人の声明では、民族の概念が入り込んでくる。すなわち、各民族それぞれの特殊条件の中で、一国社会主義の路線を目差すというものでした」

　実は、P・F・ドラッカーの指摘にもあるが、万国の労働者は、ユダヤ人、トロツキーの期待したような国際的団結を見せず、国家・民族の単位で団結してしまう。世界中で、資本家とプロレタリアートが団結して、第二次大戦に突入するのだ（参照『経済人の終わり』P・F・ドラッカー／ダイヤモンド社）。

「こともあろうに、二人の元共産党幹部が、日本皇室の連綿たる歴史的存続を認め、皇室を民族統一の中心と感ずる社会的感情が勤労大衆の胸底にある——とするのです」

　そう言って、大高はちょっと目を閉じた。

　つづけて、

「まさに国体明徴の先取りですな」

「二年後のことです」

　高野も溜息をつく。

　当時の東京帝国大学教授にして貴族院議員、美濃部達吉の天皇機関説を排撃したのが国体明徴問題であった。

「これで、日本は後戻りすることなく、第二次大戦に突入していくというのが、ま、一般の説ですな」

　と、大高は言った。

「ええ」

「ところが、真相はちがう」

と、大高は告げた。

「……」

高野は無言を保つ。

7

さて、以下は一応、後世世界のお話ということにしていただくが……

「私は、個々人についての歴史的評価を、後代の価値観から行うことには反対なのです。いかなる人間といえども、時代という大きな歯車に巻き込まれている。その時々で彼らが何を書いたとしても、その心情まではわからない。その時々、様々な事情や背景というものがあり、何が隠されているかわかったものではない」

と、大高は言った。

「いいですか、私自身は、当時、満州国と深く関わっておりました。だから知っているのです。多くの革新青年は満州に逃れた。満鉄もこうした多くの人材を登用した。満州国政府で指導的立場にいた多くの人材は、やがて帰国し、内務省に入り、いわゆる新官僚となった。彼らが中心となり、対米戦に備えた国家体制の整備を始めるのです」

これが、いわゆる四〇年体制である。

大高はつづける。

「日本はこの時から社会主義になるのです。極めて独自な国家社会主義とでもいうか、天皇制を護持しつつ、大家族国家主義的社会主義国家になったのです」

マルクス本来の社会主義が、実際には変質し、二十世紀世界をつくるのである。ソ連型の全体主義的社会主義もあれば、アメリカのようなニューデール国家。ムッソリーニのファシズムも協同組合的な社会主義の一種である。ナチズムはどうか。国家社会主義である。国際コミンテルン運動は衰退したが、社会主義は国家主義や民族主義と習合するのである。

「わが国では、天皇の権威を超絶的な次元まで高めながら、その一方では、ソヴィエトの計画経済の画期的成果に瞠目《どうもく》しつつ戦時体制を作り上げて行ったと総括できる」

と、大高は言った。

つまり、大高弥三郎がここで言外に言わんとしているのは、いわゆる戦後教科書的な歴史観でみる歴史の愚だ。歴史を善悪で評価するがごとき善悪史観では、極めてその因果関係が複雑な歴史の真実はわからない。

「歴史に学ぶ――とは、どういうことか。歴史の反省とはどういうことか。私は歴史の反省を言うなら、その前に、善・悪分節的な歴史の見方そのものを反省すべきだ――と思いますな」

と、彼は言った。

「あえて言うが、自国の歴史は後代の国民を励ますものでなければならない。失敗は失敗としても、われわれは歴史的事実に対し、あくまで冷静に、かつ分析的でなければならない。歴史の失敗を、われわれは恥の感覚で受け止めてはならない。親たち、先祖たちの失敗は彼ら自身の失敗であり、子孫までがそれを受け継ぐ必要はない。子孫はただそれらを率直に、事実として知ればいい。聞くだけでよく、心に留める必要はない。歴史から得られる数々の教訓は、客観的な態度でこれを分析してこそ、初めて反面教師となる」

とも、大高弥三郎は、その『語録』の中で書いているのだ。

「歴史を、イデオロギーによる解釈で捉えるなら、われわれは、ふたたび、同じ失敗を繰り返すであろう。なぜなら、戦前日本の知識階層が犯したように、イデオロギーという妖怪は、人の無意識の超自我に棲みつき、正確な判断を狂わせるから。歴史は情報である。多くの教訓的な先例の宝庫である。情報としての歴史は、未来へ向かうわれわれに多くのデータを提供するのだ」

「奇妙なもので、歴史をひもとくならば、幾つかの出来事が相似形をなす。このデータを集めて分析すれば、どうなるかが予測できるであろう。そして、国家の指針に役立ててこそ初めて歴史を学ぶ意味が出てくるはずである」

再三、述べてきたように、大高弥三郎は、歴史相対主義の立場と歴史精神分析学の立場をとる者なのだ。

また、彼は、海洋史観の支持者でもある。日本という特異な国は、その地政学的条件により、海外思想の影響を受けやすい。それだけに、輸入される思想は、これをよく見定める必要がある。

わが国は、欧米帝国主義を無批判に受け入れて、侵略国家になった……。

国体論に結実した皇国史観は、後代の目で見るとなら奇妙ではあるが、往時の学者たちが懸命に作り上げた折衷《せっちゅう》論にも思えるのだ。

西欧思想に、日本神話を結びつけたような雰囲気があるが、いかにも日本人的な発想に基づく苦心の作とも言える。

大高弥三郎は、この国体論すらも、かつて存在したわれわれ日本人の精神史の中に位置づけて抹殺しない。ある時期、日本人がかように考えたという事実を記憶することが重要なのである。

これを、政治学者、丸山眞男《まるやままさお》に倣《なら》えば、地層の考え方になるか。

遠い過去より積み上げられてきた、日本精神史の地層、連綿として……。その一層に国体論はある。

あたかも、ポスト・モダニズム究極の思想、かのドゥールーズ&ガタリの「根茎《リゾーム》」の思想にも似て……。彼らは欧米では異端であろうが、わが国では容易に受け入れられる素地があるのだ。われわれ日本人の意識構造は、縄文以来、一万数千年の時の堆積の上に、構築されているのである――との痛切な想いあるが故に、彼、大高弥三郎は日本人なのである……。

第三話　超戦艦Φ計画最終段階

1

室蘭秘密港と交信するため、高野総長は、操縦室へ行った。

防音室を出た大高は座席を後部に移す。五十鈴川《いすずがわ》型航空ジェット・エンジンの爆音が、大高の鼓膜を支配する。

戦前、五十鈴川と言えばトラック製造メーカーだが、近年、ディーゼル・エンジンの技術では世界のトップクラス。のみならず、ウィトゲンシュタイン社との技術提携で、航空エンジンの分野でも確実にシェアを広げているのだ。

機窓の下に噴火湾が見える。北の冬空は、抜けるように晴れていたが、風が強いらしく、太陽光を浴びた海面の表情は黒々として、あたかも鋼鉄の鱗であった。

機体が、突然、激しく揺れた。大高は、乗員の一人に注意されて、座席ベルトをつける。

横須賀から付いてきた護衛機が、突然、近付く。翼を振る。風防の中のパイロットが、彼のほうを見た。手を振る。かと思うと、翼を翻して離れて行った。多分、千歳に向かうのであろう。

着陸までの時間、大高はぼんやりと激しく金属的な爆音に身を委ねる。

すると、意識が溶け出すような感覚になり、とりとめなく思惟に耽る……。

大高自身、よく自覚することだが、人は脳の働きに支配される。そこには脳内宇宙とも言うべきもう一つの世界があって、活発に作動するニューロン・ネットワークが紡ぎ出す、思念世界を生みだすのだ。

これが観念であって、思想もつまるところは、脳機械の産物なのではないか。

だが、一つ問題がある。脳という機械は、言葉という概念のネットワークが駆使されて作動するものだが、往々、こうして構築される思想体系は、それ自体が閉じられた系ではないのか。

極端に言うなら、われわれ人間の脳は、言葉（概念）という必ずしも現実世界とは対応しない言語的道具で作動するものであるから、脳はそれが産み出したものの真偽について、なんら責任を取り得ないのだ。

とすれば、われわれは、そうしたはなはだ無責任な脳の産物である思想の体系に振り回される必要はない。いや……べきではない。

（人間の超自我に居座った観念の体系が、いかに多くの、いや大量の人命を奪ったことか）

ふと大高は思った。

そう考えるものだから、彼としては、思想《イデオロギー》というものを怖れる気持が、心のどこかにあるのだ。

まして、彼は、今、大統領という極めて責任のある立場にいるだけに不安なのである。

（近代という時代は恐ろしい時代だ）

と、彼はつぶやく。

（思想が大量殺人の引き金になったのだから）

たとえば、マルクスであるが、たしかに、彼は正しいことを言った。ただし、ある意味では——との限定詞付きで。

現に、この大思想家の脳機械が生み出した強力な革命の理論で、世界の旧い秩序がひっくり返った。

（だが、彼は性急すぎたのではないだろうか）

との思いが大高にはあるのだった。

世界の転覆を以てするに、暴力を認めたのがマルクス思想である。

彼は人間の本性に潜む獣性に気付いていたのだろうか。

彼は、暴王スターリンのような権力の魔性に、彼の理論が利用されるとは考えなかったのだろうか。

マルクスによって、暴力が正統な理論として認められたために、二十世紀は暴力の世紀になったのではないか。

多分、マルクスは、フランス大革命の暴力性に注目したのであろう。秩序の基盤であった階級構造を破壊するものは暴力以外にはないと考えたのであろう。

だが、ひと度、パンドラの箱の封印が解かれた時、暴力の制御は利かない。血は血を呼ぶのだ。

おそらくマルクスは、二十世紀の惨状を予想だにしなかったであろう。

ひと度、彼の一観念が、世界に向かって放たれるや否や、暴力は世界公認となったのだ……。

本来、人間の本性は暴力である。だが、宗教やその代替物としての理性という安全装置があって、これを押さえていたのだと思う。

だが、マルクスが、この制御装置を外してしまったのだった。

結果はどうかと言えば、案の定、ソ連では革命は成功したが、安全装置のないこの唯物論国家では恐ろしいことが起こった。

一方、ナチズムはどうかと言えば、こちらは狂った合理主義とでも言うか、あたかも理性の暗黒面が作動する暴力装置に他ならない。

日本はと言えば、ついに知識人の理性は、軍国主義の抑止力とはならず、ナチズムに追従する暴力機械になってしまった。

もとより、彼、大高弥三郎には、苦い前世の悔恨があるのだ……。

（だがしかしだ、この二十世紀世界において、いったん暴力が肯定された以上、これを防ぐのは軍事力しかない）

本来、工業社会そのものが、大自然に対して暴力的である。経済もだ。力が正義となる。勝つことがすべてになる。支配者に絶大な権力を与えたのが、工業化された近代であった。

大高とて、できれば戦いたくはない。だが、武器をとらなければ、この世界を支配する原理は暴力だけになるのだ。

（矛盾だ。矛盾、矛盾、矛盾……）

後世の今日、ハインリッヒ・フォン・ヒトラーさえが、平和主義を唱えているのだ。困ったことに、国内の知識人の中にはこれに同調するものがいるのだが、心優しき良心的な者ほど、この言葉の持つ魔力に弱い。

（だが、ヒトラーの言う平和は「ローマ人の平和」だ。ローマ人は、平和主義を以て外域支配に利用した。ブリタニア（今の英国）の民が皆殺しにされることが、ローマ人にとっての平和であった。平和主義を唱えて、彼らはブリタニアの民にローマ的な享楽を教えてその反抗心をそぎ、残酷極まる搾取を行った……）

（平和主義には、善意のそれと悪意の平和主義がある。過去幾多の例が示すとおり、狡猾な国家は標的とする民族を甘い蜜で陥れる……）

気が付くと、搭乗機は着水態勢に入っていた。

2

室蘭港は、内浦湾とも言う噴火湾の東端にある、さながら盲腸のような小半島の内側にある。港はその地形を生かした天然の良港。製鉄所で知られている。

着水した機は、水面を滑走しながら湾奥に向かう。

前方に海抜一〇〇メートルに満たぬ岬状の小山があるが、その下を掘り抜いた人工の大洞窟こそが秘密造船所である。

沖から向かって、左手が日鋼室蘭製鉄所のある茶津町、右手が入江町の位置関係である。

機は桟橋に着く。

大高は桟橋に降り立つ。風が冷たい。雪を積もらせた港の風景。ここから見ると何気ない景色であった。鉄道の引き込み線があり、トタンとスレート板の建物があるが、埋め立てられた土地のようだ。

高いコンクリートの塀が巡らされ、歩哨が立っていた。スパイの侵入を防ぐ監視装置も厳重らしい。

門を潜る。大きな門松が立っていた。外套を着た衛兵が敬礼した。

敷地内に入る。

「どうぞ」

と言われ、トロッコに乗る。

線路は、建物の中につづいていた。

「一応、ここは弾薬庫ということになっておりまして、従って危険立入禁止地区です」

と、高野が教える。

「あれがそうか」

と、大高は積み上げられた梱包をさす。

「ええ。全部、砲弾でありますが、爆発はしません。演習用の模擬弾ですから」

倉庫は縦に幾棟もつづいていたが、やがて途切れる。

トロッコを降りたところが、巨大な鉄の扉で閉ざされた地下ドックの入口であった。

向かって右手に大きな運河があったが、これも、全体が、コンクリートの高い壁とトラスの屋根で隠されていた。

「この水路を通り、艦は内部のドックに出入りします」

と、高野が説明した。

「なるほど」

「現在は係留岸壁として使われ、伊号潜水艦が三隻入っておりますが」

潜り戸から秘密基地に足を踏み入れると、大石蔵良が出迎えていた。

「閣下。あけましておめでとうございます。わざわざ足をお運びくださいまして、ありがとうございます」

「はじめて見るが、凄いもんだな」

と、大高は言った。

「ご案内します」

大石に先導され、潜り戸のすぐ脇の階段を上る。地下工場の高い岸壁にそい、回廊状の通路がある。

「地下水で滑りますので、足もとにご注意ください」

回廊を進むと、上から改装中の超戦艦日本武尊を見下ろすことができた。

通路は工場正面にある作業指揮所につづいていた。

内部に案内される。

ここに立つと、作業の状況を、見渡すことができる。

「少しお休みになりますか」

「いや」

大高は答えた。

「では、早速。後で、下にご案内して、艦内を見ていただきますが、一応、ここで改装情況を説明させていただきます」

と、大石は言った。

大高は高野と共に指揮所の窓に立った。

大石が、歯切れよく説明し始める。

それにしても、こうして眺める超戦艦の威容は、彼らを圧倒した。

「基準排水量六万二〇〇〇トンは改装前と変わらずであります」

と、大石は告げた。

なお、満載六万六〇〇〇トンだ。

「こんな巨大な艦が海中に潜れるとは、到底、思えん」

と、大高は言った。

「が、潜航できます」

と、大石は、満面に笑みを湛えて言った。

「閣下」

高野が言った。

「常識ではなし得ないことを成し遂げるのが、天才というものであります」

「そうか。あなたが天才であったことを忘れておったよ」

大高は笑った。

「この世界が後世であることをお忘れなく、閣下。しばしば、不可能が可能になります」

と、大石も言った。

全長二五六メートルも変わらず。

吃水一〇・三メートルも変わらず。

水線幅四〇・四メートルである。

水中排水量　秘匿。

水中速力　　秘匿。

その他、諸々の謎に包まれた海中戦艦日本武尊は、最後の工程に入っていた。

3

「兵装ですが一部に変更があります」

と、大石が告げる。

「主砲はそのままかね」

「はい。五一サンチ四五口径三連装二基計六門はそのままでありますが、防空砲には変更があります」

すなわち、

一五サンチ六五口径成層圏単装高角砲六基
二五ミリ三連装高角機銃四基計一二挺
一〇サンチ六五口径高角砲はなし。

「砲は、かなり突出しているが、潜行時に差し支えないか」

と、大高は訊く。

「防空砲は艦内に引き込みますが、主砲は無理です」

「水の抵抗だが、問題はないのか」

「引き込み式の整流シャッターを取り付けることで解決します」

と、大石は答え、

「つづけます。改装前にもあった噴進弾発射装置ですが、海中発射型に換装し、射程、破壊力も増加したので、攻撃力は倍増しました」

大石は言葉をつぎ、

「水中魚雷発射管六基と魚雷庫を、今度、不要になりました燃料タンク室を利用して搭載しましたので、これが、また、楽しみであります」

「ほう。ずいぶん嬉しそうな顔だな」

と、大高は言った。

大石の精悍な顔が、まるで少年のようでもあった。

「はい。本艦が積む新型誘導魚雷は、須佐之男《すさのお》号と同じでありますからな」

「そうか。話には聞いておるが……」

大高も目を笑わせ、

「凄いか」

「ええ。かなり高価ではありますが、必殺兵器と言えますな」

「他には？」

「燃料タンクの空きを利用していろいろなことができます。さらに新型小型潜航艇と小型飛行艇……」

「水中特殊作戦用のあれか」

「はい。さらにまた、ヘリコプター一機を高野総長に要請しておりますが」

「閣下」

高野が言った。

「泰山《たいざん》航空工業に発注した対潜攻撃ヘリのことであります」

「それでは、閣下、直接、ご自分の眼でごらんになってください」

案内され、タラップを降りた。

4

まさに威容と言う他ない。下から見上げると、一層その感が強い。作業用リフトで上に昇った。

艦尾よりも後部砲塔は一段下がり、潜水時には上部を整流シャッターが覆うとの説明を受けた。

大石は、

「シャッターは薄い不銹鋼《ステンレス》で作られ、素早く引き出されます。しかし、機能は整流のみでありまして、潜航時には、砲塔は海水に漬かります」

と、教えた。

「敵艦に潜航して接近、射程内に至るやたちまち浮上。巨弾の一斉射撃を食らわせてやすやすと葬り去り、ふたたび海中に姿を隠す。ぜひ、私も乗艦したいものだな」

と、大高は眼を輝かせた。

「動力室は最後にして、艦橋へご案内します」

と、大石が言った。

もはや、かつての面影はない。主檣楼構造は低くなり、丸みを帯びていた。

煙突も取り外されていた。

「しかし、偽装用に発煙筒は取り付ける予定です。いろいろと使い道がありますからな」

と、大石はにやりと笑った。

つづけて、

「本艦自体が秘匿されておりますが、仮に敵に知られても、表向きはディーゼル推進で押す考えです」

「あれは何か」

「高性能の電子戦装置であります」

と、大石は告げた。

「特に、敵航空機の早期発見には力を入れました」

「対潜対策はどうか」

「水中音波探信儀の類は、艦首と艦尾にあります」

艦橋に昇る。

大石は、主檣の夜戦用と昼戦用、後檣の戦闘指揮所の水密問題が、もっとも困難な課題であった——と語る。

巨大な艦内を一巡後、動力室に向かう。ここは、須佐之男号と同じ構造、システムであった。

あの紺碧艦隊は今なお健在だが、これらもすでに換装済みである。亀天号をご記憶であろう。みな同じシステムとご理解賜りたい。改装された日本武尊も、トリウム炉を搭載、その電力を使い、電磁推進するのである。

「まさに、押川春浪《おしかわしゅんろう》『海底軍艦』が、目の前におる——ですなあ」

と、大高は、艦内一巡後、いかにも納得したという面持ちで言った。

「私なども、子供のころわくわくしながら読み耽《ふけ》ったものだった」

ひと言、こうした昔の子供たちに読まれた、空想軍事科学小説の意義について述べるならば、たしかに芸術の香り高き文学と言えるものではない。だが、往時、非常に多くの少年たちに読まれたのも事実なのである。

時代の背景もあったろう。強きものへの憧れは、まさに少年的なものである。戦艦や戦車は蒸気機関車と同じ無意識の記号である。

が、前世日本は、敗戦という神州不滅神話の崩壊によって、そうしたものを一掃したのだった。だが、大人たちの悔恨の念が日本社会を変えたのは当然だったとしても、戦後人が気付かずに失った大事なものも多かったのではないか。

強さは破壊の象徴ではない。強さは優しさなのである。「気は優しくて力持ち」なのである。父性とはそうしたものだ。普段は優しいが、いざという時、頼りになる支えとなる存在、それが父というものである。前世戦後では、その父がいなくなった。子供たちの前から、父性が喪失した……。

「無敵とは言いませんが、日本武尊は強い。大改装によってさらに強くなった。前世艦の戦艦大和は戦争の様相が一変したため、単なる無敵日本海軍の象徴的存在に終わり、さしたる働きもせずに海底に沈んだが……」

　と、大石は言った。

「しかし、この日本武尊はちがいます」

「運用については、提督のことだ、十二分に考え尽くされておられるとは思うが……」

　と、大高は言った。

「はい。常識の埒外《らちがい》にあるので、常識人には使いこなせません」

　と、大石は胸を張った。

「ははッ。あなたを信ずるほかないな……」

　大高は言った。

「日本と世界の運命が、この新戦艦とあなたの戦術にかかっているのだ」

「閣下。万の説明よりも実戦での証明です。結果がすべてであります」

「頼もしいのう」

　と、大高は眼を細めた。

「閣下」

　大石が言った。

「米国政府がわが海軍の弱体化を大いに懸念しておると聞いております」

「そのとおりだ」

　大高は、にやっと笑った。

「彼らは知らない。日本武尊は北太平洋で沈んだと信じているし、超潜須佐之男号の存在も知らない。紺碧艦隊の存在も知らない。わが秘匿潜水艦隊の存在も知らない。あるのは退役寸前の艦艇のみと思っておるよ」

「閣下の太極計画は、ものの見事に成功しておりますなあ」

と、大石が言った。

「閣下。厳田長官は……」

と、高野が言った。

「閣下に随行してアメリカに行き、B29五〇機を、まんまとせしめたそうですが」

「うん。まもなく、九十九里戦略爆撃航空艦隊基地に着く予定です。しかし、せしめたというのはまずい。歴とした戦時武器貸与法に基づくものですぞ」

「ははッ。では……」

高野が言った。

「われわれ海軍も、金持ち国の恩恵に与《あずか》れぬものでしょうか」

「わかった。話してみよう。で、何が欲しいのですか」

「空母です。新型とは申しません。スクラップ寸前のものでも結構であります」

「何隻？」

「多いほどいいですな」

「欲張りだのう」

「はい」

「何に使うつもりですか」

「弘法筆を選ばず、と言いますからな」

「なるほど」

大高はうなずく。

「実は川崎の御大《おんたい》にせがまれましてな」

高野が言った。

「うち明けますとな……」

「あの御仁《ごじん》、退役したのではなかったのか」

「はい。御大は、現役に戻せ――と言うことを聞きません」

「ほう」

前大戦のハワイ真珠湾攻撃の際、分捕った米戦艦を改造して編成したのが紅玉《こうぎょく》艦隊であった。老将川崎弘《かわさきひろし》、当時中将は、これを率いて数々の武勲をたてた。

「閣下、私からもお願いいたします」

大石が言った。

「役に立つのか」

「むろん」

何か、大それたことを、知将大石蔵良は考えているようである。

「艦も老朽ならば乗員も老兵ばかり、実はそういう艦隊を構想しておるわけでして」

「うーん。奇想天外じゃのう」

「名付けて白銀艦隊。白髪頭に因《ちな》みました。いかがでしょうか」

「わかった。早速、アメリカさんに無心するとしよう」

と、大高は言った。

生涯現役――これぞ老人の心意気だ。社会の都合で勝手に隠居にされてはたまらない。

大高には、大石蔵良の考えがよくわかった。

「老人支配は困る。組織を老朽化させるからだ。だが、老人たちを囲いに入れて、その死期を待たせるのは、残酷このうえない仕打ちだ。社会は老人たちの活用を考えねばならない。生き甲斐を与えるためにな」

と、大高は言った。

「白銀艦隊の活躍が広く報道されるならば、国内の老人たちも大いに勇気づけられるにちがいない」

「では早速、海軍大臣に艦隊員募集を要請します」

と、高野五十六。

「五十五歳以上ということで、海軍退役軍人より選抜いたします」

「なんだ、手回しがいいのう」

大高は笑いながら、

「で、言ってみれば還暦艦隊だがのう、いや古稀か喜寿か、ははッ、白銀艦隊は……。彼らを沿岸警備の任務に就かせるつもりかね」

「いいえ。川崎提督を艦隊司令長官に任じ、最前線に派遣します」

いったい、高野は何を考えているのであろうか。

5

二時間ほどで視察を終わり、大高は秘密ドックの外に出た。外で待っていたのは、驚いたことに千葉州作《ちばしゅうさく》であった。

「さきほど、空中でご挨拶いたしましたが、改めておめでとうございます」

「すると、あの護衛機は、君か」

「はい。千歳に機を置き、急いで駆けつけて参りました。閣下、これからどちらに」

「うん。こちらにはお忍びできた。東京には寄らず、まっすぐ紀伊まで送ってもらう手筈だが」

「恒例の玉置山詣ででありますな」

「うん」

「では、ご一緒させていただきます」

高野五十六と別れ、大高は千葉少将とともに機に乗り込む。

新宮まで飛び、その先は自動車で玉置山に向かう予定だ。

すぐ離水、機首を西南に向ける。

水平飛行に移るとすぐ、二人は防音室に移る。

千葉の用向きはわかっていた。

「閣下、例の件でありますが、第一陣は上海での訓練を終え、アフリカに向かいました」

「そうか。いよいよ猿人作戦発動か」

「本郷少佐の工作が効を奏し、東機関はアフリカ全域に情報網を張り巡らせました。第一陣は南アに派遣し、開戦まで待機させます」

「第二陣はどうか」

「来週には出発します。第二陣は、ご指示どおり解放《リベレーション》作戦に協力すべく、東アフリカに潜入させます」

と、千葉は報告し、

「引きつづき第三陣、第四陣をばできるだけ多く開戦前に送り込むべく、鋭意、訓練中でありますす」

「危険このうえない任務だが、来るべき大戦の帰趨は、霞部隊の活躍如何にある。少将も、ぜひ、現地で猿人作戦を指揮してもらいたい」

「はい。最後のチームを出発させ次第、自分はモザンビークに向かい、秘密本部を作ります」

「よろしく頼む」

「つきましては、ぜひ、一度、解放作戦を総指揮されるマッカーサー元帥閣下にお会いしたいのでありますが、難しいでしょうか」

「わかった。近く統合作戦会議のため来日する予定だ。その時、会えるようにとりはからおう」

と、大高は約束した。

「それから、閣下は、解放作戦の詳細をご存知でありますか」

「いや。まだ知らされてはいないが」

「おおよそでもよろしいのですが」

「地政学を考えればわかることだ。マダガスカルを基点として、東アフリカを北上して地中海を目差す」

「そこまでは自分にもわかりますが、私にわかることは、ヒトラーにもわかるのではないかと思いまして」

「鋭い。まったくそのとおりだ。ハインリッヒはがっちりと防備を固めておるよ」

「にもかかわらず、あえて、このルートを選ぶのはなぜでしょうか」

「ヒトラーの関心を、東アフリカに引きつける意味が大きいとは思わんか」

大高はつづけた。

「今や、ヨーロッパ半島全土が要塞化されておるのだ。『偽りの平和』をハインリッヒは、無駄に過ごしたわけではない。総動員令をかけて徹底的な要塞化を図った。これが現実だ……」

前世の資料を読むと、時々、「ヨーロッパ要塞」というタームが出てくるが、当時、連合軍側からは、ヨーロッパ半島はそのように見られていたのである。これを攻略するに、連合軍は北アフリカに攻撃拠点を築き、シシリア島からイタリア半島に取り付く。西方はソ連軍が怒濤の進撃を見せ、地上最大の作戦が英国海峡越えで実施された。

この反攻作戦開始時、第三帝国は連合軍空軍の戦略爆撃をくらい、その継戦能力を消耗していたのだった。

が、後世第三次大戦勃発直前の情況は、右とはまったく異なる。

大高はつづけた。

「ハインリッヒ・フォン・ヒトラーは、占領支配地域の住民を駆り立て、まさに古代ローマ帝国的な奴隷経済を実施しているのだ。むろん、長期的にはこうした体制がつづくはずはない。全土に怨嗟《えんさ》の声がうめきとなり、心ある者たちは抵抗戦線を結成、だが絶望的な反ナチ運動をつづけているがね。しかし、短期的には、全軍事工場は休むことなく稼働し、ハインリッヒ王の計画どおり、ヨーロッパ要塞そのものが兵器工廠化している」

「これを攻略するは不可能との声が、アメリカ国内でも起こっていると聞きますが」

「知っておるよ。そうした自信からか、ハインリッヒが、再三、世界分割案を持ちかけているのは事実だ」

「が、まったく信用できません」

「信用どころか話にならん条件だよ」

と、大高は言って顔を顰《ひそ》めた。

「北米はくれてやるから、後はおれに渡せという条件では問題にならない」

「強気の理由は、やはりヨーロッパ要塞が難攻不落と信じているからでしょうな」

「それもある」

大高は眉を顰めた。

「が、ハインリッヒは、今、時間を味方にしたいのだ。新型爆弾の開発だよ。彼は原子爆弾の完成を待っているのだ」

「それでは世界は滅びる。アメリカも負けてはおりません。双方が核の応酬を行ったら世界がどうなるか。ヒトラーにもわかっているはずです」

「むろん、あの男にはわかっているさ」

「ならば、核戦力による均衡状態に世界が入る可能性もあります」

「いや」

大高は、眉を歪めながら、ゆっくりと首を振った。

「ちがうのですか」

「少将は見落としておるよ。奴の精神は複雑なのだ。ニヒリズムというやつが棲み着いておる。彼は生きることがいやになっているのかもしれない。ならば、たった一人で死んでくれればいいのに、奴は、この世界全部を道づれにしたがっているのだ」

「そんなことがあり得るのですか。信じられません」

「常人ならそうだ。だが、アメリカの研究ではそうではないらしい」

と、大高は言った。

第二部でも述べたが、後世ミネソタ大学で行われているヒトラー学によると、ハインリッヒはパラノイアらしく、しかも世界没落体験などの特異な症例を示すと分析されているのである。

大高は声を落とした。

「もし、ヒトラーの精神を支配する神が、『世界を滅ぼせ』と、命じているとしたら」

「彼は忠実に、神の代理人として、実行すると言うのですか」

「ところが、彼と彼の信頼できる側近のみが救われるとしたらどうだ」

「ノアの神話のパターンですか」

「大洪水が世界の悪を滅ぼし、その後に神の理想世界が築かれるという考えだよ、ノアの箱船神話というやつは……」

ナチズムの側面はニヒリズムなのだ。そこにはニーチェ「超人思想」の影がまといつく。

「前世敗戦後、ヒトラーは生き延びて、南米に逃れたという話があるだろう」

「はい」

「これが事実ならば、まさに、箱船神話と同じではないか」

と、大高は言った。

6

反戦主義もいい。

絶対平和主義もいい。

だが、もしこれがニヒリズムを起源とするものだとすると、極めて危険である。

敗戦とは、母国の国民一人一人に対する裏切りである。この母なる存在の裏切りは、われわれ人間の幼時体験と連動して、一切が信じられなくなる。意識下の最深部に棲みついたニヒリズムは、一切を否定的に見る。

ヒトラーも、第一次大戦の独逸敗戦で、同じ体験をしたのだ。

厄介なことに、「世界」を評価するに、これを否定的に見るのがニヒリズムである。

ニヒリストは引き算する。世界の意味を引き算するのだ。高ずれば、彼はマイナスで掛け算するのだ。世界の意味一切が負になる。

決して貧乏とは言えない中流家庭に生まれたのが前世ヒトラーであった。だが、若い時代の彼は、ウィーンでルンペンのような生活を送る。ボヘミアン生活と言えば聞こえはいいが、この放浪時代の心理情況はニヒリズムだったのではないか。

むしろ、日本の戦後以上にワイマール体制下の独逸社会の気分そのものがニヒリズムだったと言える。

「戦争が厄介な怪物を生み出してしまった」

と、大高は言った。

「少将、おれには、この後世の世界が、前世以上に、世界精神病院化しているように思える。その巨大な精神病院内で起きるのが第三次大戦なのだ。いささかいやになる。憂鬱になる。理性と反理性の最終決戦が第三次大戦なのだ」

大高はつづける。

「従って、われわれは、いかなる犠牲を払おうとも、狂気の根元を潰さねばならない。敵本陣を潰さなければ、この戦いの決着はつかないと思う」

「スターリン帝国の消滅した今、ウラルを越えてヨーロッパに攻め込むことは不可能です」

千葉が言った。

「第一、補給がつづかない。が、亜細亜は守りは固める。これが牽制になります」

「人民中国軍が、アメリカの援助を受けて、兵力を西部国境線に移動させているとの情報を、本郷少佐から聞いた」

「はい。すでに小規模な戦闘が起きているとのことです」

「東方エルサレム共和国の支援を受けつつ、東シベリア共和国も臨戦態勢に入った」

「蒙古は満州共和国とともに国境を固めております」

「印度もだ」

　大高は言った。

「亜細亜に関しては、ほぼ大同団結が完成した。われわれは、秘匿海軍力を以て、太平洋全域の守りを固める。すでに、亜細亜の戦域分担は決まった」

「英国はどうなりますか」

　千葉が訊く。

「おそらく、開戦の一幕は大ブリテン島上陸作戦だろう」

　大高は答える。

　ハインリッヒ・フォン・ヒトラーにとっては、英国は喉に刺さった棘だろうし、連合軍側にとっては、英国は橋頭堡だ。

　つまり、英国諸島の攻防が大戦の帰趨を握る。とすれば、敵兵力の分散を図るためにも、ハインリッヒの関心を東アフリカに引きつける必要がある……。

第四話　内線陣ヨーロッパ要塞

1

前話の記述から導き出される結論は、第三次大戦が、内線対外線の決戦になるということ。地球儀を眺め、諸大陸の位置関係を考えるならば、明々白々。地政学的な結論である。

すなわち、ハインリッヒ・フォン・ヒトラーのとる布陣が、まさに内線的であって、母なる独逸本領を聖域となし、そのまわりを支配地域が囲んで防壁となる。この内線構造が、大ヨーロッパ要塞鉄壁の陣である。

大高は千葉少将に語る。

「すなわち、『ビヒモスの陣』だ」

なお、ビヒモスとは、聖書にも出てくる陸の怪獣のことだ。

内線防御は、領域の内に兵力を蓄え、自在に兵力を繰り出し、四方へ伸ばす。もし敵来たらば、堅固な陣地に立てこもり、十分な補給を域内中心より受けて、抵抗することができる。

対して外線は、攻撃目標の四方より敵内陣に迫る。利点は、攻め進むにつれて兵力が集束すること。しかし、大兵力が必要であり、補給に難点がある。

おそらく、後世アメリカ国防総省の構想する戦略は、マッキンダーの理論に従って大陸そのものを島と見立て、その強力な海軍力によって大陸島を包囲、また膨大な補給を可能ならしめんとする作戦計画にちがいない。

「ランドパワー対シーパワー決戦の構図は、やはり変わりませんか」

と、千葉は理解を示した。

もとより、ハインリッヒにしてみれば、諸大洋の制海権を自由主義陣営に奪われては、ヨーロッパ半島が包囲される。かくして、第二次大戦では、Uボート艦隊による無差別攻撃を行ったが、戦争後半では駆逐されたのであった。

しかるに第三次大戦はどうか。

すなわち、その展開はどのように予想されるか。

後世第三帝国の構想する海上封鎖作戦の基本は同じだが、ハインリッヒは、各種潜水艦の建造に熱中、すでに強力な海中艦隊建造計画を達成したのであった。

が、もとより、このことは、わが太極計画では折り込み済みであって、故にこそ、日本武尊の海中戦艦化計画が実施されたのであった。

「いいかね、千葉少将」

と、大高は言った。

「太極計画の基本的な考えが、右である。多分、わが帝国海中艦隊が盲点となる。われわれの艦隊は、『世界軍事年鑑』には存在しないのだから当然だ。一方、その工業生産力にものを言わせ、アメリカ合衆国は、フル生産で強力な海軍を作り、次の大戦に備えているのだ」

「カリブ海海洋要塞の強化は、凄いものと聞いております」

と、千葉も言った。

「いつでも出撃できる艦隊がうようよいるらしい」

「そのとおりだ」

大高は言った。

「おれは大西洋という海は、その全体が一種の海峡だと思う。旧大陸と新大陸の間に横たわる南北に長い大海峡が大西洋だと思う。その両岸に棲む二頭の大怪獣、ビヒモスとリヴァイアサンが激突するのが、第三次世界大戦だと認識する」

大高はつづけた。

「第二次大戦だって、基本構造はそうだったのだ。旧世界を潰し、新大陸の新興国家アメリカが優位に立つための戦争だった。全体主義と自由主義の戦いという公式説明の裏には、現実的な利害関係があったとみなくてはならない。それこそが、世界政治のリアリズムだ。国家という怪物は、どんな国家だって、イデオロギーの仮面を被って自分を正当化するものなのだ」

「日本の超国家主義も独逸のナチズムもソ連のマルクス主義も欧米の自由主義も、イデオロギーであることには変わりがない。少なくとも、それぞれの国家では自己の正当さを説明する理論でありました」

と、千葉は言った。

「第一、もし、第二次大戦が、全体主義と自由主義との戦いであったというのなら、なぜアメリカはソ連と同盟したのか。ソ連が第三帝国以上の全体主義国家であることは明々白々なのだから、絶対に矛盾します」

「われわれ人間の世界では、物理的な手段である戦争に勝った者のイデオロギーが、正しいとされる奇妙なルールがあるのだ」

大高はつづけた。

「第二次大戦の結果はどんなことになったか。欧州全土は戦火に遭い、国土は崩壊した。対してアメリカの国土は無傷ですみ、戦後世界で事実上、世界のヘゲモニーを握ったのはアメリカ合衆国だった。少将、となると、ここだけの話にしてもらいたいがね、結果だけを見るなら、第二次大戦を仕掛けたのは、本当に独逸人だったのかどうか――という疑念も浮かぶ。ひょっとすると、歴史の表面には決してでることのない策謀家が別にいるんじゃないか――とかね。前世ヒトラー自身が、自分では気付かぬ傀儡だったんじゃないか――とか」

「案外、ヒトラーは、ピエロだったかもしれないですな」

「彼を、世界史の舞台で踊らせた演出家がいたのかもしれない。さらにその陰に、プロデューサーがいたのではないか。むろん、これは正式の歴史にはない異説だがね。しかし、いわゆる歴史書を読む時には、そのくらい疑って読んだほうがいい。歴史書というのは、けっこう曲者でね、表向きの解釈だけで価値判断を下すのは問題なんじゃないか。歴史というのは化け物みたいなものだ。舞台裏の仕掛人がいないとは言いきれない。少なくとも、歴史というものは教科書どおりに読むのではなく、裏の裏まで読み抜けば、こんなおもしろいものはないよ」

「閣下によって、少なくとも、本世界では、その正体不明の陰謀が外されましたなあ」

千葉が言った。

「ははッ。おれのことを、歴史の裏読み家と揶揄《やゆ》する者もいるよ。しかし、裏の裏まで読んでこそ、初めて歴史の真の反省もできると、おれは思う。それくらいしたたかでなければ、この生き馬の眼を抜く国際社会では生き残れない」

右は、大高弥三郎の偽りのない心境であった。

機は新宮の港に着水した。大高を降ろし、東京に戻る千葉少将を乗せて、ふたたび離水した。

港には霞部隊の数人が出迎えていた。

車で熊野川を遡り、熊野本宮に参詣、その日は近くの川湯温泉に一泊、翌朝、玉置山《たまき(おき)やま》の奥宮に向かった。ここには宿坊もある。

2

深山の冷気に身をさらすと、日々の汚れが清められるような感覚になる。

境内裏の尾根へ登り、露出した巌頭に座を定めて、大高は瞑想に入る。瞑想とは肉体の檻に閉じこめられている意識をば、大自然に合体させることである。人はその時、己の卑小さを自覚し、大いなるものの一部でしかない己を悟る。

大高に言わせれば、合理主義の究極が唯物論だと思う。ニーチェに殺された神は、マルクスによって止めを刺されたのだった。

かくして神なき社会の実験がソ連で行われたが、この無神論社会で何が起きたか。一党独裁国家に神に代わる絶対独裁者が出現し、挙げ句は大量の犠牲者を出した。

大高弥三郎は特定の宗派に属する者ではない。だが、無神論者ではない。こうして毎年のように玉置山に登るのは、心を清めるためである。こうして人間というものをしているが故にとかく汚れがちな、己の心を清浄化するためである。

人間であるが故に人間を怖れるのだ。人間はともすると慢心しがちであるから、その隙を狙って悪魔が忍び込む。故に神道では穢れを嫌う。

大高弥三郎の信仰心は素朴なものだ。至極、個人的なものだ。国家神道のような、他の絶大な権力と結びついたものではない。凡そ権力とは欲望であるから、本来、神道の本義とは馴染まぬ――というのが、原始神道の立場に立つ大高の見解である。

彼は、毎朝、神道大祓のみならず仏典を開いて経もあげる。在家仏教というものがあるが、多分、彼はそれに属する。個人的な信仰であるので特定の宗派には属さぬ。だが、彼は、仏の普遍的な慈悲をば、わがものにしたいという素朴な願いから、仏たちと付き合うのだ。

松の内の最後の夜、名古屋経由で帰京。明日より、彼の激務が始まる……。

3

一月十九日、千葉州作を来日したルイス・マッカーサーに引き合わせる。大統領府で行われたパーティの席であった。

グラスの盆を持つボーイ姿の千葉を指し、大高は小声で言った。

「この者の顔をどうかご記憶願いたい」

マッカーサーは無言であった。

「閣下の戦場でお役に立てると思います」

と、流暢な英語で千葉は言った。

鋭く威厳のある眼で、マッカーサーは千葉を見つめうなずく。

「私の腹心です」

と、大高は伝えた。

マッカーサーは、ポケットを探り、ＲＭのイニシャルを刺繍したハンカチを渡した。

千葉は、その足で上海に飛び、最後のチームと共にアフリカへ向かう予定だ。

「武運を祈る」

と、大高は囁く。

「必ず帰って参ります」

そう言い残して、千葉州作はその場を去った。大高は、マッカーサーを誘いパーティを抜け出す。執務室に案内し、短時間ではあるがサシで話す。今日の作戦分担をテーマにした会議に関する問題についてであった。

「閣下」

大高は言った。

「閣下が要望された紅海封鎖に関しては、われわれの海軍力を以てしては、戦力不足であります。いかに、要求されても不可能であります」

開口一番、そう切り出す。

「それでは困る。もし、紅海の制海権が確保できなければ、解放作戦そのものに支障を来す。何しろ幅の狭い海です。あの海にアメリカ艦隊を入れることは危険すぎる」

「当然です」

大高は答えた。

「敵は陸上基地より航空攻撃を仕掛けてくるは必定。だが、条件は敵も同じでしょう」

「たしかにそのとおりだが、閣下はご存知ないと見える。敵は、紅海の最奥、アカバ湾を鉄壁の要塞と化し、ここに潜水艦造船所を造った。われわれのつかんだ情報によれば、建造されている艦は通常型ではない。強力な砲撃型であります。これの搭載砲が戦艦クラスなのがまず問題です」

この世界では、前大戦でも、第三帝国が、特殊な砲撃潜水艦を多数投入したことはご記憶であろう。

「われわれは、反攻軍を進めるにあたり、紅海水路を使い、物資輸送を行いたい」

と、マッカーサーはつづけた。

「また、海上からの兵員輸送が可能ならば、随時、敵防御陣地後方へ部隊を投入し、攪乱もしくは退路を遮断して殲滅することもできる。等々、諸々の理由から、本官としては、ぜひぜひ紅海の制海権を確保したい。またこれができなければ、われわれの損害は極めて甚大と見積もられております」

「機雷の問題もありますしなあ」

と、大高は言った。

「ええ。非常に厄介な問題であります」

「閣下のお考えは、紅海水路を使い、敵沿岸要塞をば、飛び石作戦で攻略するおつもりかと推察いたしますが」

「ほう、鋭い。あなたは読心術をやられるのか。ならば、今後、会うことをやめねばなりませんなあ」

むろん、冗談である。

「いいえ。前世のマッカーサー元帥について、いくばくかの記憶がありますもので」

と、大高は答えた。

「ほう」

「私には、閣下の発想が、居並ぶ将官の中では異なるように思えるのです」

と、大高は言った。

大高によれば、前世マッカーサーの戦法は、一次元的である。面ではなく線の発想をする。うまくは言えないが、そんな気がするのだ。

まず、大戦開戦直後のバターン半島後退戦。マッカーサーは雁行状の陣形でコレヒドール要塞に後退する。この場合、半島は一種の線と考えられる。

太平洋での反攻は、飛び石作戦であり、豪州から彼はまっすぐフィリピンを目差した。この場合も、飛び石の喩《たと》えのごとく、敵の防備の薄い個所を狙い後方に出る。

フィリピンからはマリアナ諸島を、グアム~テニアン~サイパン、さらに小笠原諸島の硫黄島と　これも線形飛び石作戦である。

極め付きは、朝鮮戦争である。典型的な半島の戦争だった。前世マッカーサーは、敵後方仁川への逆上陸を敢行し、一気に必敗の戦況を逆転させる。

そのことを話すと、

「鋭い」

と、後世マッカーサーは絶句した。

「自分では気付かぬから癖なのです」

と、大高は言った。

「敵にはしたくないお人だ」

と、マッカーサーは言った。

「読まれてしまいましたなあ」

「いいえ。私も閣下の作戦が最適と思う。結論は、やはり、楔状に敵内陣に入り込んだ紅海地政学をどう利用するかが問題になりますな」

「名案があればお聞かせ願いたい」

と、マッカーサーは言った。

「いいえ、これは提案でありますが、開戦と同時に、何をさしおいても、敵の堅固な要塞ソコトラ島およびジブチを陥落させていただけぬものか」

ここは、わが紺碧艦隊による、紅海雷撃戦が行われた場所であるから、読者もご記憶であろう。

「紅海の出入口が陥れば、わが日本海軍が、アカバ要塞を潰してごらんにいれます」

「ほう。方法は？」

「それは、伏してご容赦願いたい」

「X《エックス》艦隊ですな」

と、マッカーサーは疑う眼を注ぐ。

「それは伝説にすぎません」

大高の眼のみが笑った。

「なるほど」

しばし、マッカーサーは考える眼をしていたが、

「わかりました」

「で、その方法は？」

「ソコトラ島はともかくジブチ要塞は、ソマリア半島からの攻撃になりますな。しかし、損害は甚大になる」

「海上からの攻撃は？」

「それは無理です。敵は多数の海岸砲を並べて防備を固めている。まともに迫るならば、海岸に着く前に上陸部隊は全滅します」

「もし、敵海岸砲を潰したらどうなります？」

「むろん上陸は成功するが、まず、不可能でしょう」

「ええ。常識では」

と、大高は言った。

――さて、その先は、密談となる。
＊紅海雷撃作戦　参照『紺碧の艦隊』文庫版４巻〝紅海雷撃作戦〟第八話。

4

後世ケネディ新大統領は、無事、ホワイト・ハウスに入った。現地時一月二十日であった。

時局の切迫につき、大高弥三郎は、大統領就任式には出席できなかった。

特使を派遣し、大高は、自らしたためた長文の祝辞を贈る。

情勢判断によれば、後世第三次大戦の開戦、いよいよ間近し。

発火点はいずこであろうか。

マッカーサー元帥には、正式に、中東・アフリカ・印度方面軍司令官任命の辞令が下りた。

マダガスカル島は完全要塞化し、続々と部隊が送り込まれる。

やはり予想どおり、東アフリカが第三次大戦の発火点となる気配濃厚となった。

このところ、大高弥三郎は、大本営に詰めっきりである。帝国戦略会議は、開戦準備に追われていた。

一月三十一日、深夜、大石蔵良が官邸を訪れた。

「おお、待ちかねたぞ」

と、大高は、墨染めの衣をまとった大石を出迎える。

「はい」

　大石は答えた。

「高野総長よりお聞き及びと思いますが、Φ《ファイ》計画は完了いたしました」

「そうか。間に合ってよかった。あなたの努力に対し、この大高、心より感謝しますぞ。なれど、超秘計画につき、政府としては、なんら、貴官に対し報いることができない。大統領として、お詫びしますぞ」

「なんの」

　大石は微笑む。

「みなにも伝えてくれ」

「われわれは栄誉や立身のためにしたのではありません。大いに楽しみました。楽しませていただきました。自己納得の行くまで革命的な大改装をさせていただきましたこと、むしろ、お礼を言うのはわれわれであります」

「そうか。頼もしいのう、ははッ」

「ははッ」

　と、大石も笑いを合わせて、

「私の我儘《わがまま》で得心の行くまで改装工事をやりましたので、費用は当初見積もりの倍になってしまいました。お詫びします」

「いや、いいのだ」

「しかし、本計画は超機密故に国家予算からはビタ一文出ていないと聞いております。いったい、どこから、この膨大な費用を捻出されたのでありますか」

「わしだ」

「えっ？」

「私が出したのだ」

「閣下。閣下がそんな富豪のはずはありません。むしろ清貧のかたと信じておりますが」

大石は怪訝そうである。

「金はないが信用はある。おれの署名と判子《はんこ》でのう、財界有志から借金したのだ」

「信じられません」

「この世界は後世だ。あり得ぬことも起こり得るのだ」

大高の眼、いとも涼しげである。

「閣下。この大石、呆れました。呆れ果てました。いや、感服つかまつりました」

「財界人と言えば階級の敵だ。マルクス主義ではそうだ。しかし、後世財界人はちがう。なんら見返りなく、心意気に感ずれば黙って出す」

大高は、その顔付きを厳しくしてつづける。

「国を守ろうという心は一つだ。日本を守ることは、世界を守ることだ。資金を出した彼らもこの私も、今や世界初の潜水超戦艦に改造された日本武尊、そのものが、いいかね、われらの心意気なのだ。シンボルなのだ。日本武尊は、決して、前世大和のようになってはいけない。十二分な戦果は、ひとえに大石長官、あなたの采配にかかっておる。一つ、よろしく頼むぞ」

「は、閣下のお言葉、勉強になりました。必ずやご期待に添うことを誓います」

「うん。武運を祈る。ともあれ、開戦の日は間近い。明日起こるかもしれない情勢だ。日本の存亡、いや人類の存亡を賭しての戦いが、まもなく始まる」

「ついては、この大石、乗組員を代表して、閣下に一つだけ無心がございます」

「わしのできることかね」

大高はうなずく。

「閣下が書画をよくされることは誰しも知っておりますが、いかがでしょうか、仏画を一幅、描いていただけぬでしょうか」

「ほう。それはまた、なぜ」

「ぜひ、不動明王《ふどうみょうおう》像を描いていただきたいのです。これを戦闘旗としてマストに掲げます」

「なるほど。わかった、拙い絵だが、喜んで引き受けよう」

不動明王は、大日如来《だいにちにょらい》の持明使者としてこの世に顕れ、邪悪を討つ仏である。

「で、出港はいつになる？」

大高は訊いた。

「明早暁、最小限の要員で、室蘭秘密港を出港、宇志知《ウシシル》島に向かいます」

「そうか。あなたは？」

「全国に散らしております乗組員を、目下、横須賀に集めております。われわれも輸送船で、明暁、宇志知島に向かいます」

「そうか。では、当分の別れになるな」

大高はそう言うと妻を呼び、酒宴の支度を頼む。

5

奈良県桜井の東、室生寺《むろうじ》の近くに住む大高の支持者の一人が贈ってくれた猪肉《いのしし》のすき焼きを、二人は囲む。囲炉裏《いろり》で温めた徳利《とっくり》の酒を酌み交わす。

やがて、大統領官邸に、軍令部から駆けつけた高野五十六が姿を見せる。

「壮行会と聞きましてな」

「ははッ。役者が揃ったところで、乾杯と行こうか」

と、大高。

「では、新戦艦日本武尊の門出を祝って」

杯を重ね、大いに盛り上がる。

「ところで、前原少将から、軍令部に連絡があったそうだな」

と、大高。

「はい。開戦に向け、紺碧島は万全の準備を完了したとのことであります」

「そうか。総長、例の件だが、宣戦布告と同時に電光石火の作戦を行ってもらいたい」

他でもない、昨年、渡米した際、機中にて厳田新吾戦略空軍《ストラテジック・エア・コマンド》司令官と語りあった作戦計画であった。

「わが軍令部としましては、閣下の着眼に、最初は驚きましたが、鋭意、検討の末、可能であると判断しましたので、すでに作戦計画書を完成、いつでも実施できるように準備中であります」

と、高野は答えてつづけた。

「しかしながら、未だに名無しの権兵衛であるので、閣下に名付け親になっていただきませんと」

「わかった。そうだな、ツアモツ諸島と言えばタヒチだ。タヒチならゴーガンだな。しかしゴーガン作戦では万一の時、見破られやすいのう」

「閣下、私もポール・ゴーガンは大好きでありますが」

大石が言った。

「彼は一連の象徴主義的作品を残しておりますが、その代表作、『黄色いキリスト』に因み黄色作戦はどうでしょうか」

「なるほど。それでいこう」

と、大高。

「総長はいかがかな」

「けっこうと思います」

「大石さんはまだ知らなかったな」

と、大高。

「はい。初めて聞きます」

「概略を言うと、仏領ツアモツ諸島の第三帝国軍を緒戦で潰す。さらにヘンダーソン島に戦略空軍基地を作る。この島は英領だが、諒解をとってある。なお、この研究は、厳田長官に任せてあるが、次の狙いはチリ領イースター島占領だ。ここにも戦略空軍基地を作り、ドレーク海峡を封鎖する作戦だ」

「なるほど。前世マッカーサー元帥の飛び石作戦のお株をとったような作戦ですなあ」

と、大石。

「ははッ。似ているが方角が反対だ」

大高は嬉しそうに言った。「われわれは東へ進む」

「ぜひ、私にやらせてください」

と、大石が身を乗り出す。

「いずれはな」

と、大高は言った。

「作戦第一段階は川崎司令長官と紺碧艦隊の仕事になる」

と、高野は言った。

つづけて、

「例の米空母の無心でありますが、閣下のお口ききでうまく行きましたぞ」

「報告は受けております」

大高は応じた。

「それにしても気前のいい国だ、アメリカさんは」

「オアフ島真珠湾で受け取ることになり、川崎司令長官が向かいました」

高野はつづけた。

「しかし、開戦の早まりそうな気配もあり、機関等の換装は間に合わぬかもしれません」

「その時はやむをえんな。換装は黄色作戦終了後でもいいと思う」

と、大高。

大石が言った。

「われわれはどうなるのでありますか」

「むろん、あなたには、非常に危険だが、日本武尊でなければできない大仕事を頼むつもりだ」

「と、言いますと?」

「実は……」

大高は声を潜めた。

＊黄色作戦　参照『新紺碧の艦隊』文庫版一巻〝超潜出撃須佐之男号〟序話以下…。

6

深夜、軍令部の車で、大石蔵良は横須賀まで送ってもらった。

海軍基地内の宿舎には、乗組員らが集まっていた。みな久しぶりの再会で沸き立っていた。

宿舎とは言っても、老朽化したため使われなくなった空き倉庫である。ドラム缶を加工した大型ストーブがあちこちに置かれ、真っ赤になるほど燃えさかっていたが、それでも寒い。

一同は班毎に車座になり、さながら同窓会のように話の花を咲かせていた。支給された海軍毛布をかぶり眠っている者もいた。

みな、末尾に、四七という暗号のあるウナ電を受けて隠遁先から集まった者たちだ。

全員英霊扱いされた者たちである。大石蔵良自身がそうであった。

何しろ、旧日本武尊乗員全部だから人数も多い。

うち六〇〇名ほどは室蘭秘密港で改装工事に従事した。このメンバーは、大石子飼いの工作班熟練工である。

四〇〇名ほどは、回航に従事するため、直接、室蘭に向かったのでここにはいない。

さらに、旧日本武尊乗員の内、川崎司令長官の白銀艦隊配属が決まり、秘密召集を受けて、トラック島に向かった者たちもいた。

彼らはむろん高齢者であるが、口の堅さでは信頼のおける者たちばかりだ。わが大石は、予め、この件でも計画を起てていたのである。

すなわち、艦隊勤務交替要員を予め確保し、またこれを秘密裡にストックしておく手段として、白銀艦隊の設立を高野五十六に進言したのであった。

つまり、このことは川崎司令長官も諒解していることだが、紺碧艦隊所属の艦隊員が全員英霊扱いであることから、その裏事情を推察されたい。むろん、おいおい触れることになるが……。ともあれ、とは言っても、六万トン級の巨艦である。改装後は多くの点で自動化が進み、乗員削減の実をあげたが、数百名ではこの艦は動かせない。やはり、三五〇〇名が乗り込むことになる。

この数字は、改装前に比べると、約五〇〇名の削減となり、前世艦大和と同数になる。

7

大石は原元辰の出迎えを受けた。

「全員、集合したかね」

大石は訊いた。

「まだ、集合時刻まで三〇分あります」

と、原は答えた。

「乗船時刻は予定どおりか」

「はい。いつでも出港できるとのこと。輸送船は岸壁に待機中であります」

「よし」

「なお、その後、病床にある者、病没した者が三二名おります」

思えば、彼らが援英作戦の大任を果たし、宇志知島に入港したのは照和二十五年であった。以来、足かけ四年の現在は、照和二十八年二月一日である。

やがて、遅れた三名が息せき切って到着、登録を済ませ、軍装一揃を受け取る。

「着替えは乗船してからでよい」

と、注意を受ける。

「時刻です」

原が大石に告げる。

大石は壇上に向かう。

「全員起立。大石司令長官の訓辞がある」

一同は駆け足、班ごとに整列。

大石、墨染めの衣のまま、壇上に立ち、用意されたマイクロフォンを引き寄せる。

「敬礼ッ」

大石、応える。

「直れ」

「諸君、休めッ」

一同、両足を開き、両手を後ろの回す。

「久しぶりだな、諸君」

大石は砕けた調子で話しはじめる。

「ふたたび、諸君とともに、われらの艦、数かずの戦歴を誇る日本武尊に乗ることになった。諸君とは宇志知島で別れたが、ふたたび、こうして一堂に会することになった。まずは、本日の再会を喜びたいと思う。その間、多くの苦難あるいは不自由もあったと思う。肉親の間近にいながら、愛する妻、子供、両親、あるいは友に向かって、『おれはこうして生きているんだぞ』と言えない辛さもあったと思う。この大石、諸君に伏して謝る……」

大石は、ついほろりとしてしまい、滲みでた涙を、拳で拭った。

一同も、感涙し、中には声を出してむせび泣く者すらあった。

「だが、あえて諸君をして英霊になってもらった理由は他でもない。『太極計画』を成功させるためであった。われわれの存在は、第三次大戦開戦までは、絶対に敵に知られてはならないのだ。そのためには、味方を、肉親をも欺かなければならなかった。諸君、わかってくれ」

大石はつづける。

「……ふたたび戦争の危機が迫った。われわれは、祖国のため、自由世界のため、世界平和のため、われわれの身命を賭し戦わねばならない。諸君、ふたたび日本武尊に乗り、世界七つの海洋を征く時がきた。諸君が去った後、日本武尊は完全改装された。どんな艦になったかは乗ればわかる。だが、当分は猛訓練に明け暮れることになるぞ。いいな」

「はい」

一同、一斉に応える。

「われわれは以前と同じく一心同体だ。運命を共にする運命共同体だ。共に泣き、共に笑おう。神仏は常にわれらと共にある」

壇上より見渡せば、みな様々な服装であった。工員服やニッカボッカなどの作業服を着た者、背広姿の者、大石のような僧侶姿の者。世間のすべての職業がここに集まったようみなが、それぞれの身に付いた技能を生かし、ちりぢりになりつつも、今日まで生き延びてきたのである。まさに世間の縮図である。

つづいて、原が壇上に上り、注意事項を伝える。

「では時間だ。班ごとに乗艦ッ」

一同、整然と岸壁に向かう。

輸送船は夜明け前に離岸。浦賀水道を抜け、太平洋に出た。

駆逐艦二隻が、ぴったりと護衛の任に付く。万一を考えてであった。

北上し、津軽海峡を抜け、日本海に入り、宗谷海峡をから、オホーツク海に入るコースをとった。

目差すは択捉《エトロフ》島単冠《ヒトカップ》湾。帝国海軍の軍港地帯である。

いったん上陸し、ここからは潜輪の輸送に頼る。三隻の潜輪が、彼らをピストン輸送した。

大石蔵良は、第一便で宇志知島に向かう。

北洋の海は大時化《しけ》であった。

潜輪は巨大な鯨となり、偽装門に近付き、湾内に入る。

一変、そこは静まりかえり、硫黄の臭いが漂う。

ここが、秘密戦艦日本武尊の一号基地である。

霧の立ちこめる火山島の湾内に、巨艦はその輪郭を滲ませていた。

第五話　海中戦艦日本武尊出撃

1

宇志知島には、予め大量の物資が集積されていた。

到着した乗員たちは、休む間もなく、弾薬類をはじめ、糧秣・医療品、その他諸々の積み込み作業に没頭している。

風向き次第では、硫黄の悪臭が停泊中の日本武尊まで漂ってくる。

宇志知島は中千島に作られた秘密基地であるが、火山島のため火山ガスが地中より吹き出すのが欠点なのだ。

トンネル工事を行うと思わぬ所から有毒ガスが発生して、重大事故を起こす。

大石もそのことは考慮して、ガス検知器の用意も忘れなかった。

「もとより、この島には、大いに懸念すべき欠点はある。だが、われわれにとって、ここが重要な補給基地であることに変わりはないのだ」

と、大石蔵良は片腕たる原参謀長に語る。

「同感です」

と、原も語った。

「われわれ秘密艦隊の行動・作戦範囲は、世界の海すべてであります。とすれば、こうした秘密補給基地をば、世界の至るところに作らねばなりません」

「第三次大戦の情況次第では、前大戦のように、大西洋での作戦行動をも考えねばならんからのう」

と、大石は言った。

「太平洋から東へ向かうならば、南はドレーク海峡だが、ここの封鎖は第三帝国が真っ先に考えるいわば関所だからのう」

となると、北極諸島の狭く迷路のような海峡を幾つも抜けるルートが考えられる。

「海上艦の時にはえらく苦労したが、海中戦艦に変身した今では一変した」

と、大石。

「はい。すでに、須佐之男号が、北極海に関しての精密な情報収集を行い、これがわれわれも使えます」

と、原。

「大高閣下から聞いた話だが、アメリカ海軍も、秘密裡に、どうやら核燃料潜水艦を開発、すでに就航させたらしいぞ。おそらく、米国防省も、次の戦争の舞台に、北極海も加わると想定しておるのだろう」

「私も聞いております。たしかノーチラス号とか……」

「うん。ジューヌ・ヴェルヌの空想が現実化したという事実を、われわれは重く受け止めねばならんなあ」

「前の大戦では、北極海が主戦場になるとは考えられませんでした」

原が言った。

「科学の進歩が戦争の様相を変える。二十世紀科学には、驚きよりも怖さを抱きます」

「おれは人類の地理感覚が変わったと思う。北極と南極は氷に閉ざされているため、容易に近付けない領域であった。そうした地球は円筒形だ」

「コロンブスが新大陸を見付けて以来、地球の丸さを人類が実感したとしても、北と南に行けない領域があれば、感覚的な円筒世界ですものなあ」

「円筒を伸ばせば、平面の地図になる。多くの地政学者も、こうした平面感覚から抜け出せなかったとおれは思う。無意識にだ……」

大石はつづけた。

「つくづく、おれは、無意識の力は大きいと思う。気付かぬ内に思考を縛る。知性をも縛るのだ」

「盲点ですな。無意識に支配されるから盲点も生ずる」

と、原も言った。

「おれが、日本武尊の建造を思い立った時もそうだった。思考の盲点に気付いた時、その裂け目から超戦艦の絵が浮かびあがってきたのだ」

「私も最初は驚きました。今になって告白しますが、私は大石司令長官のことを、誇大妄想患者と思ったくらいです」

「ははッ」

大石は笑った。

「おれを松沢病院に入れるつもりだったのか」

「はい。申しわけありません」

「無理もない」

大石は言った。

「だが、潜水戦艦のアイデアはおれが最初じゃない。知る限りでは、独逸海軍将校、ヘンルマン・バウエルの著作『潜水艦』の中にあった」

「わが国で訳書が出たのは昭和九年でしたか。あれは私も読みました」

「つまり、子供の空想ではないのだ。歴としたプロ軍人の夢であったのだ」

大石は、眼を笑わせた。

つづけて、

「ははッ、おれ自身がまだ子供だったころ、思い描いた夢でもあった」

大石は、昔を懐かしむ眼をした。

「そんな覚えは私にもあります」

と、原も言った。

「空飛ぶ戦艦とか、よく図画の時間に描いたものです」

「そうか。おれなどは、水中にも潜れる空中戦艦だったぞ」

「地中を進む土竜《もぐら》戦車とか、子供の夢は天衣無縫《てんいむほう》ですからなあ、ははッ」

「ははッ」

と、大石も笑いの声を合わせる。

「だが、そうした空想が、長じてから彼に、大発明を産ませるきっかけになったりするのだ。決して馬鹿にしてはいけない――と思う」

「独創的発明は、子供時代の空想からってわけですな。あのライト兄弟も、鳥になりたいという夢をあきらめずに追求したからこそ、飛行機を発明した」

後世日本が、そういう教育なのである。知識の詰め込みよりも独創性を重視するのだ。

大石は言った。

「新艦建造時から、ゆくゆくは日本武尊を巨大潜水艦にする計画だったからのう、おれは……」

大石は、にやっと笑った。

「最初から潜水戦艦を作る——などと言ってみたまえ。それこそ、松沢病院行きだ、ははッ」

「常識では考えられない計画でした。だが、常識を越えるからこそ、天才なのです」

ニュートンを見よ。アインシュタインを見よ。彼らは常識の一線を越えた人物である。

原はつづけた。

「当初から、日本武尊建造に将来の潜水艦化計画が織り込まれていたからこそ、今度の大改装も短期間で達成されたのであります」

順調に進む資材積み込み作業を、彼らは艦橋から眺めながら、話し続けた。

「ところで、軍令部からの命令はまだでありますが、われわれは、いったい、いずこに派遣されるのでしょうか」

「慌てるな。訓練の時間も要る」

「はい。前原少将の好意で、潜水艦の専門家が配属になりましたが、ものがものですからな、ちょっと心配であります」

「安心しろ。おれは、おれのやった仕事には自信を持っておる」

「とにかく、洋上に出たら、連日、乗員をしごいてやります」

「ははッ。よろしく頼む」

「学科のほうも忘れんでくれ」

「むろんです」

「とにかく、大高閣下の期待は大きい。すぐ実戦ということにもなりかねない国際情勢だ」

「訓練の時間は、あまりないということですな」

「そうだ。いずれわかるが、われわれの目標は、多分、紅海方面になると考えておくことだ」

「紅海？」

原は怪訝そうである。

「詳しいことは知らんが、例の『解放作戦』との絡みらしいぞ」

と、大石は教える。

2

翌日は荒天。外洋の高波が、沈降火口の湾内まで押し寄せる。六メートルはある偽装閘門を越え、湾内を泡立てた。

だが、休むわけにはいかない。全員は外套に身を包み、懸命の積み込み作業をつづける。

大石蔵良は、吹雪をつき裏山に上った。頂から烈風吹きすさぶ北洋の海を見た。黒々とした水界は、視界の及ぶ限り白波が立ち、そのすべてが鋭利な刃物のようだった。

もし、海に投げだされたら三分とは保たない。母なる海が死の海なのである。

極寒の尾根にたたずむと、大石は意識の芯まで凍り付いてきた。その凍結した意識と向き合うもう一つの意識があった。生が死と向き合っているのである。狐の毛皮の外套を着てきたが、体温が過酷な烈風に奪い取られる……。

見上げると海鳥が風に逆らって懸命に飛んでいる。だが、すぐ流される。それでも彼は飛ぶ。偉いものだ。

大石はふと思った。

生命とは偉大なものだ。生きるとは、こういうことを言うのだ——と。

生温《なまぬる》い平和な日常の中で、人はどんどん命の意味を忘れるのではないか——と。

うまくは言えないがそんな気がする。

下に降りようとすると、登りの足跡がはや消えかかっていた。急斜面で足をとられ、一気に転がり落ちる。ようやく艦に戻ると、問題が起きていた。

怒濤の直撃を受けた閘門が、波の圧力で歪み、動かなくなったと言うのだ。

一瞬、どきりとしたが、修理可能とのことだ。

翌日、嵐は収まる。

閘門の修理が始まる。

積み込み作業をつづける。

二月十一日、紀元節である。出撃準備完了。

午後からは休日とする。

酒を配り、一同をねぎらい、祖国の誕生日を祝い、乾杯。

大石は、明日、出港する旨を伝える。

彼も久しぶりでくつろいだ気分となり、ここ名物の露天風呂に行く。岸を掘ると、湯が湧き出す場所があるのだ。

仮設の脱衣所から零下の外気の中を走り、ざんぶと温泉に体を飛び込ませる。のうのうと身を伸ばして見上げる空は、粉雪《こゆき》交じりだ。みな、幸せそうである。人間、裸になれば娑婆《しゃば》の身分も階級もない。本来、人間は平等なのである。

「長官、お一ついかがですか」

と差し出された水筒の中は、温泉で温めた日本酒である。

「風流、風流」

「こうしていると、長官、イーサ湾の旭日湯が思い出されます」

「そうだなあ」

「イーサ基地は、その後、どうなっているんでありますか」

「むろん、健在だ。基地要員もおるぞ」

「また行きたいであります」

「行くことになるかもしれんぞ」

「長官、こいつは、アイスランドに仲良くなった娘がいるんであります」

「好きなのか」

「はい。結婚したいです」

「今度の戦いが、世界最後の戦いになると、おれは思う。戦争が終われば、本物の平和がわれわれの世界に訪れるのだ。そうなれば、お前たち、どこにでも行ける。そのアイスランドの娘さんとも結婚できるぞ」

「長官、われわれは、その日のために戦うのでありますね」

「そうだ。己の利得のためではなく、崇高な目的のために戦うのだ」

「長官はよく言われます。生きる意味を考えろと。難しいことはわかりませんが、だんだんわかってきました。われわれ人間は、小さくても大きくてもいいから、目的を持って生きるべきだってことが」

「うん。それでいい。百点満点だ」

大石は笑った。
「おい。誰か歌わんか。誰もおらんらしいから、おれが最初だけ歌うぞ」
つづけて、
大石は、いささか調子外れであったが、

さーらば　宇志知よ
また来るまあーでーはー
しーばーし　別れぇーの……

中にはくすくす笑い出す者もいたが、やがて一同の歌声は国土北辺の小島に響く。

上も下もないこうした触れあい。これがわが旭日の艦隊の気風である。

「舟底一枚はぐれば地獄」とはよく言ったものだ。生死を常に共にするが故に、彼らは運命共同体なのである。

3

二月十二日朝、軍令部へ暗号無電。出港を告げる。

直ちに返電。三宅島南方海域で高杉艦隊と会合せよとの命令であった。

詳しくはわからないが、洋上にて作戦会議があるらしい。

〇九〇〇《マルキューマルマル》――出港下令。

日本武尊は桟橋を離れる。

岸を離れると、ゆっくりと回頭。艦首を湾口に向ける。

「微速前進ッ」

「慎重の上にも慎重を期せ」

前方の閘門がゆっくりと開く。

基地要員は岸に立ち、盛んに帽を振る。

湾口は爆破され広げられてはいるが、巨艦にとっては狭い。

「いつもながら肝を冷やすのう」

大石はのんびりと言った。操舵手の緊張をほぐすためである。

艦首が湾口にさしかかる。外洋のうねりは高く、艦首、波を被る。

左右の断崖は、飛び移れそうな近さである。

艦体はついに危険な湾口を抜けた。

「気を緩めるな」

大石は大声で叫ぶ。

「はッ！」

「大波が来るぞ」

艦首、波に呑まれる。

怒濤の響き、落雷に似たり。

「長官。難所を通過しました」

「うん。ご苦労」

「一〇ノットに増速ッ」

「長官ッ、しばらく海上を行きます」

「よかろう。航海長、濃霧に紛れ速やかに基地を離れよ」

と、大石は命じた。


根室沖を通過。根室は濃霧に包まれ見えなかった。

「長官。半潜航法行います」

「よかろう」

日本武尊は海水をタンクに注水、艦体を半没させる。半潜航法は改装前にも有していた日本武尊の特性である。

大石蔵良は、これまで、この航法を使い、幾度となく敵を欺いてきた。

一例をあげれば、敵艦との遭遇に際して、水平線上で半没させれば、艦体がより遠くにいるように、敵を錯覚させることができる。

その隙をつき、主砲の一斉射撃を浴びせ、敵を仕留める戦法はよく使った。

だが、レーダー射撃法の普及した今では、この方法は使えそうもない。

「半潜状態での推力をテストしてもらいたい」

「諒解」

「機関室ッ。情況はどうか」

「まったく異常なし。快調であります」

との応答、極めて明るい。

繰り返すが、わが新日本武尊は、電磁推進艦である。

新たに搭載したトリウム炉は、須佐之男号で、十分、試験済みの優れ物である。

この原子炉に換装したため、潜水用のタンクをとっても、なおスペースの余裕ができた。第一、燃料補給に苦しむことがない。

原理は、トリウム炉の発する熱を使い、蒸気タービンで発電機を回す。この豊富な電力で磁場を作り、フレミングの法則に従い水流を後方に噴射させる。

この反力で、六万余トンの巨艦を前方に推進させるのである。

後世日本の科学技術が、世界に先駆けて実用化した傑作艦。これが日本武尊なりとご理解いただきたい。

しかれども、科学後進国の日本が、なぜ、これほどまでに成長したのか。理由の一つは、大高弥三郎の政策である。往事、売国奴とののしられ、暗殺されそうになったのが、大高であった。しかし、あの東方エルサレム共和国の基礎理論の提供なくば、日本武尊の改装は不可能だったかもしれない。大高弥三郎の「損して得取れ」の政策が実を結んだ、右は一例。

4

改装日本武尊の主檣には、艦橋が三つある。下部には夜戦艦橋、上部が昼戦艦橋である。ここまでは海上艦と同じだが、さらに主檣の最上部にもう一つ小さな艦橋がある。潜水艦橋と呼ばれるものだ。

この流線型をした主檣の構造一つとっても、新日本武尊が個性的であることがわかる。だが、見方を変えるならば、過渡的なタイプとも言えるだろう。

生物の進化にも似て、中間型は機械の進化にもあるのだ。

一例をあげると戦艦三笠だ。横須賀に行くと見ることができるが、帆船時代のマストの名残が、この日本海海戦を戦った鋼鉄艦の主楼にある。

本来、工業デザインは機能的なものだ。潜航するという目的に忠実であれば、新日本武尊の上部構造は、はなはだ不合理である。

もとより、わが大石蔵良は、十分、承知してのこと。最初からわかっているにもかかわらず、あえて行ったのは何故。合理主義では説明できない大石らしさがある。

こだわりというやつかもしれないし、他の理由かもしれない。無駄のない合理主義は、近代コードの一つであるが、人間の心は、これにしばしば反逆したがるものなのだ。

ひょっとすると、大石蔵良のこの世界が物語であることに気付いているのかもしれない。

たとえば、絵の中では、何十トンもの戦車だって、空の部分にこれを描けば、空中に浮かぶ。これはリアリズムではない。きっと、真面目な合理主義者は腹をたてるだろう。

彼は叫ぶ。

「こんなことはあり得ない！」

たしかに、そのとおり！

だが、彼はまちがっているのだ。

絵画の論理は、物理ではない。

絵画には絵画自身の論理があり、たとえば構図の理論である。構図的に意味があり、必要であれば空中を戦車が飛んでも差し支えないし、むしろ絵画的には合理的なのだ。

シャガールを見よ。天使でもないのに、人が空を飛ぶ。

この論理、おわかりだろうか。

——とにかく、今、大空晴れ渡り、大海原は波高し。白い群狼の雄叫びをあげる洋上を南下する新日本武尊！

見よ！

まさに、絵になっているのだ。

わが大石蔵良は、昼戦艦橋を離れて、独り潜水艦橋に上った。

防水ハッチの重い扉をあけ、デッキに立った。強風を全身で受け止め、濃密な潮風の香りを、肺一杯に吸い込む。久しぶりである。

陸《おか》を離れ、海に出た開放感。

遠い昔から船乗りの感じてきた世界。

かつて大陸を追われ、果てしなき海原へ出た者たちの子孫こそ、われら日本人。

海には海の論理がある。だが、いつの間にか、われわれ日本人は、陸の論理に拘束されるようになった。

陸は汚れている。

だが、海は清浄。

(陸の汚れを浄化する場所として、海は在るのだ)

と、大石は思うのだった。

5

原が潜水艦橋に上ってきた。

「やはり、ここでしたか」

「おれはアホーだ。だから、高いところが好きなのだ」

大石は原に向かって冗談を言った。

「艦は順調か」

と、訊く。

「はい。まもなく本艦は三四ノットに達します」

「そうか。計画速力が出せて、ひと安心だ」

「秘匿速度をテストしますか」

「いや。もう少し艦を慣らしてからでも遅くはない」

と、大石は答えた。

「長官、勤務中でありますが、これを忍ばせてきました」

原は軍装の内ポケットを探り、銀製の容器を取り出すと、栓をとった。

「新日本武尊のために祝いませんか。むろん、ひと口だけ」

「貰おう」

大石は差し出されたスコッチを口に含んだ。

「おめでとうございます」

原もひと口飲み、大石に言った。

「うん。苦労もしたがな」

「それだけに感慨ひとしおであります」

原は、スコッチの残りを、潜水艦橋のデッキの四方に垂らす。

「長官。私にはこいつが、われわれと同じように生きているような気がします」

「おれもだ。ただの物ではない。こいつには魂がある。どうもそんな気がするのだ」

「長官もそう感じますか」

「人には言えんがな」

「いや。乗組員の多くが気付いているようです」

「ほう」

　大石は、視線を天と海の解け合う彼方に注いだ。

「この広がりが、こいつの生きる世界だ」

「喜んでいるんですよ」

　と、原も言った。

「前世の戦いで奮戦し、海底に沈んだ多くの前世艦のことをおれはよく思うのだ」

　大石は言った。

「長官は、この日本武尊が、恨みを残して、九州沖の海底に沈んだ、あの大和の生まれ変わりと思っておられるのではありませんか」

　しかし、大石は何も答えなかった。

　だが、次第にこのことは、新日本武尊乗組員全部に共通する認識となるのだ。

　――この艦《ふね》には魂があると。

　――日本武尊には意識が宿っていると。

　しばし黙りこくっていたが、

「以前よりずっと美人になったので、彼女《やまとたける》は喜んでおるようだ」

　と、大石が言った。

　眼が笑っていた。

「大石長官は優れた整形美容師です」

　原はつづけた。

「しかし、ヤマトタケルは男ですぞ」

「しかし、シップは女性だろ」

「なるほど」

「ま、どちらでもいいがのう」

大石はまた眼を笑わせた。

つづけて、

「それにしても、帝国海軍の戦艦はみな、アメリカ戦艦に比べて、シルエットが好かった。そうは思わんか」

「ははッ。鹵獲《ろかく》したアメリカ戦艦をあてがわれた川崎長官も、いつかそんなことを私に漏らして、不満げでしたが」

「おれにもな、あのご老体、形が気にくわんと文句を言っとったぞ」

大石はつづけた。

「文化のちがいなんだろうが、おれなり思うに、日本の戦艦は、『浮かべる城』の喩えどおり、城郭の天守閣がイメージされていたのかもしれんのう」

「たしかに、あの厳めしさは、城郭に似ております。子供のころを思い出すと、あの堂々たるシルエットに憧れたもんです」

と、原は言った。

「城なら防御的イメージだろ」

「はい」

「われわれ海軍の無意識には、元々『守る』という意識があったのではないか——と、ふと思ってな」

前世第二次大戦の推移を思うに、どうも日本のやりかたはチグハグなのである。

なぜなのか。

どうしてああなったのか。

大石なりの考えだが、開国をしてわずか数十年、日本人の無意識は、依然として江戸時代のままだったのではないだろうか。

意識は変わりやすい。が、大脳表層は外来思想の摂取で変わり得ても、無意識は簡単には変わり得ない。

「アメリカではバトル・シップです。空母はエアークラフト・キャリアー」

と、原は言った。

「戦闘艦に、飛行機運搬機です。機能的な名称ですものな」

「航空母艦と名付けた時、われわれ日本人は、運搬機ではなく、母をイメージした。飛行機という雛鳥を優しく包み込む母鳥のイメージが、われわれの無意識にあったのではないか」

大石はつづけた。

「すでにそこからちがう。そう思わんか」

「長官はおもしろい発想をしますなあ」

原が言った。

「いや。大高閣下だよ」

大石は教えた。

「閣下は歴史精神分析ということを、最近、よく言われるのだ」

大石はつづけた。

「われわれ男たちにしてもだ、日本の男の深層心理を支配するのは、女性原理じゃないかと思う。伊勢神宮にしても女神信仰だろ。兵士たちにしても、最後の時、母を呼ぶ。亜細亜的というのだろうか、欧米キリスト教文化圏はちがう。彼らは父性原理なんじゃないか。あくまで父なる神であって、三位一体の理念にしても父と子と精霊だ。母マリヤは外されている。そう考えると、われわれ自身がわかる。軍国主義と言われた時代の原理は父性原理で動いたかもしれないが、意識下を支配する原理は女性いや母性原理だった。われわれはこうした無意識に引き戻されまいとして、外征に出たのかもしれない。だが、子はずいぶん無理をしていた。本来、戦争は男性原理だろ。だが、女性原理に引きずられている男たちの戦争は、中途半端に終わる」

「少し難しいですなあ」

原が言った。

「うん。人間の心の構造に関して、フロイトやユングなどを多少なりとも理解しなくては、心の影の作用はわかりにくい」

大石は、アメリカの戦略理論に触れた。

「彼らは、二十世紀の早い時期から、いや十九世紀から亜細亜を視野に入れていたふしがある。マハンの海上連絡線の理論一つをとっても、明瞭に意志的なものが感じられる。はっきりと彼らは、日本を仮想敵国と見なしていた。イギリスさえもだぞ。ロシアやソ連もだ。全部仮想敵国視していた。日本では一九三九年に訳書の出た『太平洋作戦論』という本を読むと、そう書かれている」

「キラルフイでしたか、米在郷軍人の」

青年書房というところから、太平洋戦争勃発の一年前にこの本は出版された（註、澤田謙訳・昭和十五年刊）。

「彼らは、土壇場まで迷った日本とはちがい、実に明瞭だ。太平洋の支配を彼らは意志的に考え、研究していたのだ」

と、大石は言った。

「これは、男性原理の顕れではないだろうか。モンロー主義は知っておるだろう」

「ええ」

「最近、おれはモンロー主義について思うようになった。彼らは、旧世界側つまり大西洋側については内向的で防御的だが、太平洋に関しては外向的であり攻撃的な考え方だったように思う。すでに開戦何年も前から、彼らは亜細亜に対してはマハンの槍を用意していた。だが、ヨーロッパ世界に対しては楯を用意していた。そう考えるなら、前世の日本指導者がいかに不用意だったかがわかる。われわれは対米外交に失敗し、挙げ句は必敗とわかっていた太平洋戦争に、自ら飛び込んで行った」

「たしかに、本世界では大高閣下が逆転の手を打ち、歴史を変えましたが、前世は、外交がまずかったですなあ」

原が言った。

「いや、まずいというよりは、無意識に問題があったと言うべきだろう。いや、いかにも日本人的だったというべきだったかもしれんな」

大石は空を仰ぐ。

6

日米の外交関係は、ある意味ではと断るが、フロイトの理論で説明がつけられるかもしれない。

往時、わが国は二百数十年のまどろみにいた。われわれは海禁政策に守られ、さながら胎児のごとくあった。

たしかに男尊女卑の時代ではあったろう。しかし、鎖国そのものは内向型であるから女性原理なのである。

その、まどろみの子宮世界に、突然、砲声が鳴り響いた。鉄製の砲身が日本国の股座に突き立てられ、太平の夢、日本人のまどろみは覚まされた。

これが黒船である。

黒船は男性原理である。

ペルリという、髭もじゃの、背の高い鬼のような男が現れたのだ。

アメリカという男権国家が、突然、われらの母たる祖国を威嚇し、凌辱《りょうじょく》せんとしたのだ。

「これを黒船コンプレックスという」

と、大石は語る。

「いささか下司《げす》な言い方になるがね、母国日本はアメリカに強姦されたわけだ。むろん、象徴の次元での話になるが……」

大石はつづける。

「だが、女が男に、母が父には簡単になれぬように、日本社会の変われるはずがない。外見の体裁のみは男装にしたようなもので、中身は変わらなかった」

母は、己の巣に外敵の近付く気配に気付き、危険を感じた。それは母親の本能である。

母は強かった。日清・日露の両戦役にも勝てた。だが脅威は止まなかった。日本の北辺に赤い帝国が近付いてきたのだ。

「むろん、おれは象徴の次元での出来事を語っているのだ」

大石は断る。

彼は、日本近代史の諸事件が、日本の深層心理に、いかに影響したかを述べているのである。

「おれは思う。日本という国は、ユーラシア大陸の東の外れに位置したために、長い間の平和を享受し得たのだ。しかし、同時に、そうした地政学的な条件の有利さに気付かなかった。平和が当たり前の国に、どうして危機管理の考えが育つだろうか。これが問題だったのだ」

大石はつづける。

「国際情報の収集能力からして、未熟という他ない。乏しい情報で、どうして適切な対応がとれるだろうか。海軍はまだしも、陸軍はひどかった。どうしても独りよがりになる。挙げ句は、本能的に怖れていた対米戦争へ引きずり込まれた」

「国際社会での孤立が問題でした。付き合いがなければ、情報もとれない」

「唯一の窓口は友邦英国だった。日本がもっとも輝いていたのは日英同盟の時代だったよ」

「本世界では、大高閣下が、これを復活させましたな」

「もとより大いに努力をしたからだが……」

大石は言った。

原も言った。

「英国との同盟が復活したため、後世世界では、日米講和もうまくいきました」

「むろん、すべての英国人が日本を好んでいるわけではない。だが、後世日本の危機を救ったのは英国なのだ。われわれは恩義がある。これが武士道だ。恩には報いなければならない」

「であればこそ、われわれ旭日艦隊は、英国救援に向かいました。武士の道、その一つは信義であります」

「うん。そして今、米国が国家存亡の危機に直面しておる」

「故にわれわれは……」

「そうだ。故にわれわれは、ふたたび出撃することになった」

荒れ騒ぐ海原の彼方、水平線を見つめる大石蔵良の顔には、強く意志的な決意、漲《みなぎ》る。

第六話　洋上作戦会議宣戦布告

1

突然、潜水艦橋に取り付けられている艦内電話が鳴り出す。

原は受話器を取り、

「うん。どうした？」

しばらくして、

「わかった。すぐ降りる」

大石に向かって、

「長官、始まりましたぞ」

「……？」

「印度洋上にて、Uボートが米貨物船を雷撃、撃沈させたとの連絡が、たった今、軍令部より入電であります」

「……下に降りよう」

と、大石は考える眼である。

二人は足早に昼戦艦橋に下りる。

艦橋に入るなり、

「総員戦闘配置に着かせよ」

「はッ」

「総員戦闘配置ッ」

けたたましくブザーが鳴り響く。

「おれに貸せ」

大石はマイクを奪う。

「大石である。演習ではない。心してかかれ。演習ではない。第三次世界大戦開戦！　演習ではない。急げッ」

大石の顔、なぜか厳しい。

「対潜警戒ッ！　敵Uボートの攻撃が予想される。対潜警戒を厳になせッ」

艦内の緊張、大石の下令で一気に高まる。

「まだ訓練もしておりません」

原が心配そうな顔をした。

「みなを信じよう」

大石は答える。

やがて、多少の遅れはあったが、配置完了の報告が次々と届く。

「ソナー、報告せよ」

原が叫ぶ。

「異常ありません」

「諒解！　引きつづき警戒。気を抜くな」

「ソナー、諒解」

「原参謀長。本艦はまだ対潜ヘリコプターを積んでおらん」

「軍令部よりの指示では、高杉艦隊と会合した際に受け取れとのことでしたが」

「電信員、高杉長官と無線電話で話したい」

と、大石は言った。

「わかりました。やってみます」

「直接でだめなら、三宅島通信所中継で試せ」

三宅島は、横須賀軍港の真南、約一一〇キロメートルの洋上に浮かぶ。

やがて、

「繋がりました」

「うん」

大石は受話器を握る。

「こちら四十七士。お久しぶりです」

「杉並の鷹です」

「祭りが始まりましたな」

「日比谷の親父さんが、ウーさんに気をつけろと言ってきましたぞ」

高杉長官、余裕の声だ。

雑音が交じる。

「祭りに竹トンボはつきものですが、いただけますか」

「諒解。預かり物を渡します」

通話を終える。

「さてと」

大石は長官席に着き、コンソールのキイを叩く。

ソナー・データがタイム・ラグなしで送られてきた。

「反応ありませんな」

原は傍らに立つ。

「いや。最初が危ない」

と、大石は言った。

「長官、軍令部より電報です」

「寄こせ」

大石は紙片を見る。

「よし、新暗号はうまく解読できているな」

原が覗き込む。

電文の内容は、アメリカはすでに枢軸側に対して宣戦布告を発し、日本も準備中とのことであった。

「ヒトラーの回答はまだですか」

「らしいな」

大石は言った。

2

戦争は必ずしも、宣戦布告や最後通牒を以て始まるわけではない。

大石は言った。

「一九〇七年のハーグ平和会議で『開戦に関する条約』が定められたが、一国でもこの条約を締結しなければ、この条約は適用されないことになっている」

そもそもハーグ条約は、一九〇四年の日露戦争がきっかけで成立したものだ。この戦争は戦意表明なき開戦だったのである。

「開戦は、当事国のいずれか一方が『戦意の表明』(animus belligerendi)を行うことにより始まる。これによって交戦国間に戦時国際法が適用されることになるわけだが」

大石はつづけた。

「……ハーグ条約によって、『開戦宣言』(宣戦布告)、もしくは『条件付き開戦宣言を含む最後通牒』なしに、つまりだな、形式を整えた明瞭なる事前通告なしに、戦争を始めてはならない——ことになった。だがしかし、実際には、国際連盟体制下では戦争そのものが違法化されていたのだ」

「この問題は、われわれ紺碧会でも討論されましたな」

原は言った。

後世第二次大戦開始前、この事前通告をどうするかで、彼ら紺碧会メンバーは熱心に研究したことがあったのである。

「結局、ハーグ条約そのものには、多分に、曖昧さがある——との判断を紺碧会は下しましたが、大高閣下は、あえて宣戦布告する道を選んだのでした」

と、原はつづけた。

「おれはあれでよかったと思う」

と、大石は言った。

「先の大高裁判でも、この問題は提起されたが」

戦争そのものが違法である以上、あえて宣戦布告を行わずに違法との非難を浴びることはない、との判断を日本はしたのであろう。国際社会で孤立していた日本は、戦意の表明を曖昧にしたまま、満州事変を起こした。

日中戦争も同じであった。明らかに戦争であるにもかかわらず、これを支那事変と言い繕ったわけである。

「これが、真珠湾攻撃の違法性と共に糾弾され、東京裁判における日本有罪の根拠の一つになったのだ」

と、大石は言った。

「しかしだ、たしかに、日本が悪かったとしても、ではあのハル・ノートはいったいどうなるのだ」

ハル・ノートの内容は、当時の日本が絶対に飲めない要求であった。どう見てもこれは、アメリカ政府がわが国に突きつけた事実上の最後通牒であった。

一方、当時の国際連盟体制では、国家間の武力の行使だけではなく、武力による威嚇をも禁じていたのである。

つまり、最後通牒すら、国際憲章では違法なのである。

「さぞ、ルーズベルトは、知恵を絞ったにちがいない」

と、大石は言った。

「たしかに、ハル・ノートには武力行使は触れられていない。だから最後通牒ではない——と、言い逃れできる余地はある。ルーズベルトは狡猾な罠を仕掛けたのだろう。日本は窮地に陥った」

このままでは、自死する他なかった。

大石はつづける。

「石油の備蓄が時間と共に減る。帝国海軍は行動不能になる。自動車も工場も止まる。日本は自動的に瓦解する。軍事力だけではない、日本経済もだ。ルーズベルトはそのことを見越していたのだ。ははッ、敵ながらあっぱれと言う他ない」

「まさに、王手飛車取りですもんな」

原が言った。

「ルーズベルトは、おそらく、腹の中では、亜細亜における最強のライバル、新興日本を叩き潰し、江戸時代の状態に戻すことを望んでいたにちがいない」

と、大石は言った。

つづけて、

「むろん、こんなわかりきった手に引っかかった、日本の指導者が悪い。鉄も石油もなく、アメリカから供給を受けていたのがわが国だった。その当の相手と、どうして戦えるのだ。子供の我儘でもあるまいし、親から生活費を貰いながら親に逆らうのと同じだものな」

「わが国は、元々、アメリカとは敵対できない運命にあった」

と、原も言った。

「とすれば、どうして対米協調外交を国是として徹底しなかったのか。今更のように疑問に思いますなあ」

「国家指導者が、経済というものを、よく知らなかったからではないだろうか」

と、大石は言った。

当時の文献に触れるとわかるが、日本のすべてが幻想の中にいたとしか言いようがない。

政治はリアリズムでなければいけない。国体論もいいが、国土の実態、つまり経済の裏打ちがまったくない。

大石は言った。

「幻想とリアリズムの戦争が、前世大戦だったのではないだろうか。わが国の指導者は幻想家であり、ルーズベルトはリアリストだった。幻想と現実が戦い、どっちが勝つか。答えは子供にでもわかる」

3

一時間がすぎた。

「敵さん、来そうもありません」

原が言った。

むろん、原なりの根拠あってのことだ。日本武尊の位置は、厳重に防備を固めている日本近海である。

「会合点までの時間は?」

と訊く大石。

「本艦の速度なら約一時間。しかし、高杉艦隊は遅れると思います」

大石は海図を見て、三宅島南方洋上の会合点にバツ印をつけた。

「対潜ヘリはまだか」

「そろそろ到着すると思います」

「本艦の位置を知らせたか」

「はい。一〇分前に交信しました」

「敵潜に傍受された可能性は？」

「新暗号です。解読は不可能です」

「だが、発信源はわかるぞ」

と、大石は言った。

「長官は、やはり、敵は近くにいるとお考えですか」

「おれの勘だ。敵の傍受性能はまだ不明だが、もし性能が上がっていたとしたら」

大石は言った。

「ははッ。司令長官というものは、あらゆるケースを想定するものだ」

ふたたび、沈黙の時が流れたが、

「原参謀長。前世戦ではな、先にオランダが戦闘を仕掛けた。宣戦布告を先にしたのもオランダだった。世間ではあまり知られてはおらんがね」

一九四一年十二月八日、すなわち真珠湾攻撃の翌日、オランダは、東インド総督の名において、日本に宣戦布告した。なお、オランダ公使が、東京で、正式に書面として提出したのは同月十日であった。

これが、東京裁判におけるオランダの立場を微妙にしたのである。

この時点ではまだ、日本軍は蘭領インドネシアには到達していなかった。オランダ軍に対する攻撃も行っていなかった。数日後、オランダ潜水艦が日本の艦艇を攻撃、これを撃沈した。

なお、不確定ではあるが、真珠湾攻撃前に米潜が日本艦を攻撃したという説もあり、開戦前後の情況には曖昧な部分もある。

「いずれにしても、アラビア海で独潜が先に手を出したとすれば、こっちでも、十分、あり得ることだ」

と、大石は言った。

「もっとも、ヒトラーは、アメリカの謀略だと主張するにちがいない」

戦争に謀略はつきものである。ヴェトナム戦争の発端、トンキン湾事件の真相は不明である。盧溝橋事件の真相も両説ある。朝鮮戦争は、北朝鮮が仕掛けたことは今日では定説だが、当時は韓国軍の謀略説が一部では有力だった。

「その点、真珠湾攻撃で始まった対米戦争は、むしろ明瞭すぎるくらいだ。だが、あんなのは例外であって、戦争の始まりは曖昧なものなのだ」

と、大石はつづけた。

4

果たして――

「魚雷発射音ッ。艦種不明ッ」

ソナー室が叫ぶ。

「来たなッ」

大石、叫ぶ。

「予感的中ッ」

と、原。

「長官、おめでとうございます」

余裕である。

「ははッ」

大石、顔面を崩す。

「方位、左舷正横ッ！」

「魚雷接近ッ」

艦内に警報ブザー鳴り響く。

「六本ッ。扇状射撃と思われます」

「バウ・スラスター作動ッ」

大石は叫ぶ
「面舵《おもかじ》四五度ッ」

「おもーかあじ。四五度」

舵手、復唱。

「ソナー。雷速報告ッ」

「雷速四三ノット。極めて速い」

「ほう。敵さんも、休戦中に魚雷を改良しおったか」

と、大石。

やはり余裕だ。

「ソナー。敵雷撃パターンを精密に記録せよ。忘れるなよ」

と、原。

双眼鏡を左舷に向け、

「長官。雷跡なし」

「うん。新型魚雷かもしれんな」

大石、うなずく。

「最大戦速ッ。参謀長ッ、試験をかね、秘匿速度を試す」

「機関室ッ。秘匿速度を試す」

「諒解ッ」

「無理するな」

「無理しません」

すでに新日本武尊は、舵に加え、艦首バウ・スラスターを作動させ、艦首を急旋回させつつあった。電磁バウ・スラスターの威力は、想像以上だ。計算と体感はやはりちがう。

加えて、新日本武尊は猛然と加速した。

「堪《こた》えるのう」

手すりに摑まりながら、大石、ご機嫌。

巨艦、左舷に傾きつつ、突進した。

「舵戻せ。速度そのまま」

たちまち、追尾する敵誘導魚雷を振り切る。

「このまま逃げますか」

原、訊く。

「いや。対魚雷戦用意。テストだ」

「諒解ッ」

原、ニコニコしながら、

「囮《おとり》発射ッ。食いつかせて爆破してやれ」

新日本武尊、後方へ囮魚雷を放つ。

やがて、轟音。六本の水柱あがる。

「ソナー。敵潜位置つかめたか」

「おおよそならわかります」

「おおよそでよい」

報告を受け、日本武尊は追尾に移る。

「敵、ソナーに反応」

「距離？」

「約四〇〇〇」

「よし。有線誘導発射」

「二本発射しまーす」

「それでいい」

「一番と六番発射ッ」

「ソナー、誘導頼んだぞ」

命中音やがて響く。

5

対潜ヘリ飛来。後世では、これを無滑走竹蜻蛉機《むかっそうちくせいれい》、あるいはローター式揚力機などという。

ともあれ、略して竹蜻機《ちくせい》と言えばヘリコプターのことだ。

どことなく中国のイメージのある名称であるが、これには相応の理由がある。ヘリコプターの起源は、他ならぬ中国で発明された竹トンボなのだ。

一方、十五世紀の天才、レオナルド・ダ・ヴィンチは、実現こそしなかったが、螺旋《らせん》ネジ型ローターを持つ回転翼機のスケッチを残したことはよく知られている。

実用化は二十世紀になってからだ。一九〇七年、フランスのポール・コルニュが、わずか地上三〇センチ、二〇秒とは言え、初飛行に成功した。

最初の実用機は、滞空時間一時間二〇分四九秒を記録した独逸のH・フォッケの作ったフォッケ・アハゲリスFa61であった。さらに、ロシア生まれのアメリカ人シコルスキーが、一九四〇年、単ローター機VS300で、ホバリングを含む自由飛行を成功させ、これが今日の基本型となったのである。

なお、ヘリコプター（helicopter）という言葉は、ギリシア語の螺旋（helix）と翼（pteron）の合成語である。

ともあれ、玩具であった竹トンボやダ・ヴィンチの空想が、何世紀を経てのち、ようやく、実用へリコプターに結実した。玩具だからといい、空想だからといい、軽んじてはいけない。

故にこそ後世教育界は、徹底した自由教育をほどこしているのだ。学びは、楽しくなければいけない。知識詰め込み教育を撤廃、またその原因を作る学歴社会を打破し、生き方の自由と個性を生かす社会の建設を、後世日本は目差しているのである。

さて、竹蜻蛉機は、後甲板ポート上でホバリングしながら着艦したが、その先に作業、格納庫への収納に手間取る。

原は後檣艦橋に走り、作業を見守りながら、渋い顔だ。

原の報告を艦内電話で受け、大石は、

「それはおれの責任だ」

と、言い、整備班員を庇う。

最初の計画では、後部甲板から、直接、エレベーターで下に格納する予定であったが、この方式では水密上問題のあることがわかり、急遽、設計変更したのである。

「すまんが、艦橋を代わってくれんか」

と、大石は頼み、原の戻るのを待って、後檣へ急いだ。

後檣艦橋の真下に見えるのが、日本武尊の誇る五一サンチ三連装砲塔である。その後部、一段上がったところが、新日本武尊独特の多目的ポートである。

最初、大石は、空母式のエレベーターを考えていたが、新機軸を出した。

後部甲板の下からネジ式の円筒が、回転しながら迫り上がってくるのだ。内部が格納庫であるが、これが三層になっている。

ヘリコプターはその一番下の階に入る。真ん中の階には小型飛行艇、最上部にはあの亀天号が搭載している海底匍匐戦車（改良型）が収納されている。

このアイディア一杯の特殊潜航艦の用途はおいおい語るとして、大石が見たのは、三層の円筒最下部に竹蜻機を収納する作業のまずさだった。日本武尊は、どらかというと揺れの少ない艦であるが、強い横風を受けると、軽い機体があおられ甲板から艦外に転落しそうになる。

大石はすぐ艦橋に連絡し、艦首を風向きに合わせるよう指示した。

たちまち作業は楽になり、機は収納された。

甲板で旗が振られる。後檣艦橋の操作で、縦型収納筒は回転しながら、艦内に引き込まれる。ネジ式にしたのは、潜航時の水圧による漏水を、防ぐためである。

大石は、後檣先任士官に命じ、円筒の引き込みを中断させた。

「飛行艇発進の準備を頼む。高杉艦隊まで翠燕《すいえん》で飛びたい」

「かしこまりました。準備します」

大石は主檣に戻る。

早速、大石は、竹蜻機のパイロットを呼び、

「操縦に問題はないか」

と、尋ねる。

「蜻V型に関しては、特に問題はありません。もっとも、飛行原理が通常機とは本質的にちがうので、特別な訓練を受ける必要はありますが」

まだ純国産ではない。東方エルサレム共和国と技術提携して生産した機である。

「私は、訓練もあちらで受けました」

「対潜哨戒任務は極めて重要であるので、心して任務に励め」

と、大石は若いパイロットを励ます。

6

「長官、会合点までまもなくであります」

原が言った。

「先方の位置を確認しますか」

「いや。本艦からは、できるだけ電波は出さぬほうがいい」

と、大石は答えた。

「今、翠燕を用意させておる。参謀長は艦に残り、指導を頼む。また、敵潜が襲って来んとは限らん」

書類鞄を持ち、ふたたび、大石は艦尾に戻る。後部主砲の傍らを抜け、タラップを上り後甲板ポートに立った。

「お供いたします」

白い飛行服に身を包んだパイロットは、顔に見覚えのある女性だ。

「長官のご指示どおりに、航空服を用意しました」

大石は渡されたものを身につける。

「君、どうかね。鏡がないので自分で確かめるわけにいかん」

「はい。とってもお似合いです――とは言えないと思いますが」

女性パイロットは眼で笑った。

「おれのせいではない。服が悪いのだ」

大石は冗談を言った。

翠燕はまだ格納円筒の中である。

彼女に先導されて乗り込む。座席は四。ターボ式である。

やがて、新日本武尊は艦体を沈下させる。半潜状態になったので、浪が後甲板を洗い、格納筒の内部まで水浸しになる。

翠燕は小型ながら双発高翼機である。機体を浮かべた状態でゆっくりと前に進み、艦を離れると、海面を滑走し始めた。

離水は鮮やかだった。翠燕が、高度を上げつつ旋回した時、大石は、格納円筒を引き込む日本武尊を見た。

飛行時間、三十分あまり、会合点に至るも高杉艦隊は影も形もない。大石の指示で機首を北、三宅島へ向けさらに飛ぶと、南下中の艦隊を見付けた。

交信しつつ降下、着水。旗艦からの内火艇の迎えを待つ間、大石は変装具を顔に付けた。

高杉英作司令長官とは、久しぶりであった。出迎えた高杉は怪訝そうな顔をしたが、すぐ大石の変装と気付き、

「ははッ。幽霊長官を歓迎しますぞ」

「ご健在でなにより」

と、大石も挨拶した。

高杉艦隊の旗艦は、先の後世大戦で生き残った金剛《こんごう》であった。前大戦終期、高杉の先の旗艦、比叡《ひえい》はマダガスカル沖で沈んだ。

ここにふたたび戦場に赴くにあたり、高杉英作長官に与えられたのが金剛であった。

金剛は、昭和十九年十一月二十一日を命日とする英霊艦である。前世の金剛は、台湾沖で米潜の雷撃を受けて戦没したのである。

「三〇ノットの高速性はそのままだが、昔の面影はほとんどない」

と、高杉は、憮然たる面持ちで言った。

「お気持はわかりますが、戦争の状態が完全に変わりましたからな」

と、大石は言った。

金剛の強力な主砲は取り外され、対潜ヘリ数機を積む対潜作戦艦に改装されていた。

主檣もかなり低い。

代わって、電子戦能力は飛躍的に高められた。

様々な対潜防御システムも……。

「主砲のない戦艦など、私の世代では考えられぬことです。寂しい限りだが、われわれの任務は

亜細亜のシーレーン防衛です」

　と、高杉は言った。

　つづけて、

「ははッ。艦内は電算機だらけですよ。われわれの世代には、到底、手に負えない機器ばかりで。これを扱うのは高等電子専門学校出や理工系大学出身者ばかりでしてな、やれ海兵出だ、海軍大学校出だ、と威張ったところで、艦そのものが変わってしまった。私なども、過去の戦功で司令長官に任じられているが、飾り物にすぎんのです」

「いや、それはちがうと思います」

　大石は言った。

「戦争の本質は昔も今も同じです。つまり、狐と狸の化かし合いということで」

「その喩えはいい。心に留めおきます」

　と、高杉は笑った。

「やはり、土壇場では実戦経験が生きる。いかなる時にも冷静でいられるのは、長官、知能や知識よりも場数《ばかず》ではないでしょうか」

「そうかがって、やっと安心しました」

　高杉は言った。

「もう一つ、攻撃型より防御型へ、わが国の戦略思想そのものが変わりました。日本の情況では、攻撃は最大の防御とはいかない。太平洋と印度洋を、そして亜細亜のシーレーンを守り抜くことが、最終的に、魔王率いる敵第三帝国に勝つ手段なのです」

　と、大石は言った。

「わかっております。しかし、なかなか、部下にはわかってもらえません」

高杉は苦笑した。

「私の指導力不足ですかな」

「いや、すぐもわかる。いやというほど身に沁みてわかる。今大戦における対潜作戦の重要さが、実戦を通じてわかるはずです。長官、われわれは、すでに、敵潜の襲撃を受けましたぞ」

「ほう。で、仕留めましたか」

大石はうなずき、

「かなり手強い相手ですぞ。敵は、深深度雷撃技術を持っているらしい」

「索敵能力は?」

「まだよくわかりませんが、前大戦のレベルとは格段にちがうと思いますな」

「情報部によれば、第三帝国の潜水艦保有数は、予想以上とか」

と、高杉も言った。

「敵の保有数は五〇〇、いや一〇〇〇。いずれにせよ、敵は徹底した海洋封鎖作戦を実施するものと思われます」

と、大石は、顔付きを厳しくして答えた。


長官室で、大石は、密封された作戦命令書を受け取る。

高杉は、自ら金庫をあけてそれを渡し、

「詳細は、指令書に従えとの高野総長の伝言でした。それにしても羨ましい。われわれは後方防衛だが、あなたは、ふたたび、最前線です」

「ははッ。中が楽しみです」

「高野総長は、この任務こそが、いきなり天王山と漏らしておられたが、意味はわかりません」

言葉をつづけて、

「さて」

と、高杉長官は、作戦室で待機中の各戦隊司令官へ、

「これから下へ行く」

と、艦内電話で伝えた。

が、大石は、

「私はこれにて」

「作戦会議には出ないのですか」

と、高杉。

「はい。下手な変装を見破られると、新日本武尊の存在も噂になりかねないので」

「わかりました」

高杉も席を立ち、

「あなたと日本武尊の武運をば、心より祈ります。われわれの分まで存分に戦ってください」

「ありがとうございます」

両雄、堅い握手に、別れの気持を籠める。

7

大石は日本武尊に戻り、すぐ司令長官私室にこもった。作戦命令書を開封するためである。

封を切り、軍機とある分厚い書類を引き出す。

軍令部苦心の作であることが、すぐ、大石にはわかる。

一読後、艦橋に艦内電話を繫ぎ、原を呼んだ。

「艦橋は手が放せそうか」

「はい」

「部屋に来てくれ」

「例の件ですか」

「そうだ。第一印象を言うとだ、われわれの初仕事にしては、うーん、かなり手強いぞ」

「わかりました。すぐまいります」

受話器に伝わる原の声は弾んでいた。

原が来た。

「鍵を掛けてくれ」

「はい」

「これだ」

大石は、テーブルの上で広げていた作戦命令書を押しやる。

「拝見します」

押し頂くような仕草で、原は引き寄せ、

「ほう。赫《かく》一号作戦ですか」

「なかなかいい命名だ。赫は燃えさかる火の赤く輝く様を言う」

「わが戦意にぴったりであります」

「中に書いてあるが、大高閣下の命名らしい」

「拝見させていただきます」

「うん。ゆっくり検討してもらいたい。その間、おれは、艦橋に戻って指揮を執るので、終わったら呼んでくれ」

大石は昼戦艦橋に立つ。

目差す紅海は遥か彼方。

海原の西方界に赤々と広がる空。

夜の帳《とばり》は近い。

第七話　紅海潜航ス赫一号作戦

1

三宅島を後に、単独航海をつづける新日本武尊は、フィリピン海に入る。

小笠原諸島とマリアナ諸島――この南北に直列する火山列島とフィリピンにはさまれた海域が、フィリピン海である。

作りつけの箱型ベッドのある小さな寝室と書斎と称している部屋の二つが、司令長官私室だ。洋書が落下どめのついた書棚を埋め、百科事典なども揃っている。

壁には洋画が一枚。風を孕《はら》みながら走る帆船の絵である。富嶽太郎《ふがくたろう》こと前原一征《まえばらいっせい》から、贈られたものだ。

少し離れた場所に、大石は、大高弥三郎の描いた色紙を掛けた。その前の小テーブルに、酒と塩、水を備え、大石は、朝晩、礼拝するつもりである。用意してきた神道大祓もある。仏説聖《ふっせつしょう》不動経《ふどうきょう》である。

言い遅れたが、戦艦金剛を訪ねて高杉長官に会った時、

「閣下から預かってきました」

と言って手渡されたものだ。

色紙額に納まった日本画風の絵は、破邪剣を構えた黄不動《きふどう》である。その時、大高弥三郎に無心した旗も貰った。これは、青地に黄色の不動明王が顔付きも厳しく起立している絵柄であるが、今は、主計長室の大金庫の中に、大切に保管されている。

大石としては、この旗をば、いざという時、日本武尊のマストに、高々と掲げるつもりだ。

この尊は、大日の化身であって、その姿を様々に変える。まさに、新日本武尊にふさわしい。

いずれ、機会があれば、乗組員を一堂に集め、ひとくさり講ずるつもりで、勉強している大石であった。

おそらく、大石ならではの弁舌で、

「諸君、新日本武尊の正体を明かそう。この艦は不動明王の化身なのだ」

大石ならば、そのくらいのことは言うにちがいない。

この尊は大日の化なり。使となり諸務を執る。

火生三昧に住し、障を焼いて智火と成る。

と、ものの本にもある。

大石に言わせるならば、邪悪を撃つお不動様のような仏がいるからこそ、仏の世界の秩序が成り立つのだ。下界に降りて汚い仕事をも厭わぬ者がいるからこそ、平安も保たれる。それをみなが嫌い、手を汚さず、口先だけで「平和、平和」では、世の中は保たない。

もっとも、前世の軍人たちの中には、人の道に外れた外道もいて、ためにわれわれ後代の日本人の信用をえらく落としたのであるが……。

2

さて——私室を訪れた原参謀長に向かって、

「ニーチェを都合良く曲解したのがナチズムだったよ。が、ニーチェを正しく読めば、彼がいわんとしたのは、ルサンチマンであった」

と、大石は言った。

突然、考えていたことを、口出す癖が彼にはある。ま、いわゆる「普通」ではない。だが、後世海軍では、これが「普通」だ……。

「長官が哲学を愛されるのはわかりますが、私には難しすぎますなあ」

原は慣れている。

「学者ではないからのう」

大石は応じた。

「触《さわ》りしか知らんよ」

つづけて、

「弱者が己の弱さを正当化するために、強い者を悪人にするのが、ルサンチマンというやつらしいな。虐げられたキリスト教徒が、支配者のローマ人を悪者にした論理だ。ということで、資本家を悪者にしたマルクスの論理も、このルサンチマンなんじゃないかと考えていたところだ」

「長官、それは言いすぎじゃないでしょうか」

「ははッ。ただ思っただけだよ」

大石は屈託なく笑い、

「ところで、用事はなんだ」

「はい。作戦命令書を熟読しましたが、長官、紅海まで、われわれは急がねばなりませんぞ」

「そうか」

「われわれが遅れると、マッカーサー元帥の反攻作戦に重大な支障の出ることがわかりました」

「うん」

「のんびりできぬということです」

「わかっておるよ」

大石は答えた。

「問題は、われわれが現在いる太平洋から印度洋へ抜けるのに、どういうコースを取るかだ」

「はあ、では長官は考えておられるわけで」

「当たり前だ」

大石は言った。

「ついては、みなの考えを聞いてみたい」

「わかりました。作戦会議を、直ちに招集いたします」

大石は、時間を無駄にしていたわけではない。考え始めると、二つの事を同時に思考できるのが、大石蔵良である。

——さて、改めて認識した次第だが、亜細亜世界は超巨大な半島なのである。なぜ、そう思ったのかというと、新日本武尊をして、可能な限り人の眼に触れさせずに、印度洋に抜けさせるコースを検討した時、ふとそのことに、彼は気付いたのである。

中国大陸の東南には、フィリピンやインドネシアが狭い地域に押し合いへし合いしている。これらは群島ではあるが、大ざっぱにみれば大半島である。たとえば、氷河期のように海水面を下げたとして……。

仮に、これを大スンダ半島と名付けるなら、半島の先端は東端のパプア・ニューギニアである。さらに、オーストラリア大陸をも大スンダ半島の一部と見なせば、インドシナ半島の基部からオーストラリア東海岸までは、約九〇〇〇キロメートルにも及ぶ。

ま、当たり前と言えばそのとおりだが、日本列島の側から、この架空の巨大半島を眺めると、印度洋から迫る敵に対しては、格好の大障壁になっていることがわかる。

やがて、原から連絡があり、大石は作戦室に足を運ぶ。

開口一番、大石がこの話をすると、

「なるほど。言ってみれば、『海の万里の長城』ですなあ」

と、原参謀長がうまいことを言った。

「おれではない、大高閣下の着想だ。この大高閣下の着眼に、おれなどは改めて敬服するがのう」

と、大石。

つづけて、

「つまり、この架空半島の抜け道である諸海峡封鎖を徹底することによって、海洋亜細亜の内海をば聖域化することができるわけだ」

「しかし、東は別です。ドレーク海峡からは、さながら水道の蛇口から迸る水のように、敵第三帝国の潜水艦隊が、われらの大洋である太平洋に溢れ出してきます」

と、原はまたうまい喩えをした。

「そのとおりだ」

　大石、うなずく。

「だからこそ、大高閣下の太平洋防衛構想に基づき、高野総長がドレーク海峡封鎖作戦を準備されておられる」

　話を戻して、大石は、

「で、今言った架空の半島あるが故に、内側の太平洋は守りやすいが、逆に、印度洋に向かって、これを抜ける方法が、われわれにとっては問題なのだ。むろん、できるだけ最短距離のほうがいい。時間がないのだ」

　意見百出したが、結論としては、もっとも安全な南シナ海を南下、ただしマラッカ海峡は避け、スマトラ島とジャワ島の間を抜けて印度洋に出るコースを取ることになった。

　しかし、

「諸君。この案でいいな」

　大石は参謀たちを見回す。

「異論のある者は遠慮なく言ってくれ」

　すると、若手参謀の一人が、

「私は、長官案に反対であります」

「よしよし、言ってみよ」

「たとえ、敵Uボート出没の危険があろうとも、フィリピン海を真南に下りチモール海から印度洋に出るべきであると考えます」

「理由を話せ」

「はい。モルッカ諸島とパプア・ニューギニア島の間を抜けるほうが、この海域は人口過疎地帯であるので、目撃される確率が減ります」

「うん。一理ある。わが新日本武尊の存在そのものが秘密であるからのう」

　大石はつづけた。

「もっともな意見だが、だがのう、本艦は潜水艦でもある」

「あッ、それを忘れておりました」

　一同、和気藹々《わきあいあい》である。どっと笑いが起こる。

　こうしたざっくばらんさは、日本武尊の伝統でもあるのだ。

「しかもだ、ずーと、潜りっぱなしでも行けるのだぞ」

　原も言った。

「本艦は、世界に前例のない、長時間無吸気潜水戦艦である」

　すると、

「いや、そのつもりはない」

　と、大石が意外なことを言い出す。

「しかし、お言葉ですが、長官、南シナ海もジャワ海も沿岸は人口過密地域であります」

　原が言った。

「参謀長の言われるとおり、沿岸住民の漁船が数多く漁に出ておるでしょうし、交易船など船舶の交通も多いと思いますが」

　参謀の一人も言った。

「むろん、承知だ。だが、おれは、海上を行くつもりだ。そのほうが眺めもいいしのう」

「理解できません。長官、失礼ですがご説明いただけませんか」

「はは、それはまだ教えられん」

大石は、にやっと笑った。

3

新日本武尊は西進して、バシー海峡を通過した。台湾とルソン島の間の海峡だ。その先が南シナ海である。

亜細亜は経済繁栄を遂げているので、海上を行き交う船舶も多い。当然、彼らは目撃された。だが、誰も疑わなかった。

大石に命じられ、非番の者たちは、普通の服に着替えてデッキを歩く。中には女装までして、手を振るやつまでいた。

なぜか。

どうしてこんなことができるのか。

新日本武尊、まさに奇想戦艦である。

仮装巡洋艦というのが前世大戦で活躍したが、わが日本武尊、見事に商船に化けていたのであった。

大石いわく。

「神話の日本武尊だって女装して賊を討ったのだぞ」

では、五一サンチ砲はどうした？

どでかい代物だから、遠くからでも見えるはずだ。だが、潜水時に使う整流シャッターで覆われると、これが隠れてしまう。

対空砲の類も、みな艦内に引き込まれる仕掛けであるから、外見、砲らしきものは見あたらないのである。

第一、艦橋そのものからして、新日本武尊は、戦闘艦らしくない。低く流線型であるから、超大型商船に見えてしまうのである。

大石に命じられ、偽装煙突からは偽の煙がもくもく。

艦首に菊の紋章のないのも後世の特徴である。

「右舷前方に、香港の貨物船、近付く」

艦内に戦闘配置を告げるブザー鳴り響く。

「非番の者、戦闘配置に着けッ」

仮装要員が、色とりどりの衣装で、デッキにとびだす。

「楽隊、演奏、はじめえッ」

ブカブカドンドン。

「フォークダンス始めッ」

「おい、もっと真面目にやらんか」

ざっとこんな調子で、乗組員たちも大いにリラックスだ。

さんさんと降り注ぐ南国の太陽を浴び、健康そのもの。

大石、なかなかの曲者。ちゃんと、部下の健康管理も考えていたのであった。

だが、日没ともなれば、付近海上をレーダーでくまなく探り、船影なきを確認するや、

「潜航準備ッ」

との号令下る。

満天の星の下、新日本武尊は、その巨体を海中に消す……。

4

夜間、海上を進み、スンダ海峡を突破。日本武尊は印度洋に出た。

「諸君！　司令長官だ。今夜でレクリエーションは終わりだ。われわれは印度洋を突っ切り、紅海へ急ぐ。総員、気を引き締めて各自の任務をこなせ」

大石はつづけた。

「さきほど、軍令部発の暗号電を受信したが、それによれば、わが国は第三帝国並びに枢軸側に対し、最後通牒を発した。が、これが拒否されたため本格的な交戦状態に突入した。諸君も承知のとおり、すでに米・加・豪等は、宣戦布告を発し、本格的な交戦状態に入っておるが、わが国の宣戦布告には亜細亜各国も習うであろうから、ここに第三次世界大戦は正式に始まったことになる。この戦いが、いかなるものかは改めて言うまでもない。われらは世界恒久平和確立のために戦う」

「心せよ。印度洋には、多数の第三帝国潜水艦隊が展開しておる。すでに連合軍側船舶が攻撃を受けておる。われわれはこれまで、敵の攻撃に対してのみ反撃を行ってきたが、これよりは容赦せん。容赦なく先制攻撃をかける」

「なお、いささか訓練不足の感なきにしもあらずだが、おれはあまり心配しておらん。新たに加わった者もおるが、乗員の大部分は、前大戦においては、幾たびとなく死線を乗り越えてきたベテランたちだ。戦う相手は同じだ。敵の手の内はわかっておる。各自は沈着にして剛胆、的確な判断を以て対処せよ」

大石はさらにつづけた。

「わが新日本武尊は単なる艦ではない。単なる鋼鉄の塊でもない。諸君、新日本武尊は不動明王の化身である。すなわち、世界の邪悪を撃つために下向された不動明王の化身である。ははッ、信ぜよ。必殺の砲弾を叩きこめ。必中の魚雷を放て。奮闘を祈る」

新日本武尊、乗組員の心を一つせんとしての、訓辞であった。

意気大いに上がる。

新日本武尊は、三四ノットの高速を維持、印度洋を西に走る。

印度洋は広い。

四囲に島影なし。

茫洋たる水塊。無窮の天空界。

新日本武尊はひた走る。

高性能レーダーにもし艦艇・船舶を捉えるや、たちまち、潜航に移る。

高性能ソナーは敵潜の動向を探る。

モルジブ諸島南方海域にて、敵潜らしき不明艦と遭遇。深夜であった。

「長官」

枕元の艦内電話。

「おう」

「ソナー室であります」

「どうした？」

「本艦のライブラリーにはない、音紋を捉えました」

「わかった。すぐ行く」

大石は飛び起きて夜戦艦橋に急ぐ。

原はすでに来ていた。

「総員戦闘配置下令しました」

「よし。で、情況は？」

「どうやら大型潜水艦のようであります」

「敵はこちらに気付いておるか」

「わかりませんが、多分、気付いてはおらんでしょう」

「ソナーに伝えよ。アクティブは控えよ。パッシブに徹して、敵進路を探れ」

命令は電信士からソナー室へ。

「どう思いますか」

原が訊く。

「母艦かもしれんぞ」

「潜水補給母艦ですか」

「軍令部配布の未確認情報にあったやつだ」

「あれですか。一万トン級と聞いております」

「補給母艦ならば、付近を護衛潜水艦で固めていると考えねばならんぞ」

大石は言った。

潜水艦用補給艦を最初に考えたのは独逸人である。無制限通商破壊戦を実施するためには、派遣した潜水艦隊に、現地で補給を行ったほうが能率的であるが、前世第二次大戦では、これがあまりうまく運ばなかった。

だが、後世戦においては、大型潜水艦の開発実戦配備を成功させ、第三帝国は実に多種多様な海中艦を擁しているのだ。

ソナーが報告してきた。

「目標の敵潜、浮上の気配であります」

距離一万である。位置の見当も付いた。

「補給作業にかかるつもりだな」

大石は言った。

「補給を受けるため集まってきた独潜も、当然、浮上するでしょう」

「それも、一隻ではあるまい」

大石は言った。

「ははッ。参謀長、撒き餌《まえ》に集まる魚みたいなもんだぞ」

「ならば、まとめて仕留めますか。見逃す手はありません」

原が言った。

「問題は方法だ。魚雷では躱されるおそれがある」

「接近しますか」

「それでもかまわんが、あえて無理する必要もあるまい」

「では、いかがいたしますか」

「翠燕を使ってみるか」

と、大石。

「なるほど」

翠燕の性能を知る原は、大石の案に賛成した。

原は搭乗員待機室に連絡、指示を与えた。

「飛ぶのは誰」

「溝井《みぞい》亜希子《あきこ》大尉であります」

「ああ、あの彼女か。軍令部勤務だったな。ようやく思い出した。しかし、大丈夫か」

「実戦経験はありませんが、軍令部内勤より新設の海軍特殊航空学校に入学、第一期生でありますが、卒業成績はトップであります」

「そうか。男女差別はいかんからな、本人が志願するのであれば、許可する」

主檣は原に任せ、大石は後部艦橋に向かった。

後部艦橋に入ると、艦内電話で原と連絡を取り合いながら、てきぱきと指示を下す。

「機関停止ッ」

新日本武尊はしばらく海上を慣性で進んだが、やがて停まる。

大石の判断だった。付近に敵潜がいる可能性が高い。

「ソナー室。反応あるか」

「あります。艦が停止したのでばっちりであります。目下、計算中」

「諒解。敵位置は後部艦橋へ。翠燕を発進させる」

「ソナー、諒解」

「電子戦《EO》室へ指示」

「はい。EOです」

「電探《アクティブレーダー》は使うな。もっぱら逆探《パッシブ》に徹しろ」

「諒解」

ネジ式格納庫が後部甲板に迫り上がってくる。

日本武尊は艦体を半潜状態にした。

翠燕が離水していく。

5

敵位置はわかっていた。一万メートルはひと飛びである。

月明光る眼下の海上で停止している黒々とした艦影を、操縦席の溝井大尉は視認した。大きい。潜水補給艦に間違いない。Uボートが補給を受けていた。

すでに、翠燕は、ターボ・エンジンを止め、滑空状態である。

「攻撃用ーいッ」

「発射します」

「発射ッ」

両翼の懸架装置《パイロン》から噴式弾《ミサイル》が離れる。

目標に閃光があがる。

敵補給艦は、Uボートを道づれにして波間に沈む。

6

新日本武尊は、潜水艦狩りを行いながら、印度洋を西へ西へひた走る。モルジブ諸島を越え、針路を北西に転じ、アラビア海に入った。

アラビア海は敵第三帝国の勢力圏内だ。陸上基地から発進してくる敵の長距離偵察機の行動範囲である。

大石は、印度西海岸のコーチン基地と連絡を取る。なお、今現在、後世海軍が用いている暗号は新方式である。これは、素因数分解方式と呼ばれる画期的なものだ。基礎理論は東方エルサレム共和国で開発され、第三帝国と戦うわが国に提供された。これをプログラム化したのは、熱帯の秘密基地、紺碧島の暗号班である。

さすがの大石も、詳しいことまでは理解できない。公開鍵暗号方式とも呼ばれるらしいが、実際の中身はチンプンカンプン。しかし、新日本武尊の艦内、某所にある暗号解読班のメンバーはみな、理工系専門学校出の若い隊員ばかりである。

受信開始との報告を受けた大石は、自ら暗号室に足を運んだ。ソナーや電探室と同じ区画であるが、ここは、艦内随一、防御壁の頑丈な場所だ。戦闘指揮の中枢でもあるから、ひと度、本格戦闘ともなれば、大石か艦長のどちらかがここに下り、指揮総括を行うことになる。つまり、艦橋との関係は、ちょうど、潜水艦における司令塔と発令所の関係と同じだ。

高性能電算機《コンピュータ》が壁面を埋め尽くす薄暗い部屋。点滅するインジケーター。機能的ではあるが、どことなく殺伐としている。これを和らげているのが、アメリカから輸入されたピンナップである。

通常艦では許されぬ光景だが、大石は理解を示した。おそらく、もし他艦の艦長がこれを見たら眼を剝くと思うが、班員の服装もまちまちである。中には女装したのもいたりして、とにかく変人揃い。

しかし、問題は、能力である。彼らに最大限の力を発揮してもらうためには必要な自由――と、大石は割り切っているのである。

暗号受信が始まる。長文電報である。数字の羅列でしかない。

以前、函数暗号と呼ばれる方式を本郷義昭が使っていたのをご記憶だろうか。これと似ているとも言えるが、何百倍も高度である。

「非常に長い素数の因数分解をやろうとすると、巨大コンピュータを使っても何百年もかかってしまいます。この素数の性質を応用したのが本方式でありまして」

と、大石は教えられたが、

「そこまででいい」

と、遮る。

7

解読文を大石は読む。

内容は、中東および東アフリカ情勢についての分析。

ここで、この地域、大略の情況をひと言で言えば、後世第二次大戦終結時の分割が、第二ステージに持ち越されたと言ってよい。すなわち、中近東は、西より、トルコ・シリア・ヨルダン・イラク・イラン・アフガニスタンおよび印度北西部(パキスタン)までの広大な地域が、後世4B鉄道を基幹とする第三帝国領化しているのだ。

印度軍は、このヒトラーの楔と、大インド砂漠をはさんで対峙している。

ペルシャ湾は、北部沿岸をヒトラー軍に支配され、制海権も彼らの手にある。

紅海西側沿岸部は、エジプト・スーダン・エチオピア・ソマリアまでが第三帝国占領地である。

今日、辛うじて独立を保っているのは、国土の大半が無人の砂漠のアラビア半島諸国のみだ。

かかる情況では、アラビア海の支配が、敵の手にあるのは当然であろう。

艦橋に戻った大石は、原参謀長とも相談し、この先は完全潜航で行くことにした。

印度洋に出てからは、連日、潜水訓練に励んできた甲斐《かい》もあり、まったく心配はない。

艦内に、

「潜航用ーいッ」

との下令発せられるやいなや、たちまち艦内活気づき、各部署から応答、届く。

開口部閉鎖の確認は、電気的装置にも表示され、ようやく潜航命令は発せられる。

設計的にも、新日本武尊の開口部は可能な限り減らされてはいるが、万一、閉鎖が不完全であると、大事故につながるおそれがあるので、大石は厳重に乗員らに徹底教育しているのであった。

「異常なし」

との応答が次々に届く。

大石は、念には念で、各所に監視員を配しているのだ。

潜水タンクに海水が流れ込む。排気弁が開き、鯨の潮吹きにも似て、各所で日本武尊は潮を吹き上げ、この眺めがなかなかに勇壮である。

主砲を覆う整流シャッターが海水に覆われる。つづいて後甲板も波を被る。

さらに沈下。夜戦艦橋が隠れる。

「昼戦艦橋ッ、閉鎖」

強化ガラスの窓が戸袋に引き込まれ、ハッチが下がる。このハッチは電動と手動の両用式だ。内側からハンドルを回して締めるやりかたは潜水艦と同じ方式である。

大石は、主檣を駈け上り、潜水艦橋に入る。ここにも下士官と兵がいて、デッキへの出口を締める。

「長官ッ、異常なし」

「うん」

大石は軍帽の鍔《つば》を後ろに回す。

「潜望鏡用意」

「はい」

ひと抱えもある筒が迫り上がってくる。

大石はスコープを覗く。素早く三六〇度回して四囲を確認。傍らでは、下士官が、全天スコープで上空を監視する。

潜水時がもっとも危ない。この瞬間を狙われると、応戦しようがないのだ。

「深度五〇」

「六〇」

「七〇」

二〇〇の声を聞き、ようやく、大石蔵良は、緊張を解く。

薄暗い照明に代わった昼戦艦橋に大石は戻る。艦内放送用のマイクを握り、

「大石である。本艦は、以後、当分の間は、海中を行く。当面の目標地は紅海であるが、アラビア海は、敵制海権下にあるので油断はできない。各位は心してかかれ。本艦はアラビア海敵中横断を行い、第一の障壁であるアデン湾に入る」

一呼吸後、つづけて、

「なお、当分の間は交戦はないと思うが、敵に探知された場合は別だ。潜航中は体を休め、鋭気を養え。ただし、艦内にて模擬訓練は欠かさず行うぞ。以上だ」

コーチン沖よりソコトラ島まで約二三〇〇キロメートル。海中巡航二〇ノットを維持。アデン

湾入口まで約六〇時間。二日半である。

8

未明、大石は潜水艦橋に上り、スコープの視野にソコトラ島の島影を見た。

一瞥、

「ほう、やっとる」

と、つぶやく。

「何がでありますか」

と、潜水艦橋の士官に問われ、

「うん。米機動部隊による上陸作戦だ」

この島は、アデン湾を扼《やく》する。

もとより第三帝国は、全島をばコンクリートで固め、海岸砲を並べ、要塞化しているのだ。

「情況はいかがですか」

下から原が電話してきた。

「よくはわからんが、米機動部隊が島を取り巻いておるぞ」

と、大石は伝えた。

「このまま通過しますか」

と、原が訊いた。

「どうした？　何かあったか」

「はい。ただ今、戦況を傍受しましたが、敵海岸砲の威力に、米艦艇は近付けず艦砲は使えぬようです」

「わかった。下に降りる」

大石は脱兎のごとく昼戦艦橋へ。

原によれば、敵海岸砲の射程が予想以上に長く、艦砲での攻撃ができぬとのことであった。

「長官ッ、艦砲の援護なくば、上陸部隊は全滅です」

「罠に塡《はま》ったな」

と、大石、顔を顰《ひそ》める。

「長官。命令にはありませんが、ソコトラ島の制圧なくば、われわれの任務も果たせません」

「わかっておる」

大石は言った。

「無事、紅海に潜り込めても、行きはよいよい、帰りはこわい——だのう」

「わが日本武尊は、その行動を長官の裁量に任されておるわけですから」

「うん。やるか」

「はい」

「よし。総員戦闘配置、下令」

「諒解」

「針路、ソコトラ島」

「長官。機雷敷設の可能性あり」

「うん。機雷対策発令ッ」

大石、矢継ぎ早の命令下す。

「深度二〇〇を維持し、海岸線まで四〇キロメートルに近付いたら、秘匿全速で突っ切れ」

「諒解ッ」

「全員、戦闘配置完了」

「本艦は敵陣地前面にて浮上攻撃を行う。主砲員待機ッ。防空砲員待機ッ」

息を飲む。

息を詰める。

「米艦隊、前方に近付く」

「かまわん。真下を突っ切れッ」

「諒解」

「電磁排力バリア発生させまーす」

おそらく、頭上の米艦隊は、直下海底の異常に驚いているにちがいない。

「砲撃点近付く」

「浮上よし」

未だ未明の光の届かぬ暗黒の海中を、新日本武尊、突進す。

「浮上ッ」

「整流シャッター開放」

見よ！　黎明の光を浴び、新日本武尊は海上に躍りあがる。

見よ！　海水の未だ艦体を洗う、ずぶぬれの新日本武尊の雄姿。

「戦闘旗揭げよッ」

南無！　不動明王旗の翩翻《へんぽん》として……。

討てッ！　破邪の剣。

「前部主砲、準備よし」

「後部、よし」

「目標、敵海岸砲台」

「諒解」

「叩き潰せッ」

「発射ッ」

火門、火を噴く。

五一サンチ艦砲の威力絶大なり。

艦橋に足踏ん張り、わが大石、双眼鏡で敵陣を見る。

未だ薄明の陸地に閃光走る。

一撃を以て、敵、沈黙せり。

攻撃続行。

撃ちまくる。

完膚《かんぷ》なきまでに叩く。

新日本武尊、奮戦！

これを見て、沖合遥かに待避していた米艦隊が勢いづいた。

米艦隊、われがちに前進開始。

艦砲射程内に入るや、一斉射撃開始。

全艦砲、砲身の焼けただれるまで、果敢に撃ちつづける。

ロケット砲の一斉射撃、壮観なり。

島影、硝煙に包まれ、消える。

「長官、米指揮官よりの問い合わせが、無線で入りました」

「失礼だが、無視せよ」

「応答しますか」

「……」

9

大石、原に向かって、肩を竦めた。

「そろそろ引き上げ刻らしいぞ」

「同感です」

原、潜航を下令した。

ふたたび、海中に没し始める新日本武尊。

「欺瞞《ぎまん》火炎放射開始」

新日本武尊ならではの奇想兵器だ。

遠くからみれば、被弾して沈没するかに見えるであろう。

その効果、いささか疑問ではあるが……。

「深度二〇〇」

「よーし、原参謀長。海上のどさくさに紛れて、湾奥へ突入するぞ」

「諒解」

だが、新日本武尊の前途には、さらなる難関が待ち受けているのだ。

すなわち、紅海の出入口を扼するは、バーブ・エル・マンデブ海峡。

その両岸はアデンとジブチであるが、本世界現在では共に第三帝国領である。

これが極めて手強い。

わが大石蔵良、いかなる秘計をその胸に秘めているのであろうか。


「長官。われわれの存在がわかってしまいましたな」

原が言った。

「明日の外電になんと書かれるか」

「ははッ。全部、おれの責任だ。帰国したら、早速、軍法会議に掛けられるかもな」

大石は笑った。

「だが、いずれはわかることだ」

「はい。いずれはバレますな」

「それが抑止力になる」

「たとえば、X艦隊の伝説のごとく」

「そうだ。われわれは、常に、世界七つの海に神出鬼没するのだ」

「愉快であります」

「ははッ。愉快である。なれど、行きがけの駄賃はとにかく、われわれには本命の仕事がある。ますます気を引き締めんとな」

「はい。アカバ湾要塞を潰せるかどうかが、本第三次大戦の行方を決定すると、作戦指令書にはありました」


さて、なお、海中深く、われらの海中戦艦新日本武尊は征く。

魔王ハインリッヒの野望を阻止するために。
あたかも死の罠の待ち構える湾奥へ向かって。
我に、不動明王の加護あらんことを！

地政学講義／悪夢の構図２０１X年ａ

1

突然、秘書の真知子《まちこ》が、悲鳴を挙げた。素早く手にしたのが殺虫剤である。とっさに、大石《おおいし》も危険を感じて侵入者を探す。

「やりました、社長」

噴霧攻撃で退治されたのは熱帯シマ蚊だ。もはや、たかが蚊一匹ぐらいと思う時代ではないのだ。この蚊は、黄熱病やデング熱を媒介する……。

先週も取引先の社長が、どうやら銀座で感染したらしいデング熱で死んだ。ワクチンもまだできていない。

他にマラリアの流行も大きな問題だ。さらには眠っていた病原菌が目覚めている。レトロ菌というらしいが、大昔に流行したコレラ菌など近年の高温化で東京湾の泥のなかから復活しているらしい。まるで、ゾンビのようだ……。

日本列島の亜熱帯化が、目下、確実に進行しているのだ。大石は欧州を襲った熱波の被害を見るために、キーボードを操作する。葡萄畑の被害は予想を超え、熱中症患者が数十万人も出ているらしい。

画面をアジアへ移す。日本列島の南に巨大な暖水域が映っていた。台風の数が三つ、いや五つだ。一つはまっすぐ朝鮮半島に向かい、一つは、目下、危機的状況にある台湾を横断して大陸に向かっている。カテゴリー５《ファイブ》いや６《スイックス》かもしれない。風速九〇メートル、台風の目のまわりの雲の壁は一万八〇〇〇メートル以上という代物だ。

「氏家《うじいえ》君、これを見たまえ」

大石は秘書に言った。

「君の婚約者は、今、たしか、福建省じゃなかったかい」

「新六《しんろく》さんの出張は極秘なんです」

「知っているよ、間《はざま》君の機密任務は……」

大石は、コンソール方式の自席を立って窓辺に向かった。ひと昔前には考えられないような都市景観であった。

2

大石蔵良《おおいしくらよし》が〈一人会社〉旭日商会のオフィスを置いている丸の内界隈は、屋上と外壁を特殊な蔦で覆う省エネ工法ビルが多い。今や、都市そのものが、ビルの排熱でヒートアイランド化しているのだ。

そういえば、また今年も排熱税があがった。これは環境税の一つだが、庭木一本ごとに減税される利点もある。

「社長、杉野十平次《すぎのじゅうへいじ》商会からお電話です。用件は注文したウエッジウッドのことだそうです」

ヨーロッパから高級家具や陶器、酒類を輸入するのが大石の仕事であるが、荷がまだ着かない。

こんなことならパナマ経由太平洋ルートの船便を頼むのだった。

大石は詫びて、

「スエズ運河がテロリストの手に落ちるとは考えてもいませんでした」

それにしても、もはや、世界は、単なる気象異常ではない。明らかに、地球は、気候変動のサイクルに突入しているのである。

そろそろ九月も終わるというのに、〝残暑厳しい折〟などという慣例句は使えなくなった。日本列島は夏の季節が、前後、ひと月も延びているのだ。

紫外線カット耐熱ガラスの窓の向こうは、バイオで作られた常緑蔦で覆われたビル群である。朝夕は、けっこう幻想的な人工の密林を思わせる景観を見せて楽しませてくれるが、熱帯の猛毒の蛇が蔦の中に棲みついているという噂がたって、みなを震え上がらせたものだ。しかし、その心配は杞憂《きゆう》だった。バイオ蔦は遺伝子置換されているので、昆虫も蛇も駆除するのである。

突然、スコールの柱が東京湾のほうに立った。せいぜい一キロ四方以内に豪雨をもたらすもので、最近は頻繁である。

これまではなかったこうした気象を目の当たりするから、気候異常が皮膚感覚で実感されるのだ。

夕方を待ってオフィスを閉める。

外はまだ摂氏三〇度付近らしいから、冷蔵クローゼットから取りだした、冷却マントを羽織る。

新技術の浸透性舗装は高率のいい〈気化の潜熱〉で足元をひんやりとさせる……。

3

東京駅の丸の内側を、ガード下にそって有楽町方面に歩く。陽は見えなくなっていたが、超高層ビルの頂部がまだ光っていた。多くのビルで太陽光&太陽熱の利用が進んでいるのだ。

大石は何の脈絡もなく、先日から読んでいる『冷房装置の悪夢』を思いだした。アメリカ20世紀文学の異才ヘンリー・ミラーの作品である。

勧めてくれたのは、これから行く赤提灯〝ヌクアク〟の親爺《おやじ》であるが、名を納屋南海男《なやなみお》といい、確か前世であっているはずだ。

とにかく不思議な店だ。いつも夕闇が迫るころから常連が集まりはじめ、七時ごろにはもうカウンターが埋まり、オーナーの納屋はさっさと暖簾《のれん》を外してしまう。そんな次第で、赤提灯のくせに会員制クラブのようでもある。

店の前には、毎週、金曜には現れる人物のトレード・マーク、ハーレー・ダビッドソンが停まっていた。大石はほっとした。この人物に飲ませようと思って、ワインを一本選んで持参したのである。

大石は彼の隣に坐り、ワイングラスを借りてコルクを抜く。

「オーさん、どうぞ。先週、約束した銘柄です」

「これはかたじけない」

と、ひと口味わって、

「ヨーロッパのワインも珍品となりましたな」

「このところの熱波で、葡萄畑が全滅だといいます」

と、応じ、

「それ以上に深刻なのがスエズ運河封鎖です」

「極東に位置するわが国独自の地政学が、最近の世界情勢では不利に働いていますな」

オーさんは言った。

つづけて、

「先週の居酒屋講義のつづきになりますが、地政学は、本来、文字どおり解釈すれば、地理政治学です。つまり、位置関係や資源などの地理的要因が国家に及ぼす政治的課題を考える学ですな。ところが、今日の姿は、気候変動が原因となる世界の政治的変化を、予測する学問となりました。今日、世界規模で起きている地球温暖化の影響が、世界各国の経済バランスを崩し、世界の危機が潜在状態から顕在化しているのです」

「アメリカ一辺倒であった日本の外交が、こうなると致命傷になってきたのでは」

と、質すと、

「少なくも裏目に出ておりますな。隣国の超大国ロシアと中国が同盟し、さらにイスラム圏とも結んだ。これは予測されたことですが、実際に起きてみると深刻です。ここだけの話にしてもらいたいが、下手をすると日本国が滅びる可能性だってある」

4

こんな話を拝聴した数日後、出社すると、

「社長、二人のオーさんの一人というかたからお電話がございまして、こちらへ掛けて欲しいという伝言でしたが、お心あたりがございまして」

と、秘書が言った。

「ああ、ある。そうか、私もオーさんだな。それにしても、よくここがわかったな」

大石は首を傾げながら、

「わかった。電話してみよう」

と、音声入力できるスーツ内臓型携帯のマイクを引き出す。

「はい。割烹《かっぽう》〝青空《あおぞら》〟でございますが」

出たのは女性であった。

「オーさんはおられますか」

「あなた様は」

「私はもう一人のオーさんですが」

「ホホッ」

相手が笑った。

「暗号ですの？」

「ええ、まあ」

「わかりました。〝旭日商会〟のオー様ですね」

「ええ」

「今夕、お時間がとれませせでしょうか」

「ええ、まあ」

「では、お会いしたのでこちらへ入らしてください――とのオー様からオー様へのご伝言がございましたの」

「で、お店はどこですか」

「あら、ご記憶にあるはずですわ。私どもは神楽坂の〝青空〟でございます」

電話を終わって、しばらくの間、彼は放心状態であった。

「社長、どうなさいました。顔色がお悪いですわ……」

と、真知子が言った。

「君、夕方のスケジュールは」

「歯医者の予約が一件ありますけど」

「キャンセルを頼む」

大石は気を鎮めるため、ディスプレーに呼び出されいた商品相場の動きを睨んだ。

今日も農産物の値上がりが際だつ。予想以上の早さで、全世界に乾燥化が進んでいるのだ。

たとえば、アマゾンである。このまま進めば今世紀の終わりまでに、アマゾンは、草原化どころか砂漠にすらなるのだ。

(温暖化が各地に水不足をもたらすとは)

彼は顔を歪めた。

なぜなら、温暖化によって北極や南極の氷が融けて、海が水位をあげるというのに陸地は水不足なのだ。

七つの海をゆっくり攪拌する深層性大循環が停止したため、海面が熱くなっているのだ。

とくに、一種の閉鎖海である大西洋は、海水の温度上昇が著しい。ためにブラジル沖で上昇した大気が、海上で豪雨を降らせてしまい、大陸側には降らないのだ。そればかりか、乾燥し切った熱風の下降気流が、アマゾン低地を干上がらせたのだ。

真知子は、熱帯性ウイルスを予防するワクチン注射のため早退した。

事務所の戸締まりをする。金目のモノはないが、最近の泥棒はコンピューターを操作して重要情報を盗む。

メトロで神楽坂へいき、坂の上から飯田橋方面へ下りる。

〝青空〟は飯田橋へ下る途中、右手の裏通りにある。大石は、なぜか、その名前も場所も記憶していたのである。

つづく

新紺碧の艦隊零	偽りの平和	S26／3～S26／5	文庫版1巻所収
新旭日の艦隊零	夢見る超戦艦	S27／4～S27／7	文庫版1巻所収
新旭日の艦隊1	第三次世界大戦前夜	S27／8～S27／12	文庫版1巻所収
新旭日の艦隊2	海中戦艦日本武尊出撃	S28／1～S28／2	文庫版1巻所収
新紺碧の艦隊1	超潜出撃須佐之男号	S28／1～S28／3	文庫版1巻所収
新旭日の艦隊3	紅海潜航三〇〇〇キロ	S28／2～S28／3	文庫版2巻所収
新旭日の艦隊4	スエズ運河封鎖作戦	S28／3	文庫版2巻所収
新旭日の艦隊5	鬼神咆吼紅海海戦	S28／3	文庫版2巻所収
新紺碧の艦隊2	風雲東太平洋	S28／3	文庫版1巻所収
新旭日の艦隊6	超兵器搭載計画	S28／3～S28／5	文庫版3巻所収
新紺碧の艦隊3	南極要塞攻撃指令	S28／3～S28／6	文庫版2巻所収
新旭日の艦隊7	イースター島攻略戦	S28／6～S28／8	文庫版3巻所収
新旭日の艦隊8	南大西洋制海権	S28／8～S28／11	文庫版3巻所収
新旭日の艦隊9	アフリカ奪回作戦	S28／11～S29／12	文庫版4巻所収
新紺碧の艦隊4	激闘中部大西洋	S28／11～S28／12	文庫版2巻所収
新旭日の艦隊10	トロツキー軍西進す	S29／1～S29／6	文庫版4巻所収
新紺碧の艦隊5	北アフリカ制圧作戦	S29／1～S29／8	文庫版3巻所収
新旭日の艦隊11	死闘のカフカス戦線	S29／7～S29／12	文庫版4巻所収
新紺碧の艦隊6	ハインリッヒ王幽閉	S29／9～S30／3	文庫版3巻所収
新旭日の艦隊12	覇王軍団出撃す	S29／1～S30／5	文庫版5巻所収
新旭日の艦隊13	超戦艦黒海突入	S30／5～S30／7	文庫版5巻所収
新紺碧の艦隊7	スカンジナビア解放作戦	S30／3～S30／10	文庫版4巻所収
新旭日の艦隊14	決戦ウクライナ平原	S30／7～S30／10	文庫版5巻所収
新旭日の艦隊15	風雲カルパティア要塞	S30／10～S30／11	文庫版6巻所収
新旭日の艦隊16	伯林への道	S31／1～S31／4	文庫版6巻所収
新紺碧の艦隊8	ヒトラー最期の決戦	S31／1～S31／5	文庫版4巻所収
新旭日の艦隊17	大いなる地球	S31／5～S31／8	文庫版6巻所収

ノベルス版　『旭日の艦隊』『新旭日の艦隊』は中央公論新社刊。
ノベルス版　『紺碧の艦隊』『新紺碧の艦隊零』は徳間書店刊。
ノベルス版『新紺碧の艦隊』は幻冬舎刊。
文庫版『旭日の艦隊』『新旭日の艦隊』は中央公論新社刊。
文庫版『紺碧の艦隊』『新紺碧の艦隊』は徳間書店刊。

〈艦隊シリーズ〉全63冊　各巻関連表

ノベルス版	タイトル	期間	文庫版該当巻
紺碧の艦隊	運命の開戦	明治38〜照和17／2	文庫版1巻所収
紺碧の艦隊2	帝都初空襲	S17／9〜S17／6	文庫版1巻所収
紺碧の艦隊3	濠州封鎖作戦	S17／7〜S18／2	文庫版2巻所収
紺碧の艦隊4	原爆阻止作戦	S18／2〜S18／11	文庫版2巻所収
紺碧の艦隊5	空中戦艦富士出撃	S19／1〜S19／10	文庫版3巻所収
紺碧の艦隊6	風雲マダガスカル	S20／8〜S20／9	文庫版3巻所収
旭日の艦隊1	超戦艦日本武尊出撃	S20／8〜S20／10	文庫版1巻所収
紺碧の艦隊7	紅海雷撃作戦	S20／10〜S21／2	文庫版4巻所収
旭日の艦隊2	日独戦艦対決	S20／10〜S21／2	文庫版1巻所収
紺碧の艦隊8	海中要塞鳴門出撃	S21／3〜S21／7	文庫版4巻所収
旭日の艦隊3	北海突入作戦	S21／2〜S21／8	文庫版2巻所収
紺碧の艦隊9	新憲法発布	S21／8〜S23／11	文庫版5巻所収
旭日の艦隊4	超輸飛行艇白鳳出撃	S22／3〜S225／	文庫版2巻所収
紺碧の艦隊10	暗雲印度戦線	S22／5〜S22／7	文庫版5巻所収
旭日の艦隊5	英本土上陸開始	S22／6〜S22／8	文庫版3巻所収
紺碧の艦隊11	電撃ロンメル軍団	S22／8〜S22／9	文庫版6巻所収
旭日の艦隊6	影の帝国	S22／9〜S22／10	文庫版3巻所収
紺碧の艦隊12	日米講和なる	S22／9〜S22／11	文庫版6巻所収
旭日の艦隊7	大西洋地政学	S23／1〜S23／3	文庫版4巻所収
紺碧の艦隊13	印度洋地政学	S22／11〜S23／3	文庫版7巻所収
旭日の艦隊8	不死の要塞	S23／3〜S23／4	文庫版4巻所収
紺碧の艦隊14	史上最強内閣	S23／5〜S23／6	文庫版7巻所収
旭日の艦隊9	総統要塞襲撃	S23／6〜S23／7	文庫版5巻所収
紺碧の艦隊15	印度南方要塞	S23／7〜S23／8	文庫版8巻所収
旭日の艦隊10	ヒトラー精神分析	S23／7〜S23／8	文庫版5巻所収
旭日の艦隊11	後世大恐慌	S24／1〜S24／2	文庫版6巻所収
紺碧の艦隊16	敗戦の予感	S24／6〜S24／8	文庫版8巻所収
旭日の艦隊12	英国中部要塞攻防戦	S24／9〜S24／10	文庫版6巻所収
紺碧の艦隊17	ウラル要塞崩壊	S24／8〜S24-10／	文庫版9巻所収
旭日の艦隊13	マッキンダーの世界	S24／11〜S25／1	文庫版7巻所収
紺碧の艦隊18	東シベリヤ共和国	S25／5〜S25／6	文庫版9巻所収
旭日の艦隊14	砕氷戦艦出撃	S25／6〜S25／7	文庫版7巻所収
紺碧の艦隊19	赤道大海戦	S25／6〜S25／7	文庫版10巻所収
旭日の艦隊15	鉄十字の鎌	S25／7〜S25／8	文庫版8巻所収
紺碧の艦隊20	亜細亜の曙	S25／7〜S25／8	文庫版10巻所収
旭日の艦隊16	英国の栄光	S25／8〜S26／1	文庫版8巻所収

本文庫は『新旭日の艦隊零』『新旭日の艦隊1』『新旭日の艦隊2』（一九九七年四月・六月・八月　中央公論新社刊）を合本として編み直したものです。

編集協力　ネオセントラル
ＤＴＰ　石田香織